新诗评论

NEW POETRY REVIEW

CSSCI 来源集刊

谢 冕　孙玉石　洪子诚
主编

2020年
总第二十四辑

图书在版编目（CIP）数据

新诗评论.2020 年：总第二十四辑 / 谢冕，孙玉石，洪子诚主编 . —北京：北京大学出版社，2021.7

ISBN 978-7-301-32287-1

Ⅰ.①新… Ⅱ.①谢… ②孙… ③洪… Ⅲ.①新诗评论—中国 Ⅳ.① I207.25

中国版本图书馆 CIP 数据核字（2021）第 129050 号

书　　名	新诗评论 2020 年（总第二十四辑）
	XINSHI PINGLUN 2020 NIAN (ZONG DI-ERSHISI JI)
著作责任者	谢　冕　孙玉石　洪子诚　主编
责 任 编 辑	黄敏劼
标 准 书 号	ISBN 978-7-301-32287-1
出 版 发 行	北京大学出版社
地　　址	北京市海淀区成府路 205 号　100871
网　　址	http://www.pup.cn　新浪微博：@北京大学出版社 @培文图书
电 子 信 箱	pkupw@qq.com
电　　话	邮购部 010-62752015　发行部 010-62750672
	编辑部 010-62750112
印 刷 者	天津光之彩印刷有限公司
经 销 者	新华书店
	660 毫米 ×960 毫米　16 开本　24.5 印张　346 千字
	2021 年 7 月第 1 版　2021 年 7 月第 1 次印刷
定　　价	58.00 元

未经许可，不得以任何方式复制或抄袭本书之部分或全部内容。
版权所有，侵权必究
举报电话：010-62752024　电子信箱：fd@pup.pku.edu.cn
图书如有印装质量问题，请与出版部联系，电话：010-62756370

目 录

现代汉诗英译论坛

中国诗歌翻译中的"强释"与"弱释"
　　…………［美］柯夏智　江承志、朱文静(译)　柯夏智(审校)(3)
你的结束便是我的开始：论诗歌翻译中的主体性与伦理学
　　……………………………………［美］凌静怡　赵凡(译)(37)
翻译打工诗歌：谁之声音，如何被听？
　　……………………………………［美］顾爱玲　赵凡(译)(71)
可否说"一枚白菜"：论西西诗歌中文字游戏的翻译
　　……………………………………［美］费正华　原蓉洁(译)(95)

我的阅读史

在下落不明的大地之光里……………………………李　琬(127)
我的阅读史，兼及一段"早期风格"到
　　"晚期风格"的问题史叙述………………………砂　丁(139)
这一切的世界的感觉…………………………………范　雪(151)
在诗与思之间——读写交织的记忆片断……………张桃洲(164)

问题与事件　关于敬文东两篇批评长文的笔谈（续）

同路人的批评：批评方法与价值批判…………………王东东(175)
朝向真实：当代诗中的语言可信度问题………………一　行(184)

诗人研究

在经验的方寸里腾挪想象力——姜涛诗歌的"奥伏赫变"
　　…………………………………………………………周伟驰（209）

栖隐幽灵的"灵视"——论宋琳的诗和诗学 …………黄家光（251）

多多诗歌的语言神学特征 ………………………………冯　强（269）

唐捐诗中的圣状、父亲绝爽与大他者的瓦解 …………杨小滨（279）

换器官指南——蒋浩《佛蒙特札记》细读 ……………胡　亮（286）

诗歌·劳动·吊带裙——读邬霞诗作 …………………苏　晗（299）

钟鸣访谈录

诗的批评语境及伦理 ……………………………………………（315）

昌耀逝世二十周年纪念专题

昌耀书信二十封（1979—1998）………………………………（355）

本辑作者/译者简介 ………………………………………………（380）
编后记 ………………………………………………………………（383）

现代汉诗英译论坛

2017年6月，香港岭南大学举办"汉诗与翻译：移动的门柱"（Chinese Poetry and Translation: Moving the Goalposts）工作坊，十几位来自世界各地的学者与翻译家赴会并宣读了会议论文。同年12月，荷兰莱顿大学的柯雷（Maghiel van Crevel）教授受邀主编了这次会议的11篇论文，刊于岭南大学《中文现代文学杂志》(*Journal of Modern Literature in Chinese*) 2017年冬季号与2018年夏季号合刊上，以期探讨现代汉诗英译过程中的"可译性/不可译性"这一技术难题。为了展示这次会议的前沿性研究成果，加强海内外同行在该领域的学习交流，我们特邀美国新泽西学院英文系和世界语言与文化系副教授、中文部主任米家路先生担任本期"现代汉诗英译论坛"的主持人。本专题中的4篇代表性论文由他从上述合刊中精选出来并整理编校，得以在内地学术刊物上与广大读者见面。

中国诗歌翻译中的"强释"与"弱释"

［美］柯夏智（Lucas Klein）
江承志、朱文静（译） 柯夏智（审校）

前几日看到一则书讯，预告傅君劢（Michael Fuller）所著的《中国诗歌入门：从〈诗经〉到宋词》（*An Introduction to Chinese Poetry: From the Canon of Poetry to the Lyrics of the Song Dynasty*，2018）即将出版；虽对此颇感振奋，但窃以为书名漏了一个词。涉及中国文言诗歌的论著出现标题漏词，已非第一次。蔡宗齐（Zong-qi Cai）所编《如何读中国诗歌：导读选集》（*How to Read Chinese Poetry: A Guided Anthology*）如是，宇文所安为诺顿所编《中国文学选集》（*An Anthology of Chinese Literature: Beginnings to 1911*，1966）亦复如是。[①] 显然，这一缺漏之词当是"古典""前现代""古代"或诸如此类的表达，表明所论诗歌不是以白话文或现代汉语所写，因为白话诗和古典诗一样属于中国——哪怕白话诗是在转译国际诗歌的过程中被塑就或被"合著"而成。[②]

令人费解的是，在中国文学研究界，说白话诗和文言诗具有一样的中国性，却具有争议。且看上述标题，另如宇文所安针对北岛发出的那个著名的——甚或拙劣的——提问："这是中国文学，还是起始于中国语言的文学？"（Owen 1990，31）[③] 不妨站在争议的另一方取证，奚密

[①] 笔者2014年曾另文提及。
[②] 笔者2008年亦曾另文暗示。关于跨语际诗学如何影响中国古代诗歌中"中国性"的发展，参阅Klein 2013。关于"合著"，参见Liu 1999和Robinson 2017。
[③] 见宇文所安对北岛的评述，1990。

（Michelle Yeh）写道："近代中国诗歌史上从传统到现代的转变具有根本性",现代诗歌以"反传统自诩,奋力抗拒前辈——那个绵延三千年的古诗传统"（Yeh 1990, 88）。有趣的是,翻译在奚密表达观点的过程中起到了一定的作用。她意欲对比废名（1901—1967）和李商隐（约813—858）这两位诗人,但实际上对比的却是他们诗作的英译（Yeh 1990, 83, 85）。她翻译了废名的《街头》：

as I walk to the street corner,	行到街头乃有汽车驰过,
a car drives by;	乃有邮筒寂寞。
thus, the loneliness of the mailbox.	邮筒ＰＯ
mailbox P O	乃记不起汽车的号码Ｘ,
thus, can't remember	乃有阿拉伯数字寂寞,
the car's number X,	汽车寂寞,
thus, the loneliness	大街寂寞,
of Arabic numbers,	人类寂寞。
loneliness of the car,	
loneliness of the street,	
loneliness of mankind.	

对于李商隐的《乐游原》,她却引用了的刘若愚（James J. Y. Liu）的译本（1969, 160）：

Toward evening I feel disconsolate;	向晚意不适
So I drive my carriage up the ancient heights.	驱车登古原
The setting sun has infinite beauty—	夕阳无限好
Only, the time is approaching nightfall.	只是近黄昏

诚然,她比较了两首诗的相似之处;但更对比了它们在形式、意象及写作程式上的差异,这对她的论点更为重要。关于所用到的这两诗的英译

或它们跟她的诗歌观念有何关联，却未置一词。例如，设若刘若愚译李商隐与奚密译废名一样，不受分行和标点的拘束，刘译会更长，也更像一首现代诗，其措辞或许还会显露出现代性（"carriage"是"马车"呢，还是"汽车"？）。如此汉译，倒更像废名之诗了——进而言之，在一定程度上，废名诗经国际诗学过滤后，成了义山诗境的译本。废名一部分最具现代性的作品是前现代诗歌的延伸而不是断裂。但奚密提出了两种截然不同的翻译类别，仿佛它们可以不偏不倚地代表所涉原诗；如此导致读者看不到两者的延续性。她引用刘译而未给出自译版，其论述在认识论层面前后不一。

然而，如果中国前现代诗歌和中国当代诗歌具有同样的中国性，那么，翻译古典诗歌和翻译现代诗歌就毫无二致吗？如果中国现代诗歌在某种程度上是经由国际诗学而译自中国前现代诗歌，那么将两者译成英文的异同又何在？我们会用不同方式翻译北岛和贾岛（779—843）吗？文言文和白话文是同一种语言，还是两种不同语言？笔者早前曾坦言，成为译者的动机源自这样一个信念：读者不仅想知道并且能够知道诗人所言及如何言，不论是意象还是风格、是典故还是影射（Klein 2012，13）。我亦曾另文提到，诗歌中音位的相似性不是一种语义关系；诚如雅各布森（Roman Jakobson）所指，但语义关系却被视为音位相似性（Klein 2016b，47；比较Jakobson 1971，266）。这意味着，在翻译诗歌时要尊重源文的实际顺序（孰前孰后）和整体性。在寻求解答的过程中，我会回到这些以及先前的一些立场上，去发现它们的合理性及局限性。

翻译离不开阐释。马修·雷诺兹（Matthew Reynolds）在一连串转引中指出："'翻译是一种阐释'，艾柯（Umberto Eco）的说法呼应雅各布森的观点，他认为'翻译是用另一种语言符号去阐释一种语言符号'。哲学家卡尔·波普尔（Karl Popper）说'好的译作都是对源文的一次**阐释**'。"隔了几页，雷诺兹转引了伽达默尔（Hans-Georg Gadamer）的话："每次翻译同时是一种阐释"（Reynolds 2011，59，

62）。① 但罗列这些说法，给人一种所有阐释一旦做出，就彼此一样的感觉，至于其微妙之处，则未予讨论。多少为过？对特定文本来说，某些特定的阐释方法是恰当还是不恰当？乃至诸如此类其他问题。本文旨在联系如何通过翻译来看待中国现代和前现代诗歌，探讨这一系列问题。

本文主要立足点即刘禾（Lydia Liu）的"衍指符号"（super-sign）概念，并将其与笔者所谓之"强释"（strong interpretation）和"弱释"（weak interpretation）联系起来。尽管做法是规定性的，但此处之"强""弱"不关乎价值评判，亦非取"强"抑"弱"。以"强""弱"名"释"，与哲学家们以"强""弱"描述某一假设或论点同出一撤，是要说明：文本有别，"释"分"强""弱"。据翻译当代诗人西川（b.1963）和欧阳江河（b.1956）以及唐代诗人李商隐的经验，笔者发现，既然译者的主体阐释无法——也没有必要——绕开，那么英译中国当代诗歌的基准线当为"弱释"，而英译中国前现代诗歌的基准线则是"强释"。

"弱释"

西川在《思想练习》中这样写道，"尼采说，'重估一切价值'，那就让我们重估这一把牙刷的价值吧"（Xi Chuan 2012, 104—5；Nietzsche said, "Reevaluate all values, so let's reevaluate the value of this toothbrush"，本文作者译）。尼采的德语措辞是Umwertung aller Werte（Nietzsche 2017），英语一般作"The reevaluation of all values"，但通常印成"The revaluation of all values"［笔者所见最早译本是门肯（H. L. Mencken）的"The transvaluation of all values"（1918, 91）］。② 虽然不懂德语，但很明显的是：词根"Werte"与"worth"同源，出现在"Umwertung"

---

① 雷诺兹认为，"作为一个隐喻的喻体，'阐释'尤其具有争议"（Reynolds 2011, 60）。
② 此处参考了Kaufmann（1954, 656），Hollingdale（Nietzsche 1968, 199），Wayne（Nietzsche 2004, 174）和Ridley（Nietzsche 2005, 66）的英译。

的中间。这不仅解释了为何此句英译的选词都含词根value，也解释了拙译为何复现这一并未出现在西川原作中的文字游戏。遇到中文转引尼采时，目标语表达与现有尼采英译保持一致；不然，"重估"或将译成"reconsider""reexamine"或"reassess"。

"Umwertung aller Werte"和"重估一切价值"在诗意上的区别正是一些学者们已论及的"不可译性"，因为德语所包含的，恰是爱米丽·阿普特（Emily Apter）所谓"不腐变或不妥协的意义之核"（an incorruptible or intransigent nub of meaning），因汉语无法确切表达，由此引发"一遍又一遍的翻译，以应对其独特性"（endless translating in response to its singularity）（Apter 2013，235）。当然，这涉及德汉转换。据我所知，当今并无学者竟会自认汉语不能吸收德语表达的卓绝之处[幸好，这种论调早随黑格尔而逝，他说汉语写作一直"极大地妨碍了科学的发展"（1956，134—35）]。与此同时，对于将"Umwertung aller Werte"译成"revaluation of all values"似乎没有太多异议，Umwertung / revaluation 以及Werte / value 都没有收入芭芭拉·卡桑（Barbara Cassin）等编著的《不可译词语辞典》（Dictionary of Untranslatables，2014）。更准确地说，撇开诗学差异不论，"Umwertung aller Werte"的汉译和"重估一切价值"到底有多大不同？在香港学术图书馆馆藏的《反基督者》（Der Antichrist）三个中文版中，有两个版本都以后者译前者；还有一个早几十年的版本译为"对一切价值的重新估价"（Nietzsche 1974，151），用词近似。这不仅如上所示意味着语义关系被理解为音位的相似性，而且体现了现代语言——譬如现代汉语、现代德语和现代英语——相互之间在可译性临界线上的某种特性，在特定可译性边缘的相互关联。

但是，一个出自19世纪晚期的德语短语为何能轻而易举地译成21世纪初的汉语？我认为这与汉语采纳了"衍指符号"的国际流通有关，刘禾将"衍指符号"定义为"异质文化之间产生的能指链，两种或多种语言的语义场纵横交叉于其中，影响了可辨语词单位的意义，包括本土词、外来词以及其他各种语言现象，"而这"必定多于一种语言"（Liu 2004，13）。换句话说，对汉语读者提出——哪怕只是间接地——这样的问题:思考"价值"一词的时候也思考"Werte"一词的特定历史,是什么造成"Werte""value"和"jiazhi"(价值)之间的高度可译性?由此,又是什么阻碍了我们思考那些发生在这组概念之间的翻译?例如,有些情况下,这些词并不是可以直接互换的。假使我说,你我持有不同的"values";我可能是在说,我们"价值观"不同。但英语中的values和value一样吗?前者仅仅是后者的复数吗?将尼采的格言汉译成"重估一切价值观"会更合适吗?语言价值和语言的经济价值等同?这还是尼采心中那个重估吗?

语言价值和语言的经济价值是否等同?尽管回答这个问题可能要把尼采当作影响了20世纪后马克思主义及后索绪尔主义的人物加以重读,但是对于刘禾,只要说这两者的历史至少有那么一点相同就够了。她给出的衍指符号的实例,是"夷/barbarian"这组跨语际能指,或者说将汉语词"夷"典化成"barbarian"这一带贬义的英语词。1858年签订的《天津条约》标志着第二次鸦片战争第一阶段结束,它禁止"夷"字出现。刘禾提出质疑:"为什么一个汉字竟然会威胁到法律和国际关系的新秩序?而导致这种禁令的焦虑情绪又来自哪里?"(Liu 2004,3)。宇文所安认为语言价值和经济价值间存在联系,至少在当代如此,他不满"国际诗人必须经翻译才能使作品得到认可",而这"反过来也导致使用可互换的词语的压力越来越大"(Owen 1990,28)。过于强调"可替代性"最终会降低译者的地位,好像他们的翻译不是真正的作品,又好像"这些诗歌会自译一般"(Owen 1990,31)。然而,一些诗歌的确根据跨文化语言价值来评估经济价值。

所以就会想到欧阳江河的作品《泰姬陵之泪》中的句子(欧阳江河 2013,176—89;拙译参见欧阳江河 2017a 和 2017b):

> Tears about to fly. Do they have eagle wings
> or take a Boeing 767, taking off on
> an economic miracle? Three thousand km of old tears, from Beijing
>   to New Delhi skies

just like that. After time flies, can the double exposed
red and white of our minds' oriental archaeologies
match the supersonic, withstand
      the miracle's
sudden turbulence? Can we borrow eagle eyes to watch the sunset
dissolve inside a jellyfish like mica?
      Can the Ganges's
rainbow span of 2009 flow through the heavens, back to 1632?
If the flying sea trembles like a bedsheet,
if people today fall asleep in the depths of the sky,
      will the ancients
be jolted awake, waking from traversing the sky's torrential tears,
waking from the warbling of one hundred birds, into the eagle's
      singularity and sobriety?
Eagle, stop: the flight is preparing its descent.
With a swipe, mountains and rivers switch their masks.

泪水就要飞起来。是给它鹰的翅膀呢，
还是让它搭乘波音767，和经济奇迹
一道起飞？三千公里旧泪，就这么从北京
      登上了
新德里的天空。时间起飞之后，我们头脑里
红白两个东方的考古学重影，
能否跟得上超音速，能否经受得起
      神迹的
突然抖动？我们能否借鹰的目力，看着落日
以云母的样子溶解在一朵水母里？
      2009年的恒河
能否以虹的跨度在天上流，流向1632年？

要是飞起来的大海像床单一样抖动，
要是今人在天空深处睡去，
　　　古人会不会
蓦然醒来，从横越天空的滔滔泪水醒来，
从百鸟啁啾醒来，醒在鹰的独醒
　　　和独步中？
鹰，止步：航班就要落地。
俯仰之间，山河易容。

　　英译中的"翅膀"（wings）、"波音767"（Boeing 767）、"经济奇迹"（economic miracle）、"三千公里"（three thousand km）和"重影"（double exposures），以及北京和新德里之间的可通约性问题，都表明这首诗利用了可替代词汇，并且是发生在其中的。这类词汇有很大一部分是通过持续增大可通约性而生成，尽管看似带有强制性。现代性的语言，比如令它得以成型的经济、公制、记录工具和品牌名称，必在全世界广为人知且易于转换。

　　笔者翻译这首诗的时候，对于已有现成译法的词汇也进行了类似转换，这有赖于经济现代性催生出的衍指符号。我差不多能逐字对译此诗，而不失简明晓畅。这也佐证了我们所谓的现代性具有经济结构，如此写诗，又如此译诗，使得价值观的深层含义通过语言交换得到超结构的表达成为可能。而这个价值观的定义比以往更为深刻。这并不是说我的劳动会因机器翻译而显得多此一举。将公里译为"km"或"kilometers"（或许为美国读者之便，将中印首都间的近似距离换算为2000英里），乃至于从一开始就译得"忠实"如斯——就是依照实际顺序，尽量抓住词语的词典释意，等等——都是本人的决定。它们代表了我对这首诗的阐释，也就是，我认为它在英文里——可以是并且应该——是这个样子。我对句子语法、诗歌是否该合辙押韵没有疑问，欧阳江河之诗的现代性已经回答了这一切问题。这些决定的精确参数，显示了我在翻译这首以及其他中国当代诗歌时的阐释之"弱"。

中国诗歌翻译中的"强释"与"弱释"

欧阳在诗中追问印度圣河能否令时光倒流，亦即诗中另指的"隔世"关联。为使这一追问在中印两国互动史上有根有据，他使用了佛教术语。这就造成了时代错误，在莫卧儿帝国修建泰姬陵（诗人提到，1632年动议，1653年竣工）的时期，印度大部分地区已不再信奉佛教了。但这也确实提供了语言方面汉印文化嫁接的先例。于是，我将欧阳诗中的佛教术语译成音译的梵语，而不是英语。

> Root, branch, leaf—three avidyās of ignorance flowing in counterpoint.
> Heart of the sun, heart of the earth, heart of man—three ineffable nirjalpās
>   shrinking
> from teardrops, as small as a piece of your heart, smaller than
> the self in submission to anatta and selflessness.

> 根，枝，叶，三种无明对位而流。
> 日心，地心，人心，三种无言
>   因泪滴
> 而缩小，小到寸心那么小，比自我
> 委身于忘我和无我还要小。

梵语中的"avidyā""nirjalpā"和"anatta"与汉语中的"无明""无言"和"无我"之间可以直接移译——愿意的话也可以说是"化身再现"——表明衍指符号可能在现代性巅峰期之前就通用了，哪怕修建姬陵的日期意味着欧阳描述的对象处于现代时期早期。无论如何，我把汉语佛教术语置换成英语中对等的梵语形式，视为"弱释"的另一例。

当然，当代中国诗歌翻译中也的确存在稍强一些的阐释。谨以西川《思想练习》选段为例：

> Nietzschean thought, when we are in thought, makes us brazen
> and shameless. But does that mean we aren't brazenly mimicking

the singing of the sparrow, shamelessly mimicking the silence of
white clouds? Does that mean we aren't brazenly and shamelessly
being brazen and shameless?

尼采思想，这让我们思想时有点恬不知耻。但难道我们不
是在恬不知耻地模仿鸟雀歌唱，恬不知耻地模仿白云沉默？
难道我们不是在恬不知耻地恬不知耻？

西川在两句话中五次重复"恬不知耻"。鉴于英语对主题和变奏的处理在修辞层面不同于汉语，英译不可能出现这么多重复。所以这个词组译成了"brazen and shameless"，之后再拆分使用。设若换一位译者，译法又会不同。

这个假想的"另一位译者"引出了译者风格的问题，或者说，对阐释强弱的考查。要之，尽管译者们都拥有自己的风格，但当代中国诗歌的英译者们（姑不论大多数将其他当代语译成英语的文学译者），他们更感兴趣的是复制及再现所译诗人的风格，而不是坚守自己的风格。大卫·贝洛斯（David Bellos）写道："事实上，乔治·佩雷克（Georges Perec）、伊斯梅尔·卡达莱（Ismail Kadare）、弗雷德·瓦格斯（Fred Vargas）、罗曼·加里（Romain Gary）和伊莲娜·贝尔（Hélène Berr）的法语都是特色鲜明，各不相同——而我译他们的作品，从风格上说，都不过是一个又一个的贝洛斯。"（Bellos 2011，289）但不同英译者笔下的西川却既相似又相异。下面是乔治·欧康奈尔（George O'Connell）和史春波（Diana Shi）译本的节选：

even the Tang Dynasty fell into decline
even in the trashcan people are living
even optimists are uncertain how to live
even men with fallen shoulders want to leave home (Xi Chuan 2007)

中国诗歌翻译中的"强释"与"弱释"　13

拙译如下:

even the Tang Dynasty fell in the end
even dumpsters have people living in them
even indulgent idealists have no clue how to live
even men with sloped shoulders run away from home

连大唐帝国也最终走向衰落
连垃圾箱里也有人居留
连奢谈理想的人也拿不准该怎样生活
连溜肩膀的男人也要离家出走

(Xi Chuan 2012, 74—75)

又如柯雷的这一段英译:

So please allow me to stay in your house for an hour, because an eagle plans to reside in a chamber of my heart for a week. If you accept me, I will gladly turn into the image you hope for, but not for too long, or my true features will be thoroughly laid bare. (Xi Chuan 2003, 41)

拙译:

So please let me stay in your room for an hour, since an eagle plans to live in one of my ventricles for a week. If you accept me, I'll change into any form you wish, but not for too long, or my true form will be revealed.

所以请允许我在你的房间待上一小时,因为一只鹰打算在我的心室里居住一星期。如果你接受我,我乐于变成你所希望的形象,

但时间不能太久，否则我的本相就会暴露无遗。(Xi Chuan 2012, 186—187)

这些译本各不相同，但读起来更像是一首作品不断改进中的稿本，而看不出不同作家之间的根本差别。贝洛斯意识到"从风格上说，都不过是一个又一个的贝洛斯"，感觉"非常高兴"，因为他说"那些翻译都是我的作品"（Bellos 2011, 289）。相比之下，艾略特·温伯格（Eliot Weinberger）写过："一个译本基于自我的分解。一件糟糕的译作就是译者的声音显而易见。"（Weinberger 1992, 60）"衍指符号"让我及其他译者能够通过"弱释"当代汉语诗歌传达其内容和写作方式。笔者亦曾另文提出，按照伯顿·拉斐尔（Burton Raffel）在《散文翻译的艺术》(*The Art of Translating Prose*, 1994) 中称作"句法追踪"（syntactic tracking）的方法转译西川诗，以句译句，以小句译小句，尽可能还原他的句号、逗号、感叹号和分号（Klein 2016b, 45）。试以《鸟》为例：

The bird is the uppermost organism upon which our naked eye can gaze, at times singing, at times cursing, at times silent. As for the sky above the bird, we know nothing: it is an irrational kingdom, a vast and boundless void; the bird, then, is the frontier of our rationality, the fulcrum of cosmic order. It's been said that the bird can look directly into the sun, and certainly the eagle, king of all avians, can perform this feat; whereas we peek at the sun and in a second our heads start to spin, we get spots in our eyes, and in six seconds go blind. Legend has it that Zeus transformed himself into a swan to ravish Leda, and that God transformed into a dove to procreate with Mary. The Book of Odes says: "Mandated by Heaven the dark bird / Alighted to bear Shang." While some have indicated that the aforementioned "dark bird" means dick, we don't have to believe this. To descend as a bird is God's way to possess the world, equivalent to the emperor paying visits in the human realm incognito, disguised as his own manservant. Ergo, God is accustomed to being condescending. Ergo, the bird is the intermediary between earth and sky, a table between man and spirit, a ladder, a passageway, a demigod. The platypus mimics its outward appearance, the bat mimics its flight, but even the ungainly fowl is "a fallen angel." The bird of our songs—its magnificent plumage, its lissome frame—is but one half of the bird. The bird: creature of mystery, seed of metaphysics.

鸟是我们凭肉眼所能望见的最高处的生物，有时歌唱，有时诅咒，有时沉默。对于鸟之上的天空，我们一无所知：那里是非理性的王国，巨大无边的虚无；因此鸟是我们理性的边界，是宇宙秩序的支点。据说鸟能望日，至少鹰，作为鸟类之王，能够做到这一点；而假如我们斗胆窥日，一秒钟之后我们便会头晕目眩，六秒钟之后我们便会双目失明。传说宙斯化作一只天鹅与丽达成欢，上帝化作一只鸽子与玛丽亚交配。《诗经》上说："天命玄鸟，降而生商。"尽管有人指出：玄鸟者，鸡巴也，但咱们或可不信。自降为鸟是上帝占有世界的手段，有似人间帝王为微服私访，须扮作他的仆人。因此上帝习惯于屈尊。因此鸟是大地与天空的中介，是横隔在人神之间的桌子，是阶梯，是通道，是半神。鸭嘴兽模仿鸟的外观，蝙蝠模仿鸟的飞翔，而笨重的家禽则堪称"堕落的天使"。我们所歌唱的鸟——它绚丽的羽毛，它轻盈的骨骼——仅仅是鸟的一半。鸟：神秘的生物，形而上的种籽。（Xi Chuan 2012，162—163）

我尽力复现西川的标点，从而复制他的笔调，进而再现他的节奏，乃至如何言其所言。如前所说，尽管大多数文学翻译家也会努力再现源文本的风格，但有一种例外需要注意，也就是作者即译者。在拙译之先，西川曾和岳流萤（Inara Cedrins）合译过一个版本，标题为"Birds"：

Birds are the highest creatures we can see with our naked eyes. Now and then, they sing, curse, fall into silence. We know nothing about the sky above them: that is the realm of irrationality or of huge nihilism. Thus birds create the boundary of our rationality and the fulcrum of cosmic order. It is said that birds can behold the sun: whereas we will feel dizzy in one second, and six seconds later go blind. According to mythology, Zeus presented himself as a swan to fuck Leda; God occupied Mary in the semblance of a dove. There is a line from the Book of Songs: "Heaven let its black bird descend, and the Shang dynasty thus came into being." Although some experts argue that this black bird is nothing but the penis, still let's forget it. Coming to own the world as a bird is a god's privilege; as is an emperor's disguising himself as attendant to pay a private visit. Hence we may say, God is used to condescending. Hence birds are the mediators between earth and heaven, counters between man and God; and the stairs, passageways, that form quasi-deities. Duckbills copy the appearance of birds; bats fly in a birdlike way; and clumsy fowls could be called "degenerate angels." The birds we are singing for—their gorgeous feathers, their light bones—are half-birds: mysterious creatures, seeds in metaphysics. (Xi Chuan 2006)

此译的阐释强于拙译，其中西川之功不在于那些他用中文写下的句子，而在于他回忆了落笔行文之前的种种想法。换言之，非如何言其所言，而是如何言其欲言。理论上，"其欲言"这一标准没什么不好。庞德（Ezra Pound）和豪尔赫·路易斯·博尔赫斯（Jorge Luis Borges）——恰巧都是西川喜欢的作家——都把"勿译我所言，译我所欲言"当作信条。[①] 但据笔者愚见，对于不是作者的译者而言，若不通读源文本，根本无法获知作者"所欲言"。"衍指符号"以及当代中国诗歌与当代英语诗歌的近似性可以让译者洞悉作者"所欲言"及"如何言"，译者"弱释"是这

---

① 参见Perloff（1990，10）和Grossman（2005）。

其中唯一的过渡。

现代汉语和英语诗歌的相近性以及构成其基础的"衍指符号"现象使"弱释"成为可能。这种相近性似乎是现代性本身的一个特征,也是诗人们用中英文回应现代性的特征。但是,如果译者不仅要通过衍指符号来翻译互相关联的词语,而且还要跨越现代和前现代的距离,情况又会如何?

"强释"

西川后来在《思想练习》中提出疑问:"那么尼采遇到过王国维吗?没有。遇到过鲁迅吗?没有。"(Xi Chuan 2012,104—105)尽管这两位世纪之交的中国作家都未亲见过尼采,但他们确曾在语言中与之相遇;或者说,双语假想中的相遇会发生在两种不同版本的汉语中。鲁迅(1881—1936)被誉为"中国新文学之父",王国维却以文言文写作。蔡宗齐指出,在王国维论文学和美学的作品中"零零散散地提到了尼采",包括"王使用'势力之欲'这一术语,它大致译自'意志力'"(Cai 2004,186)。至少在尼采的术语体系之中,其意即,20世纪文言文转向现代白话文之前,衍指符号长久以来既未能超越欧洲语言的通常限制,也未深窥跨语际鸿沟,自然没有形成自己的领域。

如果衍指符号与文言到白话的转变有关联,那么我们就可以理解翻译中国前现代诗歌和中国现代诗歌到底存在何种区别,尽管刘禾认为19世纪术语系统的合法性才是衍指符号之根本。在以下两版英译中,英语诗学对米歇尔·福柯(Michel Foucault)所说的"现代认识型"(*the modern episteme*)(Foucault 1973)的接受起到决定性作用,即使衍指符号在当代诗歌翻译中成为可能,又要求译中国前现代诗歌时予以"强释"。如刘若愚所译的李商隐《无题》:

It is hard for us to meet and also hard to part;

The east wind is powerless as all the flowers wither.

The spring silkworm's thread will only end when death comes;

The candle will not dry its tears until it turns to ashes.

Before the morning mirror, she only grieves that her dark hair may change;

Reciting poems by night, would she not feel the moonlight's chill?

The P'eng Mountain lies not far away;

O Blue Bird, visit her for me with diligence!

(Liu 1969, 66)

此译质朴无华，但英语表达中的有意之"变"不但使其诗意的流露天然去雕饰，同时又让古诗表达了现代性的诉求。当然，这种"变"很大程度上源自庞德。他写《华夏集》（*Cathay*，1915）之前，古诗英译为数不多，其中多半还是李白（701—762；庞德称其Rihaku）诗作。当时的古诗英译读来都和下面这首诗类似：

Where blue hills cross the northern sky,

  Beyond the moat which girds the town,

'Twas there we stopped to say Goodbye!

  And one white sail alone dropped down.

Your heart was full of wandering thought;

  For me, — my sun had set indeed;

To wave a last adieu we sought,

  Voiced for us by each whinnying steed!

(Giles 1898, 70)

然而，一旦将李白的《送友人》以 "Taking Leave of a Friend" 为英文标题重译如下，其声调之平淡与汉诗大相径庭：

Blue mountains to the north of the walls,	青山横北郭
White river winding about them;	白水绕东城
Here we must make separation	此地一为别
And go out through a thousand miles of dead grass.	孤蓬万里征
Mind like a floating wide cloud,	浮云游子意
Sunset like the parting of old acquaintances	落日故人情
Who bow over their clasped hands at a distance.	挥手自兹去
Our horses neigh to each other as we are departing.	萧萧班马鸣

[Pound 2016（1915），50—51]

事实上，刘若愚自己在很长一段时间内坚持译古诗不改韵变律。他之前发表过此诗另一《无题》译本：

Hard it is for us to meet and hard to go away;

Powerless lingers the eastern wind as all the flowers decay.

The spring silkworm will only end his thread when death befalls;

The candle will drip tears until it turns to ashes grey.

Facing the morning mirror, she fears her cloudy hair will fade;

Reading poems by night, she should be chilled by the moon's ray.

The fairy mountain P'eng lies at no great distance:

May a Blue Bird fly to her and my tender cares convey!

（Liu 1962，28）

但庞德成为中国古诗翻译的"话语奠基人"，因此T. S. 艾略特（T. S. Eliot）称庞德是"我们这个时代中国诗歌的发明者"[Eliot 2010（1928），367]。刘若愚60年代末译诗接受了诗学现代性，不再力求合辙押韵，其实也是庞德"话语权"的体现。

刘若愚的《中国诗歌的艺术》（The Art of Chinese Poetry，1962）中与《李商隐诗选》（Poetry of Li Shang-yin，1969）中的翻译有些不同，而

葛瑞汉（A. C. Graham）《晚唐诗选》（*Poems of the Late T'ang*，1965）的面世恰可解释这些不同（同时，刘若愚的早期译本包含少数译作和对古代诗歌传统的解说，其《李商隐诗选》收选译诗百首）。① 在很大程度上，有两本书促使现代主义诗学融入学者们中国古典诗歌译本的语言之中，葛瑞汉译作算其一，另一例是1965年华兹生（Burton Watson）的《苏东坡诗选》（*Su Tung-p'o*）。② 葛瑞汉承认庞德对自己的影响，其书的引言开篇即解说诗歌翻译艺术是"最早出现在庞德《华夏集》中"的运动的一种"副产品"（Graham 1965，13）。饶富意味的是，上述"副产品"融入学术话语之所以水到渠成，李商隐英译发挥了至关重要的作用。下面是葛瑞汉的《无题》英译，标题为"Untitled Poems"，而刘若愚译为"Without Title"：

> For ever hard to meet, and as hard to part.
> Each flower spoils in the failing East wind.
> Spring's silkworms wind till death their heart's threads:
> The wick of the candle turns to ash before its tears dry.
> Morning mirror's only care, a change at her cloudy temples:
> Saying over a poem in the night, does she sense the chill in the moonbeams?
> Not far, from here to Fairy Hill.
> Bluebird, be quick now, spy me out the road.
>
> （Graham 1965，150）

---

① 但是，其他译者却做到了让李商隐的诗全部押韵。参见Chan 2012 和Ndesandjo 2016。

② 在葛瑞汉和华兹生之前，当然还有亚瑟·韦利（Arthur Waley），他在庞德之后不久，译本也没有押韵。"因为受韵律所限，要么语言活力欠缺，要么译本达意欠妥"，比如每个汉字"用英语一个重音来表现"（Waley 1918，19—20）。依拙见，韦利的读者并不是一群汉学家。汉学家所见1965年前的无韵译本更可能是散文体，并不着力表现诗意（比如Karlgren 1950）。关于中国前现代诗歌的翻译简史，参见Weinberger 2016；关于这一概史的评论，参见Saussy 2001，61—65，尤其是他指出"从（庞德）创译（中国诗歌）到其落地成实……65年悄然消逝"（65）。译者韦利的更多信息，参见Raft 2012。

葛瑞汉不要求古诗读起来近似英诗之"古"（无论这意味着什么），而是重新阐释诗歌传统，使李商隐读起来像是活在当代。

对古典诗歌的译者而言，中国古诗的英译是否应该类似于现在的英语诗歌；若不然，是否应该类似于长久之前的英语韵诗，是一个不可避免的问题。这也规定了译本需取"强释"。后来刘若愚区分了"诗人译者"和"评论家译者"，以及他们"不同的目标和读者群"，并质疑"暂时或永久未得母语缪斯眷顾的诗人或希望成为诗人者，用翻译为自己的创造力重新充电"，其目标是"基于对中国诗歌的理解或误解，写出一首不错的英文诗，不管能否做到"。他也不得不解释："作为一个用英语谈论汉诗的评论家"，其目标即"把展示出源语诗歌是个什么样子作为**阐释**的一部分"（Liu 1982, 37；黑体为本文作者所加）。在种种基本的阐释之中，那个表现出所译之前现代诗歌文本总体诗意的阐释，也就是"强释"。

译中国前现代诗歌用"强释"而译中国当代诗歌用"弱释"并不是说以规定或禁止的方式对两者随意区别对待。"强释"在英译中国前现代诗歌时可能是必需的，但"强释"和"弱释"并非二分关系，而是一个区间的两端。比如"强释"也曾用于译北岛诗（甚至比上述"恬不知耻"一例走得更远），笔者把"风"处理为"airs"，而不是"wind"，我把此"风"理解为《诗经》中"国风"之"风"［Bei Dao 2011, 101；比较David Hinton 和Yanbing Chen（陈艳冰）的译本，可参阅 Bei Dao 2010, 169］。但中国现代诗歌和英语现代诗歌相对近似，这意味着两种话语模式之间的转译基准是"弱释"（根据译者口味掺以"强释"），而译中国前现代诗歌时，"强释"不可避免。

有几个译者兼涉现代与前现代诗歌。如上文提及的"（古今双岛）文字游戏"，就出现在大卫·亨顿（David Hinton）译贾岛《哭孟东野》中：

Orchids have lost their fragrance. Cranes no longer call.
Mourning has faded into autumn skies, and the moon's
brilliance gone dark. Ever since Master Meng Chiao died,

I've wandered my grief away in cloud-swept mountains.

(Hinton 2002, 184)

兰无香气鹤无声
哭尽秋天月不明
自从东野先生死
侧近云山得散行

下面是亨顿译北岛《无题》：

hawk shadow flickers past	苍鹰的影子掠过
fields of wheat shiver	麦田战栗
I'm becoming one who explicates summer	我成为秋天的解释者
return to the main road	回到大路上
put on a cap to concentrate thoughts	戴上帽子集中思想
if deep skies never die	如果天空不死

（in Bei Dao 2010, 107）

表现北岛诗时，亨顿紧贴源文本，几乎亦步亦趋。仅将"天空"变通译作"deep skies"，当是为免押韵牵强。相比之下，转译贾岛诗时，他通过跨行和补饰加强诗意，以"lost"和"no longer"译"无"；以"brilliance gone dark"译"不明"；以"wandered my grief away"译"散行"，这也符合他对当代英语诗歌读者眼中的古汉语应该是什么样子的想法。亨顿在处理前现代诗歌或通过阐释向受众传达对源文本的解读时给予自己的"自由"大于译当代文本的自由。

无独有偶，霍布恩（Brian Holton）译杨炼（b.1955）的诗歌时，直截了当、明白易懂；但若在霍布恩译中国前现代诗歌的语境下说如此即为弱释，也算不上轻慢。霍布恩译前现代诗歌时，其"强释"在于译入苏格兰英语，而非标准英语。接下来是他译的李白《自遣》：

Dram afore uis, A didna see the derknin,	对酒不觉暝
ma claes happit owre wi flouers at fell;	落花盈我衣
tozie A rise, an follae the mune in the burn,	醉起步溪月
ilka bird reistit, fowk few an far atween.	鸟还人亦稀

(Holton 2016，16)

若他的英译看上去不像"强释"（哪怕它的确做到了：请看"tipsily I rise"，还有"人亦稀"的译法），这是因为：与其说英语译本是译自古汉语，毋宁说更像是苏格兰英语翻版。英译《自遣》如下：

With drink in front of me, I didn't see it get dark,
and my clothes are covered in fallen flowers;
tipsily I rise and follow the moon in the stream,
every bird gone to roost, and people few and far between.

诚然，霍布恩译当代汉语也用苏格兰英语，但更多的是用苏格兰英语译中国诗歌中冒出的方言（比如说四川话）。这当然也是一种阐释，但相比起为了翻译中国古诗——或通过古诗转译——复兴苏格兰诗人休·麦克迪尔米德（Hugh MacDiarmid）的措辞，其阐释程度相对较弱。

无论是决定根据当代英语规范或过去的诗歌规范进行翻译，还是决定将古代诗歌译成某种方言，都是"强释"在起作用。之所以需要——或者说有可能——以"强释"译古汉语诗歌，部分地由古汉语诗歌的句法特征造成，正如叶维廉（Wai-lim Yip）所指："冠词和人称代词……经常省略，"同时"缺少或者没有连接成分（介词或连词）"，"词类的不确定性和动词没有词格变化使读者可以自由地联系现实世界中的物体和事件，这一点尤为独特"（Yip 1997，xiii）。反过来，安敏轩（Nick Admussen）亲睹那些与中国当代诗歌有联系的真实物体和事件，动情地写下了个人对一张书桌的记忆，书桌是父亲留给他的，而他的记忆却又干扰了他译哑石（b.1966）诗歌，让他"感觉像是犯了个错，作为译者在工作上松懈了，一个鬼魂悄然出现"（Admussen 2017）。安敏轩提到他的译本"延伸了语法，却无明显章法，"设若译的是古代诗歌，他也许不会这么说。叶维廉论述道："将印欧语言习惯不经任何调整就强加到古汉语上"会极大地改变"诗歌的感知表达过程"，尽管这样说有点夸大其词，却表明古汉语句法和现代汉语句法在阐释上彼此不同。换言之，"强释"就是译者会考虑叶维廉所说的古汉语诗歌中"对读者而言能一次次进入并获得多重感知的不确定空间，而不是将他们固定在某一确定的立场或引至某一特定的方向。"尽管在我看来，那种"强释"并不出现在汉语诗歌的句法本身，而是出现在这种句法与我们习惯在当代英文诗歌中读到的句法间的差异中。

在翻译中跨越这一差距，就需要做出种种细致的决定，比如在任一给定的诗学体系中，如何在更为广泛的诸多因素之间逐行转译，以使"强释"高度可行。当缺乏文体对等的衍指符号时，对前现代汉语的译者来说，去契合当代诗人文体层面的"如何（手法）"，负担更大。于是，我们开始探究质量评估的问题，或者说我们更喜欢哪一个译者。下面是刘若愚译李商隐另一首诗《夜雨寄北》，英文题名 "Lines to Be Sent Home Written on a Rainy Night"：

You ask me the date of my return—no date has been set.
The night rain over the Pa Mountains swells the autumn pond.
O when shall we together trim the candle by the west window,
And talk about the time when the night rain fell on the Pa Mountains?

（Liu 1969，150）

君问归期未有期
巴山夜雨涨秋池
何当共剪西窗烛
却话巴山夜雨时

下面是宇文所安的译本，题名为"Night Rain: Sent North"：

> You ask the date for my return;
> 　　no date is set yet;
> night rain in the hills of Ba
> 　　floods the autumn pools.
> When will we together trim
> 　　the candle by the western window
> and discuss these times of the night rain
> 　　in the hills of Ba?

（Owen 2006，351）

尽管他们都以庞德提出的把古汉语诗歌译成自由体作前提，但两位学者都没有把为诗歌读者而译置于为学界读者而译之上，但后者对"原诗是什么样"更感兴趣。问题在于，用刘若愚的话说，"原诗是什么样"除了通过译者自己的诗学感受、译者对"英诗如何"抑或"应当如何"去认知，别无他途。译者诗观的实现就是阐释。从译者角度来说，中国现代诗歌总体上不需要中国前现代诗歌的阐释强度。

依笔者所见，宇文所安和刘若愚的译本阐释得过于谨慎，不甚成功，大概他们都默认"译者鲜明的声音"［可参考Owen 1985，121—126；宇文所安关于刘若愚划分"诗人译者"和"评论家译者"两种身份的看法，最明显地体现在他称为"来自我们自己的文学中的最佳类似物：戏剧独白体、忏悔传统以及日记"，"正是这一模式使译者同时拥有两种身份"（125—126）］。这当然不是无可理喻的一时冲动。若以中国现代诗歌英译为例，请见杜博妮（Bonnie McDougall）和芬科尔（Donald Finkel）所译北岛《回答》中的一诗节：

> A new conjunction and glimmering stars
> Adorn the unobstructed sky now:

They are the pictographs from five thousand years.

They are the watchful eyes of future generations.

新的转机和闪闪星斗，

正在缀满没有遮拦的天空。

那是五千年的象形文字，

那是未来人们凝视的眼睛。

(McDougall in Bei Dao 2010, 6—7)

The earth revolves. A glittering constellation

pricks the vast defenseless sky.

Can you see it there? that ancient ideogram—

the eye of the future, gazing back.

(Finkel 1991, 10)

杜博妮译本优于芬科尔。恰如查尔斯·伯恩斯坦（Charles Bernstein）所指："听起来颇为传统的美国自由体诗……未能传达出诗作如何被听见、如何传达意义的一个最基本的方面，而在中国读者看来，这才是作品最有趣的一部分。"（Bernstein 2012, 88；比较 Damrosch 2003, 23—24）尽管我认为杜博妮之"弱释"恰恰是其译本略胜一筹之因，但"弱释"并非译中国前现代诗歌的良策。为将中国前现代诗歌中的认知译成英语诗歌中具有现代性的知识，除了"强释"别无他选。

尽管他们的译法似乎是在跟"强释"唱反调，宇文所安和刘若愚却无不如此，这反调甚至令他们的阐释大打折扣。刘若愚用文雅的"swelling"形容秋日池塘，第三句又以呼格词"O"开头；宇文所安的半行缩进亦有意为之（后半句恰好对应李商隐七言原句的最后三个字），如此种种都说明译者试图接近于诗体，但"no date has/is set [yet]"却抵消着他们的努力，更不提诸如"we together"之类并不地道的表达。对比之下，翟理斯（Herbert Giles）19世纪晚期题名为"Souvenirs"的译本，尽管并不合我的口味，但我认为它对阐释力度的控制更合宜，译本也更为成功：

> You ask when I'm coming: alas, not just yet...
> How the rain filled the pools on that night when we met!
> Ah, when shall we ever snuff candles again,
> And recall the glad hours of that evening of rain?
>
> （Giles 1898，134）

若从"中国文学译著"课程这一角度，瞄准中国诗歌和诗学本身的教学（通过20世纪的翻译史，它们得以清晰呈现），就这点来说，翟译的精准度还不足以用来教学，就好比庞德的翻译通常都不够准确。但是，用它们来例证译者在自己诗学认识及阐释力度上的自信，却是可行的。

笔者译中国当代诗歌的准则是将诗人所表达的内容和诗人表达的方式都传达给读者；译前现代诗歌，需要接受我对阐释力度的自由。我仍以同时满足学术型和文学型受众为目标，认为刘若愚关于"诗人译者"和"评论家译者"的划分是建立在一种错误的二分法之上（毕竟学者也读诗，诗歌读者也会对学术感兴趣；参见Klein 2014b）；至少，这种二分法不会时时起作用。但是我发现，没理由不像那些用韵甚至更传统格律的译者一样，利用相似的阐释策略，即便我面对的是当代受众。下面是拙译李商隐《夜雨寄北》：

> You ask when I'll be back but there is no when.
> In the hills night rains are flooding autumn pools.
> When will we sit and trim the wicks in the west window
> and talk about the hills and night and rain?

为当代英语诗歌读者而译的一个努力就是，抹掉了山所在的区域，"巴"指今天的四川。如此处理当然容许商榷，但我发现翟理斯此处也省去了。不过，我还是关注诗人如何言其所言。窃以为，用当代措辞比翟理斯那种维多利亚晚期传统更有可能做到这一点。我以"强释"来区分义山用字遣词的独特之处和其他方面。例如，依愚见，李商隐对"共"的使用并无特别之处，通常译成"together"，这样就可避免宇文所安和刘若愚译本因重复而冗余，不令读者分神。另一方面，拙译之"no when"又是一处妙笔，得益于对李商隐诗中擅用反复的留意，尤其是在译《无题》首行时：

> Time to meet is hard to find; parting, too, is hard.
> The east wind has no force, but a hundred flowers fall.
> Silk threads end when spring silkworms die, and
> wax tears dry only after wicks go ash.
> She worries in morning's mirror about temples turning white,
> but reading my poems at night she'll feel the moonlight's chill.
> A little road leads from here to Mt. Penglai, so
> indulge me, bluegreen bird, and spy a little glance.

> 相见时难别亦难
> 东风无力百花残
> 春蚕到死丝方尽
> 蜡炬成灰泪始干
> 晓镜但愁云鬓改
> 夜吟应觉月光寒
> 蓬山此去无多路
> 青鸟殷勤为探看

以在翻译中保存诗人的表达方式为前提，我承认从古汉语到现代英语诗歌的转换中，这种保存不得不因我的主体性而有所过滤。

而主体性各有不同。笔者以前曾指出，依中世纪晚期中国诗歌出版的体例，将李商隐的诗行一段段译成内嵌注释的散文诗，或突出义山诗之幽微难明（参考Klein 2016a 和 2016c）。但以上译本引自克洛依·伽西亚·罗伯茨（Chloe Garcia Roberts）编辑的版本，即将由纽约书评出版。先锋的排版方式并不适合译李商隐，我的译诗自上而下编排，并未大量加注。但是，当得知拙译将会和罗伯茨和葛瑞汉（A. C. Graham）的译作并排出版，我决定让自己的译风更具辨识度。比如，我想效法大卫·亨顿，却又不与他雷同。下面是他的《无题》译本：

It's so hard to be together, and so hard to part: a tender
east wind is powerless: the hundred blossoms crumble:

the heart-thread doesn't end until the silkworm's dead,
and tears don't dry until the candle's burnt into ash:

she grieves, seeing white hair in her morning mirror,
and chanting at night, she feels the chill of moonlight:

exquisite Paradise Mountain—it isn't so very far away,
and that azure bird can show us the way back anytime.

（Hinton 2014，318）

下面是罗伯茨的翻译：

To see each other: difficult.
To part: also difficult.
The east wind lacks force,
A hundred flowers pale.

When spring's silkworm arrives at death,
Its filaments have reached exhaustion.
Beeswax candles grey,
Then their tears begin to dry.

> The mirror of dawn is only grieving
> The aging of your cloudmane.
> Night incantations
> Should feel the moonlight's cold.
>
> There is not much road left
> to Penglai Mountain.
> Bluebird, as much as in you lies,
> search out a glimpse for me.
>
> （Roberts 2017，在Roberts 2012 基础上修改）

亨顿的译笔风格独特、几不可仿，能巧妙地把蕴含诗意却又字数确定的一行一联当做思想单位加以再现。罗伯茨则既发挥中国诗学本身的特点，又在英译中再现其特色以凸显李商隐与其他诗人的区别。她解释说"借停顿断行，突出内在结构和诗联"（Roberts 2017）。知道拙译会在诗选内外和以上译本一同被人阅读，也让我有空间用自己的翻译风格做出阐释。翻译当代诗人的作品时，我不会给自己这种阐释的自由。

前文曾指出，不同译者的中国当代诗歌英译就好比同一作品不断修改的稿本。不同译者的中国前现代诗歌英译却更像彻头彻尾的改写。能利用这种不同来展现自己的风格，实乃乐事一桩。

译于"时空连续体"之上

早在《通天塔之后》(After Babel) 问世之先，译者们就已知道翻译需要阐释。乔治·斯坦纳（George Steiner）在书中将"阐释"或"超越言语或转录即时发生的当时当地，赋予语言以生命"定义为翻译"至关重要的起点"："阐释性的转换……必会出现，如此信息才能'传达'。"斯坦纳论述道："正是同样的模式——很少人重视——在单语中也起作用"，正如他在不同语言之间的转换中发挥作用一样（Steiner 1998，27—28）。然而，对于翻译跨越时空之间的差异，在我看来尚不充分。这里需要细述的是，尽管英译中国现代诗歌需要阐释，但比起用当代英语译中国前现代诗歌，其阐释程度较弱。

目前所论仅限于中国诗歌。至于面对诸如梵语、古希腊语、拉丁语、古斯拉夫语之类前现代语言的现当代后裔们把这些语言的诗歌转译成英语时，这种"强释/弱释"的区分还是否成立，尚难定论。相比中国现当代散文或其他体裁的翻译，把中国前现代散文（文言文或白话文）译成当代英语，亦未言及。笔者曾另文提过，译散文时我会有所删减；而在翻译诗歌时，一般不太愿意这么做（Klein 2016b，47）。我料想尽管儿童文学具有现代性，翻译时还是需要大量"强释"。同样的，当代英语与拉丁语之间的承继性使它们彼此相似，这也会弱化译者阐释的必要。随着传统固定化、规范自然化，阐释程度会弱化；或者说，阐释的需求会弱化。（把古汉语诗歌译成自由诗的过程中，刘若愚和宇文所安译本的阐释程度比不上庞德。然而，比起拙译西川，他们的阐释程度更强。）我的理解是，固定化的传统和自然化的规范就是"衍指符号"。这样界定"衍指符号"更为细致具体，为解决现代与前现代诗歌因认识论层面的差异而形成的张力提供了一个变通方案。前文对这个话题一直避而未论。一方面，是奚密造成了这一认识论意义的裂缝：没有对比废名和李商隐，而是对比了刘若愚所译之后者和她自己所译之前者。另一方面，还曾提到，将前中国现代诗歌中的知识译成现代英语诗歌中的知识，"强释"是必然选择。可原因何在？如果说"衍指符号"就是被视为理所当然的传统和规范，那我的观察就不会太过自相矛盾。现代性的确涉及规范的自然化，尤其是那些因应现代英语诗学而出现的汉诗规范，但这并非自然化发生在语言之间、存在于整个世界的唯一原因。

无论如何，"强释"一方面要求中国前现代诗歌的译者能够恰当地强调或者淡化中国现代和前现代诗歌之间的区别。也就是说，"强释"把中国前现代和现代文学要么处理成认识论上的彼此独立，要么是认识论的互相接续。另一个例子是米欧敏(Olivia Milburn)最近一篇名叫《中国的蚊子：一个文学主题》("The Chinese Mosquito: A Literary Theme"，2017)的文章。她认为中国文学的不同发展阶段在认识论上是互相独立的。尽管米欧敏博学多识地展示了前现代材料，对西川的《蚊子志》("Notes on the Mosquito"，Xi Chuan 2012，100—3)却并未提及。有趣的是，西川的诗引用了16世纪许仲琳的《封神演义》，而米欧敏却没有。也许我们更多地将中国前现代诗歌译成现代英语诗歌，并且像理解现代诗歌那样去理解它，不再强调现代诗歌和前现代中国诗歌之间的差异，能让我们更好地从学术上理解这两者"隔世"的对话。这就是说，"强释"的学术性可能更强。

参考文献：

Admussen, Nick. 2017. "Errata." *New England Review.* July 25. http://www.nereview.com/2017/07/25/nick-admussen/.

Apter, Emily. 2013. *Against World Literature: On the Politics of Untranslatability.* London: Verso.

Bei Dao 北岛. 2011. *Endure.* Translated by Clayton Eshleman and Lucas Klein. Boston: Black Widow.

—. 1990. *The August Sleepwalker.* Translated by Bonnie S. McDougall. New York: New Directions.

—. 2010. *The Rose of Time: New and Selected Poems.* Edited by Eliot Weinberger. New York: New Directions.

Bellos, David. 2011. *That a Fish in Your Ear? Translation and the Meaning of Everything.* New York: Faber and Faber.

Bernstein, Charles. 2012. "In Unum Pluribus: Toward a More Perfect Invention". *Epsians* (2): 83—93.

Bruno, Cosima. 2012. *Between the Lines: Yang Lian's Poetry Through Translation.* Leiden: Brill.

Cai, Zong-qi 蔡宗齐. 2004. "The Influence of Nietzsche in Wang Guowei's Essay 'On the Dream of the Red Chamber'." *Philosophy East and West* 54 (2): 171—93.

—. ed. 2007. *How to Read Chinese Poetry: A Guided Anthology.* New York: Columbia University Press.

Cassin, Barbara, ed. 2014. *Dictionary of Untranslatables: A Philosophical Lexicon*. Translated by Emily Apter, Jacques Lezra and Michael Wood. Princeton, NJ.: Princeton University Press.

Chan, Kwan-hung 陈钧洪, trans. 2012. *The Purple Phoenix: Poems of Li Shang yin*. West Conshohocken, PA: Infinity Publishing.

Damrosch, David. 2003. *What Is World Literature? Translation/Transnation*. Princeton, NJ.: Princeton University Press.

Eliot, T. S. 2010. "Introduction: 1928." In *New Selected Poems and Translations*, by Ezra Pound, edited by Richard Sieburth, 361–72. New York: New Directions.

Finkel, Donald, ed. 1991. *Splintered Mirror: Chinese Poetry from the Democracy Movement*. San Francisco: North Point Press.

Foucault, Michel. 1973. *The Order of Things: An Archaeology of the Human Sciences*. Translated by anonymous. New York: Vintage Books.

Fuller, Michael A. 2018. *An Introduction to Chinese Poetry: From the Canon of Poetry to the Lyrics of the Song Dynasty*. Cambridge: Harvard University Asia Center.

Giles, Herbert Allen. 1898. *Chinese Poetry In English Verse*. London: Bernard Quaritch. http://archive.org/details/ChinesePoetryInEnglishVerse.

Graham, A. C. 1965. *Poems of the Late T'ang*. London: Penguin. Grossman, Edith, inter view by Joel Whitney. 2005. "On Translating the Prince of Wits." *Guernica/a magazine of art & politics*. https://www.g uernicamag.com/on_translating_the_prince_of_w/.

Hegel, Georg Wilhelm Friedrich. 1956. *The Philosophy of History*. Translated by J. Sibree. New York: Dover Publications.

Hinton, David. 2002. *Mountain Home: The Wilderness Poetry of Ancient China*. New York: New Directions.

—. ed. 2014. *Classical Chinese Poetry: An Anthology*. New York: Farrar, Straus and Giroux.

Holton, Brian, trans. 2016. *Staunin Ma Lane: Chinese Verse in Scots and English*. Bristol: Shearsman Books.

Jakobson, Roman. 2016. "On Linguistic Aspects of Translation." In *Selected Writings: Word and Language*, 260–66. The Hague: Walter de Gruyter.

Karlgren, Bernhard, trans. 1950. *The Book of Odes*. Stockholm: Museum of Far Eastern Antiquities.

Kaufmann, Walter, ed. 1954. *The Portable Nietzsche*. Translated by Walter Kaufmann. New York: Viking. https://archive.org/stream/ThePortableNietzscheWalterKaufmann/ The%20 Portable%20Nietzsche%20 —%20Walter%20Kaufmann_djvu. txt.

Klein, Lucas. 2008. "Review of *How to Read Chinese Poetry: A Guided Anthology* edited by Zong-qi Cai." *Rain Taxi*. http://www.raintaxi.com/how-to-read-chi nese-poetry-a-guidedanthology/.

—. 2012. "Translator's Introduction." In *Notes on the Mosquito: Selected Poems*, by Xi Chuan 西川, ix–xiv. New York: New Directions.

—. 2013. "Indic Echoes: Form, Content, and World Literature in Tang Dynasty Regulated Verse." *Chinese Literature: Essays, Articles, Reviews* (35): 59—96.

—. 2014a. "Review of *A Phone Call from Dalian*, by Han Dong, edited by Nicky Harman." *MCLC Resource Center Publication.* http://mclc.osu.edu/rc/pubs/reviews/klein3.htm.

—. 2014b. "Not Altogether an Illusion: Translation and Translucence in the Work of Burton Watson." *World Literature Today* 88 (3): 57—60.

—. 2016a. "Pseudo-Pseudotranslation: On the Potential for Footnotes in Translating Li Shang yin." *Journal of Oriental Studies* 49 (1): 49—72.

—. 2016b. "Same Difference: Xi Chuan's *Notes on the Mosquito* and the Translation of Poetry, Prose Poetry, & Prose." *Translation Review* 93 (1): 41—50. doi:10.1080/073748 36.2015.1138077.

—. 2016c. "Dislocating Language into Meaning: Difficult Anglophone Poetry and Chinese Poetics in Translation—Toward a Culturally Translatable Li Shang yin." *Symposium: A Quarterly Journal in Modern Literatures* 70 (3): 133—42.

Liu, James J. Y. 刘若愚. 1962. *The Art of Chinese Poetry.* Chicago: University of Chicago Press.

—. 1969. *The Poetry of Li Shang-Yin: Ninth-Century Baroque Chinese Poet.* Chicago: University of Chicago Press.

—. 1982. "The Critic as Translator." In *The Interlingual Critic: Interpreting Chinese Poetry*, 37—49. Bloomington: Indiana University Press.

Liu, Lydia He 刘禾. 1999. "The Question of Meaning-Value in the Political Economy of the Sign." In *Tokens of Exchange: The Problem of Translation in Globalcirculations*, edited by Lydia Liu, 13—41. Durham: Duke University Press.

—. 2004. *The Clash of Empires: The Invention of China in Modern World Making.* Cambridge: Harvard University Press.

Milburn, Olivia. 2017. "The Chinese Mosquito: A Literary Theme." *Sino-Platonic Papers* (270): 1—50.

Ndesandjo, Mark Obama. 2016. "A Tang Poet From Nairobi: The Complete Poems of Li Shang yin Interpreted into English." *A Tang Poet From Nairobi.* https://atangpoetfromnairobi.com/.

Nietzsche, Friedrich Wilhelm. 1918. *The Antichrist.* Translated by H. L. Mencken. New York: Alfred A. Knopf. http://archive.org/details/theantichrist19322gut.

—. 1968. *Twilight of the Idols; and The Anti-Christ.* Edited by R. J. Hollingdale. Translated by R. J. Hollingdale. Harmondsworth: Penguin Books.

—. 1974. 上帝之死：反基督 [The death of God: Anti-Christ]. 刘崎译. 台北：志文出版社.

—. 2003. 反基督 [Against Christ]. 陈君华译. 石家庄：河北教育出版社.

—. 2004. *Ecce Homo: How One Becomes What One Is; & the Antichrist: A Curse on Christianity.* Translated by Thomas Wayne. New York: Algora.

—. 2005. *The Anti-Christ, Ecce Homo, Twilight of the Idols and Other Writings.* Edited by Aaron Ridley. Translated by Judith Norman. New York: Cambridge University Press.

—. 2012. 敌基督者——对基督教的诅咒 [Anti-Christian—A curse on Christianity], 吴增定、李猛译.《敌基督者》讲稿 [Lectures on Der Antichrist], 吴增定, 119–269. 北京：生活·读书·新知三联书店.

—. 2017. "Der Antichrist: Fluch Auf Das Christenthum." *Digitale Kritische Gesamtausgabe Werke Und Briefe (EKGWB), AC–62.* Accessed May 15, 2017. http://www.nietzschesource.org/#eKGWB/AC.

Ouyang Jianghe 欧阳江河. 2013. 如此博学的饥饿：欧阳江河集 1983–2012 [Such an erudite hunger: The poems of Ouyang Jianghe, 1983–2012]. 北京：作家出版社.

—. 2017a. "From 'Taj Mahal Tears'." Translated by Lucas Klein. *Seedings* (3): 170–75.

—. 2017b. "From 'Taj Mahal Tears'." Translated by Lucas Klein. *Almost Island* (15). http://almostisland.com/spring_2017/poetry/page/from_taj_mahal_tears.html.

Owen, Stephen. 1985. *Traditional Chinese Poetry and Poetics: Omen of the World.* Madison: University of Wisconsin Press.

—. 1990. "What Is World Poetry? The Anxiety of Global Influence." *New Republic* 203 (21): 28–32.

—, ed. 1996. *An Anthology of Chinese Literature: Beginnings to 1911.* New York: W. W. Norton.

—. 2006. *The Late Tang: Chinese Poetry of the Mid-Ninth Century (827–860).* Cambridge: Harvard University Asia Center.

Perloff, Carey. 1990. "Introduction." In *Elektra*, by Sophocles, translated by Ezra Pound and Rudd Fleming, ix–. New York: New Directions.

Pound, Ezra. 2016. *Cathay: Centennial Edition.* Edited by Zhaoming Qian 钱兆明. New York: New Directions.

Raffel, Burton. 1994. *The Art of Translating Prose.* University Park: Pennsylvania State University Press.

Raft, Zeb. 2012. "The Limits of Translation: Method in Arthur Waley's Translations of Chinese Poetry." *Asia Major* 25 (2): 79–128.

Reynolds, Matthew. 2011. *The Poetry of Translation: From Chaucer & Petrarch to Homer & Logue.* Oxford: Oxford University Press.

Roberts, Chloe Garcia, trans. 2012. "无题 / Untitled (To See Each Other…)." *Cerise Press*

3 (9). http://www.cerisepress.com/03/09/untitled-to-see-each-other#english.

Robinson, Douglas. 2017. *Critical Translation Studies.* New York: Routledge.

Saussy, Haun. 2001. *Great Walls of Discourse and Other Adventures in Cultural China.* Cambridge: Harvard University Asia Center.

Steiner, George. 1998. *After Babel: Aspects of Language and Translation.* 3. New York: Oxford University Press.

Waley, Arthur, trans. 1918. *A Hundred and Seventy Chinese Poems.* London: Constable and Co., Ltd. http://archive.org/details/cu31924023430097.

Watson, Burton, trans. 1965. *Su Tung-p'o: Selections from a Sung Dynasty Poet.* New York: Columbia University Press.

Weinberger, Eliot. 1992. *Outside Stories, 1987—1991.* New York: New Directions.

—. 2016. *Nineteen Ways of Looking at Wang Wei (with More Ways).* New York: New Directions.

Xi Chuan, 西川. 2003. "What the Eagle Says." Translated by Maghiel van Crevel. *Seneca Review* 33 (2): 28—41.

—. 2006. "Close Shots and Distant Birds." Translated by Xi Chuan and Inara Cedrins. *The Drunken Boat* (Spring/Summer). http://www.thedrunkenboat.com/xichuan.html.

—. 2007. "Discovery." Translated by Diana Shi and George O'Connell. *Words Without Borders* (November). http://www.wordswithoutborders.org/article/discovery.

—. 2012. *Notes on the Mosquito: Selected Poems.* Translated by Lucas Klein. New York: New Directions.

Yang, Lian 杨炼. 2008. *Riding Pisces: Poems from Five Collections.* Translated by Brian Holton. Exeter: Shearsman Books.

Yeh, Michelle 奚密. 1990. "A New Orientation to Poetry: The Transition from Traditional to Modern." *Chinese Literature: Essays, Articles, Reviews* (12): 83—105. doi:10.2307/495225.

Yip, Wai-lim 叶维廉 ed. 1997. *Chinese Poetry: An Anthology of Major Modes and Genres.* Durham: Duke University Press. http://site.ebrary.com/lib/yale/Doc?id=10207680.

你的结束便是我的开始：
论诗歌翻译中的主体性与伦理学

［美］凌静怡（Andrea Lingenfelter）
赵凡（译）

翻译实践及由此产生的译诗，令我持续地探索那些最早把我依次带入诗歌、汉诗与汉语的问题。语言的极限在何处？学习另一种语言（尤其是与母语没有关系的语言）的经验能否回答这个问题？在互不相关的语言之间（如中译英）做翻译，我们能学到什么？更确切地说，关于诗歌和诗学，翻译能传授些什么？在多大程度上，诗情可以转携？又在多大程度上，可以嵌入另一特定文化或语言？一种外语句法有多少可供挪用而不致语义崩解？声音在翻译中扮演怎样的角色？

笔者将透过曾翻译过的三位中国诗人的作品来探讨以上问题。这三位诗人是：台湾诗人杨牧（1940）、中国大陆诗人翟永明（1955）和王寅（1962）。我与他们相识多年，对他们的诗作别有一番体会——亲睹他们生活和工作的地方，在被他们称为故乡的城市与之促膝长谈……凡此种种，熏陶出所谓"养训式直觉"（educated intuition）。

翻译是对话、互动批评、类比分析，且高度的个人化。尽管在长久以来的翻译实践中，我都会把自己与诗歌融为一体，戴上翻译对象的面具，但本文亦会聚焦我自身的主体性，或者说我对作品的体验，以及我以翻译——既作为过程又作为结果——的形式对其做出的回应。同时，这种主观的体验仍植根于源文本的内容。努力使"原作"这一概念不再僵化、狭隘，这并没有错；但保持对原作的积极认识，亦义不容辞。笔者进而声明：一个译者必须不断追问他们自己："我开始于你终止之处"；反过来也是一样，尤其是在译者自己也创作诗歌的情况下。作为诗人，我们各有特性与倾向，有偏好，有惯用的习语的声音。如果我们的翻译具有伦理性，那么清楚边界之所在就变得极为重要。彼此能产生共鸣使我们成为敏感的译者，但我们却受制于自身的知识、经验和偏好。翻译永远需要达到微妙的平衡，尽可能地占据一个取舍与再创相互重叠的临界空间。

对于翻译来说，关注源出与自我的临界非常重要。去年春天，因受自己最开始两次课布置的阅读作业启发，我为旧金山大学的学生设计了一个翻译练习，让他们可以从经验上理解二者的区别。阅读材料是：何丽明的《长干行的当代面孔》（"Contemporary Faces of the River Merchant's Wife"，2017）；加里·斯奈德（Gary Snyder）的《创造性翻译的生命》（"The Life of Creative Translation"，2012）；蔡顺昌（S-C Kevin Tsai）的《用分叉的舌头翻译中国诗歌》（"Translating Chinese Poetry with a Forked Tongue"，2008）；艾略特·温伯格（Eliot Weinberger）与奥克塔维奥·帕斯（Octavio Paz）的《观看王维的十九种方式》（*Nineteen Ways of Looking at Wang Wei*，2016）。以上作者皆为诗人。何丽明和蔡顺昌是博士，且用双语写作。何丽明的第一语言是粤语，也用英语写作和出版诗歌。她的《长干行的当代面孔》讨论的是，埃兹拉·庞德在意译李白《长干行》时的种种"应和"（responses）——或如我所称的"即兴创作"（riffs）。何丽明关于这种"自由应和"的取径令人耳目一新，笔者一向欣赏，却难以认同她对翻译本身的理解。如果"即兴翻译"即可获得好诗，那么我们需要为此腾出空间，但我不愿将之称作翻译。当我还是一名创意写作的高中生时，我为王红公（Rexroth）所译的中国古诗和日本俳句所倾倒——以至于我决定上大学时要么学中文要么学日语——但我不认为那是翻译，因为这些译作大大地偏离了原作，更多地在反映王红公的诗学，而非原作的诗学。

何丽明对这些不同"应和"的陈述，帮我理清了自己关于"自由应和"的想法，而蔡顺昌的文章则是着眼于格律诗汉译英的个案研究。蔡顺昌尊重原作那极重节奏与韵律的诗学。作为一位优秀诗人，他在无损内容的情况下，就形式差异的问题提出了创造性的译解方案。包括像是改变诗行数与音步，而个中理由却是经过深思熟虑，颇具说服力。像何丽明和蔡顺昌这样科班出身的学者，提供了对原文的深刻理解，同时亦拥有不过于拘泥字面的自信。

撇开题目不论，加里·斯奈德的演讲，为理解和尊重原作的诗学提供了一个理由①。他年轻时在加州大学伯克利分校学习中文，对原作的诗学产生了深深的敬意。比如唐诗，就要考虑格律与煞尾。斯奈德强烈地表达了对唐诗分行方式的看重，极力反对那种故意无视原文的跨行衔接（enjambments），而通过使用斜韵（slant rhymes）和半押韵（assonance）来处理格律的问题。他有时也发挥创造，比如在一次翻译中引入现代转喻来替代今天读者难以理解的唐代原作。无论读者如何看待这些替换，斯奈德都会向读者尽力展现自己之所见，即初次阅读原作时产生的效果。在他自己的作品中，斯奈德自由使用跨行衔接（他将其称之为"在行间奔跑"），而且并不求押韵。这表明一个拥有成熟声音和文学身份的诗人，仍旧可以在诗学方面超越自我。

我将温伯格与帕斯的书纳入进来，在于这本书对同一首诗提供了许多不同的读法。我的学生多擅长批判性思考，精通中英文，他们在编辑手记中发现了许多值得商榷的地方，并持有许多不同的意见。这本身就很有价值。

由此而来的，是一项翻译练习。笔者让学生们以三种不同的方式接近同一首诗［王勃（650—676）的一首唐绝句］：翻译内容，但仍翻成一首诗；翻译形式（选择一种格律、创造或借用某种形式）；写一首应和诗（即兴创作），学生—译者既可以自由地翻译，将之移植到当代，也可以找到其他方式来处理材料。第一种版本展现的是理解；第二种要求译者分析、思考韵律和形式；第三种则鼓励个体的表达。当学生们从不同

---

① 斯奈德在演讲开场时就对讲座的标题做出了澄清，他对翻译的看法与标题并不一致，因为他必须很早就提交一个题目给组织方，"创造性翻译的生命"是当时突然想到的。

角度来读这首诗时，他们便会对诗的边缘有所体悟，并懂得欣赏个中的差异。他们或许发现自己对某种取向的偏好，但只要他们继续实践下去，他们定将意识到何谓翻译。

　　诗学问题一直是笔者作为一个翻译实践者的中心问题。我译一首诗，总是从体悟作者的诗学出发。是什么令他们的诗与众不同？实际上，这意味着我试图理解作者的分行、韵律、语汇与意象等背后的目的——以及作者最关心的方面是什么。如果说我对翻译对象产生了强烈的共鸣，或许那是因为我是通过自己的诗歌写作来靠近中国诗歌的。无论是诗歌、小说还是非虚构，我的文学阅读法在于将自己置身于作者的地位，试图理解作者的所作所为，但要由内而外地理解。这一原则是我翻译工作的基础。

　　直觉在翻译中发挥了一定的作用，尽管应人要求能够解释清楚你的想法会有所助益（我一直这样做）。虽然译者对作者负有责任，但二者的关系主要建基于文本。我相信作者所传达的意义就在诗中，我还相信这首诗便是作者所希望的样子。我并不愿意用太多的问题去困扰原作者——在询问任何问题前，我会先咨询与作者母语一致的读者，看看他们如何理解。（有时他们和我一样困惑。）① 只有当初稿完成，并重读其中的片段，对某个词或短语仍不满意时——要么因为它们在英语中听起来不太对劲，要么语义如水银般滑移难定——我才会接触作者。我的疑问通常很具体，促使作者选择此词的动机何在？当一个词含混不清，并且这种含混难以保留在目标语中时，作者愿意选择意义的哪一端？也就是说，我主要根据对原作的阅读，而非依赖作者在文本外的指导来塑造一首英文译诗。翻译始于阅读，如果我不是出色的读者，那么翻译的希望也将变得渺茫。我必须尽全力去理解一首诗，然后由此开始我的翻译。

---

① 即使那些还活着的作者，并不总能为译者或其他读者提供咨询，而翻译那些"不提供咨询"的作者也是十分重要且必要的。我喜欢翻译当代作家并非由于他们可为我调用，而是因为我对现代和当代汉文世界的语境——文化、历史和语言——之掌握比古代要好得多。这令我感觉踏实，因此翻译像林徽因（1904—1955）和戴望舒（1905—1950）这样的现代作家，也会令我感到有如在翻译本文所提到的三位当代诗人那般自在。

你的结束便是我的开始：论诗歌翻译中的主体性与伦理学

翻译要求我在这样的信念中跳动：既作为一个读者，又作为一个用英文捕获经验的诗歌作者。这把我们带向了道德硬币的另一面：译者对目标语读者的责任。当我翻译一首诗，那么我必须给予读者一首诗。

这也意味着一首英文诗在什么意义上成立。如果某些东西在汉文中不错，在英文中却不怎么样呢？如果一个常见的汉语修辞策略（如复沓、叠词、被字句）在英文中却显得沉闷呢？编辑会希望你让译文紧凑。以汉语之简洁补英文之所缺，但毕竟汉英各自拥有不同的耳朵。我的策略是再造诗歌的效果，这有别于在文法上忠实的那种译法。

译者还需要面对如何令译作听起来有别于译者自己。尽管已经做了如上工作，但这才是根本性的挑战。我们翻译得越自由，就越有可能令译作像译者自己，而不像翻译的对象。我尽可能地内化原作流露出的声音，它会在我进行阅读时浮现于脑海之中。我允许自己持有所钟爱的语言技法，特别是"头韵"与"半谐音"。这些是将诗行连接起来的音乐特质，是将一行之内或不同行之间的语词串联起来的声音线索。如果你细读我的作品，你能发现许多这样的比喻吗？当然。如果你读过译作的原文，你也会发现这些技法吗？是的。汉文里充满了双声和叠韵（双音节词）。这是否影响了我的英文韵律，或者说尾韵和头韵在诗歌里是如此的普遍，以至于这样的问题意义不大，而更关乎押韵的程度？许多我最喜欢的英语诗人都存在大量的头韵和半谐音。难道我之所以喜欢这类诗人的作品，是因为我的品位在某种程度上已经被汉语的韵律所塑造？还是说汉语的韵律之所以令我欢欣，是因为我可以自如地使用这些技法？二者都有？一个鸡和蛋的问题。

当我对本文中一位汉语诗人的作品进行句法分析时，发现了许多类似特质的例子。此外，我还发现一些很难在英语中复制或模仿的特质：视觉韵律，含有相同部首或其他象形元素的字对。这又在图形和语义的层面上创造出另一种内聚力。但这该怎么翻译？因为英文是一种拼音文字，词的相似性源自发音的相似，所以视觉的韵律几乎只能变为音节上的相似。用听觉手法代以视觉手法是否可行？对此我持肯定的态度。

在此讨论的每一位诗人都有他们自己的诗歌取向。杨牧流畅的句法和关键的断句创造出某种变形的抒情体式，翻译的挑战性与回报相伴；翟永明的意象、强势声音，以及特有的视角，许多年前便引起我的注意直至今天；王寅的抒情情绪和晦涩隐喻（oblique metaphors）与我颇有共鸣。笔者将突出自己对他们诗学的理解如何引导我做出一个译者的裁决[①]。

杨　牧

　　杨牧的句法和对跨行衔接的使用引人注目。下面我将讨论在翻译《剑兰的午后》和《自君之出矣》这两首充满戏剧性的作品时的考量[②]。跨行衔接创造出悬念，杨牧在下面一首诗中对这一技巧的运用十分贴切。

Afternoon of a Gladiolus

I think I'm nostalgic for moments like that

afternoon of a gladiolus. Perhaps it's lonely upstairs

No voices there, I lean back into memories

Maybe someone is in the courtyard putting away gardening tools

when wind chimes sound, interrupting

the dull bell that leans against the north wall

By now the grape vine should extend to

those mossy steps over there

right by the gnarled red pine, where the thinnest faintest

smoke floats in the air

[①] 本文中所引译文除特别说明外皆出自本人。如果没有注明出版信息，那么该译作可视作尚未出版。

[②] 我曾为《今日中国文学》(*Chinese Literature Today*) 撰文讨论这两首诗的"象征"(Lingenfelter 2014)。参看《想象梦中的象征：翻译杨牧》("Imagine a Symbol in a Dream: Translating Yang Mu")，该文以不同的角度来讨论这些作品。

The neighbors are trying to build a fire in their fireplace
So early in the season and they're already trying to use their
fireplace? This is what I'm thinking as I stand by the window
letting my eyes wander over the distance. On the desktop
scattered thoughts cover a stack of incomplete
drafts. I think I no longer remember
the subject, but I keep trying to get a hold on
what sort of moment the style belongs to①

剑兰的午后

我想我是怀念着那种时刻
剑兰的午后。或者楼上寂寞
没有人声，我斜靠记忆坐
或者人在院子里收拾芟茸的工具
偶尔风铃响，打断
倚北墙上淡漠的钟
葡萄藤应该延伸到
长苔藓的石阶那一边了
也就是赤虬松那边，空气里
漂浮着细微薄薄的烟
邻人在试用他们的壁炉
时间还早他们就试他们的
壁炉？这样想象我站在窗前
朝远处随意看。桌子上
打散的思维覆盖一叠未完成的
草稿。我想我是不记得它的

---

① 本文中这一版的翻译与《今日中国文学》中的版本（Lingenfelter 2014，58）稍有不同。

主题了，但依稀揣摩

风格属于哪种时刻

（Yang 1997，30—31）

这首诗有几处非常奏效的分行，我以下划线标出：

when wind chimes sound, <u>interrupting</u>
the dull bell that leans against the north wall

偶尔风铃响，<u>打断</u>
倚北墙上淡漠的钟

在"打断"处分行本身就是一种打断，同时还产生了什么被中断的悬念。

By now the grape vine should <u>extend to</u>
those mossy steps over there

葡萄藤应该延伸到
长苔藓的石阶那一边了

此处的分行强调了葡萄藤生长的持续性，而且还出现了另一个隐含的问题——它延伸至何处？答案在中断的下一行。

这首诗的以下四行由一系列的跨行衔接所标示，这些分行强调了表面的意义。

scattered thoughts cover a stack of <u>incomplete</u>
drafts. I think I <u>no longer remember</u>
the subject, but I keep <u>trying to get a hold on</u>

what sort of moment the style belongs to

打散的思维覆盖<u>一叠未完成的</u>
草稿。我想我是<u>不记得它的</u>
主题了，但依稀<u>揣摩</u>
风格属于哪种时刻

　　第一行以"未完成的"结尾本身就是一个未完成的思维和未完成的句子，只能由下一行开始的"草稿"一词来作结——从语义上讲，这个词破坏了完成的概念。而这一行则结束于另一个悬念，这一次以说话者"不记得它的"陈述作结。里面隐含的问题仍在下一行得到回答：说话者想不起文稿的主题。最后一次跨行衔接位于倒数第二行的说话者在"揣摩"什么。试图抓住什么，或试图抓住萦绕其中的感觉，对这一身体行动的模仿代替了语词本身的位置，进而勾勒出认识论的潜在主题。全诗自始至终都传达出：技巧映照出内容。

　　《自君之出矣》以一组鲜活的意象与富有个性的断句开篇：

Since You Went Away

Imagine a symbol in a dream

bringing unbidden and unexpected joy, fine rain

sprinkling newly sprouted melons, and then oblique sunlight

shining on the rapt window where they grow taller day by day

in their sparse arrangement, supported by thin bamboo stakes and spooling ever upwards

Maybe given to a passionate woman who explains it all, a string of profound thoughts

or perhaps empty glances gather in clear autumn waters

seeing through the alternations, layers of classical biology

The full moon wastes away, while indoors
stands a long-neglected loom[①]

自君之出矣

虚拟一种象征为了梦中
不期而遇且惊喜，小雨
轻洒发芽的瓜苗，然后太阳倾斜
照到它在出神的窗口寥落为摆设
逐日抽长，欹靠一节细竹竿盘旋上升
且交给多情的妇人解析，思维深刻
或者，空洞的眼色积着一泓秋水
透视反复，重叠的古典生物学
满月在消瘦，室内供着
一架旷日不理的残机

（Yang 2006，32—33）

我发现前两行中最引人注目的是位于第一行的三个主题相连的意象——"虚拟""象征"和"梦"——以及分行的方式所创造出的一种期待感，即满足于第二行中的"惊喜"，诗的语言随即暗示出这如同小雨落在瓜苗上，以及斜射的阳光。

<u>Imagine</u> a <u>symbol</u> in a <u>dream</u>
bringing unbidden and unexpected joy, fine rain

<u>虚拟</u>一种<u>象征</u>为了<u>梦</u>中
不期而遇且惊喜

[①] 除了一些以小写起首的诗行以外，本文中的翻译与《今日中国文学》中的版本（Lingenfelter 2014，60）相同。

然而，我遗漏了原文第一行中的"为了"这个词。相当于这一行半会变成这样的散文："虚拟一种象征给梦带来不期而遇且惊喜"（Imagine a symbol that brings unbidden and unexpected joy to a dream.）或是"虚拟一种象征为梦而带来不期而遇且惊喜"（Imagine a symbol that brings unbidden and unexpected joy for a dream.）。如果我用这种方式翻译这首诗的开头，那么将不得不打破原有的分行，将"梦"移到第二行，这样一来便会削弱原有分行的力量与意象的清晰度。为了词汇的完整性似乎付出了过高的代价。

这一版翻译碰巧被收入一套大型的杨牧诗选。一群经验老到的译者贡献出他们的译作，两名学识颇丰的编辑亦是受人尊敬的学者。两位编辑依次写信给我，指出遗漏之处，询问这一遗漏属于故意还是疏忽。我解释道这是有意为之，我理解诗行的字面意义，但为了推进意象的发展，选择将表面的意义视为次要。来信的编辑把我的解释连同译稿转发给杨牧。我对自己的解读逻辑充满信心——这并非唯一的可能，但却是我的读法——我对编辑要求杨牧做出裁决稍感惊讶。在阅读了译稿及其理由后，杨牧认为这种译法很有说服力，因此保持了这一译法。

此外，编辑还注意到我将"残"译为"neglected"（被忽略的），并想知晓其中的原由。这与潜文本和互文性有关。"自君之出矣"不过是近两千年来诗歌传统中的一首诗。标题取自一首汉乐府诗，即徐干（170—217）的《室思》。后来"自君之出矣"这一行成为一种诗歌模式。杨牧的诗指向了唐代诗人张九龄（678—740）写下的一个更著名的版本：

Composition after "Since You Went Away"

Since you went away,
I haven't tended my broken loom,
Missing you is like the full moon,
Night after night its clear rays diminish.

(Lingenfelter 2014，62)

赋得自君之出矣

自君之出矣
不复理残机
思君如满月
夜夜减清辉

(Gao 1973, 752)

张九龄的此诗,以及一长串文本上彼此相连的诗,皆属"闺怨"题材,即以弃妇怀想不在身边的丈夫或情人的诗。这类意象突出了女人被忽视的状态,并且掺入了她对修理破损织布机的忽视。她想念"你",她日渐消瘦,就如残月一般。

杨牧诗歌的这几行显然在回应张九龄所选择的意象甚至语词:

The full moon wastes away, while indoors
stands a long-neglected loom

满月在消瘦,室内供着
一架旷日不理的残机

直译的话就像这样:"The full moon becomes emaciated, (while) indoors stands / a broken loom that hasn't been fixed (or tended to) for a long time."[满月在消瘦,(而)室内供着/一架旷日未修理(或注意)的残机。]月亮渐瘦,就像张九龄诗中所写,织机长久无人修理或未被注意。那么译者(这里就是我)为何要违背这个表面的意思呢?答案就在字里行间:它与"闺怨诗"的传统语境有关。原作读者或许带有关于这首诗所在之传统的知识。而敏锐的读者无论在什么语言中都会察觉到女性与残月和残机(一个女性的象征,因为纺织在传统中皆是"女性的工作")之间的隐含所指,而一个受过汉学训练的读者则会想到张九龄的诗与"闺怨诗"的整个传统。但是我们如何为不太熟悉中国文学史的英语读者提供或暗示出这一丰富的背景呢？选择"neglected"而非字面的"broken"，由此来为读者尝试再造缺失的语境。这履行了我作为一名译者对读者的道德义务，而同时保持了对原作的忠实。编辑又一次征询杨牧，杨牧再次对我的译本感到满意。

最后，杨牧审阅了我为这本诗选所做的翻译，我只能假定他审阅了选集里其他译者的作品。诗人评价自己作品的翻译，不见得切中肯綮，但杨牧确实做到了。（他于加州大学伯克利分校获得博士学位，并在华盛顿大学任教数十年，我就读该校时，他曾教过我。）我相信，正是因为他对英语诗歌的了解，以及他作为一个诗人的身份，使他能够对我的翻译采取放手的态度。在少数时候，他会提醒我误解了某个词或忽略了某个意思，我便会做出修正。当出于美学考虑而做出一些选择时，也能获得他在艺术上的认可。

有时，一首诗的个人化语境，足以令读者错过某些含义。加之汉语天然所带的模糊性（尽管这是汉语作为诗歌媒介在美学与认识论上的优势之一），个人语境线索的缺失尤其会让译者误入歧途。杨牧诗作《象征》[①]那看似简单的开头几句就是一个例子：

After my car crosses that long bridge
I nod

车过大桥
我点头

逐字对译第一行："Car/s-crosses/crossed-big-bridge."（车/过/大/桥。）要做出相当多的解释才能转到"在我的车跨过一座长桥之后……"

[①] 译本早先发表于《今日中国文学》（Lingenfelter 2014, 57）；原文见于《时间之问题》（杨牧 1997, 72—73）。

(After my car crosses the long bridge...)。首先，英语语法需要冠词和时态，译者必须做出判断，才能继续译下去。尽管"车"（car，vehicle）可以表示复数，但我把它视作单数；并且把事件的展开设想为现在时。再加上冠词，以及多音节的"crosses"对应于单音节的"过"，诗行变长了，节奏也变了。为了保持诗行简短适度，与原文相称——因为我（错误地）认为杨牧用"大"（big，large）字多是出于节奏的目的——最初的译稿省略了这个形容词。我还设想场景中的说话者正从一个制高点观察车子从桥的一边驶向另一边，于是译诗的开头是这样的：

> A car crosses a bridge
> I nod

杨牧审阅了译稿，并回应如下：

> 我想说的是，我驾车正穿过花莲县山麓边一座桥。对我来说，这座桥显得宏伟、庄严，这是我写下"大桥"（big bridge）的原因。

杨牧不仅把说话者设定为驾驶者（因此是"我的车"，而非"一辆车"），"大"字对表达其意图至关重要，并非只为节奏。与此同时，杨牧的节奏感和洗练的诗句使得他不计较可有可无（但能消除歧义）的小品词"了"（除了一连串平实的汉语口语语法形式，散文作品也会这么用）。"大"字承载了说话者对桥的重要感受，杨牧与我讨论了对"大"的译法，使之在英文中能够恰如其分地表现出来。"big"太幼稚和含混；"grand"（宏伟）或"stately"（庄严）又显得太过。杨牧解释道，跨过这座桥标志着进入花莲县这个他出生和成长的地方。我问他这座桥是否拥有很长的跨度，他说没错，所以我提出"long"（长）这个词，通过强调从一边到另一边的距离，来暗示这条通道的某种重要意义，他喜欢这一选择。现在，我理解了说话者在此诗中的时空位置，以及这座桥的非凡意义，我将这两句调整为："After my car crosses the long bridge / I nod"。

这里再举出杨牧另一首与花莲有关的诗:

Zuocang: Sakor

When the moon is round, elephant ear plants jostle like the waters of the
    ocean
green ghosts tread the hollows, sparking successive
flames on my body in the gloom, spiraling upward, until every
tumescent rootstalk rushes in, and I look up
Affirming that narrow patch of sky still overhead, our
collective memory, afloat with bits of indigo and lime
clumping, pressing—When the moon is round
I see human shapes drifting through wild lands where bamboo shoots
and mimosas open and close, their shadows trailing
wind and dust, and the echoing of Spirit Creek.

His senses finely tuned, he moves between
the stillness of the living and the stirrings of the dead, the lush greenery
    unchanged
Even when the body, warm the first half of the night, suddenly grows cold
    and
turns to dew, and constellations both glorious and humble, each in their
    own quadrants, are
toppled in succession and retreat, like no longer remembered
legends of the great flood: his tone of voice constant, its hues unaltered
Lingering by an underwater cave with flashing white stones, and even the
weeds bloom for him, concealing both late-comers and early
arrivals—look, he has a bow and arrows slung over his shoulder
and freshly picked soapwort, solitary spirit

spreading rumors bred of rumors, borne aloft by whirlwinds, and then let
    fall, singing
a song of hunting and fishing

Thus, more keenly than most, you miss that different kind of time
When the new moon, hesitating like a frosty brow at the distant edge of
    the predawn
Sky, explains in a whisper that metaphors are predetermined,
born of the imagination, coalescing and dissolving
catching you unawares, scratching a sketch behind your ear and the
eyes of solitary stars, wings of the wind, the frozen rays of light
The swift blade slices stroke by stroke, incrementally shifting from life to
    death
Sakor, facing the end of samsara:
The repleteness of the concrete
is the collapse of the abstract

佐仓：萨孤肋

月圆的时候有姑婆叶竞生如海水
绿色精灵蹑蹀洼地陆续在身上
点火于暗微旋飞，直到所有
充血的根茎都急于涉足，仰首
确认狭窄的天光在上，我们的
共同记忆，浮着染靛和石灰
簇拥，推挤——月圆的时候
我看到有重复的人形飘过箭笋
和含羞草启阖的野地，影子遗落
多风和尘土，多回音的祖灵溪

你的结束便是我的开始：论诗歌翻译中的主体性与伦理学

他的感觉细致无比，出入
生者静与死者动间不改其蓊郁
甚至当上半夜的体温刚才冷却
为露珠，辉煌与简陋的星座各据一方
相续倾斜，溃散，如不复记忆的
洪水传说；他的声调不变而音色如一
逡巡于白石闪光的水窟，甚至
芒草也为他开花遮掩迟来和早到
的个体，看他身上背着弓箭
和新采的洗发草，孤独的魂
以讹传讹，飘举，攸降，吟唱
一首有关狩猎和捕鱼的歌

于是你就格外思念另外一种时候
当新月谨慎若寒眉在遥远未曙
天边细声解说隐喻怎样应运而生
自幻想，集合继之以解散
出其不意在你耳后划一道血痕以及
孤星的眼，风的翅膀，寒光凛凛的
快刀将它一一芟刈，递嬗死生
萨孤肋，朝向轮回的终点：
凡具象圆满
即抽象亏损之机

（Yang 2006，96—99）

几度易稿之后，出现了一个较为满意的译本，我有几个问题问杨牧：

- 你更喜欢 "Tso-ts'ang" 还是 "Zuocang"？〔我一般不会向作者提此类问题，但杨牧过去非常喜欢威妥玛（Wade-Giles）拼写系统。〕
- 你知道 "Sakura"（sakor？）源自哪一种土著部落语言？如果有可

能的话，我想做一个脚注。
- 在第一节的第三行，有这样一句：……陆续在身上……在谁身上？无名战士？植物？还是说话者？
- 祖灵溪：这是一个地名吗？我无法用谷歌查到。
- 洗发草：我也找不到这种植物。你能告诉我更多的信息吗？

杨牧在回复中解释道，这首诗标题的前半部分"佐仓"是一个地名，日语发音听起来像"sakura"（与日语中的"樱花"谐音）——或转写为冒号后的"萨孤肋"（sa-gu-le）。这一巧合引起了他的兴趣。他还告诉我，佐仓曾是原住民阿美人与日本占领者发生战斗的地点，这帮助我了解了一些历史背景。我自己也做了进一步的研究，了解到sa-gu-le对应于阿美语单词"sakor"——一种曾大量生长于现在称作佐仓这个地方的树。

杨牧对后两个问题的回答，尽管确实解释了我为何没能找到它们的出处，但还是有点出乎我的意料：两个词都是自造的。"祖灵溪"和"洗发草"都是他想象的产物。"祖灵溪"令他想起过去在这里倒下的战士；而"洗发草"则仅仅出于他对这个词发音的喜爱。由于两词出于自造，我也获准尽情享受在英文中编造相应词语的过程[①]。最终，我选择将"Ancestral Spirits Creek"（祖灵溪）当中的"Ancestral"（祖）去掉，因为太多音节会令这个词显得笨重。"Hair washing grass"（洗发草）同样需要一些舒展，以便令它在英文中出彩。因为这一虚构的植物暗示了它所使用的时段乃是古老传统的一部分，所以我倾向于选择一个听起来像是古英语的词来翻译。"Soap"（肥皂）是一个坚实的选择，"wort"（草本植物）让人联想到欧洲药草的意象，二者都根源于古英语，对杨牧的诗来说是一个合适的调子。

《戏为六绝句》向我提出了双重的挑战：如何展现标题里的"戏"（sport, play），并且如何处理第一节中的分行。我又一次征询了杨牧。就

[①] 我的翻译伙伴费正华（Jennifer Feeley）慷慨地让我从她那里获得一些想法，并帮助我决定了最终选择使用的译法。

像《佐仓：萨孤肋》过了很久才出现在我的桌前，《戏为六绝句》也完善于其他译作完成之后；由于之前我们已经就一组诗进行了交流，我知道他并不会介意我对不同语词的澄清，或为他的某些片段写下替代的版本。

将标题直译为 "Six Quatrains in Play"（戏剧中的六绝句）或 "Six Quatrains in Sport"（游戏中的六绝句）都显得很成问题。前者听上去不够成熟，与间接提到的诗作者——才华横溢、倍受推崇的唐代诗人杜甫（712—770）孰不相称；而后者听上去颇为做作，对于当代美国人来说有些过时（我不敢代表其他英语国家）。二者感觉都不太符合习惯。因而我提出了两种译法，对原作的精神进行了意译："Six Quatrains in Fun"（六首妙趣横生的绝句）和 "Six Lighthearted Quatrains"（六首轻松的绝句）。杨牧更喜欢第一个，因为他觉得那更符合他的本意。

六首绝句中的第一首困扰着我。删削成近似杨牧的句法和分行，我的第一版是这样：

But maybe after autumn sets in we'll
Grow accustomed bit by bit to such melodies as this
There are tiny insects in a clearing in the woods
Reciting quatrains in slanting sunlight

但或许入秋以后我们
就渐渐熟悉这样的旋律
有细微的蚊蝇在林间空地
斜照的阳光里背诵四行诗

（Yang 1997, 42—44）

我不太满意第三行到第四行的流动；第三行对我来说听上去不够轻快——节奏拖沓。如果我能更自由地翻译这一节，我就可以磨利句子，改善节奏。这取决于你如何看，要么如上分成两句，要么如下看成一句，后两行看作两个片段：

> But maybe after autumn sets in we'll
> Grow accustomed bit by bit to such melodies as these
> Tiny insects in a clearing in the woods
> Reciting quatrains in slanting sunlight

我对第二版更满意，因为杨牧的句法具有显著的灵活性，而且他大量地使用跨行连句，这与他的诗学相一致。尽管如此，出于礼貌（并确保我的诗学直觉没有让我陷入无益的困境），我还是请杨牧审阅了一遍，但我并未暗示我对其中一版的强烈偏好。我很高兴他也喜欢更简洁的这一版。

翟永明

另一个像杨牧一样经常与中国文学和艺术史对话的诗人是翟永明。《重阳登高》[①] 开篇即是王维（699—759）一首诗的名句："遍插茱萸少一人"，这首诗同样是为重阳节而作。每年秋天的农历九月初九这个节日，人们都会登高望远、赏菊、饮菊花酒，最赏心悦事不外乎与亲朋好友相聚相伴。按照传统，还会头戴一种特别的花，以求好运。在这个节日，人们会异常思念不在身边的亲人。

以下两小节是全诗的一个代表。说话者重九登高，山顶饮酒；她独自一人，没有亲朋陪伴。这首诗变成了对节日的理想状态与说话者的孤独境况之反差间进行沉思，这唤醒了我对晋代山水诗人谢灵运（385—433）的记忆，他对山水的狂热歌咏常常伴随着哀叹，很多时候他一个人独自登高，无人与之共享眼前的景象。下面是翟永明作品的一部分：

> Today I raise a cup alone   while River and mountains change color

---

[①] *The Changing Room: Selected Poetry of Zhai Yongming*. (《更衣室：翟永明诗选》) Translated by Andrea Lingenfelter. Brookline, MA: Zephyr Press, 2011.

The green months of spring depleted me
This figure, "Nine Nine"　is once again
Reborn in my veins
Faraway peaks above and below
Plunge naked into my heart
It's useless but all I can do is
Enjoy the glorious sunshine

Longing is miserable　Being drunk is miserable too
How many sighs in the soughing of the wind?　Who will answer my echo?

(Zhai 2011, 127—29)

今朝我一人把盏　江山变色
青色三春消耗了我
九九这个数字　如今又要
轮回我的血脉
远处一俯一仰的山峰
赤裸着跳入我怀中
我将只有毫无用处地
享受艳阳

思伤脾　醉也伤脾
飒飒风声几万？　呼应谁来临？

(Zhai 2002, 97—98)

翻译这首诗的最大挑战在于找到一种方法来为读者提供重阳节这一重要的文化背景，而不打断诗行。西风出版社（Zephyr Press）的编辑克里斯托弗·马蒂森（Christopher Mattison）和我均认为不可能将这一背景硬塞入诗中，所以在末尾添加一个长注脚将会是最好的解决方案。

《前朝遗信》包含了翟永明两首相互关联的诗,我对这组诗的理解很大程度上基于我们俩人的对话。当时翟永明带我游览了成都的一些著名景点,如"杜甫草堂",还有与唐代诗人薛涛(768—831)有着非常关联的地方"望江楼",以及可以追溯到公元前256年,且至今仍在运行的复杂灌溉系统"都江堰"。在我们聊天时,她表达了对女性在中国文学史上地位的看法,她有关唐代女诗人鱼玄机(844—868或869)的作品为我提供了阅读此诗的信息:

Letter from a Past Dynasty (Poem Sequence)

Letter from a Past Dynasty
—letter from a woman poet, Qiu Yanxue, of whom nothing is known

Setting aside the ever unfinished task of housework
I write a letter to a scholar in a future dynasty

After teardrops have speckled the rice paper
it becomes a painting   Then, touched with ink
it paints bold bamboo   broken branches and plantain leaves
Left over ink grows rank in the inkstone   my family berates me
When given leisure, my languid footsteps follow my mood

After setting aside the ever unfinished task of housework
I write a letter to a scholar in a future dynasty

Writing on fans   writing on white silk
writing on rice paper   writing on white silk handkerchiefs
Writing, it becomes so precious
The breath of each stroke   moves in my body

What will the next dynasty be like?   I do not know

What will paper be like in the next dynasty?   I don't know that either

Writing will no longer be precious in the next dynasty   I do know that

It has to do with the national mood

It has to do with dynastic progress

It has to do with the body politic

Setting aside the ever unfinished task of housework

I write a letter to a scholar in a future dynasty

I want you to remember the writing of an obscure woman poet...

My family name is Qiu, my given name Yanxue

My name will not be passed down

and I want you to know me

as you have never known anyone else before

This is our secret sign

My heart beats and so does yours

I am alone   just as you, when you are reading

are also alone

Writing and reading

The power of two players

Setting aside the ever unfinished task of housework

I write a letter to a scholar in a future dynasty

Silkworms spin their cocoons   just as I spit threads into thoughts

When there is cloth there will be poetry

When brushes and ink   are swept away by autumn winds

there will be tiny Chinese characters   I use them

knowing that　　hundreds of years from now you too will use them

I control them, creating a sense of euphoria in your brain

Like an orb of blue light　　it draws your

attention　　a psychedelic cloud

propelling you endlessly forward　　and closer

Viewed from the vantage point of eternity

you begin to know me, know my dynasty

its water and soil　　its climate

its clear and mild landscapes

its cool and quiet books of poetry

its wars and beacon towers

It perished due to the climate　　perished due to the soil

Perished because the people rose up[①]

前朝遗信（组诗）

前朝遗信
——无考女诗人邱砚雪信札

放下做不完的家务事
我给后朝的书生写信

米做成的纸滴上眼泪后
就变成图画　　用墨点染后
就写意为竹子　　折枝和芭蕉
宿墨久臭　　又遭致家人喝斥

---

① 这一版翻译基于该诗的最新中文版加以订正，另一版曾发表于 *Pathlight: New Chinese Writing* No.1, 2012 (《路灯：汉语新写作》第一辑，2012)。

闲来久踱而如思

放下做不完的家务事之后
我给后朝的书生写信

在扇子上写字　也在白娟上写
在宣纸上写字　也在罗帕上写
写，变得如此贵重
一笔一划的气息　在身体中呼吸

后朝怎样　我不知道
后朝的纸怎样　我也不知道
后朝的写将不再贵重　我却知道
与它的国情有关
与它的进步有关
与它的身体有关

放下做不完的家务事
我给后朝的书生写信

我要你记住无考女诗人的写……
我姓邱，名砚雪
我的名字不会流传下去
我要你认识我
就像你从未认识过别人
那是我们之间的秘密符号
我心跳你也心跳
我单独一人　正像你阅读时
也单独一人

写和读

二人博弈的力量

放下做不完的家务事
我给后朝的书生写信

桑蚕作茧　犹如我吐丝成思
有帛就有诗
毛笔和水墨　随秋风扫过
就有了小小的方块字　我使用它
知道　几百年后你们还是用它
我控制它，制作你大脑的欣快感
如同一团蓝光　引起你注意
它　一团迷幻雾气
使你无限向前　靠近

从永恒的透视点里往外看
你开始认识我，认识我的朝代
它的水土　它的气候
它的淡而清的山水
它的冷而静的诗书
它的战争和烽火台
它亡于气候　亡于土壤
亡于人民起义

(Zhai 2013, 26—30)

　　这首长诗有许多值得讨论之处，尤其是翟永明对那些被诋毁或被遗忘的古代女作家的持续研究与深深欣赏；但这个讨论超出了本文的范围。可以说，这首诗同时体现了翟永明对历史和对传统的性别角色如何束缚女性这两方面的深厚意识。翟永明对这些主题的处理在文本中清晰可见，但我确信，在文本之外，包括我们的对话、她的其他文章和诗歌之外的信息，为我阅读这首诗时所获得的紧实感发挥了作用，从而引导了我翻译的基调。

文字游戏或许是最难译的（仅次于基于文字游戏的笑话，尽管二者可能是一回事）。我非常满意翟永明《烟花的寂寞》（"Fireworks and Working Girls"）的终译稿［直译作"the loneliness of fireworks"，也可以解释为"the loneliness of prostitutes"（妓女的寂寞）］①。我绞尽脑汁地搜集了"妓女"从书面语到口语的各种英文表达。但没有一个能传递"烟花"这个意思，"fireworks"（烟花）是唯一能表示那些创造奇观和噪音的爆炸装置的词。然而有一个例外，就是"working girls"（上班女郎）中的"works"（上班）为"fireworks"的一部分。我唯一的担忧在于这个词可能有点老旧，一些读者不一定知道这个意思。然而，我非常喜欢这首诗，并想把它放进我正在编译的翟永明诗选中，最终如愿以偿。

标题里还有另一个要解决的问题：如何处理"寂寞"（loneliness）一词？汉语的标题由一个次要的"的"连接起两个主要的词，读者可以理解无碍。我选择创造一种新的文字游戏来展现这一双关语，将中文"烟花"译为两个英文单词，即"fireworks"和"working girls"。如果要完整地翻译标题，那么应该是："The Loneliness of Fireworks and Working Girls"。这种翻译显得臃肿，因为英文文法必须添加"the"和"of"的成分，却使之成为一个笨拙的短语，所有冗余的词汇模糊了双关语这一焦点，失去了翟永明原标题的冲击力。必须舍弃一些东西，因为双关语才是重点，所以我让"孤独"靠了边。我认为"烟花"的双关意味比"寂寞"的哀婉更重要，诗本身也传达了这一点。这是一个基于我自己的阅读所做出的判断，当我们就《更衣室》的译稿交换意见时，翟永明亦非常重视标题的双重含义，并希望翻译能传递这一点。

---

① 翻译见于《更衣室》（Zhai 2011，115）；原作见于《终于使我周转不灵》（Zhai 2002，62）。

王　寅

最近，我开始着手重新编译一部王寅的诗集。和他相识并翻译他的作品已有十年了。最近译出的作品中有一首叫《突然》：

Suddenly

this afternoon
a gigantic seagull
dive-bombed a pedestrian street
while fish exiled to the library for their crimes
were eating fruit

an accident victim carried a stretcher
down the road

when snow on the mountains drifts off to sleep
we will still be awake

this afternoon
a summer of reprisals drew to a close

突然

今天下午
巨大的海鸥
俯冲飞入步行街
发配到图书馆里的鱼
吃着水果

你的结束便是我的开始:论诗歌翻译中的主体性与伦理学

受伤的人抬着担架
走过街道

山坡上的雪入睡的时候
我们还醒着

今天下午
剿匪的夏天过去了①

这首诗虽然表面上很短,但目前这一稿也经过了七次改动。当时我和王寅同处一个翻译工作坊,他的工作室就在我隔壁,我可以直接问他。这加快了翻译的过程及修改:电子邮件很伟大,但还是比不上面对面的交流。我已将原作中需要澄清的部分用下划线标出。

巨大(enormous, gigantic, massive):海鸥仅仅只是体格肥壮,还是真的巨大无比?换言之,这指向超现实吗?答案是肯定的,所以海鸥变得"gigantic"。

受伤的人(injured person):这一联环绕在这种戏剧性的讽喻之中:某人受伤了,应该躺在担架上,抬着担架沿街走去。但这种直译对我来说有点问题,"An injured person carried a stretcher down the street."(受伤的人抬着担架走过街道)听上去很怪;我认为"accident victim"(事故受难者)会更有力也更经济。王寅对这一替换表示同意。

剿匪(bandit suppression):这是最棘手的部分。我不太确定这个词在诗中是何意。作何用处?是否协调?事实上这个选择依赖的是未经考虑的直觉。正如王寅解释道,这是一个旧口号:1949年共产党在解放战争中获胜后开始扫除和消灭(剿,suppression)国民党的顽固分子。但他很快补充道,他并未意指于此,这只是他自己的选择,他鼓励我把这个词译得尽可能松活一些。他绝不希望这首诗仅仅倒向和历史有关的一面,

---

① 未发表诗歌文本由作者提供。

我也如此认为。我不认为这首诗的英文译本会因为加入了20世纪50—70年代板结的政治语言而显得更好。一觉过后，我在接下来的几天重读我的草稿时，"reprisals"（报复）一词便浮现出来。它和"剿匪"（暴力冲突，报复屠杀）属于同一个语义范围，但听上不并不像1955年官方使用的语汇。

我希望诗集中收入的另一首诗题为《物非物》[字面为"A Thing (Yet) Not a Thing"]，[1] 牵涉白居易一首以"花非花，雾非雾"开头的诗[2]。王寅的题目与白居易这一句的后半部分谐音，"物"和"雾"同音双关。但如何翻译一个与另一首诗双关的题目，特别是它如此家喻户晓并承载了那么多的历史？不仅"物"和"雾"相互重叠，而且古诗调动了更多的内容，还有属于自己的阅读传统。这是仍未解决的难题，但我期待着集思广益带来的可能性，看看是否能从中获得些许乐趣。

这首诗的正文更直接，尽管同样含有文字游戏，就像第一节（中文有下划线）那样：

(When) A Thing Isn't a Thing

at first, what drew me in was a certain quality

neither blankness　nor blackness

but a thing whose name I can't call to mind

物非物

起初，吸引我的某种物质

不是<u>空白</u>　也不是<u>黑暗</u>

而是回忆不起它的名字

---

[1] 诗歌未发表，引文已蒙王寅慨允。

[2] 这几句的翻译改译自欧阳桢（Eugene Eoyang）的译本（见Liu and Lo 1975, 211）。

包含了"白"（white）的"空白"（blankness），与包含了"黑"（black）的"黑暗"（darkness）并列。巧妙的文字游戏会在直译中丧失［比如，"blankness"（空白）和"darkness"（黑暗）］；尽管把"黑暗"译为"blackness"（黑色）并无延展，但将"空白"译为"whiteness"却显得过度，极大地改变了诗句的原意。尽管如此，这种意义上的对立会将它们串在一起，就像带有相反电极的磁铁。

幸运的是，一个解决方案立马出现：将"blankness"和"blackness"对置。我放弃了语义上黑/白的比喻，代之以听觉和视觉上的对比，维持了诗句两端之间的联系。

第一节是这首短诗唯一完成的部分。其余部分包含暂时搁置的仍显粗糙的标题。为了避免这篇论文成为一份自我喝彩的列表——并且冒着使完成的翻译成为从A直接走向B的必然结果的风险——我将为这种错误的印象提供解药，同时留给读者去考虑这首诗该如何结束。

接下来是我翻译的最后一节，目前还未完成。我期望第一行的翻译毫不费力；但我却打算给后两行足够的时间，因为它们提出了挑战或问题，就像下象棋时的处境那样：

I've sidestepped the gloomy parts / depressing parts　　but still fell / slipped / blundered / sank / plunged / tripped into

the pure beauty of the cold / the purity of cold days / pure beauty of the cold / pristine beauty

the rot of a mild climate / the blight of mild climates

我回避着阴郁的部分　　却陷入了
低温下的美
恒温下的罪

这便是它对我产生作用的方式。翻译是一个过程，以上所见便是我的所思所想，先用手写，接着输入笔记本电脑里。译初稿时，我会留给自己多种选择——除非某个词或短语显而易见。通常在第二遍时译稿会变得愈加清晰，尤其是将译稿搁置一段时间后。以下便是初稿背后的考虑：

回避着："I've sidestepped...but still fell..."（我回避着……却陷入了）我查了"回避"一词，抛弃英语中显得抽象的对应词（elude, evade）。文学翻译的一个步骤便是查寻某个你已经熟知的词，以确保没有遗漏任何可能敞开广阔空间的意义窗口。如果按照字面意思，将会是"Sidestepping...I've fallen..."（回避……我陷入了……）但这也使得这一节将不会以"I"开头。或许之后我会选择以"sidestepping"开头，但现在，我更倾向于用第一人称叙述者来打开局面。

阴郁的部分：如何处理"阴郁"一词？是在暗淡与隐蔽意义上的忧郁？还是在悲伤的心理意义上的一种精神恐惧？我能像王寅笔下的汉语那样二者皆含吗？还有什么听上去更好的词？如果译为："I've skipped the depressing parts"（我跳过了抑郁的部分），那么听上去就像说话者正在看一本感伤小说或一部电影，而不断地点击快进按钮。何为字面义？何为抽象义？诗歌常常将二者混合或并置一处，而这一点正使得一首诗变得丰富。我想将这一品质融入我的翻译。我倾向使用"sidestepping"来描述某人摆脱伤害的方式，并暗示出某种精神上的机敏。

陷入了："fallen into a trap"。"陷入"强烈地暗示出某人滑入泥沼、陷阱或深坑的景象。英语中目前并没有这样一个栩栩如生的对应词，但过度翻译的危险并没有消失，这也是一个值得考虑的问题。

低温下的美
恒温下的罪

The beauty in [times of] low temperatures
The crime in [times of] even / steady / stable temperatures

这些句子就字面译出来听似平淡无奇，并没有以一种有意义的方式组合，也没有传达足够的深意。因此，过于拘泥原作的断句并非解决之道。(偶有逐字译出，但却决不过度翻译。)

起初，我对最后一联困惑不已。分别来读，倒数第二行非常清楚，但与节奏文法皆相似的末行配合读之，这一行便有缠绕之感。我发现末一行相当模糊，这反过来令第二行变得复杂，所以我问王寅写下这些句子时在想些什么。

王寅告诉我，他的语词选择由韵律引领，他试图表达低温的清新之"美"（clarity）与高温引发的问题，即温暖会令事物腐败——"罪"（crime）之间的对立。我该如何处理，将种种至少是关键的意涵尽可能地浓缩为一对简洁的平行诗行，既富有韵律又内涵相合？直到现在，我都没有答案。但我预计我将会因此度过一段有趣的时光。

参考文献：

Gao, Buying 高步瀛. 1973. 唐宋诗举要 [Important shi poems of the Tang and Song]. 香港：中华书局.

Ho, Lai-Ming Tammy 何丽明. 2017. *Contemporary Faces of the River Merchants Wife.* Feb 21. Accessed Oct 2, 2017. https://www.Worldliteraturetoday.org/blog/translation-Tuesday/contemporary-faces-river-merchants-wife-tammy-ho-lai-ming.

Lingenfelter, Andrea. 2014. "Imagine a Symbol in a Dream: Translating Yang Mu." *Chinese Literature Today*, 56—64.

Liu, Wu-chi 柳无忌, and Irving Yuchen Lo 罗郁正, eds. 1975. *Sunflower Splendor: Three Thousand Years of Chinese Poetry* 葵晔集：历代诗词曲选集. Garden City NY: Anchor Books.

Snyder, Gary. 2012. "The Life of Creative Translation." In *The Ninth Judith Lee Stronach Memorial Lecture on the Teaching of Poetry.*

The Bancroft Library, The University of California, Berkeley. Tsai, S-C Kevin. 2008. "Translating Chinese Poetry with a Forked Tongue." *Yearbook of Comparative and General Literature* 54: 170—79.

Weinberger, Eliot, and Octavio Paz. 2016. *Thirteen Ways of Looking At Wang Wei*. New York: New Directions.

Yang, Mu 杨牧. 1997. 时光命题 [The problem of Time]. 台北：洪范书店.

—. 2006. 介壳虫 [Scale insects]. 台北：洪范书店.

Zhai, Yongming 翟永明. 2002. 终于使我周转不灵 [In the end it brings me up short]. 石家庄：河北教育出版社.

—. 2011. *The Changing Room: Selected Poetry of Zhai Yongming*. Translated by Andrea Lingenfelter. Zephyr Press.

—. 2013. 行间距 [The distance between the lines]. 重庆：重庆大学出版社.

翻译打工诗歌：谁之声音，如何被听？

［美］顾爱玲（Eleanor Goodman）
赵凡（译）

当诗人、导演秦晓宇请我翻译《铁月：中国打工诗歌选》（*Iron Moon: An Anthology of Chinese Migrant Worker Poetry*）（Goodman 2017）[①]时，我显得有些犹疑。我的担心在于，一是翻译必须在八周内完成，以便同名电影能在美国如期首映；二则关乎选本的性质。

选本是那种焦躁杂乱的东西。囊括什么？又排除什么？谁的声音将被听到？谁的又将被漠视？诸如此类的老问题总是裹挟其中。以"最佳XX"之名面世或许正是这种排斥策略的罪魁祸首，它暗示某种终极标准的采用，而非一种混合了早先的经典化、编辑趣味与偶然运气的产物。

对于当代中国诗歌的英语和其他语言的译本来说，选本是一个针眼，汹涌的文本洪流从此挤过。但除此之外，一份尚显羸弱的个人选集清单亦正日渐丰满（尤其是"西风出版社"在这方面的工作堪称典范——老实说：我亦是其中两本诗集的译者）[②]。当然，不是所有当下中国的写作都值得从此处挤过去，宝石中伴有很多的渣滓。

宝石的隐喻在这一语境中值得仔细检视。一颗被切割成寒光四射的、抛光的、折射的、光滑的、边缘锋利的宝石，其中不含任何朦胧的、沉

[①] 本文所有译文都来自这个选集，除非特别标出。
[②] 西风出版社在"今天丛书"之下出版了许多高质量的中国诗歌译本，包括台湾诗人夏宇的作品。我在西风出版社翻译出版了《有什么在我心里一过：王小妮诗选》（2014，"今天丛书"中的一本）；《慧根丛书：臧棣的诗》（2017）。

闷的、模糊的杂质。在美国的主流文坛中，这就是我们常常在一首诗中要寻找的，那种构成了"高级文学价值"的东西：一种被打磨得光滑无比、被切割得干净利落的感觉，在各种光线下，任一侧面都光彩四溢。就像宝石一般，我们期待我们的诗歌价值连城，必须获得大量的时间与精力的投入。我们希望这些诗坚如钻石，只有在经过各种理论、方法与联想程序的检验之后，其完整的光谱才能被充分展现。我翻译了许多来自中国的这类诗，我自己也尽力写这样的诗。但并非所有诗歌都能做到这一点，这也并非诗歌表达的唯一路径。

概言之，有一种不幸的倾向在于非宝石般的、风格迥异的或其他富有挑战性的作品被从范围更广的全集中剔除了，而我打算为之一辩。这是一个被很多人指出又为很多人持续忽略的问题。但或许并非出于忽略，而是对什么是"文学"之"价值"这类问题存在真正的异见分歧。我用那颇令人惊惧的引号来标明这些概念所承载的沉重含义。问题虽古老，却仍旧活跃地踢打我们，它不会消失，相反却无处不在。

丽塔·达夫（Rita Dove）与海伦·文德勒（Helen Vendler）就达夫在企鹅出版社出版的《二十世纪美国诗歌选》（*The Penguin Anthology of Twentieth-Century American Poetry*，2011）的编辑决定而引发的一场广泛论争便是一个很好的例子。我无意对种族、性别、性取向和其他层面的歧视的真实性和重要性轻描淡写，这些因素一直都是巩固经典形成的基础；但在此，我想特别集中地讨论文德勒一方在论争中的修辞，她于《纽约书评》（*New York Review of Books*）对选集作了如下评论：

> 多元文化包容盛行：约有175名诗人入选。在英诗发展史上，没有哪个世纪有175位诗人值得阅读，那么我们又为何要去读那么多仅有一点或根本没有持久价值的诗人的作品呢？编选者张开双臂的迎接尺度或许太过宽泛了，而有所选择却被斥为"精英主义"，"百花齐放"才算正确……人们常说（某种程度上并不错）文学的品味各有不同，每个批评家都有可能犯错。但随着时间的流逝，从谷壳中筛出的小麦，使得这其中一定存在某种客观的标准：在达夫选

择的175位诗人中，哪一位拥有持久力，而哪一位又只是社会学档案中的一员？（Vendler 2011）

英语诗歌发展史上没有一个世纪有175位诗人值得一读，这种说法的激烈程度和赤裸裸的排他性令人瞠目。在我看来，这背后正是对诗歌的作用和潜在的可能的深深误读。文德勒的看法呈现出某种同质性：不仅诗人应该一个样，显在和潜在的读者也该有一致的理解。我们显然应该把自己局限于"好"诗人，或局限于"伟大"诗人，个中取舍自然由"专家"决定。

这是一个非常值得怀疑的前提：每个人都应该寻找或多或少相同的东西，拥有一套相似的要求、品位和欲望。尽管我并不反对读者可以自己设定诗歌评判的标准，但接受如此局限的标准，确乎有些弄巧成拙，以至于在一个世纪的任何一年里都应该只有不到两个英语诗人值得一读。

我更愿意把诗歌看作一个生态系统，其中各种各样的生长都是可能的，多样性本身即是一个能够丰富整个系统的特征。托马斯·塞耶·艾利斯（Thomas Sayer Ellis）的作品《他们所有诗行都一个样》(*All Their Stanzas Look Alike*) 绝妙地传达了别样的文德勒式表述：

他们所有的钟爱作家
　　他们所有的写作项目
他们所有的访问作家
　　他们所有的常驻作家
他们的诗行都一个样
　　他们都来自第三世界
他们都有世界系列展
　　他们都是连环杀手
他们所有的杀戮战场
　　他们的诗行都一个样
他们所有的国家补贴

  他们所有的任职轨迹
他们都是艺术家群体
  他们都有核心能力
他们的诗行都一个样
  他们所有的选集合集
他们所有的牛津诺顿
  他们所有的学院共同体
他们所有的奥普拉文德勒
  他们的诗行都一个样

（Ellis 2005，116）

  这种死气沉沉、千篇一律的一致性当然不仅是美国诗歌的问题，它同样上演于中国的诗坛，尽管使用的术语稍有差别。或许比美国更明显的是，最时髦的诗人[他们常把自己视为"先锋"（avant-garde），但这个词在汉语中的用法通常和其在英语中的用法关系不大]（van Crevel 2008，9）都倾向于把自己归入某一诗歌"流派"或"帮派"，大声宣示自己的写作乃是按照流派的规程来操作，成与败、价值之有无、囊括与排斥都有流派自己的标准。这些"帮派"在不同的程度上相互竞争，彼此排斥，甚至拒斥对彼此的阅读。但不知何故有这么一种假设，即无论这些论争变得多么有害，每个诗人都是这场论争的一部分。但偶尔也会冒出一群诗人，被大多数的这类诗人（不是所有人）忽略或无视。在某种程度上，这便是"官方"诗人的命运，他们是被政府认可的诗人，从而一般认为他们写政治化的、非原创的低劣作品。除此之外就是打工诗人。

  对"打工诗人"这个术语动态而灵活的翻译很有必要。一种是相当字面地译为"temporary worker poets"（"临时工诗人"），这种译法太平、太粗笨。另一种译法或可为"migrant worker poets"（"移民工诗人"），我曾在别处用过，为了方便也会在本文中使用。这种译法稍显灵巧，但并不如原文那么易解，而且还可能存在误导。此处的"移民"通常指的是中国国内的迁移，而在美式英语中，"移民工人"通常指向为了找工作而离开本国的人。再者"working-for-the-man poets"（雇工诗人）[①]，甚至像"displaced poets"（流民诗人）之类的译法，尽管远远偏离了原文，但却是一种别有意味的解释。事实上，在汉语里命名从一开始就未一致，一些人用"打工诗人"，另一些人用"农民工诗人"，还有回到具有毛泽东时代特征的"工人诗人"。

《铁月》(Iron Moon)是一部记录了几个打工诗人的纪录片，有一幕是诗人邬霞谈到自己在深圳的居住环境：

> 这就是我住的地方，"绿景花园"。听起来像一个豪华的地方，但事实上没有花，也没有花园。这不过是一个农民大院，我们是农民，但在城里，我们被叫作农民工。我觉得这挺有意思。(Qin and Wu 2015)

在翻译这里时，我碰到了问题，并为此抓耳挠腮。邬霞说的是：我们是农民，但在城里，我们被叫作农民工。"农民工"这个词表面上是描述性的，但广义上却被视作含有贬义。如果从14岁就搬到深圳，在电影拍摄时已经住了19年的邬霞仍被视作一个农民，或用一个更贬义的词"乡巴佬"，那么这个称谓并不能真实地反映一个人的工作，而是反映了他在出生时就被正式决定的社会地位。尽管这远不如20世纪50—70年代那样的政治化，却加剧了当今中国的城乡差距，社会地位是那种很难摆脱，或很难像换一个工作那样容易改变的身份。

在译完电影字幕后不久，我参加了北京大学一位教授和学生的私人饭局，我在当时提出了这个问题。餐桌前的每个人看上去都有些局促不安，感觉迈进了一处游移不定的所在。问题不在于把他们称为打工诗人或农民工诗人，而在于把他们归为一种诗歌运动或流派是否适当。饭桌上最年长的一位认为把这些作家归为一类，会把他们局限于他们的身份，

[①] 这个翻译受到了孙皖宁将"打工"译为"working for the boss"的启发，一并引用的另一个可能的翻译参见柯雷对《铁月》的评论（2017b）。

也就是前面提到的社会地位，以及与这种身份地位相联系的困难群体，而这个群体常常遭遇污名化。这将最大限度地降低他们在风格差异方面的个性，而变为强调他们的弱势背景。

另一位学生并不同意，她说向社会展示农民会写诗，恰恰可以证明那种所谓农民没有受过教育、没有创造力、没有文化甚至没有感情的说法并不准确，至少非常狭隘。她认为只有从这一标签来看待这些诗人，才能令此种刻板印象受到挑战，她认为，这正是这些诗人最初写作的原因之一。

当时我未置一词，尽管对这两种观点我都有话要说，但会以不同的方法来切入这个问题。我认为不应该把重点放在身份上，而是应该注重从诗歌的经验与材料出发。尽管它们可以相互联系，相互交织，但无论如何，这将把重点从诗人转移到诗歌上。在煤矿、电厂或印刷厂工作的人的所见、所听、所闻、所感，以及所做，都与大多数诗人的传统形象不相符合，而正是所有这些体验或许才是构成文学作品的原材料。

诗就像魔鬼一样，存在于细节中，对于许多诗人来说，细节来自生活经验。无论打工诗人是否可称为一个诗歌流派，我之所以同意翻译《铁月》（尽管截止时间令这项工作显得不可能），是因为随着我的阅读，我清楚地意识到打工诗人的重要声音应该被倾听，这些声音反映了一种从打工者的内在视角传递出的经验，因而值得局外人予以关注。关于农民工生活的研究，已经出版了丰富的中文著作，而其他语言的相关著作也在增加，张彤禾（Leslie T. Chang）的《工厂女孩：从乡村到城市的变动中国》（*Factory Girls: From Village to City in a Changing China*）（2009）与孙皖宁的《底层中国：农民工，媒体与文化实践》（*Subaltern China: Rural Migrants, Media, and Cultural Practices*）（2014）是其中的两本英文力作。但写得仍然很少，更确切地说：由农民工自己写自己的生活很少得到正式出版。无论是新闻报道还是学术研究，这些视角多是外在的。尽管这没有什么错——但这种外在的写作本身就脱离了体验，而许多这类故事的讲述恰恰得益于一种更亲密的角度。

翻译打工诗歌：谁之声音，如何被听？

在翻译完许立志的诗选（Xu 2016）之后，作曲家兼工会领袖阿伦·伊万特里（Arun Ivatury）联系我，希望我能同意把翻译的其中一首谱曲。这首引起广泛讨论的作品《我咽下一枚铁做的月亮》或许是许立志最为人熟知的作品：

I swallowed an iron moon
they called it a screw

I swallowed industrial wastewater and unemployment forms
lower than machines, our youth died young

I swallowed labor, I swallowed poverty
swallowed pedestrian bridges, swallowed this rusted-out life

I can't swallow any more
everything I've swallowed roils up in my throat

to spread across my country
a poem of shame

(Goodman 2017, 198, amended)

我咽下一枚铁做的月亮
他们管它叫做螺丝

我咽下这工业的废水，失业的订单
那些低于机台的青春早早夭亡

我咽下奔波，咽下流离失所
咽下人行天桥，咽下长满水锈的生活

我再咽不下了
所有我曾经咽下的现在都从喉咙汹涌而出

在祖国的领土上铺成一首
耻辱的诗

在邮件中，伊万特里指出他在别的地方看到一个翻译，在最后一节中使用了动词"to unfurl"（展开）。他向我引述的译文如下（译者的功劳事实上并没有被列入最初的新闻源中）："All that I've swallowed is now gushing out of my throat / Unfurling on the land of my ancestors / Into a disgraceful poem"（"所有我曾经咽下的现在都从喉咙汹涌而出/ 在祖国的领土上铺成一首/ 耻辱的诗"）（Tharoor 2014）。

"Unfurl"译得非常巧妙。"un"的闭合声敞开为长发般的"furl"，魅力非凡。让人想起一面抻展的旗帜，骄傲地挥舞着一根高举的旗杆，或是让人想起一幅展开的卷轴，其中的秘密被随之揭示，或是一艘帆船所扬起的高帆，荡漾在阳光和风中。

当我看到这个词时想到的第一件事是，**我希望自己也能想到"unfurl"**，难道重点不是在翻译一首诗吗？用美丽的、"诗意"的字眼来翻译？"unfurl"当然极富诗意：它不那么常见，有很强的共鸣，而且说明了译者拥有丰富的词汇，原文"铺"合理地变成了"展开"，哪怕它核心的意思在于"铺路"（to pave）。

在安托万·贝尔曼（Antoine Berman）的精彩论文《翻译与域外审视》（"Translation and the Trials of the Foreign"）中，他指出了翻译的十二种"变形倾向"，这些倾向使得译者对原文相当轻蔑，其中一项是"使崇高"（ennoblement），贝尔曼如此描述：

> 在诗中，[使崇高]是一种"诗化"。在散文中，这更像是某种"修辞化"（rhetorization）。修辞化可以说就是以原文为原料来生产"优雅"的句子。因此，所谓"使崇高"不过是一种重写，一种以原

文为基础、为代价的文体练习。(Berman 2004，282)

其次我想到的是将"铺"译作"unfurl"是一个多么不幸的选择。显然，"unfurl"与"spread"（散开）的对立之根源在于"使崇高"的问题。这个汉语词很平白，日常却并不庄严。另外，后缀"成"（become, turn into）与"un"（意即否定或未变成）也难对应。但除了词汇的层面，还有一个问题就是什么被"展开"了。表面上展开的是一首诗。在唐代的浪漫意象中一首诗可以像一幅书卷那样展开。但绝不适合在肮脏的笔记本上写作的许立志，而诗中所隐含的呕吐物（"从喉咙汹涌而出"）当然就更无法"展开"了。

但呕吐物却会散开，墨水也是，血也一样，还有耻辱。这首诗的写作日期署在 2013 年 12 月 21 日，也是许立志 2014 年 9 月 30 日自杀前写下的最后十几首之一。他是深圳富士康工厂内或附近许多跳楼工人的悲剧中的一例。将他击倒的是无可奈何的工作环境，他曾试着逃离这里，去寻找一个图书馆或杂志社的工作，或其他能运用他语言天赋的地方，但都以失败告终。自杀前几个月他回到工厂。随后的作品越来越黑暗，最后结束在一片沉寂之中。

对于"先锋"诗歌的语境可参考奚密（Michelle Yeh）和柯雷的著作：

> 对诗歌和诗人身份的"崇拜"（cult）开始兴起。诗歌的宗教色彩，对宏大的追慕，以及诗人的内讧都在暗示与毛泽东时代的美学的微妙共谋，以及与"新文化运动"的疏远。这种崇拜加剧了人们对诗人自杀的赞同……这令献身于诗似乎成为了一件不言而喻的事情（van Crevel 2017a，807）[①]。

与海子、戈麦和顾城这些著名例子，或其他诗人如最近的马雁有别，许立志自杀的揪心之处在于，他不是那种内面型的诗人，而是一个敏感的

[①] "诗歌崇拜"的概念在中国大陆由奚密在其著作《当代中国的"诗歌崇拜"》中提出（Yeh 1996）。

悲剧艺术家，他的自杀被广泛地认为是对外部环境直截了当的控诉。比如这首《流水线上的雕塑》：

> On the assembly line, bending over ramrod straight
> I see my own youth gurgling past like blood
> motherboards, casings, steel boxes
> and no one to help me with the work at hand
> thankfully the work station grants me
> two hands like machines
> that tirelessly grab, grab, grab
> until my hands blossom into flourishing
> callouses, oozing wounds
> and I won't even notice I've already stood here so long
> I've turned into an ancient sculpture

(Xu 2016)

> 沿着流水线，笔直而下
> 我看到了自己的青春
> 汩汩流动，如血般地
> 主板，弹片，铁盒……——晃过
> 手头的活没人会帮我干
> 幸亏所在的工站赐我以
> 双手如同机器
> 不知疲倦地，抢，抢，抢
> 直到手上盛开着繁华的
> 茧，渗血的伤
> 我都不曾发现
> 自己早站成了
> 一座古老的雕塑

双手出血，硬成老茧，连续数小时重复繁重的工作。在纪录片《铁月》中转载了一次电台采访，许立志这样描述了一个工人的生活：

记者：上完夜班后一定很困吧？
许：是啊。夜班从晚上八点到第二天早上七点。
记者：11个小时？
许：是啊。我大部分时间都站着。你必须经过允许才能去厕所。

不是只有诗人才会对此感到绝望。

　　许立志的语言尽管丰富而富有感染力，但没有显示出一首诗成型时会遇到的"困难"。他的词汇相当直接，他的意象也未经刻意的挑选。像花朵一样开放的老茧承担了一种更为精致的隐喻，与此同时却保持了意义上的简单。当下更虚浮、更复杂的美国文坛却被称赞有加，一种审美律令占据了主导（"他们的诗行都一个样"），译者面临的挑战就是如何保护这种特定的审美——正如贝尔曼指出的那样，尤其是那种源自自我的审美。

　　译者常常焦虑丛生。翻译远非只是改写，它是一种令人陷入烦躁的二次揣测，一方面翻译常常与"忠实"于原文的目标发生冲撞，另一方面则涉及目标语的艺术表达。焦虑很大程度上是一种妨碍，但也会成为一种动力。换一种说法，再试一次；好了，下一句。

　　在翻译诗选《铁月》时，我为同名电影的字幕翻译工作了约一年。有一段时间，我住在电影公司所在地上海。2015年，我参加了这部电影的一场放映会，之后是电影导演与观众之间非正式的讨论会，用以激起兴趣与教育意义的惯例。我参加的这个会议可以说是在中国最国际化的城市里举行，远离乡村内地，尽管这些叹为观止的建筑全都由农民工亲手建起。讨论会在剧院附近的一家饭馆进行，尽管参加的人不多，却提出了巧妙而有趣的问题，发表了精辟的评论。好几人都和这部电影有某种个人联系，要么自己出生在乡村，要么有亲戚还住在乡村，要么几乎逃脱了电影里所刻画的艰难生活。

一名看上去三十多岁的男子站起来，对邬霞的作品《吊带裙》发表了评论，这首诗是我在翻译中最感困难的部分之一：

> The packing area is flooded with light
> the iron I'm holding collects
> all the warmth of my hands
>
> I want to press the straps flat
> so they won't dig into your shoulders when you wear it
> and then press up from the waist
> a lovely waist
> where someone can lay
> a fine hand
> and on the tree-shaded lane
> caress a quiet kind of love
> last I'll smooth the dress out to iron the pleats to equal widths
> so you can sit by a lake or on a grassy lawn
> and wait for a breeze like a flower
>
> Soon when I get off work
> I'll wash my sweaty uniform
> and the sundress will be packed and shipped
> to a fashionable store
> it will wait just for you
>
> Unknown girl
> I love you
>
> (Goodman 2017, 165)

包装车间灯火通明
我手握电熨斗
集聚我所有的手温

我要先把吊带熨平
挂在你肩上不会勒疼你
然后从腰身开始熨起
多么可爱的腰身
可以安放一只白净的手
林荫道上
轻抚一种安静的爱情
最后把裙裾展开
我要把每个皱褶的宽度熨得都相等
让你在湖边 或者草坪上
等待风吹
你也可以奔跑 但
一定要让裙裾飘起来 带着弧度
像花儿一样

而我要下班了
我要洗一洗汗湿的厂服
我已把它折叠好 打了包装
吊带裙 它将被运出车间
走向某个市场 某个时尚的店面
在某个下午或者晚上
等待唯一的你

陌生的姑娘
我爱你

还有另一首邬霞的作品,也很难翻译,题目是《谁能禁止我的爱》:

Outside the train window, lovely scenery rushes past
like a cluster of arrows shot into the heart
the rented room is locked in a dark place

After eighteen years in Shenzhen, my hometown has become unfamiliar
each day I wake up with Shenzhen, and at night we go to sleep together
I love her vigor and vitality, each season brings another round of flowers
evergreen trees and grasses
and I love every inch of her growth. This kind of love seeps
into the pores, skin, cells, blood, bone
even though there's no residence permit with my name on it.

(Goodman 2017, 167)

车窗外,一帧帧美景从眼前掠过
像一枚枚箭簇射进心底
出租屋已锁进幽暗处

来深十八年,故乡成异乡
我每天与深圳的清晨一起醒来,夜晚同眠
我爱她的朝气蓬勃,金色阳光
一年四季轮番上阵的花朵
常青的树和草
热爱她的每一寸生长。这爱渗入到
毛孔里、皮肤里、细胞里、血液里、骨头里
虽然这座城市的户口簿上没有我的名字

这些诗无论中英文都一样直白。不需要字典,也不需要抓耳挠腮。那为什么我会为翻译这些诗而感到痛苦呢？

许多年前，在我攻读创意写作的硕士学位时，我们被告知（尽管我不记得是否真的被教授"告知"，或者这些持久的印象来自与同学之间的对话或课堂讨论）不应该在一首诗中用像是"爱""心"或"碎片"这样的字眼，否则就会有被更老练的熟手深深羞辱的风险。我不知道"碎片"这个词有什么问题，它似乎是一个无关痛痒的词，尽管"我心的碎片"显然太陈腐，但是"心"和"爱"的问题则源自文化精英们将其视为感伤而加以排斥，而不是这些词的含义或别的什么。这类词被视为"轻易"（easy），指向陈词滥调的情绪反应，那种贺曼贺卡（Hallmark cards）和电视广告常用的词。我们当然要高于此，摒除流行的大众气味，不仅我的课程这么教导，也是整个美国文坛的主流风气。反讽入时，真诚过时。感伤是致命的缺陷，而机智、冷静和博学则是一个诗人真正的标志。

这当然过于简化了，美国诗歌拥有许多分枝。但在翻译邬霞的作品时，却冲撞了我对于什么是"好"诗的内在价值判断。邬霞当然不会像我一样，对"爱"这样的词产生焦虑。或许有人会说，她经常使用这个词，并沉迷其中。于是，翻译她的作品变成了一次平衡行为：在我个人的美学（不仅是风格上，而且是根深蒂固的在文学性的理念上）和相应的"使高贵"的变形倾向方面，与邬霞纸面上的语词和她想达到的效果方面达到平衡。

在《谁能禁止我的爱》中，邬霞依靠爱的传统概念令这首诗产生了潜在的张力。这不仅意味着情感上的联系，以及对此的深深享受，也意味着一个承诺。就像婚姻一般："我每天与深圳的清晨一起醒来，夜晚同眠。"这是一段她愿意为之牺牲的关系，并期望这段关系能持续下去，并结出果实。直到最后一行，张力才从中显现出来："虽然这座城市的户口簿上没有我的名字"。

这种爱尽管已经成为身体性的，并充分地在实际与情感上展露出来，但仍未获得官方的认可。由于国家户籍制度的限制，严格地说，邬霞在深圳只不过是暂居的——不论她是否已经待了二十年。这意味着她和她的孩子无权享受一系列社会权利，不仅如此，还要受到老板和地方执法者的任意摆弄。基本上她随时可能被挤出城市，回到"成为异乡的故乡"，失去工作，失去城市，哪怕她已然与之建立起牢固的纽带。

这种不安全、不稳定，以及漂泊感乃是贯穿《铁月》整部影片的主题，这一点我将在下文详细讨论。让我先回到"爱"这一点。影片在上海放映后，谈到邬霞的那个人同样也关注了爱的概念，尽管角度非常不同。他说他被《吊带裙》的最后一节深深打动，因为在当下的中国文化中，对一个陌生人表达关切相当不寻常，更别提"爱"一个陌生人。他说，社会已经变得支离破碎，一个人的家庭和个体网络正在掩盖任何更广阔的共同体意识或共同价值。他热泪盈眶地复述了他记下的邬霞这首诗的最后两句："陌生的姑娘/ 我爱你"。

我们为何不该感动于一位诗人对陌生姑娘的爱呢？在一个互相猜忌，等级森严，只讲经济和法律的社会，去爱一个陌生人有何不可？如此一来，爱就成为反抗现实本身，以及反抗支撑这一现实的社会和文化制度的激进表达。

回过头来看我的翻译，我发现我对这种激进抵抗感的反应并没有淡化"爱"，或想办法绕过"爱"，而是强调了"爱"。我在上文引用的两首翻译里都使用了"love"这个词，而且还使用了"lovely"（"可爱"）这个含有"love"的词，而它也可以被译作"cute""sweet""adorable"等词。在第二个例子中，我惊讶地发现，实际上我增加了一个"爱"的例子，在《谁能禁止我的爱》的第一行"车窗外，一帧帧美景从眼前掠过"。我将"美景"的"美"译为"lovely"而非"beautiful"。当然，这也是因为我清楚地记得"beautiful"这个词在研究生院也是被禁止使用的。

在翻译邬霞的诗，以及诗选中其他诗人的作品时，我开始更加重视她对善与美的珍视。对我来说在这样的语境中，译者需要努力支持这种反抗，而不是摆出这是陈词滥调的姿态。毕竟，我是谁？何德何能禁止，或编辑别人的"爱"？

打工诗歌里充满了身体上和情绪上的漂泊感，蕴藏在诗歌背后的多数力量来自生活与生计的具体细节。和邬霞热爱深圳并希望永远留下且登记在册完全不同，田晓隐对于他的临时居所"麻坑洼"谈不上一点爱：

Stop at the lowest point of Makeng Shantytown, where everything can be
    hidden
wait for the last leaf to be packed up with thoughts of galloping cold
places luggage has passed, deep traces, we're hoping for a good snowfall

A weakness concealed for twenty years is insulted by your sneeze
gazes and suspicions, doting love and provocations
distorting pain compels me into a solitary rebellious escape

Hallucinogenic ads on bathroom walls, profusions of headlines made by
    massage parlor lamps
scalping and the scalpers are taken in by the era, by the X Bureau....
no lists allowed! Just like Makeng Shantytown is looted by naked animals

Makeng Shantytown is just the bottom of the era's collapse
and I am just an injured ant still screaming in the hole
someday, black and white ants will join in lines and march

I need to go on a long journey. Makeng Shantytown is defined by water
once you leave, you'll never want to go back
in the unknown distance: the yellowing green wheat, green and yellow
    at once

(Goodman 2017, 190)

麻坑洼的最低处，驻足，躲过一切可以躲过的
等待，最后一片落叶，随着骤冷的思想一同打包
行囊过处，深深的痕迹，期待的是一场雪

隐藏了二十几年的脆弱，被你一个喷嚏伤到自尊
那些目光、猜疑，那些溺爱、挑衅
扭曲的疼痛，促使我必须做一次孤独的逆逃

厕所墙上的迷幻药广告，按摩房闪着缤纷灯光的文化标题
倒卖，黄牛，被时代，××门……
不能列举！就像麻坑洼遭遇方阵裸体动物的洗劫

麻坑洼，只是时代最底部的一处坍塌
我只是窟窿中一只受伤了还在发声的蚂蚁
某天，白蚂蚁黑蚂蚁定会列队而过

必须给我一次远行。麻坑洼，以水为证
一旦走了，就再也不愿回来
未知的辽远：麦子黄又青，青又黄

正如在书中其他地方一样，我将标题"麻坑洼"（"Makeng Swamp"，"麻坑沼泽"）的字面义处理得更为灵活，将其译为"Makeng Shantytown"（麻坑贫民窟）。我试图消除某些读者潜在的困惑（人们会住在贫民窟，却决不会住在沼泽里），但也呼应了全球移民工人的其他历史和经验，从美国的"大萧条"到今天贫穷的巴黎郊区。根据牛津英语辞典，"shantytown"（贫民窟）的词源或许来自加拿大法语词"chantier"，指伐木工的临时小屋，这个意思似乎同样特别适合中国南方的这些临时住所。

　　无论自然环境，还是人居环境，诗中的描述似乎一点也不美。在一幅潮湿的超现实主义图景中，人们如蚂蚁般挤在一起。"厕所墙上的迷幻药广告，按摩房闪着缤纷灯光的文化标题/ 倒卖，黄牛"呈现出一幅盘剥与绝望的景象。当邬霞历经千辛万苦想把深圳作为自己的终点时，田晓隐则绝望地要逃离他的终点。民工群体的硬币两面都拥有丰富的代表性。其他类型的旅途则因为目的地的缺失而经常中断，这加剧了漂泊感与无

根感。故乡变得充满敌意，要么因为笼罩当今中国的迅速而深刻的变化，故乡变得陌生起来，要么因为除了基本的自给自足的农业之外，缺乏工作的机会。因此除了描述"贫民窟""农民大院"廉价公寓与工人宿舍的条件外，这些诗人常常回望他们的来处。唐以洪的作品《好像我就是他的父亲》是一个动人和颇能说明问题的例子：

> When I went home one time, my son
> was playing with the neighbor's kid
> when he saw me he hid behind my mother's body
> sticking his fingers in his mouth, sucking on them
> as he peeked out, quietly, timidly
> sizing me up, as though I weren't his father
> but the neighbor's kid was excited
> not knowing what to do with himself, singing for a bit
> then dancing, then riding a kitchen stool
> flying about shouting, circling my courtyard
> running one lap then another, wanting to get close to me
> until it was dark and he still didn't want to go home
> so it seems I'm really his father
>
> (Goodman 2017, 52)

> 那次回家，我的儿子
> 正在和邻居的孩子玩耍
> 看见我，立即躲到我母亲的身后
> 把手指放在口中，一边吮着
> 一边探半个头，平静地，怯生生地
> 打量我，好像我不是他的父亲
> 而邻居的孩子倒是兴奋得
> 不知把手脚放在何处，一会儿唱歌

一会儿跳舞，一会儿骑在小板凳上
驾驾驾地叫着，围着我在院子里
跑了一圈又一圈，想与我亲热
好像我就是他的父亲
直到天黑了都不肯回去

院子还是"我的院子"，到那儿仍不过是回"家"。但孩子已经忘了他的父亲，情感的纽带已经被距离和分离扯断。现在的关系变得令人迷惑——哪个孩子属于哪个失踪的务工者？这种关系侵蚀了农村地区的社会结构，清走了这些地区健全的年轻劳力。这一现象已经从不同角度得到研究，两个孩子的不同反应创造了这首诗的情感共鸣，并有力地传达了大规模的人口流动使人们付出的实际代价。

唐以洪的语言相当直白，但在最初时仍把我绊了一下。原文的第三行是"看见我，立即躲到我母亲的身后"。我在初稿时译作："when he saw me he hid behind his mother's body"（看见我，立即躲到他母亲的身后），这对我来说更为自然。但这个细节的微妙之处乃是经过了诗人的精心选择，意味着在农村抚养孩子的并非孩子的妈妈，而是父亲的妈妈，就是奶奶。也就是说，夫妻两人都离开农村到城市工作，留下他们的孩子由老一辈人抚养，这在农村随处可见，所带来的社会和心理影响尚未可知。这首诗的潜台词是：孩子不仅没有父亲，也没有母亲。

郑小琼则游走于唐以洪、田晓隐的悲观与邬霞的敞亮之间。例如在《月光：分居的打工夫妻》这首诗中，郑小琼巧妙地同时运用了这两种语调：

> Moonlight washes the steel faces, the moonlight leaves a line of footprints on the iron vines of the security wall
> the moonlight lengthens the distance between buildings 5 and 6, from the female dorm
> to the male dorm, the moonlight stops in the window for a minute, the moon

illuminates him, or her

the moonlight illuminates their bodies, skeletons, inner desires, the moonlight illuminates

their memories of their wedding night, the moonlight is too bright

like salt poured into the wound of living apart eighteen days after their marriage

Moonlight illuminates the well in their bodies, illuminates the well of desire

the moonlight illuminates their fifteen-day honeymoon, illuminates his memory

of her body taken over by shade inch by inch, privet fruit trees

her body lies fallow in the moonlight, inch by inch

slipping along the 45 meters between buildings 5 and 6

If the moonlight were a bit closer, the far expanse it brings in would be bigger

her desire would be a bit deeper, if the moonlight were a bit darker

the wounds on her skin would be a bit wider, his inner torture would be a bit deeper

Moonlight illuminates the unfinished building for married workers, the moonlight shines on an article in the paper

"The Sex Lives of Migrant Workers..."

if the moonlight were a bit darker, love would be a bit stronger

if the moonlight were a bit brighter, the planned rooms for married couples would be a bit larger

(Goodman 2017, 125)

月光洗着钢铁的脸,月光留下一行脚印在围墙的铁藜上
月光拉远了从六幢到五幢,那是从女宿舍到
男宿舍的距离,月光在视窗停留一分钟,月光
照着,他,或者她
月光照着他们的肉体,骨骼,内心的欲望,月光照着
他们有关新婚夜的回忆,月光太亮
像盐,撒在他们结婚十八天后分居的伤口

月光照着肉体的井,月光照着欲望的井
月光照亮他们十五天婚假,月光照亮他的记忆
她的身体一寸一寸长满了绿荫、女贞子
她的身体在月光下荒芜,一寸,一寸的
沿着五幢到六幢四十五米的距离

如果月光再近一点,它运来辽远的空旷会大一些
她的欲望会加深一些,如果月光再暗一些
她的皮肤的伤口会扩大一些,他内心的折磨会
深一点

月光照亮了未竣工的夫妻楼,月光照耀着报纸上的新闻
"关注外来工的性生活……"
如果月光再暗一些,那么爱情则会更坚强一点
如果月光更亮一些,未来的夫妻房会更高大一些

在年轻夫妻被迫分居的情境中蕴含着一种无助与悲哀的情绪,因为经济的窘迫或工厂的规定,他们不得不各自住在单身宿舍。夫妻楼尚未建成,老板们似乎最近才想到这个问题。但当这样的宿舍建成时,也一定和单身宿舍一样拥挤不堪、令人不适。与此同时,这首诗围绕着浪漫(感伤?)的月光比喻而构造起来。描写婚姻的语调温暖而丰富("月光照亮

他们十五天婚假，月光照亮他的记忆/她的身体一寸一寸长满了绿荫、女贞子"），这对夫妻的人性在此得以持存。在绝望与淡然的钢索间行走并不容易。

郑小琼是最富技巧的打工诗人之一，这种平衡是令她的诗歌显得丰富的原因之一。可以肯定的是，更少的"月光""照亮"和更少的比较（"加深一些""再暗一些""更亮一些""再近一点"）将会获得更平滑和更快的步伐。然而，这些重复是郑小琼塑造诗歌能量和强化内容的基本方式。轻微的尴尬，但算不上笨拙：一种策略而已。

事实上，这首诗中最有力的时刻，也恰是最尴尬的时刻："月光照耀着报纸上的新闻/'关注外来工的性生活……'"月光的流动中断在第二行末尾，这句诗强迫读者跳出这对夫妇的叙述，而走进更广阔的社会语境，特别是以如此震撼的方式。我选择把"外来工"译作"migrant workers"（移民工人），尽管语义上稍有差别[意思接近"outsider workers"（局外工人）甚或"foreign workers"（外国工人）]，但为了能把它放入这首诗更大的对话语境，以及令整部诗选成为一个整体也就在所不惜了。这些诗句已经足够令人不安，英语中的不同说法只会削弱这首诗锋利、切割的效果。当我们沉浸在"抒情月光"的描写中后，用近乎医学的说法来谈论"关注外来工的性生活"令人感觉非常不适。

这种令人不安的并置精确地凸显出我在这篇文章中指出的一个根本问题。人们从外部来注视农民工，就像研究野生动物一样，我们很少听到他们自己的声音。郑小琼以并置的方式强调了这一现实，向我们展示了外界凝视的目光有多冷。

谁来书写农民工的生活？我希望像《铁月》这样的项目会给这一庞大的群体一个机会来表达他们自己的经验，发出自己的声音，并最终能被人们所倾听——用汉语和其他语言。

参考文献：

Berman, Antoine. 2004. "Translation and the Trials of the Foreign." In *The Translation Studies Reader*, edited by Lawrence Venuti, 284−97. London/New York: Routledge.

Chang, Leslie T. 张彤禾. 2009. *Factory Girls: From Village to City in a Changing China*. New York: Spiegel & Grau.

Dove, Rita, ed. 2011. *The Penguin Anthology of Twentieth-Century American Poetry*. New York: Penguin.

Ellis, Thomas Sayers. 2005. *The Maverick Room*. Minneapolis, MN: Graywolf Press.

Goodman, Eleanor, trans. 2017. *Iron Moon: An Anthology of Chinese Worker Poetry*. Edited by Xiaoyu 秦晓宇 Qin. Buffalo NY: White Pine Press.

Qin, Xiaoyu 秦晓宇 and Wu, Feiyue 吴飞跃, dir. 2015. 我的诗篇 [Iron moon]. Produced by Medoc / Shanghai Eternity Production.

Sun, Wanning 孙皖宁. 2014. *Subaltern China: Rural Migrants, Media, and Cultural Practices (Asia/Pacific/Perspectives)*. Lanham MD: Rowman & Littlefield Publishers.

Tharoor, Ishaan. 2014. "The Haunting Poetry of a Chinese Factory Worker Who Committed Suicide." *The Washington Post*. November 12. https://www.washingtonpost.com/news/ worldviews/wp/2014/11/12/the-haunting-poetry-of-a-chinese-factory-worker-who-committed-suicide/?utm_term=.c411c15f4866.

van Crevel, Maghiel. 2008. *Chinese Poetry in Times of Mind, Mayhem and Money*. Leiden: Brill.

—. 2017a. "Anything Chinese about This Suicide?" In *A New Literary History of Modern China*, edited by David Der-Wei Wang 王德威, 803—9. Cambridge, MA: Harvard University Press.

—. 2017b. "Iron Moon: An Anthology of Chinese Migrant Worker Poetry and Iron Moon (The Film)." *MCLC Resource Center Publication*. February. http://u.osu.edu/mclc/book-reviews/ vancrevel4/.

Vendler, Helen. 2011. "Are These Poems to Remember? " *New York Review of Books*. November 24. http://www.nybooks.com/ articles/2011/11/24/are-these-poems-remember/.

Wang, Xiaoni 王小妮. 2014. *Something Crosses My Mind: Selected Poems of Wang Xiaoni*. Translated by Eleanor Goodman. Brookline, MA: Zephyr Press.

Xu, Lizhi 许立志. 2016. "Obituary for a Peanut: The creatively cynical world of worker poet Xu Lizhi." *China Labour Bulletin*. January 6. http://www.clb.org.hk/en/content/obituary-peanut-creatively-cynical-world-worker-poet-xu-lizhi.

Yeh, Michelle. 1996. "The 'Cult of Poetry' in Contemporary China." *Journal of Asian Studies* 55 (1): 51—80.

Zang, Di 臧棣. 2017. *The Roots of Wisdom: Poems by Zang Di*. Brookline, MA: Zephyr Press.

可否说"一枚白菜":论西西诗歌中文字游戏的翻译

[美]费正华(Jennifer Feeley)
原蓉洁(译)

在诗歌翻译的艺术中,文字游戏不易处理,颇具挑战性。为了忠实地还原原文轻松的口吻,译者常常不得不违背原文的语义和句法。这样做的结果就是进一步动摇了我们假设存在的"翻译对等"这一概念(Delabastita 1996,135)。译者有三种选择。他们可以无视原文中的文字游戏,牺牲原文的语气和神韵,在译入目的语时将原文表达正常化;他们也可以尝试为译出文字游戏的效果而修改原文的含义;他们抑或可以选择干脆不翻译任何含有文字游戏的诗歌,从而彻底避免这一问题。既然翻译文字游戏会徒劳而返,当然有人会愿意选择第一种或第三种做法,即不去翻译。但是,如果有人认为诗歌翻译更多的是一门艺术,而不仅是一项机械行为,那么势必要将诗歌原文的全部尽可能译成目标语,包括文字游戏。文字游戏的翻译提醒我们,文学翻译是一种创造性写作,它需要创新性和艺术性。

在本文中,笔者将探索著名香港诗人西西诗歌中文字游戏的翻译过程[①]。本文将从由我翻译的她的诗集《不是文字》的英文版 *Not Written Words* 中选取四首诗歌作为案例研究。作为当今中国诗坛最具创造力、文风最为轻快的诗人之一,西西擅长运用文字游戏作为修辞手段实现幽默的效果。由于这些诗歌植根于中国文字的独特性,因此将它们翻译出

---

① 西西的出生年最初被记为1938年,但2016年她发现自己是出生于1937年。

来看似天方夜谭。但在笔者眼中，这些语言文化特色并非是不可译的。相反，它们的存在可以激发译者的奇思妙想，寻找英文中的创意表达。本文首先将文字游戏以及文字游戏的常用翻译技巧进行分类；然后本文通过分析《不是文字》中的四首诗，指出并解释和分析笔者采用的翻译策略。西西诗歌中的语言游戏看似违背语言规则，却渗透出对语言的热爱。笔者通过挖掘英语的潜力使这些语言游戏在全新的语言文化环境中得以重现。笔者希望这样做能够鼓励读者和译者摆脱规则和假设的束缚，打破成规旧俗的窠臼，最大化地挖掘诗歌和语言的潜力。

文字游戏的种类和翻译策略

根据吉奥尔加泽（Giorgadze）的观察，对于文字游戏，可以根据其形式打破语法规则或其他语言因素的束缚，通过发挥语言的多义性、拼写方法的特殊性、利用词语的声音和形式等将其传达（Giorgadze 2014，271）。传达的方式可以基于音韵、笔迹、词汇、形态、句法结构，或是综合上述几种方式（Delabastita 1996，130—131, Giorgadze 2014，271）。在期刊 *The Translator* 关于文字游戏和诗歌翻译的一期特刊中，德克·德拉巴西塔（Dirk Delabastita）将文字游戏定义为"充分利用语言的**结构特征**以形成两种或两种以上语言结构**冲突**的文本现象。这些语言结构通常是形同义不同，但却**具有交际意义**"（Delabastita 1996，128，强调之处为原作者所标）。这个定义在德拉巴西塔看来等同于双关语[①]，关注的是同一形式或相似形式的词语意思和解释有所不同，因此造成了意义上的模糊。但这个定义并不一定涵盖所有语言中各种类型的文字游

[①] 尽管德拉巴西塔貌似将文字游戏和双关语看作可互换的术语，吉奥尔加泽则认为双关语是文字游戏的一个子类。吉奥尔加泽还指出了文字游戏的其他种类，如首音互换、词语误用、韦勒比较语、拟声词和回文（Giorgadze 2014，271—272）。此外，她指出尽管双关语的特征之一是意义不明确，但是并非所有意义不明确的词语或短语都是双关语。

戏。德拉巴西塔强调了几种语言结构，如同音异义词（发音表征相同但意思不同），同形异义词（字形相同但意思不同），同源词（发音或外形相似但不完全相同），一词多义（发音和字形表征完全相同且意思相邻）以及习语。他承认，上述几种类型可能无法涵盖非西方语言中的文字游戏（Delabastita 1996，128—131）。

在同期特刊中，肖恩·戈尔登（Sean Golden）聚焦中文，针对中文中的一词多义和修辞方式进行了"尝试性的分类"（Golden 1996，284）。他的分类方法来源于文言文，因此在这里我仅总结出适用于翻译西西诗歌中文字游戏的几种类型。第一，由于汉字可以独立存在，"在多音节词语中作为一个单音节词位或独立的词素"，因此一个汉字可能有多个意思，翻译每个汉字本身就是处理一字多义现象。第二，很多汉字"具有多种句法功能"，可以被用作不同的词性。第三，由于"中文音位很少"，因此增加了同音异义词出现的可能性。第四，我们一般见到的双关语是基于汉字的字形特点和语义特征的"相互复杂作用"，或者是戈尔登所称的词源和笔迹相互作用产生的双关。最后，通常汉字因与典故或一些历史资料相关而具有多个意思。这些典故和历史资料的内容会"浓缩于一个关键词中"或"基于文化内'标识'"（Golden 1996，284—285）。他进一步指出，基于专有名称和地名的文字游戏很难与其他语义成分区别开来，原因是中文不存在大小写。译者在将中文翻译成英文时需要将其识别出来，并且能够将大写字母这种可能的处理方式在译文中为其所用。对此我在后文中有所探讨①。此外，作者将多种文字游戏形式融于一处是非常普遍的。

吉奥尔加泽综合前人学者的研究，对双关语（或广义上说是文字游戏）进行了一个新的分类。分类标准是基于词义模糊性（一词多义）、语义模糊性（一句中含有多义词或多义短语）以及句法模糊性（由于句法结构而使得某词语具有多层意思或解释）。"词汇语义双关语"包括同音

---

① 戈尔登所举的其他例子中，有些与翻译西西的一些诗歌相关，但与本文中所探讨的诗歌没有直接关联。

异义、同形异义和一词多义。"结构句法双关语"是指短语和句子可以有不同的划分方式。吉奥尔加泽划分的第三类叫作"结构语义双关语",包括习语表达以及"本身就具有模糊意思"的词语和概念(Delabastita 1996,273—274)。通过借鉴戈尔登的论文,我在此基础上再加上第四类"语义和字形双关语",即文本的视觉特征和语义特征相互作用的双关语。

在下文中,笔者将回顾西西的四首诗中双关语的翻译过程,分别是《美丽大厦》《绿草丛中一斑斓老虎》《螃蟹卡农》和《可不可以说》,每首诗所含双关语类型不同。《美丽大厦》一诗中,作者利用汉语有限的音位制造出同音异义和一词多义现象。由此而产生的困扰是本诗翻译的核心所在。《绿草丛中一斑斓老虎》是一首有形诗,它的中心位置是一个具有双关意义的单个汉字。它的双关性是通过语义和字形相互作用而产生的,因此可以通过视觉观察出来。《螃蟹卡农》一诗中含有多个双关语,包括一词多义、同音异义以及句法多义性。第四首诗《可不可以说》夸张地描述、质疑和模仿了中文量词的语义分类以及它们修饰的中心名词。

接下来我将罗列出德拉巴西塔归纳的八种可用于翻译文字游戏(包括不译)的技巧(Delabastita 1996,134)。由于他将"文字游戏"和"双关语"用作同义词,因此他给出的策略名字中都含有"双关语"的字样。我认同吉奥尔加泽的观点,即双关语只是文字游戏的类型之一,因此我对德拉巴西塔的术语有所修正,将"双关语"改为代表更普遍意义的"文字游戏"。具体翻译技巧如下:

  1. 文字游戏→文字游戏,即在目标语中创造新的文字游戏来取代源语中的文字游戏。我将其进一步拆解为文字游戏→相似文字游戏;文字游戏→不同文字游戏;单一形式的文字游戏→多种形式的文字游戏。

  2. 文字游戏→非文字游戏,即译者忽略了原文的文字游戏。

  3. 文字游戏→相关修辞手段,即译者将文字游戏用重复、押头

可否说"一枚白菜"：论西西诗歌中文字游戏的翻译

韵、押韵、悖论修辞或反讽等相似的修辞手段替代，以此来实现源语的效果。

4. 文字游戏→零内容，原文本中含有文字游戏的部分在译文中完全被省略。

5. 源语文字游戏→译语文字游戏，原文中的文字游戏在译文中被直译，效果势必不复存在。

6. 非文字游戏→文字游戏，原文处不是文字游戏，但译者在译文中加入了文字游戏。译者这样做可能是为弥补在翻译过程中原文其他处丢失的文字游戏，也可能是其他原因。

7. 零内容→文字游戏，译者加入了带有文字游戏特征的新内容。

8. 编辑技巧→译者加入副文本信息来解释文字游戏，如在引言或序言中，脚注和尾注中以及后记中。

上述八种技巧可任意组合（Delabastita 1996，134）。在下文所讨论的四首诗的翻译中（以及在《不是文字》诗集中的其他诗歌中），笔者运用了上述多种技巧。笔者翻译四首诗均采用了编辑技巧，所作的前言或书的译后记对原文中的文字游戏有所描述。这样的附加信息并不显得突兀，不会打断读者的阅读过程。读者也可以根据喜好选择读或不读。文字游戏→文字游戏的策略及其细分子类同样被运用。笔者使用的其他技巧还包括零内容→文字游戏，非文字游戏→文字游戏，源语文字游戏→译语文字游戏，以及文字游戏→相关修辞手段。如德拉巴西塔所说，对于"以原文为先"的批评家和译者来说，上述手段可能不被接收，因为它们会催生新的场景以使译语中的文字游戏发挥效果。更重要的是，它们还会不可避免地对原文的意思或结构有所更改（Delabastita，1996，135）但是，对于西西的诗歌来说，不翻译文字游戏只会损失更大。出于这样的原因，即便会违背一直以来毋庸置疑的"原文至上"的理念，笔者在翻译时仍希望创造一个新的译语环境。或者更准确地说，正因如此笔者才这样做。

《美丽大厦》一诗中同音异义词和相似词语的翻译

《美丽大厦》一诗的诗名与作者所写的一部小说同名，二者具有互文关系。诗名《美丽大厦》属于词汇语义双关。其中，"美丽"一词（普通话读音为：meili；粤语读音为：meilei），表示漂亮，与作者居住大楼名称的前半部分"美利"（普通话读音为：meili；粤语读音为：meilei）属于同音异义词或同源词[①]。同时，两个词组都以"美"作为开头，寓意美好或美好的事物。小说中描述的大厦是坍塌破败的，这与其名字的双关语"美"产生了反差。

在翻译这首诗之初，笔者以为美利大厦（Meili/Meilei dasha）的官方英文名是Murray Building。于是，笔者的任务是需要找到一个与"Murray"发音和外形相同或相似的词语，同时还要与"美丽"意思相近。（其实笔者在更改大厦名字方面表示犹豫，因为这是真实存在的地名。）RhymeZone 是一个在线押韵词典，可以查到发音相同或相似的词语。在RhymeZone 上，笔者无意中发现了"merry"这个词。虽然它在语义上和"美丽"一词并不完全对等（merry 直译为愉快——译者注），但它意思相近，足以实现双关效果。这个译文能够将大厦废弃的现状与其名不副实的名称之间的反差表现出来。此外，"Murray"与"merry"属于相似词：它们发音相似（但不相同），拼写相似（但不相同），因此属于文字游戏→相似的文字游戏。下面是全诗的译文和原文：

The Merry Building

You keep on sending letters
To the wrong address
The place where I live
Is named the Murray Building

[①] 见西西，1990。

Yet over and over, you write

Merry

But I'm delighted, you might even say I'm merry

So I don't correct you

And furthermore

You are a poet

Merry

Seems to be your wish for me

A very Merry Building

Ho ho

From now on let me be oh so romantic

Under the warm late afternoon sun

Filed to the brim

It's easy living

Always smiling

Always dreaming

Something merry

Must be nesting in the beams of my home

美丽大厦

你写信来

仍把我的地址写错了

我住的地方

叫美利大厦

你写的却是

美丽

但我是欢喜的
所以不更正
而且
你是诗人
美丽
是你的祝福

美丽的大厦
啊啊
让我从此就浪漫起来吧
在西晒的窗下
挤迫的空间
从容地生活
常常微笑
并且幻想
美丽
正在我家梁上做巢

(Xi Xi 2016, 28—29)

除了使用文字游戏→相似文字游戏的技巧，笔者还运用了零内容→文字游戏的技巧。原诗中有一句是"但我是喜欢的"，如果直译就是"But I'm happy"。此处笔者利用"merry"一词的意思，在直译基础上加了一句具有轻松玩笑效果的短句："But I'm delighted, you might even say I'm merry"（这里变更原文是经过西西的同意，同时符合诗歌的声调）。此外，还有非文字游戏→文字游戏技巧。笔者充分利用英文中"merry"和"Christmas"的关联，将"啊""啊"译成了"ho""ho"，预示下一行"oh so romantic"，同时还呼应了中文源语中韵母声"a"多次出现（*dasha, a a, ba, xia*）所表现的音乐性效果。

这首诗的名字其实是被误译了。在《不是文字》出版一年多后，笔者恰好获悉西西诗歌和小说中所指的大厦的英文名很可能不是Murray Building，而是Merry Mansions①。真是机缘巧合！但这个"美丽而愉快的"错误还带来了以后在翻译这首诗新版本时的一个难题：笔者需要找到一个外形和声音与merry 相似的词语，意思与"美丽"相近。当然，笔者写这篇文章时，已经在考虑如何应对这个挑战了，虽然目前只是自己想想而已。

《绿草丛中一斑斓老虎》一诗中语义一词形双关

《美丽大厦》一诗中的文字游戏多是基于声音，而《绿草丛中一斑斓老虎》是一首图案有形诗（见下页）。该诗主要把玩的是汉字外形的组成，直观可见。在具象化的诗歌中，诗的效果大部分以直观的方式呈现。此处，诗歌中"老虎"由汉字"王"来表示，意思是"首领"。但是，这里的文字游戏和语义关系较弱，而是体现在词语和其外形特征并置时的效果上。"王"字被认为是代表了老虎额头上的竖纹，因此老虎"藏"于词中。这促使读者在理解诗句时，将注意力关注到汉字的直观特征而非其含义上。（原文中"王"字加粗，目的是作为线索引导那些不倾向于发挥想象力的读者。）

当用英语再现这首诗时，将"王"直译为"king"只会传达语义，但却失去了视觉和语义相互作用的效果。笔者一开始考虑用大写字母"I"，它与汉字"王"形似，只是少了中间的一道横。但是"I"的外形受到字体的限制，而且笔者担心它会对读者造成误导。（尽管笔者很喜欢"I"带来的额外效果，让人联想到"老虎之眼"）。笔者也试想过或许可以用一系列的连字符，但是这又过于明显。而且坦白说，有些许乏味。加之，这也不会有助于保留源语中语义和视觉相互作用的效果。

笔者在焦虑中将本诗搁置数月后，有一次听到黄运特说，他诗中的

---

① 此处感谢晓虹的提示。

A Striped Tiger in a Thicket of Green Grass

fir fir pine   pest cypress   parasol butterfly   buzz   elm paulownia
brush brush bud brush dove brush wood brush brush brush hiss brush grass brush kite brush tree brush
brush wood brush poplar brush bluff cave grove brush grass brush flea brush bluff brush fox brush bird brush
brush brush brush bug brush bluff cave cave bluff cave brush bud cave brush wood cave
brush bluff ant brush chirp brush wood brush chirr cave cave bird cave worm brush wood brush
brush bluff ant brush wood brush tree brush **it sit deep grr** brush wood brush worm brush bud brush
brush grove brush wood brush wood brush brush brush bud brush brush bird brush bluff brush chirp cave cave brush

绿草丛中一斑斓老虎

杉杉松　蝗栢　梧蝶　蝉　榆桐
艹艹艹花艹木艹艹艹鹰艹艹草艹莺艹树艹
艹木艹杨艹山啪林艹草艹蚤艹山艹啪狐艹鸟艹
艹艹艹虫艹艹山啪啪山啪艹花啪艹木啪
艹山蚁艹蜂艹艹木艹蟊啪啪鸟啪虫艹木艹
艹山蚁艹木艹树艹艹木艹蚂艹木艹花艹
艹林艹艹艹艹艹花艹艹艹鸟艹山艹蟑啪啪艹

(Xi Xi 2016, 72—73)

变位词和双关语就充分利用了英语的视觉效果，因为这一现象同样适用于汉语。受到他的启发后，我开始对"striped tiger"和"a striped tiger""进行变位，希望通过变位将动物的意象融入词形中。一些网站可以自动生成相应的变位词，但是最终笔者选择了自己创造的变位词组"it sit deep grr"，对于采用这样不具备主谓一致性的译语表达，笔者思忖再三。人们常说这一原则将人与动物区别开来。但是，违反这一原则反而突出了本诗的主要情感。而且，西西的很多诗歌本身就冲破了语法规则的限制。此外，"grr"弥补了笔者译文中其他地方未表现充分的拟声词。不同于源语中基于词语笔迹和外形相互作用的双关语，译语中对双关语的处理属于"文字游戏→不同的文字游戏"技巧，即利用英语词语外形的特征，采用字母变位的方式。在两种语言中，老虎这一意象都隐藏在了一个字谜中，视觉和语义因素相互作用。

尽管笔者翻译的主要目的是重现原文中的视觉语义双关，但是在复制原文其他视觉特征的同时，笔者也希望能够重现原文的声音效果。原诗中"老虎"这个意象周围是各种动植物，很多词语多次重复贯穿全诗。从视觉效果来看，和草、树木和昆虫相关偏旁的汉字数量繁多。当大声朗读原诗的时候，读者听到的不仅是词语的重复，同时也是"艹"（草的变体，cao）声和"蚤"声（即跳蚤）的不断重复。为使得译文中的文字游戏在视觉和听觉上达到应有的效果，笔者采用了同源词如"brush""bud""bug"和"bluff"。它们在外形和声音方面相似，可以产生类似的令人眼花缭乱的效果。除了第一行诗中一些树和蝴蝶的名称，全诗中每个词语都是单音节词。在一些情况下，笔者采用拟声词来达到这一效果。如"buzz"（蝉鸣声——译者注）代替"cicada"（蝉——译者注），"chirp"（蟋蟀声——译者注）代替"蟋蟀"。读者朗读中文原诗时，会觉得拗口；笔者使其英文译文同样读起来拗口。

最后，有必要提及译文的最后一点视觉效果。在原语诗集中，本诗与另外一首诗（也是一首有形诗）是从左到右横向印刷，而其余诗歌都是从右到左纵向印刷①。为使得本诗清晰易读，笔者认为有必要将其向一侧印刷。这样读者不得不将本书翻转来阅读全诗。令人意想不到的是，这种做法让本诗的译文在 Not Written Words（《不是文字》）诗集中受到了读者的青睐，达到了与原诗一样引人注目的地位。

《螃蟹卡农》中的词汇－语义和结构－句法双关语

《螃蟹卡农》的译文是在综合运用各类文字游戏技巧的基础上形成的。西西充分利用同音异义、一词多义、句法结构不确定性、汉字作为单词位独立成意或在多音节组合词中担任依附词位等特征，创造了各种词汇－语义和结构－句法的双关语。全诗充满了似是而非和模棱两可之意。

此外，本诗还含有多处中间韵和尾韵，使读者联想到诗中核心意象的音乐起源。螃蟹卡农本是一段乐章，其采用的是一条旋律逆行，再与原旋律本身对位叠加。在诗中，这类诗歌被称作回文诗，即正读和倒读皆成文章，且通常意思相反。但是，西西取了这个《螃蟹卡农》字面的意思，作了一首关于螃蟹的诗——同时也赋予了其乐章具有的正式特点。诗文在中点后，每行的文字与对应的前文逆向重复。在这首诗的译文中，螃蟹卡农乐章的镜像特点通过 "crabs" 一词在前半部分和后半部分的位置的翻转对称而得以充分体现。

Crab Canon

c'mon c'mon come 'n dance the crab canon

white crabs in front

black crabs behind

red crabs to the Left

---

① 见西西，2000（143）。

green crabs to the Right

foot to foot, hand in hand they stand

zig-zig-zag, sidle 'n slide

one two three four five

once I caught a crab alive

councils convene inside

protesters stampede outside

Left foot Right foot Left foot Right

apple pie apple pie love at first bite

which pie in the sky has the sights that delight?

c'mon c'mon come 'n dance the crab canon

in the spirit of humanity

it's your civic responsibility

the pros and cons of cons conning pros

little miss pint-size

early to rise

off to the square to where the slogans flare

c'mon c'mon come 'n dance the crab canon

off to the square to where the slogans flare

early to rise

little miss pint-size

the cons and pros of pros conning cons

it's your civic responsibility

in the spirit of humanity

c'mon c'mon come 'n dance the crab canon

which pie in the sky has the sights that delight?

apple pie apple pie love at first bite

Right foot Left foot Left foot Right

protesters stampede outside

councils convene inside

once I caught a crab alive

one two three four five

zig-zig-zag, sidle 'n slide

foot to foot, hand in hand they stand

green crabs to the Left

red crabs to the Right

black crabs in front

white crabs behind

c'mon c'mon come 'n dance the crab canon

螃蟹卡农

来吧来吧来跳螃蟹卡农
白螃蟹在前
黑螃蟹在后
红螃蟹在左
绿螃蟹在右
脚碰脚，手牵手
之字路，横着走
一二三四五六七
七六五四三二一
门内开会
门外示威
左右左右左右左
苹果派苹果派味道真好
哪一派的大厦风景较好？
来吧来吧来跳螃蟹卡农
人道精神

社会承担
正反正反正正反正
小小姑娘
清早起床
提着标语上广场
来吧来吧来跳螃蟹卡农
提着标语上广场
清早起床
小小姑娘
反正反正反正反
社会承担
人道精神
来吧来吧来跳螃蟹卡农
哪一派的大厦风景较好？
苹果派苹果派味道真好
右左右左右左右
门外示威
门内开会
七六五四三二一
一二三四五六七
之字路，横着走
脚碰脚，手牵手
绿螃蟹在左
红螃蟹在右
黑螃蟹在前
白螃蟹在后
来吧来吧来跳螃蟹卡农

几类文字游戏共同作用创造出了一种轻松嬉戏的音乐诗歌，对于其内容的诠释不止一种。首先，一词多义双关语。比如说，"左"和"右"不仅指代具体方向，还寓指政治中的意识形态。此处，笔者采用文字游戏→相似文字游戏的技巧，利用小写字母和大写字母的区别（中文中没有这一特征），将"左"和"右"译为了"Left"和"Right"，以表达双重含义。诗中还含有同音异义双关语，如"苹果派苹果派味道真好/哪一派的大厦风景较好？"字面的意思是"苹果派苹果派的味道很好/哪一个（政治）派别的大厦拥有更美好的风景？"此处西西利用了"派"的同音多义性，即可以表示"政治派别"，也可以表示"馅饼派"。笔者在这里再次运用文字游戏→相似文字游戏的技巧，选用英文中"pie"一词多义，在译文中再现双关语的效果。"Pie"一词除了可以表示食物，同时还是谚语"pie in sky"的一部分，表示难以实现的梦想。尽管"pie"一词在该习语中的本意仍旧指食物，但是习语在词汇结构基础上作为一个整体的意义不同于单个词语意思的拼凑。因此，译文中的双关语是基于习语的整体意思，"pie"（指馅饼）和"pie in sky"（不切实际的幻想）不仅是一词多义，而且是同音异义。尽管在笔者的译文中"派"作为政治派别的语义有所丢失，但是译文保留了同类型的文字游戏。而且"Left"和"Right"中大写字母"L"和"R"也对丢失的语义有所弥补。而且，在笔者译文中，"apple pie apple pie love at first bite"与"love at first sight"一语双关，这在中文原诗中是不存在的，因此这句诗的英译属于"单一形式的文字游戏→多种形式的文字游戏"。

　　此外，本诗所含的句法结构可以有不同种划分方式，而且是回文诗。比如说，在"左右左右左右左"和"右左右左右左右"中，读者必须决定如何划分词语。"左"和"右"可以单独表示"左边"和"右边"，它们也可以组成一个词语"左右"，表示"附近"或"大概"，还可以表示"控制"。在对应的译文"Left foot Right foot Left foot Right"和"Right foot Left foot Left foot Right"中笔者通过"L/left"和"R/right"的形式保留了它的一词多义性，但是它们所代表的其他意思只能消失殆尽。但是，从另一方面讲，英文中"left"和"right"也具有其他含义。对于"left"来说，可以指leave的一般过去时形式和过去完成时形式；对于"right"来说，可以指"正好"或"适宜""正确""合适""方便""满意"以及"权利"等含义。同样，"left and right"和"right and left"作为习语指"四面八方"。笔者的译文是在不影响其他部分意思的情况下突出笔者认为原文最显著的意思。笔者加入"foot"一词，是为了形成劳伦斯·韦努蒂（Lawrence Venuti）所讲的互文关系[①]。苏斯博士（Dr. Seuss）的书《千奇百怪的脚》通过描述各种各样的脚（foot）来传达反义词这个概念：在译文中加入"foot"一方面使译文更具音乐性，另一方面为原文加入了新的解释维度。中文原诗读起来和听起来的特点会让人想起儿歌和游乐场歌曲，英语译文中对苏斯博士的暗指也是为了突出这一特征。此处"文字游戏→相关修辞手段"的处理方式重现了原诗的声音效果，"文字游戏→相似文字游戏"的处理方式保留了原诗的一词多义特征。

在"正反正反正反正"和"反正反正反正反"诗句中，文字游戏更加明显。类似于"左"和"右"，"正"和"反"既可以独立成意，也可以组合成词语"正反"和"反正"。"正"单独的意思是"直""正直""正确""主要的""负责人""去修正"以及"正是"；"反"单独的意思是"相反""逆反""里朝外的""上下颠倒的""推翻""返回""反对""反抗"和"取代"。词语"正反"可以表示"正面和反面""正极和负极""里外""不管怎样""无论如何"以及"反派角色弃暗投明、改邪归正"。而且，如同"左"和"右"，含有"正"和"反"的诗句也是每句七个字：应如何划分句子？应该将它们看成独立成意的单个字词，还是组合而成的词语，抑或两者都是？如果将其认作组合词，那么"正反正反正反正"一句留下了一个单独的字"正"，而这只是读者可以进行排列组合的多种选择之一。

笔者翻译的任务是尽可能完整地再现原诗的语意和趣味。正如对"左"和"右"的翻译，笔者在翻译"正反"和"反正"时，同样是选择其最明显的解释，将其处理为"pro and con"以及"con and pro"。和中文一样，它们既可以单独成意，也可以作为依附词位组合成词。作为单

[①] 对于翻译形成的新的互文关系的讨论，详见Venuti 2009。

独的词素，它们也有多个意思。"pro"一词除了表示"赞同"以外，还可以表示"支持者"，即对某事发自内心的考量。或者"pro"还可以是"professional"一词的缩写。"Con"除了表示"反对"之外，还可以表示对特定事件的反对意见，或"认真研究""记诵""引导船舱的航向""欺瞒""撒谎或夸张""骗子"以及"convention一词的缩写"。笔者的译文利用了同音异义和词语丰富的意思，同时还关照到英语"pro"和"con"像中文"正"和"反"一样发挥多种句法功能，译文如下："the pros and cons of cons conning pros" "the cons and pros of pros conning cons"。虽然它们不是完美的回文诗，但原诗的文字游戏得以保留完整，而且"con"作为"骗局"呼应原诗。虽然笔者的译文中没有传达出"正"作为"正义"的含义，但是译文别处将"右"译为"Right"也在诗中表达了类似意思。因此，此处除了将原文的文字游戏转化为相似的文字游戏外，译文采用的双关语还弥补了译文其他处双关语所丢失的含义。

诚然，上述案例中翻译基于词汇语法和结构句法的文字游戏是笔者在翻译过程中与"螃蟹卡农"原诗不断协调的核心。但是，笔者还想谈及本诗的另外两点核心特征。上文有所提及，《螃蟹卡农》属于音乐诗歌体裁，诗人西西通过完美押韵和缺陷押韵给予了本诗节奏。笔者的初衷是想尽可能保留全诗的韵律。这势必需要针对原文的一些地方做出些许变化。因此笔者受到启发，在原诗中引入了互文关系，正如《千奇百怪的脚》一样。比如，在翻译富有音律的回文对仗句"一二三四五六七/七六五四三二一"时，翻译会遇到这样一个难以解决的问题，即英文"one"和"seven"不押韵，而且"seven"一词有两个音节，干扰了原文的音韵。去掉"seven"也无法解决这个问题，因为没有数字和"one"的发音押韵。受到原文儿歌特点的启发，笔者搜寻了英语中带有数字的童谣，恰巧看到了这句"one two three four five / once I caught a fish alive"，而且这句正好还有一句变体"once I caught a crab alive"。读到此，笔者知道自己挖到了黄金。因此，在翻译中，笔者除了运用"文字游戏→相似文字游戏"的技巧将原诗的音效转化文引文中的押韵对仗句之外，还采用"非文字游戏→文字游戏"的技巧在英语译文中添加新的双关语。

《美丽大厦》和《绿草丛中一斑斓老虎》这两首诗中大部分双关语都是基于一种类型,与此不同,中文诗《螃蟹卡农》运用了同音异义、一词多义、音韵结构和句法模糊性等多种双关类型。笔者采用多种技巧再现原诗中的文字游戏。一些困囿于"线性层级"视角来观察艺术的人,可能会批评原文的某些意思在译文中不复存在。对此,笔者则通过挖掘英语语言的丰富性创造新的双关语和不同类型的双关语以弥补诗歌翻译中的缺失。

《可不可以说》中的语义关系①

《可不可以说》是本文探讨的最后一首诗。它不仅直逼语言的极限,同时还对抗语义—句法规则,质疑量词和其修饰名词之间的配对。通过对名词和量词"乱点鸳鸯谱",西西挑战和陌生化了常见的语言分类,鼓励读者以全新的方式思考语言及其表示的意义。

认知语义学将语言视为人类对认知过程的反思,阐释了汉语中种属量词与其名词对应的关系。理解人类如何为认识世界对事物和概念进行分类对于理解人类认知至关重要(Tai 1994,480;Tai and Wang 1990,35;Lakoff 1987,5—6)。汉语的量词是基于概念结构,根据功能或具体特征反映量词和中心词之间的语义关系(Her and Hsieh 2010;527,Tai 1994,479;Tai and Wang 1990,37—38)②。比如说,修饰鱼的种属量词之一是"尾",字面意思就是"尾巴"。语言学家何万顺和谢祯田观察到,这个量词说明的是"所修饰的名词的本质特征之一。换言之,它并没有传达名词所不具备的特征信息。比如说,尾巴是鱼的必要特征之一。显然,这个量词并未附加信息,只是表明了鱼所具备的必要特征,尾巴"(Her and Hsieh 2010,543)。因此,在短语"一尾鱼"(字面意思即"一条鱼")

---

① 笔者对于《可不可以说》一诗的讨论受到了语言学家萧旸启发。萧旸女士通过邮件与笔者分享了很多真知灼见。但是本文分析的任何不妥之处责任皆由笔者承担。
② 有关这些认知类别的深入考察,请详见Tai 1994(484—89)。

中，量词"尾"和它的指代"尾巴"之间存在语义关系，因为尾巴是鱼类永久拥有的物理特征之一。

种属量词只是在一部分语言中比较普遍，而称量量词却存在于大部分语言中，也被称作数量词（measure word）（Tai and Wang 1990, 39）。如短语"一磅糖"或"一杯面粉"。种属名词只可以修饰可数名词，但称量量词却可以修饰物质名词。但不同于种属名词的是，称量量词无法传达所修饰名词的任何固有特征。相反，它们"赋予名词新的特征，但并不是名词的必要特征，而是附属特征"（Her and Hsieh 2010, 543）。而且，它们表示的是一个短暂的状态，而种属量词反映的名词特征具有永久性（Tai and Wang 1990, 38）。在"一盒铅笔"或"一盒苹果"这样的短语中，"盒"与它修饰的名词内容之间没有固有联系，而且"在盒中"也不是铅笔或苹果的本质属性或持久特征。

种属量词代表了汉语中一种独特的语义类别。它所代表的过程只在一些情况下具有任意性，即当原本显著的概念基础变得常规化，语义动机被遗忘时（Tai, 1994, 491）。单个名词前面可能会有多类种属量词，每类体现的是名词不同方面的显著特征（Tai and Wang 1990, 46—50）。比如说，种属量词"朵"本身可以表示"花"或"耳垂"。它通常与"花"或"云"搭配，旨在强调这些名词圆形的特征。如果换一个种属量词，如"一片云"，那么它描述的是云的另外一个特征，即"厚薄程度"。类似的，一条鱼强调的是鱼修长苗条的形状，而不同于"一尾鱼"阐述鱼有尾巴这个事实。

根据分类的原型理论，以人类想象为中心，某一类别中的子项可能是典型案例，也可能是该类别内容的自然延伸或抽象延伸（Tai and Wang 1990, 36, 40—42；Tai 1994, 482—83）。正因如此，种属量词不仅可以用于分类"具体可见的物体或实体，还可以是隐形抽象的存在"（Tai and Wang 1990, 42）。通过语义类别中的概念映射，所属量词的不同应用正代表了其作为原型量词的延伸。《可不可以不说》一诗夸张地运用这种延伸，让读者感到幽默，达到了可观的修辞效果。

可否说"一枚白菜"：论西西诗歌中文字游戏的翻译

Can We Say

Can we say

an ear of cabbage

a cake of egg

a flock of scallions

a singularity of ground pepper?

Can we say

a fleet of birds

a fluting of coconut tree

a helmet of sunlight

a basket of cloudburst?

Can we say

a grove of lemon tea

a pair of Popeyes

a dressing down of ice cream soda

an ovum of Ovaltine?

Can we say

a bloom of umbrella

a bouquet of snowflakes

a bottle of Milky Way

a bottle gourd of cosmos?

Can we say

an excellency of ants

a caucus of cucarachas

a hamlet of hams

a sandwich of heroes?

Can we say

a head of academic deans

a clutch of regional inspectors

a stable of generals

a tail of emperor?

Can we say

may imperial dragon eye fruit foresee good fortune

may your beard grow long, long live dragon beard candy?

可不可以说

可不可以说

一枚白菜

一块鸡蛋

一只葱

一个胡椒粉?

可不可以说

一架飞鸟

一管椰子树

一顶太阳

一巴斗骤雨?

可不可以说

一株柠檬茶

一双大力水手

一顿雪糕梳打

一亩阿华田?

可不可以说

一朵雨伞

一束雪花

一瓶银河

一葫芦宇宙?

可否说"一枚白菜":论西西诗歌中文字游戏的翻译

可不可以说

一位蚂蚁

一名甲由

一家猪猡

一窝英雄?

可不可以说

一头训导主任

一只七省巡按

一匹将军

一尾皇帝?

可不可以说

龙眼吉祥

龙须糖万岁万岁万万岁?

(Xi Xi 2016,10—13)

西西打破量词和名词的配对规则,一反常态地放弃了中心名词的显著特征,收效颇丰。第一,西西阻碍甚至防止读者根据语言和文化惯例来对中心名词进行分类。西西并未使用"一棵白菜"这样对白菜的通常描述。取而代之的是,她将"棵"替换为"枚"。"棵"通常用于描述小的球状物体,而"枚"通常用于描述钱币、奖牌、邮票等,其本身还可以表示"茎、梗"或者"灌木"。"枚"的使用令人出乎意料,看似"错误"的量词可以使读者联想到白菜如灌木的形状。第二,这样的使用强调了中心名词通常可能被忽视的特征,于是产生一种隐喻效果。例如,"一束雪花",直译为"a bundle [of] snow flowers",强调的是中文词语"雪花"中的"花",因此诗人选择配对的量词便是通常用来形容一束花的"束"。同样,"一朵雨伞"直译为"a flower [of] umbrella",描述的是雨伞像花一样的物理特征,雨伞的柄像是"花茎"而雨伞的上部如同花瓣。第三,本诗建构了不同语义分类之间的联想。比如,"一家猪猡"直译为"a household [of] pig",强调了汉字"家"和量词修饰的核心名词"pig"之间的语义关系。"家"的书写构成包括"屋顶"和"猪",它作为量词通常用来描述家庭或企业公司。第四,本诗具有幽默效果,以讽刺的口吻对传统的等级区别进行质疑、批评和反对。西西将一只蚂蚁和一只蟑螂和通常用于配合敬语的量词相搭配,而把如将军和皇帝这样有权有势的人和通常用来修饰动物的量词相搭配。

在中文原诗《可不可以说》中,大部分的量词属于种属量词。它们在英语中并不常见,几乎都找不到对应的英语翻译。因此,很可能会在目标语文本中被省略。翻译种属量词给译者带来了重重挑战。首先,译者必须找到使其显现的办法,因为如果没有了它们,原文的文字游戏也将不存在。其次,译者需要复制量词和名词的错位搭配。最后,译者需要再现原文具有创造性的概念映射,实现同样幽默的修辞效果。

尽管英文并非一种惯用量词的语言,但是其中确实存在几类量词结构。包括单位计数(a piece of paper),分数量词(a quarter of the pie),数字级量词(thousands of people),集合量词(a gaggle of geese),种类量词(a kind of wine),称量量词(five pounds of flour),排列量词(a row of lockers)以及暗喻比较量词(a slip of a girl)(Lehrer 1986,111)。

笔者的译文借鉴上述量词结构,并根据"量词+名词"的结构(即 a [classifer] of [noun(s)])将名词短语嵌入其中。由于集合名词在英文中最常见,因此原文中的单数名词在笔者的译文中不可避免地变成了复数名词。在翻译本诗时,笔者同样运用了"文字游戏→相似文字游戏"、"文字游戏→不同文字游戏"、文本编辑以及"原语文字游戏→译语文字游戏"和"文字游戏→非文字游戏"等技巧。除此之外,笔者还采用了多种补充技巧,在下文中将详细介绍。

首先,笔者采用了一对量词和名词的错位配对,来向读者表明本诗的大意。对于"一枚白菜",笔者感到幸运的是,英语中也有量词来描述白菜,即"head"(头)。为了突出错位,笔者从表示身体部位的词汇中另选了一个词,"ear"(耳朵),效仿"an ear of corn"("一穗玉米")。这样的处理打破了传统的分类过程。以英语为母语(或近乎母语)的人都知道,"an ear of cabbage"是不正确的,因为"head"应该和"cabbage"搭

可否说"一枚白菜":论西西诗歌中文字游戏的翻译

配,而"ear"应该和"corn"搭配。在一定程度上,这样翻译强调了中心名词的某些特点。白菜(Napa Cabbage)的外形并非像头一样圆。事实上,它更像是耳朵的形状。而且为了押韵,笔者去掉了"Napa"一词。

其次,笔者尽力再现原诗中核心词的一些特征所产生的隐喻效果。若是采用常规的量词来修饰名词,便可能会失去明显的效果。回到上文中的例子,"一束雪花",笔者将其直译为"a bouquet of snowflakes"。尽管英语"bouquet"和"snowflower"无法连用表达出原文双关语的效果,但其实snowflake可以让人联想到small flower(小花)。而且,鉴于其物质特性,将雪花收在一起变成一束也是徒劳之举。同样,笔者将"一朵雨伞"翻译为"a bloom of umbrella",目的是使读者意识到伞的外形像花瓣一样。和其他例子一样,第二个例子的翻译过程需要发明创造英语中的冠词。同时,一些双关语在翻译中跨越了语言的界限。比如在"a bottle of Milky Way"中,Milky Way对应的是"银河",字面的意思是"银色的河流"。因此凸显了一种液态物质,正巧让读者联想起了牛奶。

再次,笔者希望在译文中复制西西诗歌中不同语言类别内部和之间的创造性概念映射。我们来看上文出现过的例子"一家猪猡",笔者设计了一个和猪有关的量词,"a hamlet of hams"①(一村落猪腿)。类似的,"一窝英雄"中,汉字"雄"的一部分指代一种特殊短尾的鸟类。诗人将其和"窝"配对联系。为在"hero"(英雄)一词上制造双关效果,同时保留原诗中的所有名词而仅改变量词,笔者将原诗翻译为"a sandwich of heros"②,暗指巨无霸三明治的表达。[笔者若是当时选择保留量词而改变名词,可能会处理为"a nest of birdbrains",直译为一窝愚蠢之人,以此来和原文产生同样的效果,同时呼应题目"可不可以说"。笔者后来又这样处理(Freeley 2015)。]在"一亩阿华田"中,读者会发现同样的文字

---

① 此处感谢Melissa Anne Marie Curley提示笔者用"hamlet",笔者将其与"hams"搭配。
② 杜撰于20世纪30年代末的纽约,"hero sandwich"这一术语还被称为a submarine sandwich, grinder或者hoagie。这是一种巨大的意大利三明治,一条面包中含有冷盘肉、蔬菜和奶酪。这种三明治之所以有这样的称号,据说是因为一个食物评论家认为能吃下这么大的三明治算是一个英雄壮举。

游戏。这个词组字面的意思是"十五分之一公顷的阿华田（Ovaltine）"。原诗中的双关语是这种巧克力麦芽乳的中文名字中"田"字也可以表示田地。笔者的译文"an ovum of Ovaltine"，目的是突出饮料的英文名让读者联想到卵。最近，笔者又想到可以将其翻译为"an Oval Office of Ovaltine"，这样可能会更具娱乐性和视觉冲击力。

  笔者最后在译文中试图实现的效果就是对等级的讽刺和对人畜界限的模糊。西西选择将通常用在人类身上表示尊敬的量词用于蚂蚁和蟑螂，笔者在英文中找到了同样的表达，因此将译文处理为"an excellency of ants"（直译为：蚂蚁阁下们）和"a caucus of cucarachas"（直译为：蟑螂高层会议）。笔者用大部分英语国家人都理解的西班牙词语"cucaracha"代替英语单词"cockroach"，目的是希望保留方言甲由（yuezha）的含义。至于对权势群体的讽刺，如大学院长、督查和将军，译文中使用了很多英语中用于修饰动物的集合量词，如"a head of academic deans"（直译为"一头大学院长"）和"a clutch of regional inspectors"（直译为"一窝地区督查"）。但是，原文"一尾皇帝"在这里比较难处理。它直译的话，是"a tail [of] emperor"。笔者在译文中保留了皇帝作为单数名词，因为通常一个时期只有一位皇帝。如上文所讲，"尾"可以指"尾巴"，同时它可用作修饰"鱼"的量词。在英文中，典型的修饰鱼的量词是"a school"（译为"一群"）。笔者曾考虑过将其翻译为"a school of emperor"，但是担心"school"一词可能会让读者联想起皇帝坐在教室的景象。即使可以，更重要的问题是尾（tail）需要保留。原因有两点：第一是与"a head of academic deans"短语中的"head"相对应，第二是其可以引发水生生物的联想。在中国神话故事中，龙不但与皇帝相关，还与水相关。因此，这一点将本诗最后一句龙眼以及龙须糖和tale联系在了一起。尽管这样的表达在英文中显得有些奇怪，但它毕竟是在一首通篇都善于语言创新的诗中。

  如前文所讲，如果采用线性层级的视角来审视诗歌翻译，对原诗中每一个双关语都认真标记，那么翻译只会走投无路。不同的是，笔者尽力而为的是保留原诗的幽默感和富有想象力的特征。举例来说，"a dressing down of ice cream soda"并未传达汉语的文字游戏。在原诗中，用于修饰"打"的量词在这里被错位配对修饰"苏打"，借用"苏打"中"打"字表示"打击"。但是译文为读者呈现出原文的喜剧效果和撞击（原文试图表达的双关效果）的视觉画面，正如原文为读者传达的效果。

结　论

对等这一概念在翻译研究中尽管一直备受争议，但仍被人们整日挂在嘴边。在诗歌翻译中，尤其是当文字游戏是原诗的核心特征时，仅仅追求所谓的对等是无效的。译者其实还藏有诸多暗器和妙招。在翻译西西的诗歌时，笔者做出了自己的决定。其他译者在阅读或倾听笔者的翻译，或者书写或讲解他们自己的译文时，也将做出他们自己的决定。西西的诗歌允许、鼓励并积极欢迎多种阐释，因此也将会有多种译文。在她的小说《哀悼乳房》(Mourning a Breast) 中，她写道：

> But don't assume that I am searching for the ultimate, perfect translation. I am not. There's never a fixed and eternal "absolute spirit" in books. Translations are interpretations, and the same text holds the possibility of multiple interpretations. Each interpreter can thus proclaim "Madame Bovary is me, " and no one will object that there are too many Madame Bovarys [...] Dare I say that it is impossible to have a sole, absolute version of a translation, whether now or in the future?（笔者翻译）

> 但别以为我在寻找一个最终完美的译本，不是的。书本里从来就没有一个既定而垂之永久的"绝对精神"。翻译就是传阐，同一文本有多重传阐的可能，每一个传阐者都可以说，"包法利夫人就是我"，包法利夫人并不嫌多……我是否可以说，现在或者将来也不可能有唯一、绝对的译本呢？（Xi 1992, 302）

我们可以将西西的观点更近一步阐释，认为文学作品的译文没有绝对和唯一。对于语言和文化不存在固定的对等吗？若能将"完美"和"绝对忠实"这样静止的、颇为天真的乌托邦式翻译理想请下神坛，那么译者便可以自由地打开思路，探索无限可能，在始终顾及原文的前提下，在新的语言和文化环境中创造译者眼中的原诗的本质。虽然笔者在翻译中改动了西西的诗歌，但是原诗中审问、游戏的口吻以及喜欢和思忖的冲动穿越到英语译文中一直存在。

参考文献：

Bassnett, Susan. 1998. "Transplanting the Seed: Poetry and Translation." In *Constructing Cultures: Essays on Literary Translation*, edited by Susan Bassnett and André Lefevere, 57—75. Clevedon PI: Multilingual Matters.

Delabastita, Dirk. 1996. "Introduction." *Wordplay and Translation*. Special issue of The Translator 2 (2): 127—39.

Feeley, Jennifer. 2015. "Why Not Say". *Cha: An Asian Literary Journal*. Accessed September 20, 2017. http://www.asiancha.com/content/view/2272/521/.

2016. "Translator's Introduction." In *Not Written Words: Selected Poetry of Xi Xi,* by Xi Xi 西西, xi–xxii. Brookline, MA and Hong Kong: Zephyr Press and MCCM Creations.

Giorgadze, Meri. 2014. "Linguistic Feature of Pun, Its Typology and Classification." *European Scientific Journal* 2: 271—75.

Golden, Seán. 1996. "No-Man's Land on the Common Borders of Linguistics, Philosophy & Sinology: Polysemy in the Translation of Ancient Texts." *Wordplay and Translation*. Special issue of *The Translator* 2 (2): 277—304.

Her, One-Soon 何万顺, and Chen-Tien Hsieh 谢祯田. 2010. "On the Semantic Distinction between Classifiers and Measure Words in Chinese." *Language and Linguistics* 11 (3): 527—51.

Lakoff, George. 1987. *Women, Fire, and Dangerous Things: What Categories Reveal about the Mind*. Chicago: University of Chicago Press.

Lehrer, Adrienne. 1986. "English Classifier Constructions." *Lingua* (68): 109—48.

Tai, James H-Y. 1994. "Chinese Classifier Systems and Human Categorization." In *In Honor of Professor William S-Y. Wang: Interdisciplinary Studies on Language and Language Change*, edited by Matthew Y. Chen and Ovid J. L. Tzeng, 479—94. Taipei:

Pyramid Publishing Company.

Tai, James H-Y, and Lianqing Wang. 1990. "A Semantic Study of the Classifier Tiao 条." *Journal of the Chinese Language Teachers Association* 25 (1): 35—56.

Venuti, Lawrence. 2009."Translation, Intertextuality, Interpretation." *Romance Studies* 27 (3): 157—73.

Xi Xi 西西. 1990. 美丽大厦 [The beautiful building]. 台北：洪范书店.

—. 1992. 哀悼乳房 [Mourning a breast]. 台北：洪范书店.

—. 2000. 西西诗集 [Selected poems of Xi Xi]. 台北：洪范书店.

—. 2016. *Not Written Words: Selected Poetry of Xi Xi* 不是文字. Translated by Jennifer Feeley. Brookline, MA and Hong Kong: Zephyr Press and MCCM Creations.

我的阅读史

　　本专题特邀了四位成长于不同年代的诗人、学者开启记忆之旅，回顾自己学习时代里各具特色的阅读心史。这种带有强烈个人体验的读书漫谈其实是极好的"自我分析纲要"，也是朝向文学理想的生活见证。每个人无法选择自己身处的环境，但那些胎记般的书籍却释放氧气，打开天窗，为他们带来一连串启蒙故事和精神成长，以及错综复杂的情感教育和理性反思，让阅读者有机会活在更高贵的灵魂中间。

在下落不明的大地之光里

李 琬

一

真的能书写自己的诗歌"阅读史"吗？除了阅读的过程本身，我和我谈论的对象之间还有怎样的关系呢？我翻开了从中学到大学本科阶段的读书笔记，试图在渐渐漫漶的记忆之尘中梳理出一条清晰凹陷的小路。单看笔记中的诗歌部分，阿赫马托娃、茨维塔耶娃、阿米亥、狄兰·托马斯、史蒂文斯、昌耀、西川、张枣胡乱地挤在一起……这次"温习"令我再次回忆起不少自己都已经遗忘的诗集和诗句，而这个发现无异于进一步令人尴尬地确认，自己的阅读，特别是诗歌阅读，包含了多少"偶然"和"无意识"的成分。更重要的问题在于，那些对我有过最深远影响的诗人，正因为其精神能量在他们的文字中显得太过庞大和密集，反而无法被我的笔记本"捕获"。那些更重要的诗人的诗集，被我画满了有形或无形的下划线，一旦我需要重新阅读，就会直接拿起书本，而不需要参考笔记。通过这种排除法，事情变得略略清楚了起来——我能立即举出几个在我书架上出现，但从未进入笔记本的名字：里尔克、策兰、海子、痖弦。这显然并非多么独特的个人诗歌史名单，这几个诗人已经成为上世纪90年代之后许多诗歌学徒或一般爱好者心中的原典或正典，代表了现代诗歌中的某种强势声音。

与我们（既读也写的人）诗歌写作中可见的变化或"进步"相比，诗歌阅读的"阶段性"特点或变化过程则要显得模糊得多，更多地呈现为

"一体化"的阅读视野。如果说观察阅读历程中的"成长"是困难的,可能并不仅仅意味着,我们这一代从中学到大学这段相对漫长单调的学院生活和客观上"诗龄"还不够长久带来的"观测距离"限制,同时它也恰恰意味着某种历史感觉趋于平面化的征候——我们这代人常常感到,自己没有经历太大的动荡,或者即使社会发生了那样的动荡,自己也很难近距离地置身其中。缺乏动荡的生活带来的并不是秩序感,反而是涣散和无序,我们貌似有许多种"生活方式",但并没有许多种可以选择的生活。于是一方面闭塞、隔绝于历史的现场感和复杂性,另一方面又有种因为被压抑而愈加旺盛的对于历史"真实"的渴求,不再愿意隔着语言和修辞去认知、介入世界,甚至不时希望离开这种生活。这种心态导致我们对文学的态度是暧昧、矛盾的:我们希望在均质化的社会中通过一套文学体制和符号获得个体表达的独立、自由,但是又对文学在社会文化"等级"中的滑落及其带来的写作者(不只是诗歌,还有小说写作者)相对晦暗的主体姿态和生活方式感到颇为不满。

当然,历史和社会状况本身一直在发生着改变,甚至近年在某些方面加速着改变,然而我们越来越频繁地感觉到,似乎从某个时刻起,我们不再能够看到历史向前推进的方向,或者说,对于我们在社会结构中的位置而言,这个远景已经很难为文学者们把握、言说,遑论干预和影响。在我们进入大学并开始逐步社会化之后,整个社会圈层日益破碎化,而知识者的位置也因为种种被动或主动的原因不断退回到学院之内,甚至即使在学院之内也不得不埋首于越来越琐碎、表面化的事务,难以实现"跨越专业藩篱而进行深层合作的动人图景"[①],而这幅图景反倒是我在中学时代的阅读曾经带给我的朦胧幻想。

我持续体验着这种错位:从中学时期开始,我们渐渐感受到我们读到的文学不再能对应和指导现实生活,它和生活之间的距离乃至对比越来越明显。在我少年时代所处的小环境中,文学流通的渠道似乎总是零散、自发、滞涩的,我只是在书店里偶然地遇到 80 年代、90 年代或者

---

① 孙歌:《论坛的形成》,《求错集》,北京:生活·读书·新知三联书店,1998 年,第 104 页。

更早年代的旧书并被它们吸引，而这时它们已经不再被大多数人阅读了。

这种文学与生活的脱离，更大的原因仍然来自时代整体的推移。对我们而言，从十二三岁开始，要是拒绝当时在同龄人中普遍流行、几乎成为唯一文学消费品的"青春文学"，就很容易转向"纯文学"的胃口，因为那些80年代和90年代初的小说、诗歌几乎是我们最容易获得的读物。到了21世纪第一个十年快要结束时，正如李陀所言，这些书写基本已经无法继续解释社会生活，无法建立"文学和社会的新的关系"[①]了。

近五年，事情又发生了新的、剧烈的变化。文化消费者面对电脑和手机屏幕早已有了一千种消磨时光的方式，越来越个人化的媒体平台意味着我们很难再通过文化消费，特别是通过与电影、电视剧、视频媒体相比而言处于绝对弱势的文学图书载体，来争取一个能够为群体（即使是"文艺青年"也划分成了太多的圈层）所分享的共同想象，或者塑造一个公共意识的领域。由于从事图书编辑工作，我对近年来整体阅读环境对于严肃文学、对于诗歌的"不友好"程度有着切身的体会。人文社科领域仍然可能出现表现亮眼甚至持续走势强劲的书，但文学类图书则要困难得多，而这种状况似乎不再是仅仅通过"调整"文学作者自身的位置，积极建立和社会、民众之间的关联就能够改变的了。带着这些体验，再来看从十几年前开始的诗歌阅读，我的确发现所谓个体的趣味，实际上最早就是被庞大而无形的文学体制、社会机器展现给我们的"前端"所塑造的。

二

我开始真正接触现代诗是在2005年左右，我刚上初中不久时。当时文学阵场上仍然显示出一股从20世纪90年代延续而来的"散文热"，我家书架上也出现了不少散文集，其中一本是2004年的《收获》散文精选。

---

① 李陀：《漫说"纯文学"——李陀访谈录》，《上海文学》2001年3月号，第7页。

我因此偶然地在这本书中读到了北岛写里尔克、策兰、洛尔加、特拉克尔的文章。可以说，我是因为无处不在的"文化散文"或"学者散文"的触须而走向现代诗歌的。

在此之前我只零散读过一些并未留下深刻感受的拜伦、雪莱、济慈、莎士比亚、纪伯伦、泰戈尔，这无疑只是因为他们进入了大多数人心中的文学经典名单并因此出现在书架上或成为语文教育的课外读物。如果缺乏必要的文学史知识，又借助本来就有些蹩脚的翻译，这些诗作会令十多岁的读者感到相当疏远。对比之下，遇到洛尔加、策兰的我，也如冯至初见里尔克《旗手》时为其"绚烂的色彩，铿锵的音韵"所迷那样，我惊讶于那些诗行中奇异的、富于紧张感的修辞，以及它并不依赖传统格律而实现的内在韵律和节奏——尽管这是通过中文译文感受到的。

我开始寻找里尔克、策兰的更多诗作来读。我对这样高强度地向内凝视的文字表达感到非常亲近。对于此前大部分时候只接触到小说和散文的我而言，散文文体似乎是更加不言自明的表达，它对读者散发的吸引力根本上来自它所描绘的那个世界的吸引力。或许正因如此，从一开始我就感受到诗歌最不同于散文的质地，但这也归功于北岛选择了这几位欧陆诗人的诗——它们是如此明显地不同于包含更多议论、长句子和线性叙事的现代英美诗歌，比如叶芝、艾略特、奥登、惠特曼。如果借用陈词滥调来说，我也疑心是它们选择了我。我为那些词语之间同时出现的巨大亲密和张力而震惊、着迷。

不同于散文，诗歌本身是一种伴随着"学习"的阅读。文章的水准，固然也依赖于修炼语言本身的美感，但更多地在于作者的性情、学识，在这一点上它更能够接续中国古代散文的传统资源。然而我最初接触到的诗歌向我展示了语言对于文本的绝对统治，语言本身成为表达的内容。正如学习其他所有语言一样，学习一种陌生、艰难的语言是为了说它，或者说，学语言的本意也许只是为了读，但是在学习它的过程中，也就不可避免地开始了说：对我来说，阅读诗歌的过程也是学习写诗的过程。我正是为了在这特殊语言里寻求某种庇护而选择和它待在一起的。这种庇护不也是"示播列"的意思吗？当时我对生活感到不满。在那个年代，我所经历的小学时代几乎没有成绩、名次的观念，但进入中学后这种情况突然变化，一时间似乎每个人的"价值"开始直接和学业表现上的等级挂钩。尽管身为"优等生"，我却时时感到这种秩序的荒谬和压迫性。在很多个放学之后的傍晚，我关上房门，静静面对里尔克和策兰的句子。它们无形中强烈地逼迫着我开始学习这种困难的语言。

　　多年以后，我渐渐意识到，将散文和诗歌清晰地切分开来，或许部分地造成了我对诗歌本体的固化认知，尽管这种认知可能很难真的被扭转：散文可以联通不同群体和视角，可以言志载道，义理、考据、辞章兼备，而诗歌处理的是更加集中于个体的、幽暗的经验，是"任个人而排众数"的表达方式——这种偏执的观念来自最初的诗歌经验和文学教育。

　　到了高中之后我才进一步认识现代诗歌，那时朦胧诗和海子、顾城开始出现在语文课本中，尽管课堂上师生声情并茂的朗诵方式令我感到有些荒诞和滑稽。大概和很多同代诗歌读者一样，学校图书馆里的"蓝星诗库"给了我们中国当代诗歌的启蒙。因为被教室和私人空间所切割的促狭生活环境，我反而加倍地迷恋海子、西川开阔的诗句。与此同时，我正在囫囵地读一些有关当代中国社会文化的书籍、文章，对于在我们成长中发生持续影响、形塑我们精神结构的20世纪八九十年代有了粗浅的理解，我辨认着它的逐渐离去和被一个新的时代所替代的过程。我自小居住在一个和我所在的城市形成某种对比的空间里，那是一个军事院校，或许我曾无意中从这个高度强调集体主义和理想主义的社区获得想象的安慰，在海子那里以他个人方式继承的集体主义政治抒情修辞和语调令我感到十分亲切。同时期我也在狂热地阅读张承志，他唯一的诗集《错开的花》强力地吸引了我。张承志的诗和海子乃至阿垅的一样倾向于"烈火"而非"修辞练习"，这样的文学品质和写作观念深刻地影响了我对诗歌的感受力。阿垅在《箭头指向——》里谈论诗歌的文字是我在诗论中读到的少有的铿锵之声，"让没有形式的那种形式成为我们底形式吧"，"诗是人类底感情的烈火"。但是这就意味着诗成为宣传的工具吗？阿垅是这样来理解力和美、战斗与休息之间的关系的："诗本质地是战斗的。……假使爱情是那个果肉，那么战斗正是包裹保护果肉的一种坚皮刚刺的外壳。"

在那个网络阅读尚未大面积兴起的时代，当时不少主流的人文类刊物，比如《中国新闻周刊》《三联生活周刊》《读书》，仍然在许多城市居民和知识分子的阅读生活中扮演重要角色。这些杂志中的专访、人物侧写总是客观上将许多文学作者与其他人文知识部门的工作者放到平行和相近的位置，至少呈现出某种跨越不同知识部门、形成互动和共振的表象。于是一方面我们被培养、塑造起一套纯文学的趣味，另一方面我们却很少从文学史脉络去认识文学本身，那是我进入中文系专业学习之后的事情了。2010年以前我仍然更多地根据文化上的地位观察诗人、小说家、电影导演、音乐人的位置，认为他们和同时代的思想、文化问题幽深地纠缠在一起，而且他们常常被媒体偏颇地塑造成叛逆的、孤独的、拒绝与大众和商业文化合作的形象。这部分地解释了为什么后来刚刚进入大学，开始和写诗的同龄人打交道时，我们会因为谈到诗歌而在心中唤起那样强烈的认同感和亲密感。

在我最早读到翟永明的时候，也几乎同步地从肖全《我们这一代》的影集里最早认识了她，她和文艺领域众多"精英"的形象并列在一起，代表世人期待中的当代诗人应采取何种面貌示人；我从《天涯》里读到于坚、西川的文章，被诗人身上"散文"的部分打动，这种散文性的确能够让我们在更大的语境中来理解诗歌和诗人的文化意义，但这些文字与真正有社会阐释力和批判力的杂文或学者散文还有距离。与此同时，我们读到的蓝星诗库里的诗人已经在此时改变了他们的诗歌写作，因此对于他们身上的诗歌和散文，我们的认知实际上继续包含时间上的错位。这样的认知状况大概成为那种错误观念和印象的源头——第三代诗和90年代"转入相对独立的个人写作"（臧棣语）那样的诗歌书写，依然能够天然地在社会文化中获得精英和启蒙者的地位。直到大学，我的这种印象才渐渐得到纠正。

不过，中学时期没有人和我谈诗。我最好的朋友喜欢西方小说、中国古代文学，但很少谈起现代诗。我也陆续读到于坚、海男、雷平阳的诗，然而那似乎是距离本质化的"诗歌"最远的一种阅读，因为当时选择这些诗人很大程度上完全是由于对特定地域的兴趣，以及由于我身在武汉，长江文艺出版社的雷平阳诗选是当时在书店容易见到的品种。

三

十几年后，策兰仍然是我一读再读的诗人。我爱慕着那些看似简单的字，它在任何语言中看起来都美；我爱慕着那些声音，黑暗、沉厚而有光泽，策兰对海德格尔的深刻理解令他的诗带有后者的语言风格；我更爱从冷峻意象中忽然迸发的、浸透了感情的"万千颗粒的愁苦"，他反复使用的呼语"母亲"，他永远在诗中寻找的言说对象"你"。面对"你"的言说姿态，显示出他与人世的未来向度之间不可能缔结真正的关联，他的写作是一种朝向被深埋入地层、被去历史化了的过去时间而进行的。

我不止一次和来自中欧、北美的文学专业或其他人文专业的学生提起策兰，但是令我吃惊的是，他们一致的反应是很少读他、很少了解他。当我在一个诗歌活动上与邻座的美国青年随口聊起策兰时，对方抱歉地表示自己并不知道。我意识到，在广阔的世界范围内，他和他代表的诗歌路径或许仍然是被遗忘、被抛弃和难以被理解的小传统。而与此形成鲜明对比的是，策兰在当代中国的诗歌读者中间已经是高度显性的存在，这无疑归功于北岛、王家新、孟明等译者的译介。

这种国内外读者对策兰的接受上的明显差异令我有些迷惑，但或许这种差异恰恰表明，一部分当代中国诗人之所以选择翻译、追慕和崇拜这样的西方镜像，本来就有所意味——它指向对身份和命运的想象：成为一个诗人，就是成为一个不受欢迎的人、不断迁徙和逃亡的人。策兰一生不断流浪，离开家乡来到布加勒斯特、维也纳、巴黎、耶路撒冷……他只能和他的敌人共享一种母语——德语，他的境遇使人想起卡夫卡的境遇："无法不写作，无法用德语写作，无法以别种方式写作"。他在强势语言中创造一种弱势的语言，用语词发明来改变德语的性质。精神国土的虚无和丧失，对不可言说之物的持续言说，这些策兰式的主题塑造出许多诗人自我认同中的崇高感。

策兰几乎在用使用物质的方式使用词语:"更换地址,在物质中间/回到你自己,去找你自己,/在下落不明的/大地之光里"。他的词能够紧紧缠裹物质,或者切开它们。他的词语以一种坚硬、绝对的面目出现在我的眼前,就像伽达默尔谈论策兰时所说的:"有些东西曾经如此寂静地结晶着,有些东西曾经如此微小、如此光亮并且如此精确,那种真实的词即是这样的事物。"结晶般的质感,来自策兰要告诉我们的重要之事:一个固定的点的确存在;"存在和真理,即便如今失去了一切对整体的把握,也还未曾消失"①。对于策兰的喜好,也包含了我对于"后现代"文化及其阐释方式的强烈怀疑。

但是没过太久,我就逐渐意识到,我最初对策兰的阅读是一种非历史化的、脱离了语境的阅读。他的杏仁、七枝烛台、石头、蕨、玫瑰、上帝……一开始我并没有认识到这些富有犹太气味的隐喻所承载的文化意涵。后来,在进一步认识策兰的过程中,我一次次惊讶于他的文本是如此之厚,你无论从何种层面去读它,都难以将它穷尽。他每个短句子都像松枝上的松针那样自然生长但紧紧贴合,那些仅根据意象或词语的表面风格去试图模仿策兰的诗人是无法接近他一丝一毫的;我们不能获得那发出策兰声音的器皿,我们也无从凝视他曾对视过的深渊。策兰向我展示了那种诗歌理想:他凭借词语来搭建他的房屋,将一种普遍性的个人经验而非仅仅针对某个特定民族和事件的发言灌注到词的缝隙之中,但与此同时我们又能无数次地从他的词语表面窥见抵达历史深处的门。他被太多的哲学家、思想家谈论过,足以证明他文本的全部张力和厚度。

最初打动了北岛也影响了我的这几个西方诗人都有很强的超验性背景,或者生长于某种宗教文化中,但我关注的重点似乎始终不是这种宗教性本身,而是它看待世界的视角和这种视角带来的诗学效果。即使是以否定方式来靠近的确定性、绝对、整全,对我而言也有着强大的魅力。

---

① 阿兰·巴迪欧:《论保罗·策兰》,lightwhite 译,见拜德雅豆瓣小站 https://site.douban.com/264305/widget/notes/190613345/note/553032453/。

我们最初就是在一个丧失确定性的世界里展开文学阅读和自我社会化的。

后来很多年里,让我感到欣赏、产生共鸣的诗,都恰好有宗教的一面,比如我曾偶然读到的诗人丹尼丝·莱维托夫(Denise Levertov),还有我反复阅读的美国华裔诗人李立扬——他的诗是少见的可以用来朗读的诗,我也不止一次在宿舍楼无人的阳台大声朗读他。我喜欢的穆旦、痖弦,他们笔下也能见到神的身影。和大多数中国人一样,我没有宗教信仰,也从未认真考虑过信仰宗教,但因为诗歌或多或少对我来说意味着"另一重现实",对我来说是不同于散文世界的表达,我反而总是愿意寻找与我们当下普遍的生活境况形成对照和补充的面向。

在穆旦、痖弦那里被呼唤的神,也已经并非里尔克、策兰、艾略特、奥登的神。中国诗歌里的神是一种被翻译过的超验视角和美学,是面对一个诗人无法解释的、被重重历史苦难包裹的生存世界时想象出来的绝对视点。有时,这种视角也可以并不需要神的出场,它造成了类似戏台的效果,像痖弦那样,他用现代主义、存在主义的语调传递十分古典的情绪,用富有音乐性的语言和整齐、有规则的诗形书写那些崎岖不平的人事。他的诗持续地给人带来宣泄、净化和治愈。在他笔下,平凡生活中的苦难和艰辛何其深厚,超出文学思考的范围。我们在体会诗歌治愈效果的同时,实际上也是在体会那些令我们痛苦的事物本身,体会它对于生活和生命的意义,内心深处认同着里尔克为诗人规定的生活、工作准则:生活是有机的,"你的生活直到它最寻常最细琐的时刻,都必须是这个创造冲动的标志和证明"。三十多年来的当代中国诗歌不断寻求语言和现实之间的平衡关系,我有时却不禁怀疑那种急切与现实建立关系的欲望实际上正是来自这种根深蒂固的二元思维,并进一步加剧了两者的分离。

四

一些经典现代主义诗歌中十分重要的母题、词汇、意象、气息,确实在很长时间里不断离我们远去,成为"下落不明的大地之光"。爱、死亡、孤独、信仰，这些词由于过度使用以及庸俗的流通方式而历经通胀，我们越来越缺乏对这些词语的身体性的体验。当我愈加清晰地辨认，当代社会的理性话语和主体再生产逻辑几乎多么彻底地将痛苦、疾病、死亡、非正常状态从日常生活中隔离了出去，当我发现我的同代人和更年轻的一代如此难以形成对生活的整体感觉，我才再次感到诗歌阅读和写作能够在一定程度上成为重建内心秩序感的方式。

在大学阶段，我进入了"严肃"学习诗歌写作的时期，一度大量阅读中外诗人的作品，但主要着眼于技艺的修炼，因此我领略到的更多是"术"而不是"道"，大多数作品可能令我一时赞叹，但是过了许久之后就发现它实际上难以进入自己的内心体验。当时我频繁参加诗歌社团活动，也偶尔主持讨论，抱着做课堂报告一般的心态去阅读，结果发现那些讨论过的诗往往都是最难以给我留下印象的诗。似乎在最初学习写作的时期度过之后，模仿的本能和热情渐渐消退，大部分诗歌只能提供片刻的感兴，而难以真正"寄生"于我的感受和理智器官。

这个时期我也开始密集关注身边当代诗人的写作，这些诗参与到我和这些诗歌作者的实际交往中，并因此不断加深着我们彼此之间的理解。王辰龙、砂丁、李海鹏、苏晗、方李靖的诗各不相同，但也分享某些相似的心性和情绪。其中一些诗为我们这代人相对匮乏的历史感觉做出了修复性的努力，它们或许未必"正确"，但是有效。诗歌展示了个体面对庞大历史时的细微感受和处境，特别是在历史本身越来越难以得到完整言说的时候，是这些诗一次次为我开启现实罅隙中的生动细节，持续抵抗着弥漫在我们每个人周围的漠然。

就在同一时期，微信的迅速普及和微信公众号的兴起，悄然改变了许多读者的阅读方式，微信平台传播法则所追求的效率、经济性，实际上和现代主义诗歌信奉的语言的经济性不谋而合，微信公众号从诗歌中榨取的价值往往表达在文本编辑中的标题、摘句、加粗效果上，它们的传播带上了难以回避的"鸡汤"色彩。因为这种诗歌流行方式造成的负面观感，因为我自己也曾短期从事为公众号炮制近于鸡汤的诗歌解读文字，在一段时间内我的确对一般意义上的诗产生了审美疲劳的体验。同时，由于年龄、处境带来的客观条件的变化，诸种现实问题愈加急速严峻地展开，面对学业、工作的压力和日趋机械化的生活，我很少再像从前那样密集、长时间地读诗，大部分阅读时间也为其他门类的书籍所占据。

然而，这也并不意味着我彻底放弃了诗歌阅读。暂时疏远了对"术"的热切心情，让我得以重新考虑"道"的问题。出于从小对民间音乐的爱好，我曾为一位朋友的传统音乐档案整理工作干过一些杂活，当我读到新疆都塔尔歌曲中的唱词，那些诗句的音乐性以及它与旋律的完美结合久违地唤起了我最早接触诗歌时的那种甜美、惊奇的感受，我在思索，这些音乐的工匠，将来自民间或诗人创作的歌词和他们对乐器、旋律、音乐传统的理解如此贴切地缝合在一起，仿佛让我重新看见那更大的诗意。与之相比，我们所熟悉的当代诗又为何频频显得拘束而困窘……在一首传遍新疆的伊犁民歌中，歌手唱道：

西方来的风，吹倒了葡萄藤
称作"心"的那个疯子，你抓不到

当我和一些并非"专业"诗歌读者的朋友谈到诗歌时，我发现他们心中的诗在很大程度上仍然保留了可以"歌"的秉性，这也让我怀念起那些民歌来。许多人对诗歌的兴趣似乎仍然在于，相信诗歌能调动起集体的情绪，能在个人经验的基础上对那些最普遍的主题保持抒情的意愿和强度。

我曾短暂地到访亚美尼亚，使我印象格外深刻的是亚美尼亚并未经历过"言文一致"的语言工具革命或"白话文运动"，他们的诗歌与古代诗歌保持着更加连续的关系。根据对亚美尼亚当代诗歌英文译本的粗浅阅读，我发现许多对当代中国诗歌来说十分常见的词、心绪和句法都很少出现在这些诗里。这个事实再次提醒我，也许我自己面对的文学传统和文学现状，反而是多少有些"不自然"的状况，是一个事件和许多事件造成的结果。那些缺乏我们所认为的"现代主义诗歌"的民族和语言，又会怎样去感受和书写他们的生活呢？当我阅读为维吾尔木卡姆歌词贡献了重要来源的诗人纳瓦依，我不仅为其诗中苏非主义的迷醉境界所打动，更逐渐意识到，作为一个出生于20世纪末的当代人，之所以觉得这些诗的词汇表十分有限、主题不断重复，很大程度上不是因为自己拥有一个更解放、启蒙、现代、理性的"主体"，不是因为自己生活在一个更加复杂的时代，而恐怕是因为，我们无法再去体会那些词语在不同诗句、体裁和语境之中的微妙含义和差别了；是我们自己的心被太多的语言喂养得粗糙、麻木，而非相反。当然，我们的语言和历史一样包含着不可逆性，但我越来越渴望接近的，是清晰和确定，是那种要把我们带到"如此光亮、如此精确"之物中去的诗。

我的阅读史，兼及一段
"早期风格"到"晚期风格"的问题史叙述

砂 丁

一

　　要谈论一个人的个人阅读史，有时候是一件有点私密的事情，伴随着小小的记忆里的闪光时刻，又带些小小的苦恼、羞赧和惭愧。事实上，也许和许多经由"正典"的诗歌阅读进行自我教育并进入新诗写作现场的同龄写诗者不同，我的文学启蒙并不是从诗歌阅读开始的，而是青春文学。在我十一二岁的时候，学校里征订期刊，我稀里糊涂订阅了上海版的《少年文艺》，自此我原本平正的想象力，和多少有些早熟的敏感的心灵，有了文字上可以寄寓那些参差、暧昧的情感的地方。《少年文艺》是一本在我当时所处的祖国边陲四线小城市里很少见到的刊物，而且就我当时对世界和他人的理解，也是一份风格上有些诡异的杂志。里面一些小说的情节，和背后人事之间的错综缠杂，我至今印象深刻。或许我最初的，从小小的学校环境和日常的作文训练中伸展出来的，那一些尚不明朗的、对于人事和情感的多重向度的颟顸体认，就是从阅读这本刊物中获得了某种文学上的确认的。

　　回头来看，《少年文艺》那种有点诡谲和幽暗的风格，以及所有文章里所呈露的那个敏感、酷烈、孤独的少年人形象，或许在如今的阅读趣味和眼光里，已经显得矫揉造作和不真实，但它作为我某种文学阅读的起点和新诗阅读的"前史",形塑了我最初的对于这个世界伸展手臂的姿势,以及我的写作中一以贯之的那个抒情性的动机。沿着青春文学晦暗、感伤、奇崛的风格追求和想象力生成的方式,从初中开始直至高中毕业,我阅读了不少当时流行的青春小说,包括安妮宝贝、郭敬明、张悦然、七堇年、消失宾妮,等等。韩寒的风格和其他青春小说不太一样,带有反抗和批判的色彩,而大部分的青春小说,都铺满了伤痕和惨酷的味道,以致我的整个漫长的中学时代都浸没在非常感伤的自指中,我有一种回溯到孤独自我的、单纯的想象力生成模式,还有一种青春文学般多情的语言。

　　在写诗之前,我经常写一些叙事性的小说片段,它们能否称得上是"小说",可能还需更仔细的打量,但一开始,我的确做着小说家的青春大梦,暗暗立志,自己以后是要当作家的。"新概念"作文大赛那时候并没有像现在这般失去影响力,而几乎是对青少年叛逆文学姿态的某种认可,在我看来,它似乎承担起了某种文化英雄和文化崇拜的功能,哪怕是在自习课偷偷阅读它的获奖作品集,好像都是一次象征性地对主流中学语文教育体制的沉默的抵抗。那种感觉其实是蛮舒服的,觉得自己与周围的同学不同,自己是一个文学少年,并不是肤浅的。在中学时代,我自印过文集,到了大学的一二年级,也自印过短篇小说集,我的笔名是在那个时候真正确定下来的。直至大学的头几年,我仍然没有把自己在创作上最核心的文类认同转向新诗,而觉得自己是可以写小说的。但后来之所以不写了,一是因为发现自己的控制力太差,写不了太长的文字,字数超过二千,便开始说车轱辘话,心态上也变得急躁起来,没有耐心,这在写小说上是非常吃亏的。而如果你写不了长篇作品,没人会把你看作真正写小说的。二是因为我发现诗歌中同样可以容纳叙事,而兼顾叙事和抒情,这对于有着写小说的动机而又怠惰于去经营恼人的具体情节,想走一条中间道路的我来说,可以说是一次非常折中、机巧的选择。但事实上诗歌和小说是非常不一样的,它们语言的组织方式殊异,但我的诗里,特别是那些带有叙事性质的诗里,其实还是可以看出那个小说性的起点,和构建场景、搭建细节的一些模式。

我的阅读史，兼及一段"早期风格"到"晚期风格"的问题史叙述

　　我在大学之后再也不读青春小说。但人总能记起的，并且在生命内部的刻度里深沉地留下印记和滋养的，还是十几岁、人很年轻的时候，在文学的童年期所读过的那些东西。它们培育了我基本的情感模式和对世界敞开的方向，以及那个有点感伤的、抒情性的文学形象。倒不是说青春文学怎么好，回头来看，它们总是充满着人工的刻意，并且常常是矫揉的。事实上，我想谈论的，是抒情这个古老的文学技艺，在当下诗歌写作的进行时的场域里，是否还具有，或潜在具有建设性的活力和生机。对于青春文学而言，尽管它们一再地缺乏问题意识，尽管这种文学类别和体式随着商业、大众传媒和资本的营销而成为一整套人工制作和套路化的文学生产模式，它毕竟曾经承担起某种文学抵抗的使命，对主流的、圈层化的、体制化的官方文学形态和中学语文教育形态发出别样的声音，而其作为抵抗的最核心的那个形式要素，便是反诸"内面"的个人化的抒情模态，这一抒情性动因通常以颓废、寥落、孤独、绝望、残酷、伤痕的主体形象和情感动势而反向确认个我的尊严和在大的制度性环境中呼吸的自由，在青春文学刚刚生长出来的文学土壤里，的确带有先锋性的文化政治意涵。青春文学的要旨在于呼唤某种本真性的自我表达，这恰恰因应的是抒情缺失的严冷时代环境对个人情感空间的压制，而它的限度也恰恰在这里，过于信任个人的"内面"，也似乎过于仰赖那个抒情性的主体动因。事实上，抒情作为一套有效的修辞策略，究竟在何种向度上可以多层次地把握时代与自我的关系，如何敞开其自身的边界，或者，如何在"抒情"本身的界面上延展出更多的面相而不囿于一种固定的抒情模式，这些都检验着青春文学的写作难度。很可惜，当日引领时代潮流的青春文学家们，受到了来自体制和商业的多重诱惑，并没有认真地思考和探索这些问题，抒情也就因其仅仅保留一个徒劳的反抗手势，而不再吸纳和扩充更多个我边界之外的新鲜内容物，而似乎最终沦落为某种程式化的编织，而失去了曾经有过的形式活力。

二

　　我开始写作诗歌，大概在十五六岁，初高中之交的那个暑假。但事实上那时候我心中的"志业"是小说，对新诗的探索只是浅尝辄止，顶多只能算一些摹仿痕迹严重的、分行的段落而已。我真正开始比较严肃地进入诗歌写作的语境，并且较为自觉地进行新诗的自我教育，实际上也是上了大学，读了中文系，参加了文学社团之后。写作新诗，在我个人的阅读史中，有一个参照，那便是海子。说起来，我自己对海子的阅读，和对海子背后牵连的80年代思想和精神资源的某种感知，以及对海子诗歌当中那个非常具有原创性以至于症候性的抒情歌者形象的体认，一开始其实是非常肤浅的。海子诗歌中的浪漫主义，还有那个同样运行于回溯性的"内面"风景的生成方式，以及最终展开的，那个空荡荡的"我"之结构，那种"今夜我只有美丽的戈壁 空空"的，孑然一身面对世界的渺远和苍茫的诗思组织逻辑，与我那颗青春文学的心灵之间，似乎暗合着某种隐秘的关联。在大学的头一两年，我言必称海子，诗必称海子，也写了很多后来被我看作"黑历史"的海子抒情体式的摹仿之作，走在校园路上，人生聚焦的中心都好像被拉远了似的，心中好像怀揣着某种宏阔但是疏离的远景，但却是无内容的空空的形式，因而总是显得忧郁和感伤。辗转有年之后，我已经很少再谈论海子，他似乎成为我可能的文学生涯中一个尴尬的所在，既想抛弃他，又想超克他，但实际上，虽然在一种风格学和文体意识的层面，我后来的写作已经与海子有了非常大的不同，但他诗歌中那个内溯于某个绝对自我的诗思运行的逻辑，以及那个坚固的抒情性动机，仍然深深地内嵌在我的诗歌写作之中，构成某个幽灵般的、隐匿的存在。

　　海子的抒情体式，及其语言的丛林中伸展出来的想象力的组织方式，甚至构成我的某种"早期风格"，使我一直以一个纯粹的"抒情诗人"形象在同学们面前晃悠和逛荡。那时候我还没有自觉的叙事意识，但写来写去，也逐渐发现单纯的抒情好像显得过于浮薄，而人事经验的渐渐展开，也使我觉得以抒情来应对世界的繁复，或许在形式的武器上显得捉襟见肘。此时我从之前写小说片段的经验中借来叙事作为某种诗歌结构上的调剂，但实际上这种叙事仍然最终服务于那个抒情的"我"之生成。海子的经典诗作《日记》便表达出这个抒情的"我"在试图扩大其自身的边界时所呈现出的诸种症候和限度。在《日记》中，虽然这个抒情的"我"召唤出了一个人称化的"姐姐"，作为"我"与"人类"之间的通道上可能存在的一个驿站，或某种伦理的"中介"的具体化，但实际上"姐姐"并非一个实指，因为"姐姐"的形象是由"空空的戈壁"所赋予的，这"美丽的戈壁 空空"同样定义了"人类"的内容，使得"人类"与"我"之间由于缺乏具体的生活世界的支撑，而最终从某种关联中失落了，"我"于是"不关心人类"。从这首诗的构成方式来看，"我"与"姐姐"乃至"人类"之间是一种直线式的层递关系，没有在任何地方遭遇"中介"的牵引和梗阻，也就没有任何真正属于他者的内容被赋予到"我"的身上。或许一种修正海子式"自我的创收性回缩"界面的方法，在于如何在"我"和"人类"之间置入更多的伦理中介，或实现"姐姐"的真正肉身化，兑现其伦理的具体属性，而使诗歌呈现一种盘曲回旋、翻转上升的运行姿态。这中间有诸种中介施加给"我"的彷徨、阻碍、牵引和拉扯，使得"我"与外部世界的通道并不始终是一蹴而就、一以贯通的，这也就既避免了外部世界对自我世界构成的话语挤压，不至于使诗歌中的自我形象因外物的压力而塌缩甚至解体，也规避了一个或高蹈或感伤的抒情自我形象，在其通向外部和世界的旅程上，只一味地向前奔突，而忽略了道旁具体的人事和风景，从而适度地给自我制造人间伦理的羁绊。这些中介可能是由"姐姐"之外的"叔叔""阿姨""舅舅"，包括"邻人"共同会合而成的，他们构成"我"与"人类"之间更为具体的社会伦理关联，而海子诗歌中那个抒情自我的最终限度，还在于年轻的海子还没有迎来足够"丰厚的心智"的成长，而尚未意识到"我"与"人类"之间的整个"世界"，必须展开在人我之间诸种具体中介盘结的"错综次第、层次之中"。①

---

① 关于海子诗歌《日记》的一个非常具有问题感的讨论，参见姜涛：《今夜，我们又该如何关心人类——海子〈日记〉重读》，《读书》，2019 年第 9 期。

海子诗歌中那个抒情自我的限度，及其人生经历的终极性结局，一方面让人扼腕叹息一位天才诗人的过早夭折，也提示了那个独在的抒情自我形象自身的限度和危机。或许臧棣在怀念戈麦的一首诗（《戈麦》）中，从另一个方向道出了新诗中那个抒情自我面对"我之外者"的基本想象方式，便是"单独面对你"。哪怕是赠友之诗，也并不需要友人真实的在场，而只需要通过孤独的阅读乃至回忆和追念，便能抵达"你"之彼处。在"我"与"你"之间，在"我"与"世界"之间，有时并不需要真实的他人面孔的介入，"我之外者"通过"我"的回忆和追溯，在"我"的逻辑之下向内延展为某个独语的抒情主人公的内在部分，而服务于某种抒情言路和风格的形成。

海子和早期臧棣的诗作里那个"我"对"他人"展开想象力的诗学形态和组织方式，仍旧内在于新诗的"抒情传统"，是新诗较为常见的诗思运展模式。但 90 年代以来，一方面为了克服一切裹挟于"80 年代"意识装置之上的主体性神话，一方面也因应时代开放程度的逐渐下降，新诗人们开始辗转于小处经营的微观技艺，从小型自我叙事的内部剧场和语言本体的基本机能出发，来探索更多诗歌和语言的可能性。而这些基于语言层面的基本训练，在宏大且急进的 80 年代话语场域里，还来不及得到认真的对待、审视和清理。从"当代诗"自身演进的脉络来看，"90 年代诗歌"自成为一个小的新诗传统，不论是对"知识分子身份"的强调，还是对某种成熟的诗歌心态和技艺上的"中年特征"的召唤，某种诉诸"抑制、减速、放弃"的"当代诗"的"中年时期"似乎已经到来[①]，它被看作对新诗青年时期以抒情为主要诗学面貌的"早期风格"的某种超克策略，而在"90 年代诗歌"自身诗学脉络的绵延线上，汇入新世纪以来以"元诗"加以命名的诸种诗歌形态之中，由此昭示某种基于智慧的丰富和主体的成熟的"晚期风格"之生成。

---

① 肖开愚：《抑制、减速、放弃的中年时期》，《大河》，1990 年第 1 期。欧阳江河：《89 后国内诗歌写作——本土气质、中年特征与知识分子身份》，《花城》，1994 年第 5 期。

三

  这一两年,有一个词一直盘桓在我的脑际,让我在阅读同龄者的诗作,或参加各类有关当代诗的学术研讨和对谈活动时,常常浮动在嘴边,呼之欲出。这个词的发明或借用,来自我的朋友,诗人、青年学者李海鹏对"90后"诗歌创作现场一个总体性的概览,而特别贴合于像我这样出生于20世纪90年代初,在学院里多少接受过严格和正统的诗歌教育的青年写诗者实际的写作状况。这个词便是"晚期风格"。在阅读海鹏那篇非常具有启发性的文章《确认责任、"晚期风格"与历史意识——"90后"诗歌创作小识》①之前,当刚刚看到这个文章标题的时候,我其实是疑窦丛生的。哪怕是出生于1990年的写诗者,今年也还不过30出头,怎么就已经跨越了青年期而直接进入"晚期风格"了呢?但这个词,在上下文的逻辑中,与"确认责任"和"历史意识"相连接,作为"确认责任"的一种诗歌伦理上的形式诉求,同样也在形式的意义上承载了一种更新颖的"历史意识"。在海鹏看来,相比于之前任何时代的新诗面貌,"90后"写作者"成熟"起来了的写作风格以及风格中所嵌入的主体与诸种外部因子之间建立关系的模式,已经有了很大的不同,哪怕和最近的90年代诗歌传统相比(这些诗人正是当下诗坛最具话语权的执牛耳者),也仍然有了很多结构性的新变。这些新变,不仅涉及形式和风格上的更生和突破,也呼应着主体因应时代的姿态和眼光,朝向某种更具建设性、更良性和更健康的应对方式,背后牵连的是时代精神转轨的深层密码。如何在更新一世代的主体位置上发生新的摆动和位移,由此位置发现的风景,带来了新的想象力生成的方式。此种想象力综合了主体与时代内部运行密码之间诸种技术性的微观结合,并且在主体与时代的通道之间,营构了一个更具有包容性和伸缩性的形式空间。

  海鹏对"晚期风格"的界定和讨论,主要在形式和主体两个向度上展

---

① 李海鹏:《确认责任、"晚期风格"与历史意识——"90后"诗歌创作小识》,《诗刊》2018年2月上半月刊。

开,并且对"90后"写作的整体面貌和风格意识,总体上呈乐观的态度。在形式上,"晚期风格"的形成,主要在于颇富有心智激辩和深厚学养的青年写作者,在语言内部腾挪空间和摆放诸种不平衡物的精微能力。这种写作风格聚焦于语言自身的向内挖掘,无论是即兴的延展、蒙太奇式的拼置,还是在语言的界面上制造其不和谐性、"不正确性""反对性"的创造力,语言都被拉入一个与语言之外的诸种言说场域平起平坐的开放式话语空间。以往传统诗学中被"诗"之文体排除在外的那些"非诗"的甚至是跨学科的语料和素材,被心智派的青年诗人杂糅、搅拌在语言发生的平面上,使原本平整、光滑的语言质地,发生诸种游戏性的伸缩和变形,而汇合成一种立体的综合诗学面貌。此种打通"诗"与"非诗"的诸多隔阂,在跨学科甚至跨语际的语言实验层面上展布素材和腾挪语词的基本能力,牵连于90年代以来新诗语言变革中逐渐成熟起来的"元诗"意识,语言不再是恒定的装置和界面,而是面向诸种外部的可能性展开,最后又回溯到形式自身的操作层面。

海鹏对"90后"的"晚期风格"的讨论中所包含的另一个方向,涉及主体的位置。主体如何通过"晚期风格"而"确认责任"和包容"历史意识",也就是主体在诗歌形式和现实的、历史的境况之间,究竟站在什么位置上发出声音,又如何腾挪步伐,是海鹏这篇文章的重要关切所在。海鹏一个核心的观点是,对于逐渐成熟起来的"90后"写诗人,其通过形式上的"晚期风格"所"确认"的那种"责任",不是80年代文化英雄式诉诸某种自我牺牲的神话而达致的"献身",而是某种"意外之喜",不是"先知"或"烈士"式的责任样态,而是"敢于对精神资源保持多元、开放的接受心态",并对外部的世界以及外部与主体内部种种的牵扯和纠缠,用"心智之开阔""举重若轻"地加以处理,而呈现出一个"阳光与睿智"的"成熟的主体性"。在"晚期风格"这里,"责任不再是重负,而是礼物",而"晚期风格"所展布的"历史意识",也不再如80年代的文化和诗歌传统那样,将过往的共和国的历史处理成像怪兽、"闯入者"和"暴君"一般需要被超克之物,而是在一种平等、平和和平视的态度中,在语言和形式自身的经营之中,历史轻轻伴随而来,甚至不需要被"渴望"和"召唤"。于是，在"90后"的"晚期风格"的形式追求之中，个人与时代，主体与历史之间，以一种平等、亲近、"举重若轻"的方式加以勾连和延展，这样建构起来的主体性，也因其化解了躁动不安的历史重负，而呈现出一种明朗的心智和更加开阔的视野，历史被"晚期风格"所包容，甚至开始眯眯微笑了。

海鹏文章的用心大略如此。但我更想把"晚期风格"的话题延展一点，因为在海鹏的讨论中，"晚期风格"总体上是一种积极和正向的风格判断，而对其自身可能存在的限度，甚至是隐含在这一形式自觉性之中的危机，似乎也存在一种警觉的必要。一种形式和风格的判断，最后总会指向形式和风格中的主体如何因应时代性话语、时代的感觉结构和某种"心情"的流露，它的特殊和语言组织方式上的尖峰和锐利之处，恰恰也可能隐秘地编织起整整一代人的精神密码，而在形式的界面上呈现出其可能的症候性。

对于"90后"而言，这个世界从其始源处开始，就从来不是单纯和新鲜的。当打开窗户，"90后"发现这个世界上的每一块地方，都已经被过剩的想象力播种过，不曾有一块未被开垦的处女地。换言之，当"90后"一代刚刚进入新诗写作的历史现场，便发现这个世界是由诸种话语编织、夹缠的混乱、"综合"之物。这个世界上的一切，都已经话语化了，而在诗学上可能努力的基本方向，也都有几辈前人耕耘过，已经有了一套相对固定的话语模态和想象方式立在那里。这些既有的诗学传统，固然抬高了"90后"初入诗歌写作场域的准入门槛，给予了他们非常丰富的自我学习资源和相当扎实的诗歌技艺的基本训练，但也同时让"90后"一辈的诗歌写作，在任何方向上的突破都变得更具有难度和挑战性。而时代精神的诸种内缩和闭合，似乎同样无法在形式上再现一个80年代蒸蒸日上的语言变革的黄金时期，而90年代以来诸种诉诸微观叙事和小处经营的词物对应方式的诗思组织方式以及"元诗"风格，也已经发展得颇为成熟，有时候对于更年轻一辈的习诗者来说，除了更精细的摹仿，和同样沿着这一词物对照模式的逻辑"制造"一批更精巧的诗作，要在形式上另辟蹊径，似乎更近于绞尽脑汁。在形式的内部经营上兢兢业业勤勤恳恳，在主体与时代的关系上则小心翼翼不越雷池的诗学态度，或许昭示了"90后"一代习诗者在写作上陷入的困境。他们似乎在起点上便被迫供出某种具有深度意识的"晚期风格"，在看上去"成熟"的诗歌技艺背后，也许暗含着某种诗歌想象时代能力的孱弱，因为大的时代气候不再提供诗人主体那种诗学上冒进、探险甚至颠覆的心力和可能性。

另一种限度，或许存在于90年代末以来，蔚为成熟的"元诗"体式上。一个有趣的现象是，虽然"元诗"的兴起和蓬勃，乃90年代诗歌传统的内在之物，似乎隐隐指涉某种"中年写作"的步态，但进入21世纪的第二个十年，"元诗"在更年轻的"90后"一辈中，俨然成为一种最值得追求的诗歌范型，诗歌青年们普遍想要提前挣脱自己的青年期——似乎"青年"一词意味着无限漫长的写作学徒生涯，而提早步入某种稳健的诗学上的中年形态。伴随着"元诗"大佬们逐渐在诗坛和诗歌史的叙述中占据核心位置，加上大众传媒和出版机制的种种"推销"，"元诗"可能存在的限度似乎被不断增殖的说法和话语掩盖，而某种微观的权力关系也被编织进"元诗"的"晚期风格"之中，将其塑造为仍然最具有先锋性的、最时髦的、最具有心智强度的、最高级的"当代诗"之一种。而"当代诗"在其自身的脉络里也已经"元诗化"，其语言和意义的生产和组织方式，也依赖于"元诗"的想象力，"元诗"不仅成为"当代诗"之最成熟的方法，甚至成为"当代诗"的本体，而其可能遭逢的"问题"，却由于其过于自信的诗学样态，和某种近乎傲慢的话语生产，常常被规避了。在当代诗的话语场里，"元诗"曾经具有打破既有的滞重的当代诗成规，带来某种新颖的处理语言和自我、语言和外部诸种素材之间新的想象方式和组织方式的更生能力，确实给当代诗坛带来了一股清新之风，非常具有形式活力。而目下的状况是，"元诗"似乎多少陷入了词物关系的同义反复和自我生产，变得愈来愈自说自话，在"元诗"中主体与现实之间的多重错综关系，以及那种作为核心修辞动机的，将扩展了边界的外部现实素材吸收和内化为语言细部经营的诗学运动图式，也多少变得程式化和僵硬，其形式活力不再如当初那般别开生面，而似乎陷入了某种停滞的、新的格套之中。

四

在诸种层出不穷的诗歌话语之间盘桓、游荡了这么一大圈，我突然又深深地怀念起自己阅读青春文学的年少时光来。某种"心情"的东西印刻在那里，在过去布满光斑的教室里，在秋天故乡桂花开满全城的气味里，在那一次次匆促、莽撞的少年人的喜欢里。青春文学，不论是它最初天真、清新、单纯和感伤的风格，还是它后来一次次陷溺于文体和对主体与时代关系的基本判断中沉沦、幽暗、堕落的境地，在青春文学之上，似乎都低空滑行着某种气候性的青年怒气，意味着某种无形的、向外伸展、却又找不到具体对象的对外部的质询和反抗。更为重要的，是一种抒情性的动机，在不断制造"话语"的文学现场，意味着一种决断力。哪怕抒情的动作再幼稚，抒情也意味着文学主体对时代的一种判断，人在抒情时，哪怕如海子般面对空漠无人的世界和戈壁，也在召唤一种流动的个人与时代关系的潜能。潜能的意指，便在于个人与外部之间建立一个通道，在这个抒情的通道中，主体或者可以把握时代的某种精神脉络（如郭沫若把握到"时代精神"），或者存在一种渴望通向自身外部的朴素的愿望（如何其芳对"年轻的神"，海子对"姐姐"的询唤），而不论抒情最终抵达的方向是否实有，又或者抒情最后以不断遭遇挫败的姿态返溯到孤独的"内面"，抒情都是一种因应时代的主动性方式，意味着文学者对那个文学的"我"的某种自信，是对"人之为人"的、错综而延展的、非话语化生活的询唤。这种自信高于纯形式的当代式自觉，而最终通联于某种古老的诗歌教义："诗者，志之所之也，在心为志，发言为诗，情动于中而形于言。"（《毛诗序》）在这里，抒情的判断意味着，"心"与"志"与"情"，它们关联于主体的生长，是更重要的层级，其次才是作为诗歌文体、形式、语言和风格的"形"。

我们或许最后提出的问题，是"元诗"之后，新诗何为？当"元诗"的"晚期风格"逐渐进入某种词物关系和主体与时代之间想象力构成方式的程式化格套之后，新的感性和新的语言，该从何处寻求突破的契机？回到"抒情"，似乎只是一种痴心妄想，而且在新的时代和新的人、事、物因应交杂的错综联系之中,"抒情"如何再现它的活力,其形式展开的向度,在何种意义上又能和这个时代的诸种"心事"之间建立具有生产性的诗学通道,似乎更是一片茫远的前景。我们或许迎来了新诗向外突围的潜力遭遇诸多瓶颈的"困难的时代",而由"晚期风格"牵连而起的诸种"难题",还正在新鲜的生成过程之中,似乎刚刚展露它范域的边界,有待更具创造性和预见性的判断和观察。

2019/9/29 完稿于京西畅春园宿舍
2019/10/3 修改于沪东北走马塘

这一切的世界的感觉

范 雪

一

我在看微信朋友圈分享的一些诗歌表彰时，常常走神地想，人生已经那么乏味了，为什么你们还在用看不懂的语言，对着费力去看后证实了是空洞信息的片段表扬来表扬去？这让我感到一切更加乏味。不知道诗歌的意志什么时候能再恢宏起来，就像不知道男人什么时候真能有靠山一般的形象，因为传说中前者和后者都曾那么主流过，在历史或生命里有命运一样强烈的存在。

当然，在我们生活的这个时代，许多坚固的东西都烟消云散了。2019年初夏，我在上海美丽的、过去的法租界吃了一顿饭。说实话，我有再多批判的知识也会承认这里真是好地方，轻松、休闲、舒适，落地玻璃窗的餐馆恰当地在梧桐树影里，路过时能看到里面洒在甜甜圈上的糖霜，空气也浮动着肉桂棕红的气味。如果你愿意，还可以在街角公园跳一下交谊舞，不是像80年代那样，是像西方人那样。非常匹配这个场景的，东湖宾馆附近的街上有一排西服裁缝店。裁缝店，曾经流行，一度过时，而此时此地的那些店让我总想如果要给爱着的男人送一件得体的礼物，大概要在这里定制吧。我带着一切曼妙的感觉坐在初夏的这场饭局上。主持者是第一次见的金融家。他讲了许多话，有一句开了我的窍。他说20世纪最伟大的发明是——相对论？信息技术？我骄傲地猜不外乎这两个。在当下众多知识的形象光谱里，物理学既大众又高贵，能同时挑动终极存在的道理和人们越来越诉诸视频的求知欲。不过，我想当然了。相对论猜对了，但另一个是：复利公式。我虽然不知道复利公式是什么，但我一秒觉悟他说的是对的。复利公式，这才是看不见的手啊，才是搅动人类世界最大欲望和运作逻辑的东西啊。

上面是到目前为止，我对现在这个世界的理解。它有公式般的操盘，把一切人的生活都拉扯进去，那里面的真相并不轻松和愉悦；它又能在进展到一个发达阶段时，给人非常有品质的物质上的享受，那是非常适合人性的，同时这中间又有太多的不合理、不公平，有太多苦难和社会问题。诗歌的意志、人的意志、女人或男人的意志在这样的世界里被淘啊淘，或自以为回避了淘啊淘……这是它们全部的问题，诗歌的问题就是人的全部问题，是我们在自己的段位上能看到的世界展现出来的一切绽放或伤痕，或者我们还要努力一点，去找点资源、找点材料，剥开一点，去试着看看能发现更多一点的事实。

以这个对人和诗的判断为前提，现在的文学好像对"苦"更敏感，它很不享受这个世界的物质成就，对许多快活的东西尽情地忽略着。我也不是要反对文学的疏离、怀疑、反思或批判，但既然我来说这个话题，就不想再说一个文学上"政治正确"的立场。在我的经验里，"享受"是最容易打开感受力的。有没有入迷着魔，极度智性地一直像个知识分子那样，还是几分失魂几分痴，能够焕发的敏感非常不同。而所谓入迷着魔，是一种不祛魅的状态，它能够激发非凡的生产力，而且是与那种跟这个世界保持着距离、维护和琢磨写作者个体内心极其不同的生产力。

恋爱，是最容易理解享受、着魔、入迷、不祛魅、敏感、感受力等一堆词汇的事件，也是一件足以拯救乏味的天然的事。有"60后"的诗人说，爱情是最简单的奇迹。有"70后"的诗人说，人生的真谛是身心愉悦，这只有爱欲能实现。有"80后"的学者说，爱和欲望是一回事。我喜欢这些说法。而在那么多关于爱情的表述里，我看到的最重要的那个观点是一个学术观点：

对这个身体的爱，让一个灵魂的深渊连接了另一个灵魂的深渊，欲爱这种激情之爱，就是在身体的碰撞中，探求另一个人的特殊性。而上帝也许就在这个人的皮肤后面。

对，我在某个时刻看了李猛的《爱与正义》。我相信我一定是肤浅误读了这个文章，但没关系，我接收到那个时候我最感兴趣的教育，而且一直到现在都确认那是被现代汉语充分表达的、充满价值的关于人类大事的意见。再发展下去，我好像看见了对这个世界饱和着感情的，在逻辑上极度迷人的爱之正义：

我们的欲爱，正是奠基在圣爱夷平的世界中：每个人都独一无二，都不可或缺，都具有它近乎无限的个性。而真正的激情之爱，正是这种圣爱最大的成就。因为，正是陌生人之间的爱，探索了每个陌生人深处的"陌生性"。

一定是因为这些话点拨明白了我混沌的预感，也一定因为我认识到自己有爱人、爱世界、爱生活的需要，而当这些需要被道理肯定地说出来时，那个读了《爱与正义》的阳光遍洒的下午是决定性的。后来，我写过一首短诗，什么"尘世边界恍惚/ 你中有我，我中是我一路走来的努力"；后来到现在，过了大概要有十年了。我现在依然认为，这是一个兴致盎然的态度，因为充满感情比冷漠更道德，更需要能力，就像儒家会认为"为什么死"比"为什么活"要值得回答得多，就像丁玲能说出"愉快是一种美德"（《秋收的一天》）。就算是在最空虚的感觉上，它也让我感到我无比认真地跟这个世界，跟一个实实在在的好人和他陌生、奇妙、快乐和痛苦的全部历史，认识过。

二

李猛这个文章不是单纯要讨论爱情。但"爱"也不是失之于小的东西，《会饮篇》支持这个判断，我们的经验也支持。由一个人对另一个人的爱欲延伸出来的，是人与世界的关系。就这一点，对写诗的我来说，流行歌曲大概是比文学作品更解放的。

  动人的歌，多半是情歌。不过我在流行音乐里得到的启示，倒跟爱情无甚关系，而是对世界的赋形与上色。吉田拓郎 1970 年代有首歌叫《落阳》。它的开头唱到"夕阳的红色逐渐变弱消逝，依稀从海平线上漏出点余晖，我乘上了从苫小牧出发前往仙台的渡轮"。日本歌里常有这样的地名流露，什么津轻海峡冬景色、伊贺的女人、东北的男人、横滨的 China Town 有我们难忘的海边码头……它们放在歌里唱出来那么动人，也许是因为汉语读者看这些地名会产生异域的美丽的感觉，也许因为具体的地名能让一切真实起来，歌里的描写和抒情因此一下子都是"生活"的了。据说，吉田拓郎正是日本流行音乐史上开创了革命性的"生活派"的祖师爷，所以《落阳》里出现了一个奇妙的男人：

> 说起来那位大爷，特地前来为我送行，
> 他甚至像个女孩子那样不舍地捡起了送别彩带……
> 比起女人和酒更喜欢骰子，那位大爷输掉了他的一切。你可真是老
>   实的人啊。
> 在这个国家，没有什么值得一赌的东西，因此我也就这样漂泊在世。
> 就这么摇晃着骰子输光了钱，疯癫过活的老大爷，
> 在某处再次相遇时，希望你还好好活着。
> 没用的男人们，就这样毁掉了自己的人生。
> 告诉我男人的故事吧，摇起手中的骰子……

老实说，开头这句"比起女人和酒更喜欢骰子，那位大爷输掉了他的一切"已经够吸引人了；再加上"在这个国家，没有什么值得一赌的东西，因此我也就这样漂泊在世"就更不得了。我不知道多喜欢这种在一个宏观稳定的存在里，弃之不顾，人生挥霍放浪的形象。这个形象在生活里一定是彻底失败，完全不被世俗价值认同，但在拓郎的歌里——我想这歌必定不是戒赌歌，疯癫过活的大爷看上去是个好人呢！赌输一切又是

不是一种超级的勇气呢？是不是比"在这个国家，没有什么值得一赌的东西，因此我也就这样漂泊在世"更是"男人的故事"？这首歌里的人是用"疯癫"和"漂泊"破坏着些什么的人，这"破坏"让我感觉到自由。这首歌用年轻、健康、坦诚的轻快调子把事情说出来，既是对失败的人的赞美，也是又一次"破坏"，轻快地、轻而易举地破坏掉仿佛正确的许多模样，这让我加倍感觉到自由。

大概，喜欢看什么，看到了什么很喜欢，其实是一边认识自己，一边认识世界。流行乐对世界的赋形与上色，让我看到许多许多版本的世界。有一些，真让人着迷。

人和世界的关系，是对每个人来说都成立的宿命般的命题，也是一个难题。我现在能认识到的这个难题最难最难的部分是，个人的本质是接近布朗运动的，两个人、三个人、一堆人和由此形成的所有形形色色的单位，却都是结构。这文章开头金融家宣布出来的复利公式是结构，财富是结构，家庭是结构，连感觉居然也是结构。结构是什么？结构就是支配，结构就是裹着一切以最合理的成本走下去。我自然还不至于赞成极端的个人主义和真的支持无政府主义，结构是个好事，把人组织起来，提供温暖，没有结构和秩序是不可想象的。但是，现代社会，每当我看到批判现代人工作时间过长影响了家庭生活的文章，或者中央台那些让你回家多陪家人、一起去度假的公益广告时，我其实都很犹豫，因为仿佛许多人其实是早上离开家的那一刻松了一口气，攒足了全身力气然后家庭集体去度一个七天的假，无比珍惜一个人一顿饭的机会，求也求不来一个人一个月的日子——所以，那些话说的是真的吗？问题出在哪里呢？现代社会发展出的结构如此严密，如此逼迫，解放的崩力是它自己孕育的。

所以，我喜欢看有点破坏性的东西。很多写作者觉得自己有破坏性，我看都没有，比如不少当代小说。真有破坏性的，D. H. 劳伦斯算一个。尤其是他持之以恒、坚持不懈地在小说和诗歌里干的一项事业：打击布尔乔亚男性。比如这首：

布尔乔亚，真他妈的，
特别是那些男人们——

拿得出去，完全拿得出去——
我把他当礼物送你一个好吗？

他不英俊吗？他不健康吗？他不是好样的吗？
外表上他不像个干净利落的英国佬吗？

这不是上帝自己的形象？一天奔三十英里，
去打鹧鸪，去打小小的皮球？
你不想像他那样，很有钱，像那么回事儿？

噢，且慢！
让他碰上新感情，遇到另一个人的需求，
让他回家碰上一点道德上的小麻烦，让生活向他的
头脑提出新要求，
你看他就松软了，像一块潮湿了的甜饼。
你看他弄得一团糟，变成个傻瓜或恶棍。
你看他怎么个表演，当他的智力遇到新测验，
遇到一个新生活的需求。

布尔乔亚，真他妈的，
特别是那些男人们——

干干净净，像个蘑菇
站在那里，那么光洁，挺直而悦目——
像一个酵母菌，在过去生命的遗骸上生存，
从比他伟大的生命的枯叶中吮吸养料。

即使如此，他还是陈腐的，他活得太久了。
摸摸他，你就会发觉他内部已蛀空了，
就像一个老蘑菇，里面给虫蛀烂了，蛀空了，
在光滑的皮肤下，在笔直的外表下。

充满了炽热的。长满虫子的空洞感觉，
相当卑污——
布尔乔亚，真他妈的！

在潮湿的英国，这些形象成千上万个站着。
真可惜，不能把他们全部踢翻，
像令人作呕的毒菌，让它们
在英国的泥土中迅速腐烂。

更让我觉得可爱的是，劳伦斯讽刺布尔乔亚男人总要重点讽刺他们的性。他会设置这样一个场景：苍白的城市的布尔乔亚男人带着他的妻子在南方度假，妻子在南方气候、太阳和大地造成的绝对的真理中慢慢成长、成熟为一个新的女人，一个不再神经兮兮的纽约女人。这时候她会遇见一个纯体力劳动者，他"腰宽肩阔，体格粗壮，体力充沛"，"长着一副宽宽的红色脸膛，十分冷静沉着。她曾跟他说过一、两次话，注视过他蓝色的大眼睛，蒙昧而南方式的火辣"。然后，劳伦斯就要布置他们的欲望了："他眼睛里充满的奇异的挑战攫住了她的心，那眼睛是天蓝色的，势不可挡，像蓝色太阳的心。她已经见过他薄薄裤子下面生殖器的猛烈躁动：那是为她而起的。他连同他的红脸膛、粗壮的身体，对她来说就像太阳，就像散发出明亮光辉的太阳。"这堪称天地间一段最天然、真实、冲动和粗壮的性的欲望，跟明亮光辉的阳光一样接近真理，比一切知识和不动产都有说服力，是一连串无比接近"勇敢"和"存在"的瞬间。

　　劳伦斯的立场，就是我的立场。赞美阳光，赞美（劳动得到的，而

不是健身得到的)有力量的结实的身体,赞美蒙昧和火辣,赞美体力劳动者,赞美带着红色大地热烈色彩的欲望。这个立场里一半是天性,例如优雅的男人讨好我,讨得好,但讨不到很好;另一半是后天的,我想从这个立场看,我一定是人民史观的。这个叫作《太阳》的小说的结局,还是结构赢了。可能正因为结构总是这样无往不胜,这样所向披靡,把劳伦斯强烈感受到的心醉神迷一次次变成往事里的空想,所以诗人才会对"布尔乔亚"和主导着它的结构的"细小发狂的阴茎会在她身体里播种"的男人们,进行一次次坚定、精准、正义复仇的打击。

三

尊敬美好的身体和尊敬大地,劳伦斯作品的辉煌加强了它们在我这里的统一。它们也教给我一些处理世界的立场。

我写过一首题目叫《太行山之恋》的诗,写的是我从来不熟悉的农村。可能大家也有印象,每年过年的时候,网上都会有很多讲城里媳妇到农村怎样惊慌诧异的新闻,或者高知人类回乡对蛮荒丑陋家乡的曝光,兼及平日里社会新闻也总有一些残酷乡村叙事,什么自杀、他杀、贫穷疾病,尽是些鸡毛蒜皮人生的斗殴。人类学、社会学研究的叙事也不过如此,一个个荒荒的、赌气的、无知的农村的样子。概括讲,即文化和美感零度的农村。我个人本能地不相信完全是这样。更重要的是,我认为,如果现代汉语一直这样地去描述自己的对象,对象和现代汉语本身都不会有任何高贵的发展。这个觉悟是从《越过天城》(天城越え)来的,一首日本演歌。你听过吗?石川小百合唱的,隔一年的红白歌会会唱一次。内容其实就是男女感情,还有很狗血的自杀他杀之类,跟太行山农村里会发生的情感纠纷一个样,而且可能讲的也就是个天城山附近的村里的事。但你也知道,日本人有多擅长把这种事情表达得迷人、绮丽、凄清。这至少是赋予对象一层文化、一层美感。如果语言就是修辞的话,任务其实不过是把对象讲得漂亮一点。当然,人们也可以说农村本来就是那么瘪的。但说实话，1. 我不相信；2. 说到底谁的生活在本质上都是瘪的；3. 我既然都写诗了，我就偏要把它讲得汹涌一点，灿烂一点，美一点。

当代诗有一些关注下层，参与社会的使命。我参加过一个讨论诗的社会责任的会，一开场首先举出来的例子是诗歌能在汶川大地震中做什么。我其实蛮惊讶的，从没想过诗歌给自己设计的任务，会这么耿直。恕我直言，也许因为我听过的歌比看过的诗多，流行乐表现出的给劣势人生赋能的能力比诗歌强多了，有时候甚至是非凡的能量。比如《果酱夫人》("Lady Marmalade")。这歌写了1974年美国南部新奥尔良的一个嫖妓故事。这是我看过的关于妓女主体性的最强表达，苦大仇深或孤单寂寞冷的当代诗里根本没有能与之相比的。给下层赋权，艺术其实非常有能量（power），但首先作品本身得表现出能量，综合的、技艺的、超强感染力的，而且恐怕一定需要对象不再是对象，对象充满美，对象本身揭示了美学。

对来自大地的身体的正义立场，是渐渐认识到的。在我写诗和阅读交织的路上，有过两个节点。第一个是我25岁时在一种奇怪的状态里，把网上能找到的所有恐怖主义的纪录片反反复复看个不停，尤其是黎巴嫩内战。那段历史真相对我来说，并不重要。但我为什么要像有病了一样地看"恐"或"反恐"纪录片呢？这在后来的年份里又出现过两次。第一次换成阿富汗战争，第二次换成越战。这是三次多少有些奇特的阅读吧，究竟当时是什么原因什么状态，我已不感重要了，但我从这里逐渐看出了一个道理，并随后在一首诗里总结了出来："心的献身，打开世上的门"。这话也还在《爱与正义》的道理里，它适合很多领域：学术研究、兴趣、田野、爱情或爱国。我在新加坡待过4年，在美国待过1年。现在有很多人在网上攻击留学生的情感状态，但我还是想说，有时候不在里面了，在一个完全外面的环境里，你会发现自己的边界。如果你是一个绝对的个人主义和自由主义的个体，你是没有边界的，若恰好你语言不错，家里又有钱，你可以做最快乐的世界公民。但我不觉得我是一个光溜溜的在世界里无阻力滑来滑去的个人，我发现了自己的边界，张力还很强。这段经验让我说出了"心的献身，打开世上的门"这样的话。当然我现在又回到里面了，绷紧的张力早松掉了，当年的情感也陌生了些。但这个方法，对，这是一种方法，是非常尽兴的。

第二个节点是四五年前席亚兵跟我说，你可以写点写景诗。这时候《择偶的黄昏》《走马灯》已经是那个面目了，我在The Lure of Secularity（《走马灯》副标题）里正感觉挺不错呢。于是，我看了一下《春日》和他推荐的蒲宁的诗集。我想，他说的是对的。

蒲宁在文字上回应了我当时着迷的列维坦。我一直有一个模糊的迷惑，一幅画或一段音乐带来的感染力，那种超强的印象感，文字能做到吗？可能有人认为这三者各司其职，不必互相强求。但我觉得不是。如果感到一幅画或一段音乐很好，心生了羡慕，文字工作者就应该试着用语言文字去获得同样典型和强烈的效果。这可以做到的，而且是一个很好的训练。训练多了，渐渐地会发现，即使在当代，文字也能强劲地保持它的能力。所以，尽管流行乐打开我的眼界，我还是非常确定现代汉语的最高实践是1990年代以后的诗歌，而不是罗大佑、林夕的歌词。歌词的密度注定稀疏，而且决定它的品质的始终还是旋律。诗却需要也能够用唯一的，甚至单调的工具——文字，完成其他门类通过丰富的工具达到的效果。

画跟诗的匹配，很神秘。比如蒲宁和列维坦的匹配，兰波和印象派的匹配。偏偏我人生中目前看过的最好看的两个人物传记，一个是那本五百多页的《兰波传》，一个是1984年出版的《俄国风景画家列维坦》。前者呈现的非凡又有加速度自毁倾向的人生，夺目、惊恐，让我稀里哗啦；后者则完全做到了用语言再现列维坦面对的俄罗斯的风景，形容词、气氛，和其中朴素的道德。兰波的诗，我在课上听来的是跟元音有关的一首，没感到怎么样。后来我看到他的《传奇故事》，举例这首诗的1/4吧：

十七岁的年龄，什么都不在乎，
——一个美好的黄昏，咖啡屋

杯盏交错,光影闪烁着喧闹之声!
——这就去碧绿的椴树林漫步。
椴树飘香,在六月迷人的晚上!
空气轻柔,人们闭上眼睛;
风中夹着声音,——城市就在附近,——
葡萄藤的清香和着啤酒的酒香……

这诗让我意识到,原来破折号、省略号和感叹号也可以有诗意!原来跟印象派短促的笔法一样,短促的效果可以这么轻快,这么让人轻快!我很羡慕,我也想写一首轻快清脆的。似乎不容易,难道中国人的生活注定沉闷冗长一些吗?如果是的话,那就先创造生活吧!

四

　　感受诗,终归不如画和音乐那么直接,所以需要工具,比如文学研究。这是我的职业,我最大量的阅读是在这个门类,属于职业阅读。现在的文学研究,研究文学的不多。从参谋写诗的角度讲,标准的研究文学是作品分析,但千万不能是分析作品的意识形态、想象的共同体、民族国家、权力结构、话语体系之类,应该关心作品的"气氛"和它的达成。对这种文学研究来说,很多作品没价值;当然,这种文学研究也不太有门儿在学院的学科体系里显得重要。但它对一个人的文学教养的成长,非常宝贵。

　　前面说"心的献身,打开世上的门"是一个方法。方法,往往需要很大的体力和勇气。诗歌不是认识世界的方式,我不认为可以通过文学、应该通过文学认识世界。四十多年前有人说"诗到语言为止"。我觉得很奇怪,诗应该从语言开始啊,这是它的门槛;至于到什么为止,必然是到世界为止。文学后面需要有认识,写作者需要去打开自己的认识,认识牵扯着知识、意识、见识、感受力、立场、判断、情感,等等。一个在语言内部耍花招的诗，打个比方，跟大多数当代艺术装置一样，让我纳闷得生气。同样，在我的职业阅读领域，我也认为学术的很多意识其实并不来自知识，而来自见识，见识却从来不是学术和知识生活足以支撑的。那么，在我阅读量最大的门类里，有走得了心的研究吗？很少。但今年王瑶先生的《中古文学史论》就看得我常常会心一笑。王瑶先生在饮酒那章里说，放弃了祈求生命的长度，便不能不要增加生命的密度，而享乐是增加生命的密度的。这是懂享乐的人，而且是在享乐中发生了觉悟的学者才能说出的话。在论宫体诗那章里，他说从玄言到山水再到宫体，是由逃避而麻醉再到刺激。山水补救不了人，从清心寡欲的山水到纵情声色的宫体，其实之间在生活上、道德上和修辞上都没有鸿沟。这是多厉害的见识，居然看得出风景其实色情滚滚，看得出冲淡和刺激可能都是一种虚症，并由此生发出了对文学和文学史的妙论。学术写作里，方程式很多，妙论太少，而我历来喜欢有见识、能说出头头道道来的人，所以一瞬间做了他的粉丝。

六朝似是沉痛而放浪的。我这两三年读了两三遍、一直都喜欢的一个书——林耀华的《凉山夷家》，也有这般风采。文学研究不限于文学性分析后，一个好处是博览多类写作，更不安分的还要去做做田野。《凉山夷家》现在可以做我的研究对象，但读的起因却不是这个。我很关注艾滋病，时间有十年了。关注这个病，所以看了不少凉山的材料。没想到在一个铁幕打开、喜迎开放的时刻，一条交通大动脉会给一个地方和那里的人带来这么多麻烦。现代社会，那个按照西方的样子发展起来的、走不了回头路的现代社会，是人类成就的伟大体现，但是对于没有在一开始就跟随在这个节奏里的群体来说，他们初次暴露在现代社会的空气里时，会出现非常多的问题。就像免疫工程，没有按科学一步步注射疫苗的人，把他一下子放到那个均已免疫、对外界形成了科学抗衡的身体的世界里时，他会在竞争局面下出现一堆一堆的问题。中国曾经是这样，在深山高峡里被封闭了更久的人更是这样。这不是谁的错，但这是个正义问题。《凉山夷家》好就好在，掰回了许多正义，林先生把这片短草蒙蒙的高山写得既不怎么沉痛，也没什么落后要被批评的，甚至有时候还流露出对凉山畅快生活方式的褒扬，比如他们破坏性的消费，他们翻山越岭地去赴宴，比如她们出嫁之后制度性地回到娘家享受几年放浪的生活，比如婚姻嫁娶的流转使此处人皆能享受性的生活。这个书里，在人生的层面上，我看不出前现代和现代明显谁更好，作为现代社会的人，这让人伤感；但转念也有一些瞬间的狂欢，因为书正在提供至少想象上的天窗。后来我又去峨边附近田野了一圈，高山、峡谷、植被，惊心动魄，意乱神迷。

　　终究还有田野。所谓对来自大地的身体的正义立场，大地至关重要。它能提供时间，提供空间，提供轨迹，提供无限的标本、无限的体验。我有一个做佛教史的好朋友，他说过一个喘气的理论。一切积极于秩序的附近，得有一个喘气的地方。江南是儒家文化喘气的地方，六朝是中国历史喘气的地方。那么，结构喘气的地方在哪？现代社会喘气的地方在哪？所以我需要离地近一点再近一点，需要离带着它强壮而安稳气息的人近一点再近一点，这会拯救我的生理和精神。

　　这就是我的阅读史，身体、书或者地。我仿佛把它们的敌人形容得太密不透风，把阅读又描述得太纵身一跃，但此番我不是在做文献回顾，不妨讲一些具有不可分性的经验与体会。这些阅读都是喘气的地方。我现在写过的诗，就是喘气的诗，纵身一跃的诗，结构和解放在掐架的诗，是《爱的劳役》，是玫瑰炸弹。所以我很期待，期待畅快呼吸和它能带来的文学的样子。

2020.2.3

在诗与思之间
——读写交织的记忆片断

张桃洲

偶尔，我在驻足凝神的片刻，头脑里忽然闪过一个念头：假如让我的生命重新来过，我也许愿意回到单纯、贫瘠而不乏冲劲的年少时期。因为似乎有谁说过，年少时人人都是诗人，或有过当诗人的梦想。现在回想起来，我也是在年少时期对诗歌真正产生了兴趣，并且一发不可收拾。那时我刚上高二，某一天同桌从省城带回了一本薄薄的小书——《朦胧诗精选》，由华中师范大学出版社出版，窄小的开本，封面是几团"朦胧"的墨色云块和在其间飞翔的三只燕子（后来才领悟，这大概为了呼应李泽厚先生所说的朦胧诗是"报春的乳燕"？）。我读到里面北岛的诗句："河水涂改着天空的颜色／也涂改着我／我在流动／我的影子站在岸边／像一棵被雷电烧焦的树"（《界限》），"消失的钟声／结成蛛网，在裂缝的柱子里／扩散成一圈圈年轮……／荒草一年一度／生长，那么漠然／不在乎它们屈从的主人／是僧侣的布鞋，还是风"（《古寺》），不禁大吃一惊。我反复琢磨着这些句子，很快这两首诗被我记诵烂熟于心。

之所以说那是我真正对诗歌产生兴趣，是因为那些诗让我第一次强烈感受到了汉语本身的力量，那种尖利字词、新奇句法所带来的莫大震撼持续久远，给我施行了一次真正意义上的现代诗启蒙。在此之前的初中阶段，我的读物主要是《镜花缘》、金庸的武侠小说等，尚不能领略文字之美；在写作上，我受苏轼、辛弃疾、李清照等的旧体诗词的熏染，也尝试过作诗填词之类，但那只能算是不自觉的涂鸦。

其实，我读到这本《朦胧诗精选》的 1987、1988 年，朦胧诗的风头早已过去，当时诗歌界掀起了一股更为汹涌的"第三代"诗浪潮，各地诗歌流派大展正如火如荼地进行。我订阅了后一年的《诗歌报》，也算接触了一点点那股诗歌风潮的余绪。那真是一个文学热情高涨的年代，那个年代的热烈氛围催生了无数诗歌爱好者。我和几位同学也受到感染而汇入其中，成立文学社并办了一份刊物（当然只能是手工油印的），上面留存了我们稚嫩的书写印迹。无数个黄昏或暗夜，在宿舍里或校园的某个角落，在校园外的小河边、草地上，传阅、交谈、争论、朗诵……陪我们度过了紧张的高中时光。

随后我又购得了《五人诗选》等诗集，但那时的我对于诗潮的更迭、变迁知之甚少，也没有兴趣系统地了解那些诗潮的风云变幻，对朦胧诗的历史背景和一些作品的内涵无力深入探究，只是在懵懵懂懂的欣赏中接受着潜移默化。随后，我接触到了海子、骆一禾的诗歌，抄录并背诵过骆一禾的《大黄昏》《祖国》等诗作，《大黄昏》的结尾"那些／洁白坚硬的河流上／飘洒着绿色的五月"曾给我无穷的遐想。海子辞世的那年我正要参加高考，大概是四月的某天忽然接到一位外地诗友的信，他用夸张的语气告知了一个"天才诗人"的死讯。再后来，我集中阅读的是昌耀，他的《河床》《冰河期》《斯人》《紫金冠》是我时常独自诵读的篇目，而他作为"口吃者"（敬文东语）的形象在我脑海里挥之不去。

可以说整个高中阶段，诗歌牢牢占据了我阅读和写作的核心，当时如饥似渴地从各种书籍、报刊上摘录的中外诗歌作品和与诗歌有关的理论文字，积攒了五六个厚厚的笔记本。我有时到镇上的邮局去，用自己的零花钱买一本《中篇小说选刊》《十月》或《清明》《红岩》等文学期刊（弄不清那时如何能节衣缩食，把本来少得可怜的零花钱拿去买期刊），或到家境殷实、藏书较多的同学家做客，趁机读了不少中外小说。但诗歌的分量如此之重，以至于我同期读过的《安娜·卡列尼娜》《瓦尔登湖》《北方的河》《棋王》《杀夫》《撒哈拉的故事》等文字，要么被杂糅在一起融进了关于诗的体悟中，要么退到个人记忆的深处而成为背景。在这种近乎痴迷的阅读和写作的状态中，有两件事或值得一记：一是我和同学张有为加入了当时名气很大的四川中学生诗人周劲松创办的全国中学生诗歌联盟"太阳子诗社",并一同在高二暑假前往德阳参加诗社组织的活动(那是我第一次出远门、第一次见到火车,但那次出行成了一次略带苦涩、富于戏剧性的探险,以后有机会详述),该诗社印行的某期《太阳子诗报》上刊载了包含我的几首小诗和一则诗观、一帧相片的小专辑,我内心自然难掩首次看见自己诗作变成铅字后的激动……另一件事是我结识了我们县里颇有影响的民刊《业余诗人》的创办者熊衍东、夏雨等诗人,并经由他们,进一步阅读了从我们县走出去的诗人华姿、曾静平、胡鸿等的诗集(被收在一套"大平原诗丛"里),这让我感受到我生长的那片江汉平原上文脉的传承和文气的氤氲(我们县古称竟陵,历史上出现过著名的"竟陵派",还有"茶圣"陆羽也诞生于此地)。

　　的确,在很大程度上我是把《安娜·卡列尼娜》《瓦尔登湖》《北方的河》《棋王》当作诗歌来读的,这种阅读方式和习惯保持了很久。《安娜·卡列尼娜》开头引用的"伸冤在我,我必报应"及第一句"幸福的家庭都总是相似的,不幸的家庭却各有各的不幸",《棋王》的首句"车站是乱得不能再乱,成千上万的人都在说话",都让我体会到寻常语句包蕴的诗意;更不要说《瓦尔登湖》里充满内省的沉思的调子、《北方的河》里洋溢着激情而张弛有度的语句,那直接就是诗的。事实上,后来我才知道,昌耀和张承志是声气相投的挚友。昌耀曾写道:"我于诗的定义一向看得极宽,宽得可用一切姊妹艺术共有的'美'尽数涵盖:我常从绘画、小说、音乐等艺术获得诗意的满足。在这样的诗人里有我神交已久的小说家张承志。"[①] 也许正由于这些较早的阅读,决定性地作用于我后来的走向诗歌研究以及研究取向、方式的选择:对纯正、典雅诗风的偏好,对内敛的精神诗学的倾心,对诗歌语言、形式的敏感,对感受性的看重……不过,虽然从个人性情来说,我喜欢昌耀、骆一禾的诗歌并研读了多年,然而至今未能写出一篇系统讨论他们诗歌的文字。这是我深以为憾的。

---

① 昌耀:《以适度的沉默,以更大的耐心》,见《命运之书》,第306页,青海人民出版社,1994年。

在稍后的某个时期，狄金森、巴克斯特成为萦绕于我心的阅读对象。狄金森那富有传奇色彩的身世和"I am nobody"的谦逊态度，以及那短促隽永的诗句，都令人着迷。对巴克斯特的喜爱，缘于偶然读到的西川选译的其《耶路撒冷十四行诗》和《秋之书》中的几首，虽然彼时对他的生平和总体成就一无所知（仅有两句给我留下难以磨灭印象的评论："巴克斯特在我们的文学和历史中高耸如一棵大树，空中的鸟雀捡枝而栖"），但他诗歌的高迈气质令人过目不舍；后来我读过巴克斯特的更多作品后才了解到，他毕生都是新西兰社会文化的积极介入者，有着激烈的社会变革主张和实践（他晚年退隐到偏远的毛利人聚居地、创建了一个名为"耶路撒冷"的社区），不过尽管如此，其诗歌却是非常克制的，呈现出一种洗尽铅华后蕴含了丰厚生命智慧和高超诗歌技艺的沉着气度与简练风格。无疑，还有波德莱尔、T. S. 艾略特、狄兰·托马斯及《神曲》等，连同先后读到的《追忆逝水年华》（初版的七卷中译本面世后不久，我就在湖北一座小城的旧书店里购得一套）、《变形记》《罪与罚》《喧哗与骚动》《百年孤独》《狮子与宝石》以及《圣经》和合本……这些，都极大地深化和拓展了我早年阅读的轨道。

虽说总体上我偏爱纯正、典雅的诗歌，但骨子里却对那些具有叛逆意识的诗人及其作品倾慕不已，比如波德莱尔这样的"恶魔"（此语与鲁迅《摩罗诗力说》中的表述及意涵既有联系又有区别）诗人，就一直在我的阅读排行中位居前列。1990年代早期的一个冬天，我前往北京看望一位朋友，逛书店时买下了《恶之花 巴黎的忧郁》（精装网格本）和《波德莱尔美学论文选》，这两本书伴随我辗转各地、留存至今。波德莱尔无疑是源头性诗人，他的惊世骇俗的诗句（苍蝇、腐尸、骷髅等病态物象的大量出现）常常引发误解，但其实他在写作上非常自律，他重视音韵，对诗歌形式的讲究到了无以复加的地步（这尤其体现在他的众多十四行体诗中）；更重要的是，他诗中浸润了一种天然的宗教感，这一方面是他将那些病态物象提升为"存在"的动力，另一方面与他严苛的形式追求保持了一致。这是一种看似矛盾的统一。出于同样的心理，我愿意向汉斯·昆和瓦尔特·延斯合著的《诗与宗教》中所描述的那些兼具虔诚信教者和"异教徒"身份的诗人（格吕菲乌斯、荷尔德林、诺瓦里斯等）表达钦敬（亲近）之情，并且几乎要得出一个结论：对戒律（包括诗歌、宗教上的）的遵循总是以极端的反叛方式实现的。另一个可形成参照的例子是艾略特，他留给世人的正统刻板形象（其自称是"宗教上的英国国教式天主教徒""政治上的保皇派""文学上的古典主义者"）或许会令人反感，但他在诗歌创作方面富于开拓性，堪称一位面向古典的现代主义者，他的某些技法（内心独白与多声部交错）在中国现当代诗人中产生了持久的效力。

相较而言，我对中国现代诗歌的系统阅读较为滞后，要等到1990年代中期我上研究生之后。回想当年读研究生的目的之一，也是为了延续我对诗歌的热爱。出于所学专业的需要，我的阅读从当代诗歌折返到现代时期的诗歌，从朦胧诗追溯到胡适、郭沫若等，发现了两个时期诗歌的某些关联。当我读到尘封数十年后陆续出版的"九叶派"诗人的作品时，所受到的震动是可以想见的。我的导师苏光文教授是大后方文学研究的卓有成就的学者，并不专门研究诗歌，但他十分支持我的毕业论文做诗歌研究（我至今感激并怀念他的宽宏）。由于我感觉自己难以驾驭像"九叶派"这样大的选题，于是选了单一个诗人——这个诗群的师辈冯至作为研究对象。不过，最终我的硕士学位论文也没有对冯至进行全面研究，只是分析了他写于1940年代的《十四行集》；当时论文用了一个十分夸张的标题，其中有"存在之思""非永恒性"之类字眼，某些段落也过于"诗化"，比如在写冯至酝酿《十四行集》的情景时完全是描述性的："1941年初的一个下午，在西南中国偏远的一隅，冯至感到崭新的诗的时代正在临近，他走在那窄小的乡村小路上陷入了沉思。"不管怎么说，我是以一个爱好者的身份进入诗歌研究的呵。

正是在研读冯至的过程中，我被深刻影响了冯至的克尔凯郭尔、里尔克等哲人、诗人所吸引。特别是里尔克，我的论文花了一定篇幅讨论他和冯至的关系（现在看来这已经是一个平常的视角和话题），并设法搜寻他更多的诗作和资料。有一阵，冯至给友人信中所述的为里尔克而"颠倒"的情形（"我现在完全沉在Rainer Maria Rilke的世界中。上午是他，下午是他，遇见一两个德国学生谈的也是他……他的诗是人间的精品——没有一行一字是随便写出来的"①），也几乎发生在我身上。虽然我知道里尔克的人格颇遭诟病，虽然我后来也倾心于沃尔科特的宏阔、布罗茨基的深邃、希尼的质朴而机智，但至今对里尔克仍然念念不忘。我承认，里尔克的《给一个青年诗人的十封信》里关于爱与担当的絮语尤其令我折服，还有其"苦难没有认清，爱也没有学成"的命运感、他的"哀歌"充满诘问与呼告的语调，以及被冯至《工作而等待》一文中所称赞的"居于幽暗而自己努力"的韧性，对我而言都极富感染力，甚至成为我某一阶段的精神支柱。当我论断说，《给一个青年诗人的十封信》潜在地构成冯至《十四行集》的"哲理性骨架"，我并非指认里尔克带给冯至的哲理化表达方式（我后来爱读的史蒂文斯的诗歌也有强烈的哲理气息，尽管二者趣味迥异，但他们的哲理都朝向一种形而上），实际上我是在诗学之外将里尔克的价值伦理化了，试图从他那里寻求心智的力量，因为这位孤僻冷峻的诗人"以他思想势不可挡的独特性设计了一个赋予生活以意义的新天地，我们这个时代的人们可以在历史的激情中面对这敞开的天地躬身自问，探索自身"②。这如同我一度将卡夫卡的小说视为寓言，但没有止于一种寓言思维和构架，而更多地触摸了其字里行间的生命实感。卡夫卡的一则笔记写道："遇到伤害我们的事物，或者自己最喜爱的人死了，或者我们因故自杀，被抛弃，被所有的人放逐到森林里去，我们迫切需要能给予我们重大影响的书。一本书，一本有影响的书，必须是一把能粉碎我们内心冰海的斧头。"③《给一个青年诗人的十封信》大概正是一本这样的书。

另一方面，恰如冯至所言，他从里尔克的文字里学会了"思"，由此"思"成为我分析冯至诗歌时着重探讨的一个议题，也是我后来进行诗歌研究一直感兴趣的向度。海德格尔说，"我们从未走向思，思／走向

---

① 见《沉钟社通讯选》之四，载《新文学史料》1988年第2期。
② 霍尔特胡森：《里尔克》，魏育青译，生活·读书·新知三联书店，1988年，第251页。
③ 卡夫卡致奥斯卡·波拉克。引自本人的摘抄本，出处不详，与通行的卡夫卡全集或文集里的译文有所不同。

了我们""思之诗性／仍被遮蔽着""歌吟与思／血缘上临近诗"①。在海德格尔那里，诗与思是同根同源的。他在《什么唤作思》中提出，"在我们这个引发思考的时代最引人思索的，便是我们仍未入思"②。他之所以将里尔克视为继荷尔德林之后的"贫乏时代"的诗人，就在于里尔克"把思引进与诗的对话"，其"言说达到了对将要到来的世界时代作出应答的那种诗人的诗性使命"③。必须承认，那本窄窄的《海德格尔诗学文集》（1992年）显示了无穷的威力，随后海氏其他与诗歌有关的著作的中译本（《林中路》，1997年；《在通向语言的途中》，1997年）纷纷推出，更是推波助澜——虽然他极力反对将其关于诗歌的谈论看作一般意义上的美学或诗学，但并不能阻止人们（包括中国研究者）从这一向度理解并借用他的谈论。

这里不能不提到刘小枫《诗化哲学》（山东文艺出版社，1987年，还有同时期的《诗人哲学家》，上海人民出版，1987年）所产生的催化剂一般的作用。《诗化哲学》梳理德国浪漫派哲学的源流，逐一展示那些哲人们思想中的诗意火花，用的是一种抒情性很浓的笔触，所引的也是一些令人怦然心动的文句和诗篇。这本书开启了阅读哲学著作的泛诗化方式，很契合我早年读小说的习惯。至少，不久后读艰涩的巨著《存在与时间》，我没有纠缠于其中令人生畏的概念，只把注意力放在那些读来感到愉悦的段落（海氏著作中最富有诗性的句子当属《艺术作品的本源》中抒写梵高"农鞋"的那一段；多年后这种愉悦之感在读福柯的《词与物》时重新涌现，这部杰作很好地将洞见与历史材料融合在一起，且行文毫不淤涩板滞）。思与诗的切近，我在帕斯卡尔（他发现了心灵的法则及人的脆弱性）的《思想录》、马丁·布伯的《我与你》（用语古雅的陈维纲译本十分传神）等书中也深切体会到，更不用说维特根斯坦的《哲学研究》

---

① 海德格尔：《诗人思者》，见《海德格尔诗学文集》，成穷等译，华中师范大学出版社，1992年，第4、10、11页。
② Martin Heidegger, *What is called thinking?* Tr. by J. Glenn Gary, New York: Happer Perennial, P.6.
③ 海德格尔：《诗人何为？》，见《海德格尔诗学文集》，第85、133页。

了。即便是《圣经》，虽然它激起了我对基督教文化的兴趣，但我多次阅读，也总要去除里面的宗教、历史等成分，更关注其别致的句法和语气（尤其是《约伯记》《雅歌》《箴言》及部分《诗篇》）……

"诗·语言·思"，这是海德格尔一部英译论文集的标题。这个标题似乎恰切地提示了三者的关系及语言在诗与思之间的位置。对这三者关系的反复琢磨，终于促成我决意以一篇博士论文来探讨中国现代诗歌的语言问题。我借用巴赫金、福柯等人的"话语"（Discourse）理论，提出了"新诗话语"的概念，欲以之对新诗的某些现象和问题做出解释。"新诗话语"这一短语旨在表明：在诗歌创作中对语言的理解和运用不是抽象的，而是紧密连接着一定的历史语境；我想探究的是，在整个20世纪中国诗歌进程中，诗人们是如何看待现代汉语的？如何以各自的创作实践，探入了汉语与诗歌的复杂关系？也就是说，处于"现代性"境遇中的中国诗人，如何运用给定的语言材料（即现代汉语）和言说空间，将自身的"现代"经验付诸"现代"表达？可惜由于能力所限，论文完成得并不充分。

如今，以诗歌研究为主职的我，算是将年少时自发的一丝兴趣变成了一份"必须"去做的工作，这是幸运抑或尴尬？有时，我苦恼于诗歌研究与诗歌创作的全然不同，因为前者始终面临着两个基本难题：一是需要协调所谓谨严的学院化的历史研究与活泼的当下（跟踪式）批评之间的关系；二是要在保持对各种诗歌现象和问题的历史感的同时，又显出对时下变幻的创作实践的持续敏感。这其实是同一问题的两个方面，已然成为诗歌研究遭到责难的根由。如此窘境让我清醒地认识到，我应该重新衡估自己在多年读写过程中养成的习性，并努力清除那些习性隐藏的"毒素"。

同时，我也意识到并坚信，既然诗歌创作是一种入思状态，那么诗歌研究未尝不是一种运思。因此我以为，完成一篇诗歌研究的文字，其难度绝不亚于完成一首诗歌。诗人朱朱所陈述的"为一首诗的完成我像鼹鼠一样藏匿在书房里，或者是在周围的头颅已经深垂在胸前的夜行火车上，我焦灼于'欲有所言，却又永远找不到相应的词语'的苦境"[1]，我在撰写论文时也经常遇到。我无意指责，很多时候人们似乎写得过于轻率了，不管写诗还是写论文，因为他们写得太快了——正如汉学家顾彬批评的那样。

"在阅读中，文学的风格给予生活真正的形式建议，其中包含行为、尝试、塑造的力量以及存在的价值"[2]。也许，未来的诗歌研究可以在重塑诗歌阅读方式、营造诗歌阅读氛围方面做些努力。诗歌的阅读关乎多年以来现代诗的接受和教育等问题。事实上，一直到今天，我们仍然未能培育出很好的诗歌阅读的环境，也未能培养阅读者良性的阅读习惯；阅读者往往留意一些笼统的宏大的话题，却并不在意对于文本的局部和细节之洞察能力的锻造，于是一首诗的微妙之处被有意无意地忽略掉了。显然，没有一劳永逸地解决诗歌阅读的途径，也没有可以恪守的关于诗歌阅读的成规，只有不断地阅读、不断地感受、不断与文本发生碰撞，才能不断地激发对于诗的想象力和创造力。

---

[1] 汪继芳：《"诗歌会带给我自尊、勇气和怜悯"——朱朱访谈录》，见《断裂：世纪末的文学事故》，江苏文艺出版社，2000年，第148页。

[2] 玛丽埃尔·马瑟：《阅读：存在的风格》，张琰译，华东师范大学出版社，2018年，第4页。

问题与事件

关于敬文东两篇批评长文的笔谈（续）

第二十三辑的"问题与事件"专题，我们刊发了一组围绕敬文东两篇批评长文而组织的笔谈，引发了诗界持续的争论和更深入的专业讨论。本辑我们延续了这场讨论，推出两位青年学者王东东和一行的回应文章。在这两篇论文中，他们将论辩进一步学理化，各自贡献出具有延伸性和涵括性的学术命题，将这场"新诗学案"推向了诗学理论建设的全新场域。

同路人的批评：批评方法与价值批判

王东东

一

敬文东对欧阳江河和西川的批评是一个强大的引力场，在经过这个引力场时，当代诗歌的光和时间都变慢了：我们也想在这时驻留一下，并认为这个停留是值得的。西渡对百年新诗还没有大诗人的讨论，看起来也是这个引力场引发的空间坍塌现象之一，如果不是最大的空间坍塌现象的话。不过，西渡的发言有让引力场成为黑洞的危险。

这可能超出了敬文东的初衷，但也有可能正中下怀。通常，作为一个有引文收藏癖的批评家，敬文东的观点会淹没在过多的引文之中，不管他是如何素养全面而又眼光敏锐。但这次，他最大限度地摆脱了行文风格的影响，而推出了观点的"大质量客体"。"光在大质量客体处弯曲"。在有人看来，这次的批评效力或许反证了他收集引文的有效，和行文风格的雄伟，但我觉得，更重要的原因还在于他的批评态度由一味赞美到勇于质疑亦即由甘于阐释到试图立法的转变，这并非是由外行人所做的不了解内情的简单粗暴的批评，恰恰相反：这个专家不再继续从事当代诗捍卫者的批评，而是尝试当代诗歌的同路人的批评。这是"为诗一辩"的更高级或比较级形式，而这样一种批评态度在当代并不多见。它同时也意味着批评家与诗人关系的调整或回到正常状态，批评家并不是臣服于诗人创造力的一种次等动物甚或寄生动物，而是与诗人平等的同样参与立法（创造性的法则）的创造性动物。诗人应该平等对待批评家，虽然诗人可能无力反驳批评家，至少在敬文东的这两个例子中如此。我承认在观看敬文东的批评解剖学演练时，我对欧阳江河和西川有点心疼，但并不同情：他们躺在解剖台上一声不吭，难道当代诗人也顺势采取了当代诗歌批评家在面对某些无价值诗人作品时的"沉默法"[1]？然而，以傲慢来应付偏见，还是掩饰肤浅呢？我相信，对于同路人的批评，亲历其中的当代诗人还不习惯，还不知道怎么回应。

甚至围观解剖的当代诗人也不知道该如何反应，是喜呢，还是忧呢？谁又知道敬文东会挑选哪个围观者进一步解剖？要知道，这有点像法医学解剖。他不是宣称西川——"从超验语气到与诗无关……"了吗？但看那题目的另一半——"……西川与新诗的语气问题研究"，又不能说他对解剖对象没有充分的尊重、体贴甚至还有安慰！你甚至无法分清哪一个是主标题哪一个是副标题。《从唯一一词到任意一词——欧阳江河与新诗的词语问题》也是如此。一切正如本雅明所说："真正的论辩着手一本书的时候就像一个生番给婴孩上佐料一样亲切。"那么，下一个是谁呢？是西川、欧阳江河或敬文东的哪个同代人？更年轻的诗人甚至也不知道该如何反应，一般来说，他们恐怕喜欢看到更年长诗人被批评，但这次不同，就是他们也知道这样被解剖是一种（"新诗史"上的）荣誉，他们会更想躺在手术台上接受解剖吗？在敬文东掂量更年轻诗人的分量时，他们也要掂量掂量自己。不过我估计，敬文东可能会连续解剖几位"后朦胧诗人"或"90年代诗人"。我如此饶舌是想说明，同路人批评既不会让批评对象丧失荣誉，又可以触及真实的问题，而不管对象的年龄或影响力如何，实际上，同路人批评可以最大限度地敲打松动当代诗的固化空间或价值序列。然而要达到此目的，同路人批评就需要在方法论上多花心思，而不仅仅是让一位更年轻的诗人在看到敬文东的解剖时做出"同行时刻与分界时刻"[2]的沉思默想。这样的沉思默想也许保持了一

---

[1] 李文钢：《论新诗批评中的价值判断》，《江汉学术》2019年第2期。
[2] 王炜：《同行时刻与分界时刻》，《新诗评论》（第22辑），北京大学出版社2019年。

种得体的文学礼貌（一种特殊的社交礼貌），但其实对于价值批判无济于事，也许应该更多参与到价值本身的解剖和被解剖中来：同路人批评的重点不是诗人论或个别诗人的优劣，而是价值批判；批评家不是因为推崇一个或一代诗人而推崇他体现的一种价值，而是在批判一种价值时顺便批判了这位诗人甚至一代诗人。

我并不否认诗人论作为同路人批评的一种文体，可能会产生强烈的效力和魅力：尤其在敬文东这两篇长文里，同路人批评甚至伪装成了诗人论以此面目出现；诗人论往往是我们给予经典作家的文体，它本身意味着一种礼遇甚至崇敬之情，于是在敬文东这里，它可以扰动批评对象的心灵也就不足为怪了：它还包含着一份病例或验尸报告。有趣的是，我注意到如果敬文东扩展他的批评对象，将范围扩大至更多"后朦胧诗人"和"90年代诗人"（现在的这两位诗人是他们的杰出成员），会产生何等爆炸性的效果。换言之，同路人批评还有更多可能和更多文体？而不仅仅由一篇篇诗人论累加产生效应。

需要强调的是，同路人批评不是同（时）代人批评，它甚至会打破同时代人批评的幻想。一位中国当代批评家可以成为俄国19世纪文学的同时代人，但无法成为他们的同路人，因为不可能对他们的写作产生任何影响，也就是说，只会让自己受益而不会让对方也受益。同路人批评应该是互为同时代人的批评，也就是让双方受益的批评。同路人批评比同（时）代人批评要求更高。同路人批评不是党同伐异，不是党派性批评或流派性批评。在同路人批评看来，这两者都是对批评精神的背叛，它不能容忍自己堕落为派别性的附庸。以此而论，知识分子派和民间派的争论基本上不是同路人批评——它们本来有可能成为同路人批评，而它们各自内部的同人批评也不是同路人批评。同路人批评不是外围性批评，也不是敌对者批评，毛泽东、钱锺书、季羡林、邓程、韩寒，都不是新诗的同路人批评（家）。

同路人批评是历史性批评（在文学文本的历史性而非人类社会的历史性的意义上使用这个词，在后者的意义上我宁愿称之为社会性批评），一如艾略特所言，"过去因现在而改变正如现在为过去所指引"（卞之琳译），因而在这个意义上，同路人批评既是先锋性批评，也是传统性批评。同路人批评看重诗人的才能，也看重这种才能和传统的关系。同路人批评是社会性批评，也即，同路人批评探寻诗人的作品和"社会背景"的关系，并由此深入探寻和时代精神（Zeitgeist）之间的联系。因而，同路人批评是哲理性批评。同路人批评是总体性批评，此处的总体性不同于马克思主义者汲汲以求的总体性，在最低的意义上，它意味着对新诗整体形态的了解；同路人批评在着眼总体的同时关注个体，阐扬个体身上蕴含的总体的必要的细节；尤其，如果我们将新诗看成有别于中国古典诗歌和西方诗歌的第三种诗歌，对于个体的新诗诗人是总体性的东西，比较起来却又成为个别性的东西；新诗的总体性应该如何概括，虽然费力，并不是一个无益的问题。同路人批评是本源性批评，此处的本源性也并非如哲学家所谈到的艺术的本源性，而是有关于新诗的现在、过去和未来，并试图对新诗的"精神"或"本质"有所界定。本源性批评对新诗的诞生特别感兴趣，它将新诗作为一个事件来处理。因而，同路人批评是动态性批评，也是本质性批评，在动态观察中认识新诗的本质和"天命"。因而，同路人批评是架构性批评、建基性批评。

二

目前，同路人批评可以在以下几个方面展开，以一种颇具历史感的回溯的方式。

首先可以讨论的是，同路人批评对于21世纪中国新诗的意义，也即同路人批评在新世纪的展开。虽然目前更多是在做减法而非加法。仅从敬文东的批评也能看出，同路人批评会逐步消除20世纪的诗歌巨人留在这个世纪的阴影，欧阳江河、西川都是很好的例子。由于"世纪末"的势能作用，诗歌巨人们可能在新世纪00年代还会留下阴影，但在10年代这阴影已经消退，而不再能轻易淹没年轻诗人骄傲的头颅，正如维特根斯坦所说："先前的文化将变成一堆废墟，最后变成一堆灰烬，但精神将在灰烬的上空迂回盘旋。"①

接着可以讨论的是，同路人批评对于20世纪90年代诗歌的影响。时间已经过去二十年，目前对90年代诗人可以看得更清。坦率地说，敬文东这两篇——针对90年代诗人的——同路人批评的杰作所产生的最大的破坏性影响，可能不是对21世纪中国新诗，尤其不是对10年代的新诗——虽然必须承认它们有一种维特根斯坦意义上的清理建筑工地或清理战场的作用——而是对20世纪90年代诗歌。将90年代标签诗人等量齐观很有必要，比如西川和欧阳江河其实分享着共同的时代精神。经过敬文东的工笔刻画，西川的形象逐渐清晰了：一个在80年代跌落北京苍穹下的天使花费了近二三十年的工夫最终习得了一两句京骂②，诚然，这里面有时间的重影和精神的"重孕"（借用尼采用过的一个词），然而连贯起来看，在西川诗歌形象的变形记之后，难道没有一种属于时代的力量推动吗？实际上，敬文东的文章与柯雷的《精神高于物质，物质高于精神：西川》③对读，更有可能形成一种有穿透力的社会性批评。我简单指出一点，"当代诗人变形记"的背后力量也许可以命名为后全能主义时期的诡辩性的时代精神及其社会建制④，正是它，形成了90年代诗歌、文学和文化的"奇怪建制"。通常，它还会伪装出一种后现代主义

---

① 维特根斯坦：《文化与价值》，许志强译，浙江文艺出版社，2002年，第11页。
② 这个历程以及"京腔京调"的"京骂"并非我的杜撰，而是敬文东这篇长达60页的同路人批评所达到的自然效果，尤其参见文章结尾部分，敬文东：《从超验语气到与诗无关——西川与新诗的语气问题研究》，《中国现代文学研究丛刊》2018年第10期。
③ 柯雷：《精神与金钱时代的中国诗歌——从1980年代到21世纪初》，张晓红译，北京大学出版社，2016年，第141—175页。除第四章外，第五、第九章也涉及西川。
④ 我尝试论述过90年代社会文化的诡辩性，现在来看，对同路人批评来说还远远不够，见王东东：《中国当代诗中的词与物——以1990年代为中心》，收入《新世纪诗歌批评文选》，张桃洲主编，中国社会科学出版社，2016年，第183—198页。柯雷的专著有助于对90年代社会文化的了解，应该为同路人批评所重视。从同路人批评的角度，对90年代社会文化的反思才刚刚开始，也许重发90年代才有可能走出90年代，但90年代的视野仍然制约着21世纪的精神和文化高度，诗歌方面只是一个极端的例子而已。

的专业面孔，90 年代诗歌和小说中的后现代主义性质值得进一步解析。[①]诡辩不仅是一种精神形式而还有可能是一种语言形式，欧阳江河就突出表现为一种诡辩语言，但他的诡辩语言正因为对应了社会建制的诡辩精神才在 90 年代发挥了最大效果，[②]而在新世纪则渐显乏力。西川显示了应对诡辩的另一种语言方式，即不断从精神向下降落到物质，以至于看起来最后的物质站台比精神还高，仿佛他还可以从物质不断下降到原来的精神站台，就这样西川带领时代穿越了时代的埃舍尔式城堡或沿着时代的莫比乌斯带跑了一圈。比欧阳江河智商逊色或诚实不及西川的诗人则干脆不再直面诡辩，而是完全投身于社会主义市场经济也就是物质的诱惑之中，正如一首诗预言的那样："我是误入了不可返归的浮华的想象/还是来到了不可饶恕的经验乐园"（戈麦《南方》）。

继而，讨论同路人批评对于 80 年代的意义。90 年代诗人对 80 年代诗人进行了一种同路人批评，90 年代诗歌形态就是这种同路人批评的后果。目前到了对这种同路人批评进行同路人批评的时候，这也是重新认识 80 年代诗歌的机会。我们甚至需要重新发明出一个 80 年代。以海子、骆一禾为例，他们具有浪漫主义色彩的思辨对于民族的文明或教化（Bildung）别有一种设计之功，远远超出国家的政治神话。更不用说，超出了 90 年代诗歌对政治文化庸俗化的顺应，后者最终导致的党派性批

---

① 正是在这个意义上，杨小滨以一种后现代主义的天才从英文词 postmodern 仿造出了"后毛邓"一词，见杨小滨:《"后现代"或者"后毛邓":关于中国先锋文学及其历史背景的理论提纲》，《今天》1995 年第 2 期。又可见其《中国后现代：先锋小说中的精神创伤与反讽》一书。

② 欧阳江河本人并不同意我这个说法，而代之以悖论性语言或矛盾修饰法，见欧阳江河、王辰龙:《消费时代的诗人与他的抱负——欧阳江河访谈录》，《新文学评论》2013 年第 3 期。欧阳江河谈到刘禾和李陀对他看法的支持，从技术上来讲欧阳江河所言并没有错。但我用诡辩一词正是为了完成一种社会性批评，表明在诡辩者那里存在的一种思想风格和语言风格的一致性。诡辩出现在以古希腊智者学派面目出现的官方哲学修辞里，更是意识形态运作的主要方式。如果说，真理指证了难以言说之物，诡辩则指证了禁止言传之物。难怪这一词可能会引起泛左派包括新左、后（殖民主义）左知识分子的反感。真正的问题是，诡辩机制会在多大程度上影响诗人的头脑？我的观察是大部分 90 年代诗人放弃了自己的头脑，而只知道因应诡辩的社会机制。

评"盘峰论战"充斥了泛政治文化话语。我个人感觉,海子、骆一禾是受德国哲学文化影响很深的诗人,在这方面他们的"精神深度"可以让人想到冯至。西渡在《新诗为什么没有产生大诗人》中在海子、骆一禾和90年代诗人之间的比较,也是公允的。因为早逝,海子、骆一禾其实是未来得及回应那年的最大政治事件的诗人,他们也因而没能成为歌德——想一想吧,当海子成为歌德,西渡的提问就没有了意义。——而歌德,可是回应了拿破仑进而回应了法国大革命(包括拿破仑入侵德国)。他们回应历史创伤的方式,势必和90年代诗人不同;但他们也没有必要回应,这样才会有后来的90年代诗歌:这是中国诗歌的天命。正因为没有他们的回应,事情才会变成现在这样:要么延续朦胧诗人异质同构的反抗,要么以诗歌诡辩顺应意识形态诡辩。在这两种之外,当代诗歌仍需努力。

进而,讨论同路人批评对于50—70年代诗人的意义。50—70年代的诗人发扬了辩证法中的斗争性。敬文东认为西渡、欧阳江河也受到50—70年代高亢语调的影响,但我觉得主要是诡辩性的社会环境(90年代)决定了他们的声音,虽然我也希望他们能够超越诡辩。50—70年代诗人之后的朦胧诗人是辩证法的一个投影,多多甚至转向了中国古典自然精神("朴素辩证"?),从而最大限度地摆脱"辩证法诗歌"。

最后,同路人批评对于新诗(1917—)的看法。不断回到新诗的开端,可以摆脱政治神话的影响,同时又回应"政治即命运"[①]的现代命题。需要提醒的是,这个时间序列是开放的,而非闭环,否则我们真的可能小瞧了时间(不仅仅是迷宫)的力量。

三

敬文东谈到的"词语的分析性特征和一次性原则""唯脑论",其实都让人想到辩证法的暗中作用,敬文东认为欧阳江河提高了汉语诗歌的

---

① 参考李包靖:《歌德与拿破仑:对"政治即命运"的一种解释》,《学术月刊》2017年第2期。

分析性，可能原因也在于此。我这样说可能会给人不好的印象：敬文东的这些概念更像权宜之计，最好用其他概念来表达。但我其实很同情这样创造概念的努力：我们概念不够，这正是新诗批评的难处。话说回来，辩证法的解体在全世界范围内都发生在 90 年代，解体的后果诡辩一直延续到现在，那么为什么欧阳江河延续了徐冰的诡辩之作《凤凰》的诡辩在 21 世纪却失效了呢？我觉得其根本原因，是当今世界社会主义和资本主义互为镜像，造成了一种社会主义的"橱窗效果"，甚至使其价值成为一种波德里亚式的仿真和拟象，《凤凰》也变成了明星的替身或动画制作。大人物（最后的辩证法大人）为我们留下一个诡辩，希望诡辩能为我们找到出路，但现在，就连诡辩也时运不佳？1827 年 10 月 18 日歌德在和黑格尔谈辩证法时说："但愿这种伶巧的辩证技艺没有经常被人误用来把真说成伪，把伪说成真！"[①] 诗人欧阳江河恰恰是要把真说成伪，把伪说成真！如何能够超越诡辩，完成新的辩证？这可能意味着当代中国精神文化的新命？黑格尔在歌德插话之前说的是："归根到底，辩证法不过是每个人所固有的矛盾精神经过规律化和系统化而发展出来的。这种辩证才能在辨别真伪时起着巨大的作用。"[②]

  对同路人批评来说，西渡的提问方式也会引起疑问，大诗人的标准是什么？其实有无大诗人，取决于参照系，这是一个时间、历史和文化的参照系。西渡将新诗诗人与中国古典和西方现代"大诗人"相比是不公允的，我的意思是，应该将参照系从它们挪开，而在新诗批评内部建立这样一个参照系。西渡对中国诗人"世俗—市侩性人格"的批判近于文化批判，但我以为包含了苦心，从根本上我同意诗人的伟大应该根源于其精神人格的坚韧和伟大，这是一种实践。我的建议是，真要比较的话，还是应该确立新诗的精神—语言坐标系，这个坐标系保持与多重精神—语言视野的联系，但又将这种联系表现于新诗之内。举个例子，西川的超验语气没有满足敬文东的期待，但不能说明汉语诗歌没有表达超越精

---

① 《歌德谈话录》，爱克曼辑录，朱光潜译，人民文学出版社，1985 年，第 162 页。
② 同上。

神的能力。汉语也有可能产生具有基督教精神甚至信仰人格的诗人。① 重要的是承认，汉语的精神—语言坐标系中有超验性的维度。不仅如此，人类精神—语言的光谱（从超验到世俗）在汉语中完整呈现，并获得强烈表达，这才是汉语的饱满状态。汉语诗人为这个饱满状态而工作，在这个饱满状态中接受祖国和汉语的新生的考验。

只有如此，新诗批评和写作也许才可以远离政治神话，而像五四时期那样，回到新诗的价值批判。新诗的背叛（成为政治神话或政治意识形态的附庸），是一种朱里安·班达式的知识分子背叛。当然，这并不是说，对于民族的生存方式，新诗无权置喙。新诗在更高的意义上容留这种价值争吵。新诗的本源性批评和建基性批评也容留这些不同的价值（框架），展开批判并试图为每一种价值（维度）确定限度。这意味着，既反对原教旨主义和本质主义，也反对相对主义和虚无主义。产生于新文化运动中的新诗，自然也包含着我们民族的天问，新汉语人更是体现出一种求新求变的决心。而中国现代文化也始终受到一种反叛文化的牵引，无法从更高的层面致思，反而是（未被意识形态化的）鲁迅保留了一种"回心"（经过日本学者的挪用，这个原本就沾染了很强佛学色彩的词，更加晦涩不堪）的可能。然而，如何再度回心呢？德先生？赛先生？即使我们知道，儒耶政教中各有心性自由的训练。那么，不妨，作为本源性批评、建基性批评的逻辑起点之一吧？并由此窥测现代汉语人的命运。在未进行价值批判之前，又何谈铸造一个民族尚未诞生的良心？好在可以兴于诗，"兴于诗，立于礼，成于乐"，礼乐未明，仍有待于价值批判。当务之急，是从时代精神的狭隘走出来，从"代际化"的时代精神走出来，不仅仅是"十年变速器之朽坏"（姜涛语），三四十年的变速器都有可能毁于一旦，时代太容易变脸了，让我们措手不及，在这个意义上，新诗的同路人批评需要躲过时代的诡计。

---

① 周伟驰的《当代中国基督教诗歌及其思想史脉络》（《新诗评论》2009年第2辑）让人看到这种可能。

朝向真实：当代诗中的语言可信度问题

一 行

一

中国新诗的历史演进中，一直有一条隐秘的问题线索以含而不露的方式贯穿于其间，只是在较晚近的时期才被诗人和批评家们明确提出——那就是"诗歌—语言可信度"问题。在某种意义上，正是"对语言可信度的渴望"构成了中国新诗之创生、成长、变异和分化的深层动力和内在根基。我们看到，在不同历史时期，"语言可信度"问题总是以不同的表述形态显现出来，或者与其他诗学问题缠绕、交织在一起。新诗发轫初期，它隐含在"白话诗"或"自由诗"试图取代"雅言旧诗"或"格律诗"的"文学革命"诉求中，"白话—自由诗"兴起的合法性根据，最终来说是它较之于"旧诗"更加可信、更能切中现代中国人的处境和生命经验。20世纪三四十年代新诗"三条道路"（浪漫主义、现实主义与现代主义）的角逐、交响中，它在不少诗人那里成为写作方式之选择和变更时的基本动机：例如穆旦，他于1947年写下的"我歌颂肉体，因为它是大树的根"（《我歌颂肉体》），不仅是对一种新的"肉体思想"的赞颂，而且是对一种更可信的"生命与语言之关系"的构想，他将其称为"沉默而丰富的刹那"和"美的真实"。20世纪七八十年代"朦胧诗"和"后朦胧诗"的兴替嬗变中，对"诗歌可信度"的追求隐含于各种摆脱集体语言方式、探寻个体写作道路的"形式冲动"和"自由冲动"中，成为诗人们对种种虚假、陈腐和空洞的诗体语言进行拒斥的根据，并构成他们分道而行时为自己诗歌道路辩护的理由。在"90年代诗歌"中,"叙事"和"及物性"的凸显,以及"中年写作"的提出,其背后的考虑也不乏一种"可信度"的对比:这些诗人认为,及物、叙事性的"经验主义写作"较之于直接的"抒情诗"和不及物的"纯诗","开阔、成熟、抑制的中年写作"较之于"乌托邦冲动支配下的青春期写作",要更加可信。而近二十年来主导着诗歌界的一系列诗学讨论,如1999年后"口语写作"与"知识分子写作"之间的交锋,以及对"技艺""修辞""隐喻""诗歌标准""诗歌伦理"等问题的探讨,都与"语言可信度"的考量有着千丝万缕的联系。

如此看来,新诗历史中几乎所有重要的诗学问题的提出,乃至它们所引发的不同诗歌道路、诗学理念之间的争执,除了利益和文学政治的原因外,很大程度上是对"语言可信度"的追求和反思所致。这些不同方向和立场的诗歌主张,源于各自对"诗歌—语言的可信度"与生命—世界、传统—现代、个体—群体、智性—情感等具有内在对峙结构的维度之间关联的不同偏重。我们可以将"语言可信度"问题作为连接、涵摄各种诗学问题的一个"纽结"或"线团"来对待,并将"可信"当成一切"诗歌标准"的二阶标准("标准之标准"):对于任何一种"诗歌标准",我们在据其将某首诗判定为一首"好诗"(或"高级的诗")时,都可以再问一句,这首诗的"好"或"高级"是真实可信的吗?一首体现了"综合意识"和"技艺难度"的诗,可能是"高级的"和"精致的",却常常未必是"可信的",因为它在另一些不易说清、却能被专业读者直觉到的方面有所缺失;而一首貌似"直接""单纯""感人"的抒情诗,或者一首看起来"生动""好玩"的口语诗,也可能在其写作意识中包含着深层的套路、自欺和伪饰,因而同样不可信。如此一来,我们基本能判定,"可信"这一标准,在对待现有的各种诗学立场时是中立的,许多不同类型、彼此理念上相互冲突的写法都能产生出"可信之作",但也都有可能产生大量符合某一既定诗歌标准的赝品。依据"可信"这一尺度,我们或许就可以从旷日持久的各种诗学争斗和诗歌圈子的撕裂("复古—先锋""民间写作—学院写作""青春期写作—中年写作""口语流—技术流",等等)中摆脱出来,而获得一个更恰当也更稳健的立足点,去平心静气地观察所有这些纷争，并在写作和阅读诗歌时将自己的目光调校到更重要的问题上来——无论一首诗写什么，无论它采用了何种写法、预设了何种诗学观念，我们都应该问一句："但，这首诗是可信的吗？"

那么，我们根据哪些要素或特征，来衡量或判断一首诗是否"可信"呢？这些要素或特征，有没有超出主观任意的普遍性，能被绝大多数心智健全且具有一定诗歌素养的人所接受？本文认为：这种普遍性的要素或特征是存在的——认为一首诗"可信"的判断（"这首诗是可信的"），正如康德所说的"鉴赏判断"（"这朵花是美的"）一样，绝不是一种完全主观的评判，而是基于某种具有普遍意义的"共通感"的判断。[①]需要追问的是，如果人们实际上对于"语言可信度"来源的理解有着各种偏重和差异的话，这种对于"可信"的共通感是怎样一种共通感？

本文将判断一首诗是否"可信"时依据的共通感，主要理解为对"诗之真实性"的共通感。在日常语言中，"真实"与"可信"基本是可以互换的同义词，或者说，"真实"总是被当成"可信"的根源。在"真实可信"这一常用表达式中，可以看出它们之间无比牢固的联结。在诗学中也一样：诗的"真实"是其"可信"的首要根源或条件，虽然或许不是唯一的条件。对"诗之真实性"的感受、直觉和判断，并非一种概念性的逻辑判断，而是基于人类生存的基本境况而来的"反思性的判断"，因为这种"真实"并不涉及科学意义上的客观真理，而主要涉及"真诚"（"主体性的真实"）和"生存真实"（无论这是"超验"之物还是"经验"之物）。对于当代诗来说，尽管不同的诗歌圈子所信奉的诗学主张彼此之间没有多大交集，但他们都承认"真实"之于诗歌的必要性甚至首要性——即使他们在"何谓诗之真实"和"哪些诗更真实"的理解上仍然存在分歧，但只要他们愿意并有能力反思、深化自己的经验，最终会在这些问题上达成大体的一致。不过，一种普遍有效的"共通感"的形成需要历史的中介，当代诗人们对"真实"或"可信"的恰当理解，也经历了一个在时间中不

[①] 康德：《判断力批判》，第19—22节，邓晓芒译，杨祖陶校，人民出版社，2002年，第74—77页。

断自我反思和自我调整的过程。我将以当代新诗为例,来说明这种使得诗歌变得"可信"的"真实"究竟包含哪些基本要素,以及这些要素各自在历史中经历了怎样的形态演变。

二

"诗因真实而可信"——这句话听起来是"真话可信"的一个变体或特例。将"真实"作为诗歌的首要价值,是当代诗的重要特质之一,它本身就是当代诗重视"语言可信度"的证据。与此相关的是"真"和"美"的价值排序问题,今天几乎所有重要的当代诗人都认为,对诗来说,"真"比"美"更高一些。正是基于此种认识,从海子以来在新诗内部就一直存在着对"文人趣味"的激烈批判:"美"常常不过是文人阶层沉溺其中的精致、腐朽的趣味和情调,而"真"才是诗人应该直面的生命存在本身。陈律在《市场经济时代的汉语诗人》一文中重提了这一观点:

> 确实,很多时候发现真比发现美要难,而且要难很多。在真与美的关系上,我认为真的品级要更高些。通过领悟美才逐渐开始认识真,至少我个人走的是这样一条认识之路。故我认为真是美的本体。不真之物不可能是美的。某个诗的幻象之所以让我们觉得美,恰恰是因为这个所谓的诗的幻象要比很多所谓的生活的真来得更真。所以,诗首先是求真,然后才是求美。这应该是判断一切时代诗之主题和形式之价值的基本依据。并且,通过认识时代的真以及时代诗歌的真,诗人最终将认识某种凌驾于诸时代和诸诗歌之上的真和不变,而美只可能是这真和不变的散发。所有不真、不够真的诗都将消逝,留下来的一定是真的。[①]

[①] 陈律此文原刊于《新诗—3》,聂广友编,上海文艺出版社,2014年。

值得重视、保存的"美"必须以"真"为前提，只有这样的"美"才具有可信度。可是，究竟什么是"真实的诗"或"诗之真实"呢？

如果我们仔细检审"真实"这个词语，会发现它包含着极其复杂的内在歧义和分裂。克尔凯郭尔在《非科学的最后附言》中对"客观真理"与"主观（生存）真理"的区分，几乎引发了后来整个现代思想中围绕"真理"问题的剧烈争执。伯纳德·威廉姆斯将这一现代文化中存在的两股相互冲突的思潮概括为："一方面，有一种对真诚（truthfulness）的热切承诺……也同样有一种对真理（the truth）本身的普遍猜疑。……一方面是对真诚的追求，另一方面是对（确实）存在着有待于发现的真理这件事情的怀疑。"① 在诗学语境中也有类似的情况。不同的诗学主张所强调的"真"，常常基于完全不同的理论框架和预设，并且彼此怀疑对方所说的"真"是否具有确实性。就西方诗学而言，亚里士多德的著名断言"诗比历史更真"，其预设是"诗是（对人类之可能行动的）摹仿"；而当浪漫派声称"诗"与"真"同一时，他们所说的"真"却主要是"想象之真理"。黑格尔和海德格尔都做出过"诗是真理的显现方式"的表述，但前者心系的"真理"是"精神之理念"，后者念念在兹却是"存在之真理"。这里，我们当然没有必要过度纠缠于哲学家们的观念纷争，而只需要弄清楚一件事：一首诗获得真实性或真实感的条件是什么？

威廉姆斯对"真理"与"真诚"的区分给出了一个可供参考的框架。我们可以从两个方面来切入"诗之真实"问题。一方面，诗歌语言必须显露出主体（诗人）所具有的能担保真实性的资质（真诚度）；另一方面，诗歌所书写的也必须是某种意义上的真实之物（真理内容）。诗的可信度首先在于其主体方面的真诚度——这不只是一个修辞问题，亦即不只意味着以特定的语调、气息来让诗"显得"诚恳，甚至不只是以语言技艺和控制力来展现写作态度的严肃性（这就是庞德名言"技艺是对诗人真诚性的考验"的意思）。诗之真诚，还要求其语言状态具有与作者的生命和精神状态相吻合、连通的特征。"真诚"不止于诚恳和严肃，而且一直延伸

---

① 伯纳德·威廉姆斯：《真理与真诚》，徐向东译，上海译文出版社，2013年，第1—3页。

到对其背后的"人格真实"的指涉。尽管"诗如其人"这一古老要求不再合乎时宜，因为此要求中对"人"的预设过于道德化了，也过于相信人的内在同一性，而今天许多诗人拒绝用"道德"的单一视角来理解人之存在，或者像博尔赫斯那样声称自己的诗是"另一个自我"的产物；但是，如果仔细分辨，我们仍然会承认这一要求确有其道理，只是这里的"人"是一个更为复杂的、在内部具有多重潜能和倾向的存在。我们需要在"生命状态"而非"道德"的层面上来理解"诗如其人"：如果一首诗的语言并没有与作者所处的生命状态相吻合，例如一位年轻诗人熟练操持着一套大师"晚期风格"的语言方式，一位过着糜烂、混乱生活的诗人写的全是无比洁净的纯粹之诗，我们始终会怀疑这样的诗是否真实。这不只是说，什么样的人就应写什么样的诗，你如何生活就写你实际具有的生活经验，更重要的是，"诗如其人"要求诗人将写作当成一种精神修行，并努力地通过它来促成自我反思和自我成长。诗的真诚度取决于语言状态与生命状态的契合，但最终来说还要求语言具有从人格修为而来的精神性的光辉。

  杰出诗作都包含着对"真诚"的承诺，可是，光有常识意义上的"真诚"是不够的。王尔德有言："一切坏诗都是真诚的。"此言虽过于夸张，但我们确实看到有很多写得糟烂的诗人在以"真诚"来自我标榜。我们可以将王尔德的话修改为"一切坏诗都摆出了真诚的姿态"，可真诚不只是姿态，它更需要能力和勇气。除了天赋之外，能力和勇气只能从持久、专注的精神生活中获得。诗歌，在这一意义上与福柯晚年所讨论的"说真话的勇气"有关——写作是一项"自我技术"，是一种"说真话"（Parrêsia）的方式，它通过"关心自我"、直面自我的真实状况来构成一个"完整的自我"，并向他人展示出来。福柯对"自我技术"的界定是："它使个体能够通过自己的力量，或者他人的帮助，进行一系列对自身的身体及灵魂、思想、行为、存在方式的操控，以此达成自我的转变，以求获得某种幸福、纯洁、智慧、完美或不朽的状态。"[①] 雷武铃在多人诗选

[①] 福柯：《自我技术》，汪民安编，北京大学出版社，2016年，第54页。

集《相遇》的"编后记"中,谈到了与此明显相关的"诗歌作为一种精神修炼"的观点:

> 这部诗集是一部普通人的诗集。这么说是基于这些诗人的生活,基于他们对诗歌的认识与态度。他们过着与世偕同的普通生活,只是内心热爱诗歌,确信普通生活之内(也是之外和之上)自有一种伟大的精神存在。……他们有精深的诗歌教养,他们写诗,赋予自己的生活和生命存在以语言和诗歌形式,这是他们整个生活的精神部分。他们写诗,主要是立足于自己的精神,解决自己的心灵问题,是一种精神实践的修炼。……做一个诗人,是做一个人的一部分。写诗,是认识自己、认识世界的途径;是自我完善的实践;是如何生活、如何看待生命、如何更圆满、更丰富、更充沛、更有意义、有德性地幸福地度过自己一生的努力。①

只有基于精神生活的修炼,诗人主体才能保证自己有能力说出"真话"。许多诗歌做出一副要"说真话"的样子,可是它们说出的全是套话和空话,因为作者的内在精神无比贫乏,只能将那个孱弱的"自我"藏在一套租借来的、貌似真实的言语程式背后。而诗歌所要说出的"真话",包含着超出任何套路的、对新鲜和独特性的要求。真正独特的语言不是"为独特而独特",而是从一个独立、丰盈、自我肯定的生命中自由生长出来的言辞。不难看到,当代诗人所进行的人格或精神修行,与古典诗人并不完全相同:古典诗人的人格修炼通向的是"教化者"的角色,并以此参与到一个目的论的"自然"或"天道"秩序中(在柏拉图那里,这种朝向自然或存在秩序的修行,被称为"灵魂转向";而在《中庸》,这种朝向天道秩序的修行工夫,被称为"诚之"或"自明诚");而当代诗人的精神实践却主要朝向的是"本真性"(Authenticity),亦即一个独一无二的、完全听从内心声音来做出决断的自我。在"真—诚"这个词汇本身之中

---

① 雷武铃编:《相遇》,文化发展出版社,2018年,第261页。

包含着古今之变：古典的"诚"作为天道与人道相互关联的枢机，其要义在于将个体生存嵌入更深广的、超越性的实在秩序之中予以自我理解和自我定位；现代的"真"（本真性）则将个体从共同体、从共同体植根于其中的终极实在那里抽离，使之成为自我主张、自我肯定的偶在个体或"唯一者"。陈律对此的表述是："当代汉诗写作的底线究竟是什么？我的回答是，呈现一个孤独个体的真实存在。这是在我们这个时代乃至一切时代写作的基本意义之一。"（《市场经济时代的汉语诗人》）在当代诗中，确实有一些诗人（特别是具有保守倾向的诗人）试图返回古典的"诚"并以之作为自身写作的根基，但大部分诗人仍然将"本真性"作为衡量诗歌可信度的基本尺度，换句话说，他们对一首诗之可信与否的判断主要在于"它是否写出了一种绝对个体的真实"。

三

诗歌语言的真实性，除了源于诗人主体的真诚之外，还要求其内容具有真实性。"真话"显然不只是"真诚说出的话"，在一个同等重要的意义上，它还是"揭示了某种真相的话"。这便是"诗之真实"的第二个方面，它有时被表述为"诗是真理的载体"，另一些时候被表述为"诗是对真实的见证"。那么，这种意义上的"真实"又具有哪些可能的形态呢？

诗人们对"真理内容"的感受和认识，在不同历史时期并不相同，甚至多少带着一种命运性的色彩。诗人并不能任意地将某种"真理内容"置入诗歌中，他只能领受历史天命的馈赠，把这个降临于他身上的"真理内容"作为一件沉重的礼物接下来。20世纪80年代以来的中国当代新诗中，大体出现过三种不同的对诗歌所应呈现的"真理内容"的理解方式，它们都植根于诗人生存于其中的世界图景的整体状况。第一种被试图置入诗歌之中的"真理"，是一种形而上的超验真理。海子是中国新诗中最热切地想要以诗歌来承载这种"真理内容"的诗人之一。在去世前一个月的一段谈话（由陈东东转述）中，海子说：

> 我的诗歌理想是在中国成就一种伟大的集体的诗。我不想成为一个抒情诗人，或一位戏剧诗人，甚至不想成为一名史诗诗人，我只想融合中国的行动成就一种民族和人类结合、诗和真理合一的大诗。

这段被人广为引用的话，道出了海子对"诗与真"关系的理解。在《诗学：一份提纲》中，海子将这种"诗和真理合一的大诗"表述为："伟大的诗歌，不是感性的诗歌，也不是抒情的诗歌，不是原始材料的片断流动，而是主体人类在某一瞬间突入自身的宏伟——是主体人类在原始力量中的一次性诗歌行动。这里涉及原始力量的材料（母力、天才）与诗歌本身的关系，涉及创造力化为诗歌的问题。"① 海子所说的"真理"乃是"秩序意志"（主体、父力）从"原始力量"（实体、母力）中挣脱、凸显出来，但又保持着与原始力量的恰当关联——大诗人通过掌握这一平衡，来实现从"原始材料"向"伟大诗歌"的转化。因此对于诗人来说，"真理"就是"从实体走向主体的一次性行动"。这一"诗之真理"的表述方式是黑格尔思辨哲学式的，但其实质更接近于荣格所说的"Anima"（阳性力量）与"Animus"（阴性力量）之间的对峙（尽管他们对这两种力量的性质和功能的看法不同），它诉诸的是人对于原始混沌与精神秩序、无意识与意识之关系的深刻经验。不过，尽管海子渴望着"诗与真理合一"，但他仍然清楚这是一个难以企及的理念——无数的杰出诗人都失败了，他们要么成为浪漫派的"民族诗人"或"诗歌王子"，要么就只是现代派文学中的"碎片与盲目"。海子渴望在诗歌中融合的"真理"，作为一种观念性的至高之物，既塑造了他的诗歌形态，又给他带来了深深的挫败和悲剧命运感。

与海子同属于一个大的诗人谱系并具有相近诗歌理想的诗人，除了骆一禾与早期西川之外，还有昌耀。我们可以将昌耀的《紫金冠》视为对

---

① 海子：《海子诗全编》，西川编，上海三联书店，1997年，第897—898页。

诗歌所要抵达的"超验真理"的一次象征性的书写：

> 我不能描摹出的一种完美是紫金冠。
> 我喜悦。如果有神启而我不假思索道出的
> 正是紫金冠。我行走在狼荒之地的第七天
> 仆卧津渡而首先看到的希望之星是紫金冠。
> 当热夜以漫长的痉挛触杀我九岁的生命力
> 我在昏热中向壁承饮到的那股沁凉是紫金冠。
> 当白昼透出花环。当不战而胜，与剑柄垂直
> 而婀娜相交的月桂投影正是不凋的紫金冠。
> 我不学而能的人性醒觉是紫金冠。
> 我无虑被人劫掠的秘藏只有紫金冠。
> 不可穷尽的高峻或冷寂唯有紫金冠。

在这首诗中，"真理"或"至高者"首先被形容为一种超验的无限之物，它是"不能描摹出的完美"，是从天而降的"神启"。但在诗的行进中，它与人不断发生着相遇，并逐渐"内在化"：先是在各种生死相接的"边缘处境"中，成为将人从濒死中拯救回来的"希望之星"和"沁凉"，成为人可以感受、信赖、依靠的存在；然后，它从一种硬朗、刚峻的形象（"紫金冠"或"剑柄"）转换为柔和、温润的形象（"月桂投影"）；最后，它几乎要完全内在化，变成人心中的"良知良能"（"不学而能的人性觉醒"）。可是，诗的结尾又一转，将这一从"超验"变为"内在"的过程再次扭转回来："紫金冠"作为"不可穷尽的高峻或冷寂"，其实是无法被完全内在化的，它仍然保持自身为无限超验之物。诗由此完成了一个"超验→内在→超验"的循环。尽管"紫金冠"是"真理"的象征，但昌耀所要道说的恰好是"真理"无法被任何象征所抵达。"真理"不可企及、不可穷尽，始终超越于个体生命或心灵之上（尽管它能被部分地内在化）。尽管昌耀和海子都强调真理的超验性，但与海子诗歌以"痛苦"为主的音调不同，昌耀这首诗的基调是"我喜悦"，他并不因为超验者的不可穷

尽、不可抵达而感到"挫败"。

90年代诗歌中，那些重要的诗人们几乎不约而同地在自己的写作中对"超验真理"进行了偏离，从而修正了中国新诗的方向。"真"对诗人们来说仍然必要，但不再是作为形而上的整体或至高之物，而是作为可以进入日常经验和具体生存处境之中的"可感知的真实"呈现出来。"真"从此首先意味着诗的处境感或切身感，亦即它能有效回应诗人生存于其中的世界境况。这便是从"超验真理"向"经验真实"的转向。西川在90年代初写下的一系列混合性的实验文本（如《致敬》《厄运》），体现的便是这一转向过程中不稳定的过渡状态。这第二种"真理内容"的到来，与中国进入市场经济时代前后世界图景的转变密切相关，用欧阳江河的话来说，就是诗人们突然看到了周围世界中混杂的"物质性"。工业文明和市场经济的力量，使得那种纯净的"超验真理"像天空和大海一样被污染了。从此，诗歌语言的真实性就不能只是基于对"超验真理"的追求，而必须来自它对"经验真实"的见证或揭示力量。

不过，诗歌对"经验真实"的书写也有着层级和路径上的区分。从层级上说，最表层的"经验真实"，是直接性的、未经反思的"真情实感"。那些声称要写出"真情实感"的诗人最容易陷入各种不自觉的语言套路之中，因为他们从未反省自己的"心灵"是否只是一种被操纵、规训后的"受禁锢的心灵"。第二层"经验真实"，是从观察日常生活、地方风物和世相局部而来的真实，这种"观察性的真实"有一种见闻众多的阅历感，甚至能上升至某种"世故的心灵"，但它仍然停留于世界的表象。第三层"经验真实"，是"反思性的真实"，它有两种不同的路径朝向，其一是对世界或现实场景中包含的力量关系的反思（外向的），其二是对自身内在生命和精神状况的反思（内向的）。那些杰出的经验主义诗歌，往往是将两种方向的"反思性的真实"综合在一起而形成的诗歌，它要书写的是自身在世界之中的位置、处境、关系以及由此带来的情绪与思想的混合状态。张曙光在《公共汽车上的风景》中写道：

……多大程度上，我们能够把握

现实，或我们自己——
对真实的渴望，像马达
驱动着我们，向着一个深层挺进
在那里，每个人被许诺
得到一小块风景的领地
我记起（早春的一天）在江畔的
林荫道上，一些工人架起梯子
修剪黑色的树枝，为了让它们
绿色的姿态在五月里更加美丽
远处驶过的公共汽车，在一个
少年人的眼中，不过是一个
移动的风景，或风景的碎片
但眼下是我们存在的全部世界
或一个载体，把我们推向
遥远而陌生的意义，一切
都在迅速地失去，或到来

　　如诗中所言，经验主义诗歌是"把握现实"的努力，其方法论的驱动力是"对真实的渴望"。而要呈现这种意义上的"真实"，就必须引入一种朝向经验本身的反思力，它一方面包含现象学式的描述，另一方面是对语言与世界之关系的分析或"元诗意识"。于是，诗人们再也不能只是以纯粹抒情或象征性的方式写作了，必须"及物"和"及事"，掌握叙事与抒情、描写与分析相结合的技艺，并空前地扩大诗的容量和词汇量。这便是"90年代诗歌"对"诗之真实"的基本修正方式。

　　由于诗人在对经验的呈现中包含着高度反思性的环节，使得当代诗所诉诸的"经验真实"不同于某一类古典诗学中的"真"（王夫之所说的"显现真实"之"现量"，以及王国维所说的"不隔"）。强调"现量"和"不隔"的诗学立场，将"诗之真实"理解为对"直接经验"的不假反思、当下即是的呈现，这一立场背后是一个仍然未被复杂的社会中介环节所污染的"人间"。而当代人却活在一个被权力、技术、媒介景观和意识形态完全支配的世界，人们的生存经验早已经被各种间接的、异质性的信息、语汇、知识和观念所渗透。由此，当代诗中的"经验真实"，就不只是"直接经验"的当下显现，而是将所有的中介环节尽量包括进来的"反思性的真实"。这些中介性的信息、语汇、知识和观念，是作为"材料"出现在诗歌之中的，当代诗的"经验主义"总是与"材料主义"相伴生。从那些走得较远的诗人（张曙光、萧开愚、孙文波、臧棣、钟鸣、欧阳江河、西川等）的写作来看，他们对"经验"的处理或多或少都带有材料主义的性质。不过，"材料主义诗歌"也会带来新的问题：如果这种材料主义是为反思和揭示经验世界之真实状况服务的，同时与真切的知觉、情感、直觉等直接经验（以及围绕着直接经验形成的回忆和想象）恰当地配合，那么它就是对诗歌有益的；但如果这种材料主义变成一种无节制的对各类知识、信息、词汇和观念的堆砌和增殖运动，变成一种炫耀性的"语言景观主义"，它就背叛了自己对"真实"的承诺。欧阳江河和西川等人近些年的写作之所以受到许多专业读者的诟病，在很大程度上就是由于这种"材料主义"的过度滥用。

四

"经验真实"作为一种更贴近地面的"真实"，比"超验真理"更适合成为诗歌写作的出发点——这几乎已经成为中国当代优秀诗人们的共识。但是，对"超验真理"的渴望是人类心灵的天然趋向，它无法被任何一种怀疑、反讽或否认所磨灭；在当代诗中，即使"经验真实"占据了压倒性的上风，但"超验真理"也并未完全退场，而是仍然以各种形式保留在诗的角落或背景之中。不仅像多多那样的前辈诗人矢志不渝地认为"诗歌必须书写超验"，某些青年一代的诗人，如徐钺、江汀、李浩、黎衡、张慧君，也一直致力于在诗歌中保留"超验之物"的位置。这些青年诗人大多曾受到宗教影响，因而语言经过灵性经验的塑造；但他们也深刻地意识到"经验主义"诗歌方法在我们时代的有效性和必要性,因此他们并不像多多那样拒斥"经验真实"。于是,近些年来,我们在当代新诗中看到了"超验真理"与"经验真实"的某种交汇所形成的第三种"真理内容":一种介于"超验"与"经验"之间的、兼具二者特征的"中间地带的真实"。这种"真实"的主要表现形态有:在诗歌中将"经验真实"作为出发点,然后逐渐引向一个超验性的精神背景;或者,在对"经验真实"的深度透视中,发现"超验真理"的某些耐人寻味的踪迹;又或者,从"反思性的真实"上升为"思辨性的真实",亦即将对经验现实的"认识"综合、转换为一种对更高的整体之物的"认同"(如孙文波《长途汽车上的笔记》);而最困难的,是用"事件性的真"来突破自身已成习惯的经验范式,从"事件"中生成崭新的、无法预期的语言。

"中间地带的真实"在诗歌中的出场,是以"超验"与"经验"在我们生活中的持久相遇、并存为前提的。在这一境遇中,诗人必须既直面现实世界各种力量、关系对人的影响,又意识到理念和神圣之物的不可或缺,并从二者的紧张或冲突关系逐渐走向一种真正的和解、沟通。由此,超验之物虽然继续保持着其神圣性,但它已然融入我们具体的日常生活之中,不再只是一种远离尘世的冷寂之物,而是变得亲切、亲密。昌耀《紫金冠》中的"不可穷尽的高峻",或者海子所感受到的"人生的真理和真实性何在无人言说无人敢问。一切归于无言和缄默"(《诗学:一份提纲》),在此已不再是最后的结论。这是一种"亲密的超验性",并因其亲密而进入我们经验的构成之中,促成了经验本身的转变。

今天有许多青年诗人都投入对这种新的"真实"的书写之中,他们几乎是一开始就敏锐地觉察到此种"真实"之于写作的巨大意义。江汀从早期对里尔克式的"超验真理"声调的模仿,走向了对日常生活中"来自邻人的光"的观察,就是一个很好的"超验化入经验"的例证;而砂丁的某些叙事性作品中频繁出现的"天使"意象,也是这种"经验中的超验"的化身。某些稍稍年长的中年诗人也试图将语言锚定在这一"中间地带的真实"。这里可以举出两个例证。一位是聂广友,他在长诗《大河》中对一条河及其两岸的景象进行了极有耐心的精细刻画,并用河水般的悠长气息和平缓节奏叙述着这片地域风光带给人的观感和联想。但在这些波光粼粼的经验细节之间，不时鱼跃起思辨哲学、宋明理学或佛学式的思考。试读《大河》中的一段：

> 在一个坡埠，从树被砍倒的圆坡边
> 出现一个口子，有一条小路通向果园深处
> （村子终于要显露）。路堆高浮了起来，
> 这是一条土路，土路警醒、通灵、饱满，
> 充满意识，它微红简朴，独自处于午后
> （它自己的时辰），而光亮通透，又浑朴，
> 无人，又像是有人，有一个人，在打瞌睡，
> 路于是也在瞌睡。因是在午后，靠着村庄，
> 路边的树因靠着高路，树基也微微泛红，
> 像是那人就坐在树基下，随时会站起来
> 在路上行，或走入村庄。那人是程元光，
> 他们在这里修了同一条路，或这条路就是
> 那条路，这里就是那里，你可以走近它
> 或走入，但它又是独立的，因此，我们并
> 没有走入。曾是那么接近，那是那条路的
> 原型，荷树山村的。一眨眼，树基下的人
> 不见了，已向里面回去，路亦返身而往，
> 但又如如不动，它的意识，它的路程
> 延着它自身，远亦近，近亦远，向着
> 它的边界。那光的影模糊，浮动，又
> 清晰，通向村庄，就在果园深处。但又
> 就在那，他看到它，但只能在路口目送。
> 他看到它，它的光、影、声、色，
> 它的行动，它兀自在那里，仍在有力量地
> 赶行，却又如如不动。

雷武铃是另一个重要例证。从诗集《地方》开始，雷武铃的诗歌出发点就是经验主义的描写和叙事。他在《地方》"序言"中说："我致力于写出一个地方，写出人在世界上。地方：个人之具体所在，个人在无限空间中的立足之点。是个人看见、感触、行走、记忆的世界。它亲切、真实、具体。与那个完全抽象的概念性的世界相对。……它有限定之边界，又无限广阔。因为它具体的丰富奥秘，把我们的注意力引向心灵无限的感触和理解。它是个人、传统、地理、气候、方言、日常和人民。最重要的，它是真实、具体。"① 在这段极具代表性的对"真实"的谈论中，我们首先看到了雷武铃对"经验真实"的信靠，它道出了"经验主义诗歌"的精髓："可信"的关键是"真实"，"真实"的关键是"具体"。从雷武铃的多数诗作来看，他忠实地履行着一位经验主义诗人所应完成的对生命及其世界的观察、描摹和叙事工作，他用一种超级写实主义的语言技法呈现着风景和人事的细部［比如《远山》《白云（二）》］。很少有诗人像他那样，将"知觉的具体性"和"叙事的具体性"融合得那样精确和令人信服。但是，从另一个角度看，他的诗又始终包含着一种对"超验者"的精神指向。在《献诗》中，雷武铃写道：

你挺立着，在我的意愿和世上某处。
既无法趋近，也不能驱除。
在肯定和否定之间的混沌里
你啊，是苦恼与闪烁的亲爱。

鞭策我醒来。空气向后流动。
大地上的山脉、房屋、湖水和耕地
向后流动。在由此向彼的渴望中
你啊，是动荡与纯净的飞行。

---

① 雷武铃：《赞颂》，广西人民出版社，2015年，第5—6页。

置我于安然。白昼的喧响沉落了
夜晚升起星光和万籁。挺立在浩瀚时光
合唱中的你啊，在内心和外界的绝对之上
你是引领物质飞升的光芒。

这首诗从声调上说是一首有宗教感的赞美诗，其中的"你"作为"超越者"可能是"神"，当然也可能是"生命本身"。与海子和昌耀将诗的背景设置为某种观念性的"绝对场景"不同，这首诗向超验者的倾诉，并未脱离日常经验具体空间的限定，诗的第二节尤其明显。同时，这首诗虽然也带着某种轻微的"苦恼"意识，但它最终归于"安然"，超验者并不对自我形成一种碾压式的紧张关系，而是宛如密友间的交谈。"你啊"这个呼语在诗中的三次重复，犹如对朋友的三次满含爱意的呼唤。如果我们借此返观前引《地方》"序言"中的那段话，会读出在"经验主义"之外的另一层含义：雷武铃所说的"真实"和"具体"，除了限定边界的"经验真实"的具体性之外，还包含着对"无限广阔"和有"丰富奥秘"的超验域的指引——"地方"既是经验中的时空，又是被超验者渗透、纯化了的场所。这表明，对"超验者"的书写也可以是"具体"的：我们可以对祂说话、倾谈，甚至抱怨。这里有一种"氛围的具体性"。这样，诗人描写和叙述的"大地上的山脉、房屋、湖水和耕地"等一切事物，都在这一"合唱的氛围"中，被超验者引领着进行一次"动荡与纯净的飞行"。

五

雷武铃的《献诗》有一个基本设定：他用第二人称"你"来称呼"超验者"，并以之作为诗歌的倾诉对象。海伦·文德勒在赫伯特的诗中也发现了类似的现象，她称之为"看不见的倾听者"，借此诗人得以在作品中创造出"与不可见者的亲密"。我们会惊奇地发现，文德勒下面这段话很像是对雷武铃《献诗》的评论：

> 赫伯特在传统的祷告中没有找到可以充分表达自己与神的关系的言词，便创造了一群新的语气和结构来与一位神交谈，祂有时似处于诗人之上的人类思想无法抵及的地方，但更经常是（平向地）栖居在诗人的房间里，在诗人的内心里，乃至超凡地在诗歌本身中。①

在文德勒看来，赫伯特、惠特曼、阿什伯利这三位诗人最有意思的地方，是他们做到了"用语言和形式将看不见的对话者和他与对话者的关系变得真实"，或者说"使亲密效果跃然纸上"。这里的"真实"是和"亲密"一起出现的。而在前引雷武铃的话中，我们也看到"真实""具体"与"亲切"连在一起。从这里可以引出"诗之真实性"的又一重密义：诗的真实感，在很大程度上缘于其创造出来的亲切感或亲密性。最可信的话，乃是与你建立起了亲密关联的人说出的话，无论他/她说什么，你都会相信。这种"可信"，已不再是基于话语内容的真实性而来的"信任"，而是由伦理关联生出的"信赖"。使诗歌具有"真实感"的最佳或最稳定的方式，莫过于在诗歌的语言中建立起一种真正的"亲密效果"。不过，这种"亲密性"却并非是在作者与读者之间直接建立连接（尽管诗是"作者与读者之间的对话"，但作者最好不要在诗中直接对读者说话），因为直接连接常常带有"取悦和讨好读者"的献媚性质，它最终会使有素养的读者对作者失去信任。诗歌中的"亲密性"需要一种中介，亦即作者朝向一位"看不见的倾听者"说话，而读者在阅读中理解和想象这一对话关系，其注意力被同样引向这位不可见者——于是，在作者和读者共同对"第三位"的朝向中，就建立起了一种亲密、立体、有弹性的空间。

在中国新诗中，最熟谙"诗歌中的亲密感"的诗人，首推张枣。他不仅在诗中经常召唤出各类"不可见者"作为倾诉对象（《跟茨维塔伊娃的对话》《卡夫卡致菲丽丝》），而且发明了一整套独特的语气、语感、句

---

① 海伦·文德勒：《看不见的倾听者》"引言"，周星月、王敖译，广西师范大学出版社，2019年，第9页。

法、修辞和结构方式,来为这种"亲密感"效力。其中最为人称道的技艺之一,是他对人称代词的使用方式。人们在阅读张枣的《维昂纳尔:追忆逝水年华》时,想必会对"汝"这个字在唇舌之间发出的甜柔又带着叹惋的声响印象深刻;而在《木兰树》一诗中,张枣为我们演示了如何将"她"这个代词运用出"双人舞伴"般的惊艳效果。在根本的意义上,张枣诗歌的魅力来自一种更深刻的亲密性,宋琳称之为"语言亲密性":"在当代中国诗人中,没有谁的语言亲密性达到张枣语言的程度,甚至在整个现代诗歌史上也找不到谁比他更善于运用古老的韵府,并从中配制出一行行新奇的文字。"[①] 这种"语言亲密性"是指诗人与母语之间的共生关系,诗人信赖并把自己完全交托给母语,母语也由此回馈诗人以最迷人的语气、语调、句式和节奏。"语言亲密性"除了受诗人生长于其间的地方水土、气候、饮食、方言等因素对个体发声方式的影响之外,最重要的,是建立起自己与母语传统之间的牢固关系。不过,正是由于张枣过度沉浸于自己与母语之间的亲密关联,他将语言或母语本身当成诗之本体,这种"语言内在主义"的元诗立场使他的诗歌缺少一种对语言之外的现实世界以及超验者的指向。因此,张枣诗歌的亲密性所构成的,既不是"经验真实",也不是"超验真理",更不是"超验与经验相遇的中间地带的真实",而仅仅只是"语言之迷离"。这种"语言之迷离"的微妙效果会让许多读者觉得可信,但严格来说它趋近于"美"而不是"真"。同时,这种"语言之迷离"带来的亲密感,可能绕开了对"真"的关切而自动产生出一种读者的信赖,因此难免会让一些更敏锐的读者生疑。

这样看来,与母语的过度亲密性也未必全是好事,它可能妨碍了诗人与现实世界、与超验领域建立起更深刻的交流关系。正如一切亲密关系都需要保持"适度"或适当距离那样,作者与读者之间不宜过于亲昵,而诗人与语言之间也不宜产生一种恋母情结式的关系,否则亲密关系的双方都会被扭曲。张枣当然是杰出的,他写出新诗中最温柔、精美、微

[①] 宋琳:《精灵的名字——论张枣》,收入宋琳、柏桦编:《亲爱的张枣》,江苏文艺出版社,2010年。

妙的部分，可他的诗并非毫无缺憾。今天的许多优秀诗人对"亲密性"的构建方式，虽然都不同程度地受到张枣的影响，但多数并未直接采取张枣式的"沉浸于语言本体"的立场，而几乎都走向了去呈现"中间地带的真实"的道路。也就是说，今天的诗人们更关心"经验"与"超验"之间的界线被模糊化的那个极为特殊的领域，并从这一领域中汲取诗的动机。这是比单纯的"经验真实""超验真理"和"语言之迷离"都更加可信的"真"。作为张枣的学生之一，王东东早年也有过对其进行仿写的阶段，但近年来王东东的诗作从语言上基本摆脱了张枣式的痕迹，而获得了某种"浑朴的率直"（赵飞语）。在一首题为《给菩萨的献诗》中，王东东通过对一次观看菩萨造像经历的书写，将"超验者"如何一步步化入具体经验之中的历程完整、精确地呈现了出来，并在诗的最后两段召唤出了一种亲密性：

当菩萨低头，对我开口说话
我如何对答而不显得痴傻？
仿若天穹砉然裂开一个阙口
伸出霹雳的爪子，将我紧抓。

盲目于观看，否则世人
又该如何承受沉默的菩萨？
用眼光敬拜吧，犹如后世
情种大胆地盯着画中人。

她看似娇小，却隐藏着宏大
每次被看都仿佛再一次出生。
她的脸也由小变大，由短变长
在那永恒的三小时中完成汉化。

你低头时，飘逸的秀骨清像

映出魏晋南北朝的菩萨造像。
你抬头眼望远方，广额丰颐
又浮现出了丰满圆润的盛唐。

当你回到我们的时代，哪怕
你急匆匆的一瞥也宁静安详。
我愿饮尽你黑夜的泪水，如甘露
并珍藏你偶尔转身的悲伤。

　　虽然造像并非菩萨真身，但其中仍有神圣的力量存留，在某些特定的时刻会击中一些被选中的人。这首诗始于被神圣之力"击中"的时刻："菩萨"作为一个无比崇高威严的超验者降临，"我"突然感到"菩萨"开口说话，"仿若天穹恚然裂开一个阙口／伸出霹雳的爪子，将我紧抓"，这是一种在神圣面前恐惧战栗的体验。不过，在后面的段落中，"菩萨"和"我"之间的无限距离被逐渐拉近，取而代之的是一种"用眼光敬拜"的、敢于直视神圣的姿态，甚至这种观看本身还包含着某种放肆——像"情种大胆地盯着画中人"一样打量菩萨。在更近距离的观看中，"菩萨"的形象不断生动、活跃起来，似乎成为一位活人，而且是"被汉化"的、符合我们文明习惯的活人。第三段中使用了人称代词"她"来指代"菩萨"，到了结尾两段却变为"你"，这一人称转换意味着诗人从"观看者"转变为"倾诉者"，而"菩萨"彻底进入到"我"的经验世界中。"菩萨"被汉化而进入中国人的经验之中，是通过一个历史过程来完成的，诗以一种简洁的方式将这段历史的轮廓勾勒出来，并使其凝固于造像的轮廓之中。最后，"菩萨"进入我们时代的经验之中，不仅是作为被看者，而且是作为具有情感的观看者（"你急匆匆的一瞥"）。对诗人来说，召唤出"你"并不只是为了倾诉，而且是由于他在菩萨目光的宁静安详中看到了隐藏的"泪水"和"悲伤"。这是基于超验观念而来的对现实的怜悯吗？抑或是对超验性本身在现代处境中的不妙状况的悲伤？尽管"菩萨"从垂直的高度逐渐降到与我们几乎"平齐"的位置，但诗人对"神圣悲伤"的珍藏意味着他仍然希望我们的时代保有一部分超验性。

无独有偶，唐不遇也有一首著名短诗是献给"菩萨"的，这便是《第一祈祷词》：

世界上有无数的祷词，
都不如我四岁女儿的祷词，
那么无私，善良，
她跪下，对那在烟雾缭绕中
微闭着双眼的观世音说：
菩萨，祝你身体健康。

这就是亲密性的力量。如文德勒所言，这样的诗"在心理上可信，情感上动人，美学上有力"①。而王东东和唐不遇都以"菩萨"作为进入经验的超验者，并围绕着"祂"来建立诗的亲密空间，这或许是因为，相较于"上帝"或"缪斯女神"，"菩萨"和"佛"要更贴近我们中国人的日常生命经验。佛教信仰在千年的汉化过程中，已经不只是高高在上的超验真理，而真正成为渗透进人伦日用每一角落的平凡之事。这使得我们在呼唤佛教中的超验者时，这呼声似乎更容易被祂们听到，也更能构成一种真实的氛围。无论如何，真实带来可信，而真实在很大程度上依赖于真诚、具体，亲密性是氛围具体性的一种特殊形态，而亲密感又促成了对话语真实性的信赖。在诗歌中，最可信靠的真实之物并非纯粹的"超验真理"，也不是简单的"经验真实"，而是二者相互转换、生成的"中间地带的真实"。当代诗人如果渴望写出真实可信的诗，最需要的，可能是返回到对自身与世界之复杂关系的具体经验中，在其中寻找那与你最亲近的超验者的踪迹。

---

① 海伦·文德勒：《看不见的倾听者》"引言"。

诗人研究

本专题的六篇文章旨在展示当代诗人个案研究的新锐视野和多棱界面,均呈现了敏锐的勘察力和精湛的阐释功夫,既有对范例诗人学诗(或诗学)路径的勾绘和评鉴,又有对新诗写作精神取向和语言机制中某类突出特征、症候的解读和剖析,还有以具体作品为导引来探索当代诗人在接受他者情境、社会身份等因素拷问时引发的新问题和新认知。

在经验的方寸里腾挪想象力
——姜涛诗歌的"奥伏赫变"

周伟驰

一、"一个孩子拿着灯火在夜路上"

在正式出版的诗集中,姜涛都没有选入他早期的诗作。唯一例外是一首短诗《一个孩子》,这首诗的最后三行是:

在他美丽的家乡　空旷的祖国
一个孩子　拿着灯火在夜路上
究竟　能走多远

我将这看作一个诗人的自喻和自我期待:在诗歌的道路上,他究竟能走多远,他后面的诗能否把前面的诗照亮。

由于年轻时没有记日记的习惯,我已经记不清是哪一年知道姜涛其人了。可能是在1995年,清华文学社的朋友张岩峰跟我说清华有个叫姜涛的诗写得不错,并给我带来了他的一首长诗(可能是《厢白营》)。我看到了一些奇特的意象和比喻,以及弥漫在诗中的音乐与抒情,但内容却看不太懂。当时我跑清华的次数不多,也没有找过姜涛。认识他还是在他加入北大几个朋友编的《偏移》之后。近些天因为要写这篇文章的缘故，我翻箱倒柜，找到了当年的全套《偏移》，发现姜涛加入是在1995年秋冬季卷（总第三期），他还为该期写了一篇"序言"，后面有冷霜的一篇"编后记"，欢迎他的加入。在同期姜涛发表的诗是《旅行手册或死亡札记》。在那之后，本科毕业后继续留在清华读研的姜涛跟北大诗人有了频繁的交往。那时他送过我一本他和亚飞、扎西的三人诗合集《哀恸有时》（清华文学社，1994年6月）。关于姜涛早期诗的印象，就从这本合集谈起。

诗人这个物种是有些奇怪的，其产生常常跟个人交往的小生态有关。诗社是一个小生态，常常有诗人"扎堆"涌现。一个宿舍出了个诗人，过不了多久，周边宿舍就会冒出几个诗人，要彼此切磋较劲。牛津、桥剑、哈佛有这样的现象，中国大学也不例外。这表明人人生来都有诗才，只不过长大后接受社会规训，被压抑住了，而"隔壁诗人"带头把它激发了出来。谁若能坚持写下去，谁就往往成了好诗人。在90年代初的校园写作中，海子的诗风靡一时，招来大批模仿者，北京高校尤甚。在《哀恸有时》中，海子的诗歌元素频繁出现。在清华园诗歌生态中，还要加上校园诗人（如李朱）和俞心樵的影响。作为工科大学，清华跟隔壁大学诗风有异。清华自发、感性、直接、朴实，北大反省、理性、间接、复杂。在北大内部，海子的诗倾向于前者，骆一禾倾向于后者，前者是自然之子，后者是文明之子。海子在清华受到追捧不是偶然的，北大诗人则虽然钦佩海子，却并未陷入痴狂，仍旧保持清高，各写各的。

姜涛大约在1990—1991年间开始写诗，其学徒期的诗，除了海子[①]之外，还能看到西川[②]等上一代人的影响（当时也就三四十岁）。在《哀恸有时》中，他和亚飞、扎西分享了同时代的氛围、情绪、意象、语言模式

---

① 姜涛后来自己说："在大学时代，我也曾是一个海子诗歌狂热的追随者，从阅读到朗诵、从抄写到模仿，一应俱全。"姜涛：《冲击诗歌的"极限"——海子与80年代诗歌》，收入《巴枯宁的手》，北京大学出版社，2010年，第112页。

② 姜涛：《"混杂"的语言：诗歌批评的社会学可能——以西川《致敬》为分析个案》，收入《巴枯宁的手》，第89—109页。该文写于2004年。在诗中尽量多地容纳驳杂、矛盾、悖反、复杂的心理、社会、现实内容，是90年代初的一个风尚。

和精神冲动，但也有了一些个人的特色。

首先是海子式的意象。像麦子、麦芒、水稻、远方、幸福、孤独、火炬（火把）、天堂、家园、镰刀、天使、荒原（荒野）、骨头、王、姐姐、姊妹、异乡人（陌生人）①、命运（宿命）、绝望、亚洲铜、宗教等。这些意象当然不是始于海子，但是集中于海子，并由海子撒播开来，在诗坛普遍弥漫。海子因为其写史诗的宏大抱负，而对于中东、中亚、印度文明意象有广泛的阅读和吸收，去世时所带的几本书中就有《圣经》，因此，基督教的意象出现在他的诗中，作为基本元素被后学者固着和扩散，也不奇怪。海子去世时才25岁，北京当时的现代化也并不深入，因此，海子的意象许多跟他小时候在安徽农村的生活相连，它们频频出现并上升为"元素意象"，获得了生长发育。对此清华三诗人都有撷取。姜涛发展了几个意象，如"种子""露水""天国""亡灵"，反复运用，将其潜义逐渐显明。这是一种演绎式的意象使用过程。"露水"是传统诗词反复书写、充满了固定联想的词，"种子"则较少出现，但在海子那里受到重

---

① "异乡人""家园（故乡）"是80年代"还乡"哲学和诗歌的重要主题。荷尔德林和德国浪漫主义在其中有一定的推动作用（德国浪漫主义的一大冲动是要反对启蒙主义和理性主义，回到中世纪精神"故乡"）。刘小枫是当时重点介绍荷尔德林的人。在《诗化哲学》（山东文艺出版社，1986年）中他用了一节"荷尔德林的预感"来谈荷尔德林，在影响很大的《拯救与逍遥》（上海人民出版社，1988年）第二章"适性得意与精神分裂"专门比较了陶渊明道家避世和荷尔德林圣爱救世的差别，抑陶扬荷。海子《我热爱的诗人——荷尔德林》一文写于1988年11月16日，里面引用的一段较长的荷尔德林诗歌（《待至英雄们在铁铸的摇篮中长成……》）除三处字词有异外，均与《拯救与逍遥》中的译法相同（据刘小枫在2001年上海三联版《拯救与逍遥》"修订本前言"交代，这些诗句由陈维纲中译），可见海子1988年读过刘小枫相关著作。至于海子1987年5月所写《诗学：一份提纲》中说，"我恨东方诗人的文人气质"，并将陶渊明和梭罗作对比，抑陶扬梭，是受到80年代"西学热"中普遍扬西抑中的影响。海子赞颂的诗人多为西方诗人，屈原是中国诗人中的少数例外，这可能是因为刘小枫称赞过屈原："中西方文学史上第一位自杀的伟大诗人是屈原。屈原的确是中国人的骄傲。之所以值得骄傲完全不在于他的爱国精神，也不在于他的济世精神，而在于他是历史上第一位自杀的大诗人。他的伟大首先在于他敢于自杀。"（《拯救与逍遥》，第60页）。钱春绮《德国诗选》在1982、1983年重印过，但海子未有引用，可能因为其汉文不够像诗。

视。① 姜涛《秋兴》里写道:"来吧 鸟群提着头颅/ 照亮露水中忽明忽暗的前程""我埋下的种子比我更早醒来""这种子是真的 这嘴唇里阳光的苦味是真的";《平原之歌》:"一个人 像泥土那般阴郁 像种子/ 充满了暗示……"《黎明》:"黎明 我像一颗种子忧伤地醒来""太阳堕入天空 这四季焚烧的轮子/ 驶向何方 碾碎露珠的恐惧/ 一颗种子在粮食口袋里轻轻喘息/ 流着泪水回忆起一片开花的田地""想到远方有一颗种子 也会同样忧伤地醒来"。《悼》:"收拾起露水的眼睛/ 他们又回到一颗种子内部无边的黑暗之中"。《黎明之歌》:"我却以一个绝望者的形式坐在大地面前/ 怀抱光芒像一个果实滚入田野/ 而露水正如幻象在更多的田野里消失"。露水意味着尘世生涯短暂,转瞬即逝,种子则意味着复活,且是更多生命的复活。

其次是海子式的死亡意识和复活意识。海子之死跟西川所说练气功"走火入魔"、出现幻觉有关,但80年代诗歌浓厚的"死亡意识"也难辞其咎。② 但对海子死亡意识的来源,似乎追究的不多。我觉得跟他读基督教书籍(如《圣经》)也有关系。基督教教义支柱之一就是复活信念。《福音书》记载耶稣死后复活,在世传道一段日子后升天,并在升天前许诺,他将来会复临地上,审判世界。"复活"与"复临"是激励早期信徒宣讲"好消息"、万死不辞到处传教的根本信念,也是早期教会坚持千禧年主

---

① "种子"跟海子的复活观念相连。在《太阳·断头篇》里,海子写道:"我那落地的头颅/ 终日围着你 黑粗粗的埋着种子的肉体/ 或天地的母马/ 旋转,那是太阳……"(《海子诗全编》,西川编,上海三联书店,1997年,第553页)。身体埋在土里像种子将来还要复活。这跟犹太人肉体复活的观念是一致的,也跟基督教所说种子不死便不能结出更多籽实来一致。至于"复活",海子在《传说》一诗中以两章处理该主题。第五章:"复活之一: 河水初次带来的孩子",里面有圣经元素:"有三个老人/ 同时观看北斗",这无疑是福音书中朝拜圣婴的东方三圣,"指引着这些河上的摇篮/ 这些绛红的陌生而健康的婴儿",令人想起婴儿摩西被放在江上被公主收养的故事。第六章:"复活之二:黑色的复活"中,"不要问那第二次复活/ 假如我要烧毁一切呢""代表死亡也代表新生",虽然诗中用了中国的诸多意象,但也看得出一些基督教的元素。(《海子诗全编》,第220—228页)。

② 西川在"死亡后记"提到了海子的"道家暴力"观,海子将"道"形象化为一柄悬挂于头顶的利斧,见《海子诗全编》,第923页。海子热衷于谈自杀过程,如《死亡之诗之二: 采摘葵花》。

义的根本原因。对于基督徒来说，在地上的死只是"第一次的死"，将来他们还会"复活"，跟"主"在一起共同统治世界，共享"天国"。对于天主教圣徒来说，他在尘世死去的那一天就是他在天上新生的第一天。这样，基督教就减缓了死亡带来的焦虑。这跟近代世俗化后，"死亡"所意味的"彻底虚无"是不同的（可以看看海德格尔的死亡观）。海子估计受到了这种"复活"观的影响，加上农作物随四季循环生长的传统农业观念[1]，因此，才有"春天　十个海子全都复活"这样的诗句[2]，他之对于死亡，也采取了一种"决绝"的投身，而并不畏死。虽然跟随海子写诗的年轻诗人可能对基督教死亡与复活观没有更深入的了解，但不妨碍接受"死亡"这一类观念，并在诗中抒写灵魂、天国、天堂和死亡。姜涛早期诗歌中频繁地出现了"死亡""亡灵""天国"的意象，其中，"亡灵"到了《厢白营》仍旧是诗歌的题材和主题。联系到当时的压抑氛围，"亡灵"除了跟"厢白营"（镶白旗营地）清代亡灵可能有关联外，也跟时代的"亡灵"发生关联，比如年轻的北大诗人戈麦（其在附近的人工河中淹亡）。"亡灵"是当时的一个惯用词。[3] 当"亡灵"跟"复活"结合起来，就使这时期

---

[1] 海子在《诗学：一份提纲》中说："幻象的根基或底气是将人类生存与自然循环的元素轮回联结起来加以创造幻想。如基督复活与四季景色。"见《海子诗全编》，第902页。在《太阳·土地篇》中有不少基督教意象，如"一条羊尾巴/ 一条羊皮包裹上下/ 羔羊死而复活"，"一只羔羊在天空下站立/ 他就是受难的你"等。（《海子诗全编》，第566页）。

[2] 在后来讲解《春天，十个海子》这首诗时，姜涛说："这是一幅死亡的自画像，诗人描绘了他自己死后的复活场面，充满绝望和悲伤色彩。春天，是万物复苏的季节，也是生命循环的开始。《圣经》上说：人的生命来于尘土也归于尘土，而在海子看来，'尸体也不过是泥土的再度开始'，这样一种基督教意义上的'复活'仪式，在现代诗歌中是屡见不鲜的，艾略特的《荒原》中也有如下的句子：'你去年种下的尸体/ 今年有没有发芽。'"见姜涛：《冲击诗歌的"极限"——海子与80年代诗歌》，《巴枯宁的手》，第125页。福音书中还不乏麦子只有死了才能长出更多麦子的比喻。

[3] 比如，在西川1992年的诗《致敬》里有"幽灵"一章。欧阳江河1993年的《1989年后国内诗歌写作：本土气质、中年特征与知识分子身份》一文里，说："记住，我们是一群词语造成的亡灵……它来到我们身上，不是代替我们去死而是代替我们活着……我们可以像海德格尔所说的那样'先行到死亡中去'，以亡灵的声音发言。'亡灵赋予我们语言'。"欧阳江河：《站在虚构这一边》，生活·读书·新知三联书店，2001年，第91页。

的诗有了浓厚的基督教色彩。在《今天的人间阳光灿烂》里，出现了这样令人惊讶的句子：

> 茫茫春日　我遇到耶稣　佛陀和我
> 我看到他们三人携手比肩在人间行走
> 木匠　王子和诗人　我要说我们还是兄弟和仇人
> ……
> 今天的人间打开如一本圣书　写满
> 泪水　幸福和绝望的诗
> 我要说死去的人们也会在今天复活

这种"复活情结"在另一首诗《五月》里以"天堂""花园"的形象出现：

> 　　　　我们大家
> 到哪里去了　肉体回到了灵魂　嘴唇
> 归还了波浪　一只小鸟在午后嘶鸣
>
> 我们到哪里去了　我们大家　在阳台之下
> 噙着一粒名叫死亡的浆果　像影子那样漫长
>
> 像天堂之下　相爱的人们用关节和肘部思想
> 五月的桌面上曾盛开着百合花

这种"复活情结"即使到了后来也有表现。《为一个阳光灿烂的世界末日而作》（1997年4月写，2015年8月定稿）写的是复活节的心情，在反讽语气中"复写"了"复活"这个旧主题："'有个人将复活，将世界带入烈火'/ 退休主任没吃早餐，有点失望/ 他的健身计划，还得继续……/ 告别的情侣/ 又在肯德基里相逢，举了火炬甜筒……/ 四月十六日，春光明媚，没有烈火/ 没人复生，即使是死者/ 也放弃了期待，从地下的管道中/

纷纷走散。"

由死亡与复活意识很容易转入第三点，即宗教感和宗教性。熟悉姜涛后来诗歌的人可能会有些吃惊，起初他还有这么一个阶段。在80年代国门初开"向西方学习"的"西学热"中，人们注意到基督教跟西方文明的密切关系，"韦伯问题"成为热点。与此同时，政府落实了宗教政策，学界也出现了"宗教热"，在刘小枫、何光沪等人的鼓吹下，基督教思想在知识界有相当大的影响。海子本人就受到过这种影响。在90年代初沉闷的思想氛围中，基督教成了许多年轻知识人的精神出路，一些诗人还受洗入了教，写了一些灵性诗歌。① 我还清楚地记得刘小枫第一次回北大做讲座时（可能是在1995年）大礼堂密密麻麻水泄不通的情景。基督教成为知识界的一个参照物，一些教外诗人袭用了它的部分意象。这种时风也吹拂到了姜涛诗中。《哀恸有时》这个名称就来自于《旧约》中的句子，一切由神而定。② 悲歌或哀歌，都跟《旧约》中的先知有关（如《耶利米哀歌》）。三人当中，扎西的诗更接近海子，而亚飞和姜涛则在宗教上比海子更进一步。亚飞的诗，很多标题就显示跟宗教的密切关联。如《家园或宗教》《天使长》《宗教，第五腐朽的松木车轮》《哀歌》（内含"在酒和面包的日子里"），都充满了基督教意象。（酒和面包可能来自荷尔德林，源于基督教仪式。）"洪水""约伯""镰刀"是亚飞喜欢的意象。《天使长》里说："天使长/ 天堂幸存的新鲜的镰刀/ 收割天堂的油菜花"，这是将《启示录》中的末日审判语言"中国化"了，将麦子改成"油菜花"。在《审慎的舞蹈》最后一节"摒绝之舞"中，亚飞提到了一位"黄色基督"："我看见黄色基督就是这样回归上帝的荣耀/ 选择摒弃之舞作为审慎舞蹈的开端/ 和结束不会过于长久/ 黎明时分 更大的气象在北方大地上丁当作响"。这个"黄色基督"后来直接成了姜涛一首诗的题目。宗教和

---

① 周伟驰：《当代中国基督教诗歌及其思想史脉络》，《新诗评论》2009年第2辑（总第10辑）。
② 和合本《旧约·传道书》3:1，"凡事都有定期，天下万务都有定时。生有时，死有时；栽种有时，拔出所栽种的也有时；杀戮有时，医治有时；拆毁有时，建造有时；哭有时，笑有时；哀恸有时，跳舞有时；抛掷石头有时，堆聚石头有时……我见神叫世人劳苦，使他们在其中受经练。神造万物，各按其时成为美好，又将永生安置在世人心里。"

哲学不同。哲学本质在怀疑和反思，宗教则在改造人性和社会，这是因为它认为人性和社会生了病，有了罪（基督教）和苦（佛教），因此改造过程就是一个救赎过程。宗教用的是象征语言，跟哲学的分析语言是不同的。由于诗歌用形象来感受和说话，因此，诗歌跟宗教天然就有亲近感。宗教对于数字有一种痴迷，比如"异象"（vision）文学集大成者《启示录》，就将数字象征化。在亚飞的《一种》中出现了这样的数字："一页手掌必朝五个方向呼救/ 七种声音 只要求一只耳朵/ 一只耳朵 要生长太阳/ 两只耳朵 便可造船"（模拟诺亚方舟和大洪水故事）。这种数字迷恋在姜涛早期的诗写中更加密集。比如，《黄昏之歌》："高大乔木背后 躲藏的少女和老人/ 玩起七颗星斗组成的游戏/ 七种疼痛 七支长进天堂的植物/ 轮流拿起了品尝圣餐的勺子"。这里用到了数字"七"。诗里有西川《在哈尔盖仰望星空》一诗中的"圣餐"意象，和"众神"的形象。在《平原之歌》第三支"三只麻雀"中，数字"三"被姜涛重复到了泛化和失去词义的地步：

三只小鸟　三个青春的主词　三个梦想的谓词
在一支句子中轻轻跃动
三只麻雀在平原上躲避风雨

当爱情变作了低语　当三片叶子在流水中
摸到了自己　那是三个黑暗中的人
因孤独而感到绝望

那是命运的三只头颅抽穗开花
在道路上投下阴影
三张嘴　三只胃　三种拮据谨慎的生活

三只小鸟从我肩头飞过　带着无法预知的神情
飞入三面窗子里的三种人生

当另外三只麻雀还在低处歌唱

……

为什么是三只麻雀而不是一只、两只或五只？今天的读者很难理解。但是当时的读者熟知海子的《夜色》："在夜色中/ 我有三次受难/ 流浪 爱情 生存/ 我有三种幸福/ 诗歌 王位 太阳"，他们便很容易理解这三只"麻雀"[①]。这三只"麻雀"或"小鸟"，后来在姜涛的诗中变成了"布谷"，经过"世俗化"后，就变成了"鸟经"中的那只"鸟"。它类似于济慈和博尔赫斯听到的那只夜莺，或者余光中和流沙河听到的那只《诗经》中振翅的"蟋蟀"，但是世俗化和个人化了。

姜涛早期诗歌中的宗教性，突出地体现在对一些基督教词汇和典故的直接运用上。比如《在春天所能忆起的四支哀歌》就出现了"罪人""天国""天堂""人子体内传递的酒杯"这类词汇。有一首诗就干脆叫《拯救》。再如《天空下的静坐》里"半张麦饼在晚餐中玄想着另一个世纪/ 十二门徒围坐的黄昏/ 民间的晚餐"。有一首诗整体上都在模仿基督的形象，即《黄色基督》。不过跟鲁迅《野草》中的"人子"一诗解构了耶稣之为"神子"不同的是，这个"黄色基督"是一个站在"绞手架"上的"电工"，"站在三尺高的地方，在木料与铁钉之间"由上向下俯瞰城市，"悲哀得像一个小丑"。这个"电工"令诗人想起基督，展开了一连串想象或幻象。——这里面已经在萌发后来围绕日常生活所见展开万里之遥想象的能力。"绞手架"是一个拼合词，即"绞刑架"和"脚手架"，在诗人想象中，电工站在脚手架上干活就跟耶稣站在绞刑架上被钉死一样，下面围观的人无动于衷（"无人向你致意"），而"我们"则"爬上了梯子又从东方下来，忘却了隐喻"，忘记了十字架的含义，"却以一只蜜蜂的智力

[①] "麻雀"在新时期也是一个非常有意思的意象。西川1992年《致敬》"十四个梦"一章说："我梦见我躺着，一只麻雀站在我胸脯上对我说：'我就是你的灵魂'"。在西方，灵魂一般以蝴蝶之类飞翔之物来象征。由于"麻雀"在"文革"中被视为四害之一，因此，在欧阳江河那代人心目中，它跟"天敌"同义。参见欧阳江河：《当代诗的升华及其限度》，收入《站在虚构这一边》，第15页。

看到了左边与右边的人生",蜜蜂有复眼,但智力恐怕没有,只有本能,耶稣左右有两个强盗,一个听信了耶稣的话,被承诺进天堂,一个不听,按教义将进地狱。这首诗里包含有对东方忽略拯救的失望和惊奇,有很浓的宗教含义。

最后,姜涛学到了海子的歌式语言。跟西渡所谓"说的比唱的好听"不同,诗歌的常态常规还是一种"唱",是语言的舞蹈而不是散步,"说"的诗是一个现代概念,处理不好常常导致"诗"在形式上的缺失。对日常语言、语气、声音的重视(如华兹华斯、弗罗斯特、爱德华·托马斯等)诚然产生了一些优秀的现代诗,但是其创新性仍然是相对于常规诗"歌"取得的,在这个意义上它依附于常规诗"歌"。当代白话诗在形式上几乎取消了一切限制,只剩下一个回车键了,门槛越来越低,在这种情况下,反而应该提倡"诗歌"之"歌"的成分,以增加诗写的难度和化学反应式的复杂度。海子的诗——尤其抒情短诗——之所以得到更广泛的传唱,跟他的诗更接近于"歌"有关。而他的这种"歌"跟当时骆寒超等人提倡的"新格律诗"又不同。后者作为一种理念,是机械的、人工的,而海子的更接近于本能、自然、自发,其节奏与人体的思维节奏相吻合。打个比方,就跟陶渊明的五言诗和杜甫的五言诗的区别一样。在陶是自然涌现的,在杜则要工整讲规矩。在从海子学到的诸般武艺之中,姜涛获得了这种歌唱带来的行云流水。即使他后来由清华投入北大,开始修辞上的复杂化,也很少出现一些北大诗人那种句子肿胀、词组强扭的现象。在因为修辞密集而不得不拉长句子时,他常常以对称或反称式的句群来解决阻滞的问题,从而没有妨碍句子的流畅感。

关于姜涛鲜为人论的早期诗歌,我这里只谈这么四点。第一点说的是他那时基本的意象,跟"元素写作"相关,第二、三点跟他的诗歌主题和题材相关,为他的诗歌提供了内容,第四点跟他的写法相关,一种歌唱型的诗歌写作。总体来说,我认为他这时还在摸索阶段和学徒阶段,但已经出现了一些独特的东西,在意象、复活、宗教主题上都有所细化和深化。

要说明的是,当时像姜涛这样写诗的不是个别人,而是一代人,它充分显明了"写作风尚"是怎么回事，它像"文学化石层"一样显露了"地质年代学"的问题。不只清华的诗人这样写，全国各高校的诗人都在这样写。比如，远在兰州大学的亢霖1992年写的《民歌》《鸟》，也同样有海子的意象、节奏和风格。① 我本人虽然没有像姜涛这样在海子的诗思里深入涵泳，但也出现了类似的宗教情结，和对诗作为"歌"的抒情性的坚持。具体到个人，走出海子只是时间迟早的问题，但走出后在尝试中固化哪一种写法，却各有各的发展和遭遇。

姜涛曾担任过清华文学社社长。1994年初，稍早于《哀恸有时》的印制，姜涛写过一篇总结新时期清华诗歌发展史的文章"挽歌或者为了新的一日"，里面历数了李朱、墨城、阿沛、兰荪等人的写作得失。最后，他对清华诗歌提出了两个批评意见：一是空泛的、高蹈的海子式的抒情写作，不接地气，"一味地使用'远方''泥土''河流''道路'等陈旧的象征话语，而对生存的真实经验漠然视之"。二是清华诗歌封闭在个人和校园小圈子里，跟整个诗歌界没有互动。姜涛说："我们必须摒弃那些空洞的、虚假的甚至伪善的抒情而用灵魂吹奏一支'真实'的笛子，这样才能借助劲健饱满血肉淋漓的语言个性获得真正的飞行。而这样的飞行实际包含两个过程：一是上升过程，诗人携带整个大地超越有限存在而直抵天空的辽阔与独特；二是下降过程，苍天中诸神的碎片降落在一只小鸟的血肉之中，并整合成它完整清新的歌声。"从这里已经看得出他后来加入隔壁学校，诗风大变的征兆。其"上升"和"下降"的辩证，也预言了他此后扬弃"神性写作"，言成肉身，"下降"到"经验"和"技术"层面的努力。辩证法之为法，就隐含在不断的写作实践中。

1994年夏天，姜涛本科毕业后，弃理从文，由生物医学工程专业考入清华中文系，跟从蓝棣之学习。1995年，他写出了《厢白营》这首既意味着早期学徒期终结，也意味着高度修辞期开端的过渡作品。厢白营位于清华西北，原为镶白旗营地，后成为村庄，清华一些学生在那里租住。姜涛在那里租住过半年，专注于阅读和写作。可能由于海子诗中"死

---

① 亢霖：《风波》(个人珍藏版，自印)，第100—104，139—143页。

亡与复活",以及欧阳江河等人"词语的亡灵"观点的影响,也可能对于疾病和死亡有一些体会或想象(他诗中出现过肺病、短命汉、药丸之类词汇),其时姜涛专注于"亡灵"主题。厢白营有其自身的历史,它就在圆明园旁边,曹雪芹等文人亦可能在此出没过,是一个不乏"亡灵"出没的地方,因此诗里有"不会说拉丁语的但丁""一个亡灵曾青衣小帽诗意地踱步"等句子。《厢白营》既有早期诗歌的意象(上帝、雅各、小麦、天国、天使、复活节)、数字(如频频使用"十二")、句式、思想主题和抒情气质,也出现了后来的词语反省、引语、戏仿(如有些句子戏仿了西川的对称箴言体)①、怀疑、反讽(一架崎岖的天国自行车、针尖上的天使)。作为一首"亡灵"主题的诗,诗中出现了双重视角(亡灵与生者)的交流和交替,文本与现实的影射,过去与现在("我们复活了两种时间")的共存。

> 窗外一只小鸟击打树干仿佛一台打字机打下了一份早春的遗嘱
> 作为一个微小的赞美者,"我又能继承什么?"
> 一行无人理睬的诗从注脚中探出袖珍的头颅
> "我曾拥有隐喻的双唇和转喻的翅膀,但却从未飞翔"
> 抽屉深处与它同样微小的灵柩正被一场春雨抬向阅读深处
> "不要啊不要",一台老式留声机被搁置在厢白营
> "不要将这枚蔚蓝的星球放在我的静脉上"
> 如同一根唱针过早催动了即将崩溃的早春

在《黎明之歌》中,主人公黎明醒来,为世界的混乱和自己的无能绝望,坐立不安,虽然看到一只"想象的鸟"来到鸟群间,"一只麻雀 一只斑鸠 一只信天翁"——这大概是西川的麻雀、莎士比亚的斑鸠、波德莱尔的

---

① 比如这样的诗句:"你在黎明出门,迎面会碰见燕子的预言:/'厢白营,厢白营,小麦带来诡计,爱情带来不忠/出门是一个生人,归来已是一个亡灵'"。坦率地说,这水平已不低于同一时期的西川。

信天翁——"我是他们黎明的知情人 是木匠或知识/ 因自己的无用而绝望","而我因何在此,摸索着遥远的整体/ 一个悲哀的文学青年"。在《厢白营》里,这个"词语造成的亡灵",这个"文学青年",最大的担心就是诗被锁在抽屉里没有面世的机会,得不到飞翔的机会,无人理睬,成为雨中被埋葬的灵柩或老式留声机被弃置。小鸟啄树干如同打字机打出一份"早春的遗嘱",花还没开呢,能留下什么呢?这是在担心自己早亡与被遗忘。这是梦或真实里的亡灵的担心。诗句以复杂交织的多重隐喻传达并加重了"词语的亡灵"的忧虑。诗中的隐喻新鲜、优美而富于创意,语句是歌唱式的,节奏把握得很好,堪称清华园转折期的杰作。

二、在经验的方寸之间拓展想象的国度

姜涛1994年读研,1997年硕士毕业后在《中国文化报》工作了两年,直到1999年考入北京大学中文系,跟随温儒敏攻读博士学位,2003年毕业后留系任教。

这段时间姜涛的写作跟《偏移》发生关系,开始偏离他早期的纯粹抒情诗风格。《偏移》存在了7年之久,第一期出刊于1994年秋冬季,第十期也是最后一期出刊于2001年9月。《偏移》主要由北大诗人构成,彼此之间有密切的交往,诗艺上互相学习、激发,当然也存在"竞技"和"炫技"。那时,杨铁军已经写出了《一个无赖有去无回的求爱信》、王来雨、胡续冬、冷霜各有佳作问世,我也写了《还乡人》。姜涛1995年写出《厢白营》,得到《偏移》的朋友们喜爱,从第三期(1995年秋冬卷)开始发表诗作,以后从未中断,相当于每年交上一份答卷。在为第三期所写的《序言》中,姜涛说:"问题关键在于写作必须时刻以担当敏锐的感受力与创造力为己任,而对任何先在的价值取向、对写作主流或时潮的追随以及对书案游戏的过度轻信都应加以适当的'偏移'。当即兴的、不确定的、无拘无束的、怀疑的精灵打破了语言的线性空间,词语与生命主体间的某种'血缘'关系仍是无法悬搁的。"显然,他在"偏移"空疏、激情、精

神化或形而上学化的"海子风",而走向技术上的稳扎稳打,做形而下的改进。此后数年的创作实践基本践行了他的这个写作观念。

《偏移》诗群致力于怀疑精神和对于诗歌技术的更新,这是在上一辈诗人(欧阳江河、西川、王家新、肖开愚、孙文波、张曙光、臧棣等人)的基础上的一种压缩式的发展,将反讽、怀疑、戏谑、调侃、胡说、废话、轻诗、讽刺、转喻及各种隐喻武艺浓缩于一炉的试验。比如孙文波当时写的一些旅行杂感诗,可能对有的《偏移》诗人产生影响。当然,《偏移》里面也有差异。胡续冬、王来雨更侧重于语言的新异感和感受在想象中的加强,而杨铁军和冷霜更侧重于语言的精确性和伦理反省。后来,随着席亚兵、周瓒、穆青、韩博、蒋浩等人的加入,《偏移》有了更进一步的"偏移",风格更加多样化。

《偏移》第三期姜涛交付的诗是《旅行手册或死亡札记》。从内容来看,当是一位在湖南的清华校友自杀后的善后事宜及感想,诗根据往返地址分为"衡阳""长沙""北京"三部分。由于涉及死亡,因此自然地跟《厢白营》中的"亡灵"主题衔接起来。恰如冷霜在该期《编后语》中所说:"姜涛的到来是《偏移》不可多得的幸事。他在此前的诗集《哀恸有时》中纯粹的抒情质地和令我们一致倾倒的组诗《厢白营》中的亡灵主题,在本期选入的《旅行手册或死亡札记》中再度得到坚持,尽管后者容纳了大量经验的、中性的成分。一些看上去互异的因素在这首诗里被成功地纠合到了一起:逐渐淡出的青春主题和着重标示的死亡话语;歌唱和冥想的气质/叙事短句、反思意图。前者为诗篇带来了立体感,后者则成为诗篇内在的推进和结构方式。可资商榷的一点是,如果能与更多的结构技巧相补充,这种方式势必将显得更加灵活有力。"最后这句话所指,可能是冷霜在私下里跟姜涛交流过这首诗里一些具体的用词的问题①,比如"而"字有时用得不太自然(当时一些诗人如王家新喜欢大量用"而"

---

① 冷霜后来在《偏移》第九期(2000 年 7 月)的《姜涛、胡续冬、冷霜、蒋浩四人谈话录》(第 206 页)里提到他在前几年曾向姜涛提到过"而"字的问题,但据我所查,往期《偏移》并无明文提出,因此,可能是冷霜私下向姜涛提出,以避免这种"词语的暴力"。

来表示转折、承接之意），因此在后来正式出版时，姜涛对这首诗做了较多的修改，不只是删去了许多不必要的"而"字，还将"奶头"改为"四肢"等更"文气"的词，将长句分为短句，使句子更流畅，更接近于歌唱而不是叙述。

《旅行手册或死亡札记》从《厢白营》的虚构历史回忆型"亡灵"主题回到了现实的死亡，使"亡灵"摆脱历史进入当下，获得肉身，具有了经验性。在这首诗里，仍旧存在一些宗教词汇，比如"伯利恒""主"，以及宗教句式（"这无法偿还的恩惠，何其富有"）。由于主题的严肃性，虽然作者在诗中展开了一些想象，但是受到了主题固有的限制（对故人不能过分喧嚷和戏谑），因此，不能充分地展开业已在《厢白营》中展现的一些想象（诸如"一小队汉字正在捆扎绑腿　准备星夜赶来"，"怀念一对乳房，像怀念果园外一双秀美的门环"），而受到现实与记忆的双重限制。尽管如此，作者还是要在逼仄的悼念空间里腾出一些想象，达到精准的运转："他的头/ 终于如一叶小齿轮卡住了暮春时分/ 所有星球的裸体公转""你也会获得安慰，像枯叶蝶一样/ 在地下双手合十"等等。总体来说，《旅行手册或死亡札记》正好将"旅行"和"死亡"熔于一炉，处于从《厢白营》的"亡灵"主题向《京津高速公路上的陈述与转述》的"旅行"思绪的过渡。由于受到严肃性和现实性的限制，因此，不能尽情展开历史想象力，在艺术性上也处于过渡地带。这里涉及一个现实的诗写问题。能把具体的、切近的、现实的问题处理好，需要很高的能力，而诗歌本身跟积淀下来的"回忆"紧密相关，需要一定的时间距离才适合展开想象，不然就很容易陷入写实，拘泥于实境，难以营造出艺术的情境。这也是为什么"地震诗""救灾诗"和"广场诗"难写的原因，只因为太切近了。而诗歌作为一门艺术，恰恰需要给想象以空间。

一个人在旅行中常常会有诸多"思绪"，飘忽不定，若有若无，这跟旅行的本质有关。在汽车、火车、飞机上，旅行者会看到窗外流动的景色，这些不断变换的景色会激发、触动和引起他的回忆和思考，如果他注意观察，还会向一些人、物、事投去重点的一瞥，但是，由于车辆是在行驶中的，因此，他的视角和视野也是在流动中的，他的"思想"很难固着在一个事物或人物上。在车上，他的视角真正处于一种"散点透视"的状态之中，他的思绪也时时在跳跃之中，不像在静止环境中那样可以持久深入地思考一个主题。如果旅途中有伴，谈话也常常是即兴的、随机的、没有固定主题的，有一搭没一搭，旅途可说是真正的"游思"时刻。即景与记忆、在场与不在场、现状与想象、随意与思考，很容易催生出一种特定的诗歌文体。古人（如李白、杜甫）的旅行是徒步的、舟车的、骑马的，速度没有那么快，尤其徒步，对于周遭景物可有逼近的观察和认识，对于所过之处民情甚至能有深入的体察，但这些因素在现代交通工具面前越来越难具备了，因为现代交通工具追求的是速度。四十年前的火车还是时速60公里，现在高铁已达到时速350公里，窗外景物往往是飞扑而至，飞奔而往，只有远处的山川才不会模糊。在现代交通工具里，人的思绪更加飘忽，外界的景物只会起到提醒作用，反倒想象易于展开。二十五年前，天津到北京的汽车要两个多小时。今天，从北京南到天津的高铁只需半个小时，比北京城内转换还要快，恐怕很难展开长篇的抒情诗，只能写四至八行的短诗了。在八九十年代的现代诗歌中，已经有诗人对"旅途"产生了深厚的兴趣，比如孙文波。[①]将对旅途景物的观察与想象漫散开去，就相当于对国家内部进行了考察报道。

《京津高速公路上的陈述与转述》[②]以京津高速公路上的旅行为线索，将文本与现实、个人与城市、记忆与未来、想象与经验融为一体，是一篇很好的"中距景观"的散点透视诗歌想象。如果说"近距景观"需要就近观察，焦点透视，细致拿捏，逼真描绘，要有很强的细节写真能力，而"远距景观"过分宏大，想象空间过分宽阔，只能以想象来填充细节，容易出现细节不真的问题，那么，"中距景观"适合于散点透视，流动风景配上流动思绪，正好介于写真与想象之间，它可以像放风筝一样，一

---

① 孙文波的《地图上的旅行》（1990）、《旅行纪事》（1991）、《在无名小镇》（1992）都带有这种"旅行"或过路人的视角。其近些年的"新山水诗"实质上是早期"旅行"诗的一种延续。
② 《偏移》上的版本后来在正式出版时略有修改，删去了一些"而"字，以及将"艳情"改为"渴望"，将"理想的破灭"改为"理想"，略去了"错过了前世姻缘"等短句，修正版变得更为流畅。

头系于"现实"的手上,另一头则迎着想象之风凌空而上,在蓝天翱翔,享受展翅而飞的乐趣。旅行提供了绝好的放飞"诗绪"的机会,可以由具体的时地、物象、人物衍发开去,由经验升腾到想象,由想象丰富经验和现实,在方寸之间展开万里之遥的想象,螺蛳壳里做道场,使经验增殖膨胀,使沉寂无语的热闹非凡(红杏枝头春意闹),使沉闷无趣的发生幽默感,全赖一心之妙用。旅行中的"中距景观"由于其流动性,而可能产生很多只有开端、只有产生而无结尾、没有终结的联想、比喻、由头,它们茂密地涌现,来不及完全呈现就倏然而逝,像车窗外一闪即逝的美丽脸孔,其命运有待读者的进一步联想、补充和发挥。我们可以把这些意象称为"未济意象"。未济意象越多,诗的内涵就越丰富,越回味无穷。

在那个时期,大家写诗喜欢用来历或明或暗、或有或无的"引语",仿佛在自己的声音之外增加了许多别人的声音,以增强社会感和历史感,以及间接经验(苦于想象有余而一手经验不足)。[1]这大概就是姜涛诗题中"转述"的来历。在诗中他转述"古典主义者"说:"心灵的全部功能/在于影射一次旅行",这是在提示不能只把旅行当旅行,要把旅行当隐喻,旅行者很可能只是一个词语,无论是"转折词",还是主词、宾词之类词语。[2]但反过来,旅行本身也可能并非某一次真实的旅行,而是对于经验的一种文本化虚构:"但当蹩脚的排比练习仍需补充某种激情/那么就让一个人 遇上一次短途旅行",在这里,现实、经验与文本发生了影射,构成了一种既平行又交叉的曲面几何的关系。

这次旅行就是文本知识和现实目击的交错,是词与物的碰撞、相认与替换,是想象与经验达到合适比例的产物。诗大体上按照从天津乘车、中间经过的站名(杨村)、到达北京为顺序,"我"在路途上作为一个看着外物不断流过的多思多联想的作者,在寻找词语和比喻,一面受景物的

---

[1] 比如,王家新1993年《纪念》就用了许多引语。这种风气的造成,也许跟本雅明希望尽用引语构成一书的写作理想有关。

[2] 在80年代诗歌中的"语言本体论"流行一时,韩东"诗到语言为止",维特根斯坦哲学多为诗人引用,"词语"一词逐渐上升到了本体化、人格化、主语化的地位。如王家新《词语》(1992),欧阳江河"当代诗的升华及其限度"中"圣词""反词"之类命名(1995)。

打扰（如在杨村遭遇风雷和下雨），一面对于文本（书本）与现实、旅行的意义、终点的意义等进行若断还续的思考，进行一种以身作则的感受式解构：

"未经阅读的历史　只是印字车间里的肺病和轻喘"
但当一些未被删节的正文送回民间
一个路不拾遗的农夫正把其中一段炫耀于唇上
他遗落的烟嘴也被一只燕子在乌云里反复叼取
此时　或许还有一位土地丈量员　感冒未愈
将手指竖成一架风速仪　试图向世界讲述什么
"——目击的名词：长途汽车
本义：奔波于两地间的交通工具　生产于旧时代的中国
引申义：目的论者的写作　语言与玫瑰间的指涉
从此地到彼地　不断延伸的状语补足语……"
而天边那玫瑰色张力是否构成了他身后
另一只藏匿已久的燕子　迟迟不肯开口的缘故

也许可以这样理解："汽车"本义只是一种交通工具，但在目的论的"家园"（故乡）写作中，带有了本体论的意义，这跟"词语"地位的抬升是一致的。"语言与玫瑰间的指涉"可能跟艾柯《玫瑰之名》（重庆出版社1987年就有中译）有关，"玫瑰"像"上帝"一词一样，成了一个无所不包的泛化词，指涉就出了问题。"张力"指文本中无法化解的矛盾对立。正文成了"野史"遗落在民间。姜涛在这里不是"过度诠释"，而是在"过度缠绕"，进行词语之间的过度编织，然后由农夫和丈量员来解释其作为正文的含义，消解本义与引申义之间的通常指涉。在我看来，跟我在《还乡人》一诗中从存在感受上解构"故乡""乡愁"异曲同工。不过要注意的是，姜涛这首诗明显有"炫技"和"竞技"的因素。

诗中仍旧偶有圣经的语式和词汇，比如"上帝""福音""施洗者""诺亚"，比如"置身其中的人有福了"，那只早期的"麻雀"也勇敢地不断地露出头来，"结结巴巴地为自己辩解"。"那只即将从写作中告退的燕子"呢？会"反复叮取"农夫抽完"正文"的"烟嘴"，而在"玫瑰色张力"中"另一只藏匿已久的燕子"，却"迟迟不肯开口"，看来"燕子"还有一个替补演员。这是姜涛的"小鸟进化史"。① 只是跟《厢白营》时期的同类词汇比较起来，虽然词还是同样的词，但是由于换了"玫瑰色张力"的背景，因此，所有早期庄重的词语都获得了一种不同的颜色和味道，那就是"反讽"的语调。我们知道，语调一变，"同词"就"异义"了。比如在戏谑和戏仿中，任何庄重的句子和词语都会获得完全不同的意味，而变得荒谬可笑。这也是暴君们热爱肃穆，害怕幽默的原因。

我觉得，《京津高速公路上的陈述与转述》是姜涛个人写作的一次跨栏，主要是系统地加入了反讽。至于异质生成的复杂性，其实在《厢白营》中已经有了，但《厢白营》仍旧还保持着海子抒情诗的严肃性，而《陈述与转述》却开始瓦解严肃性，虽然这种瓦解仍旧是在庄重地瓦解，而没有达到一种"不正经"。在旅行的最后，

> 两个小时的旅行像消化来到了直肠
> 雨中发亮的收费站　如同烤鸡吃剩的骨架
> "这集体的一颤来自底盘"　悬空的片刻也使巨幅广告
> 崩溃为另一种暗示："这里是北京　傍晚七时
> 多风多雨的灵薄狱时间"
> 从此地到彼地　似乎只有大海化身为一瓶墨水
> 怀念曾有的笔误　似乎只有一个孩子
> 在偌大的洪福中像羽毛那样轻轻感到了恶心

---

① 在2005年出版的诗集《鸟经》"后记"中，提到他早期在清华写诗熬夜，总是听到一只布谷鸟鸣叫，"久而久之，我当然也会一厢情愿地产生神秘的联想，认为在冥冥中也应有一只鸟在彻夜啼叫，呵护着我的写作和想象。作为一个恶果，麻雀、燕子等一类鸟的意象，在我的诗中一度也频频出现。"后因搬到别处就听不到鸟叫了。到了2003年，突然又在夜里听到了鸟叫，一时写出了《鸟经》这首短诗。他说："用文字豢养一只想象之鸟，让它能够从经验的混沌之中飞出，也未尝不是一种深意。"

这里对作为"旅行"终点的北京并无"回家"带来的快感和舒适感,反而如置身"灵薄狱"一样感到了轻轻的"恶心",而并非有本来应该有的"洪福"的感觉。看来1996年"小鸟"的羽毛在这里飞得并不畅快。

总起来说,跟孙文波等人的"旅行"诗相比,姜涛的这首诗容纳了更多的想象、文本间性和随意性。在孙文波等人那里,虽然"旅行诗"也处理流动的景物,但每节都有单独的主题,语言也是透明的工具,但在姜涛这里,"过度的想象"和"过度的文本间性"占了上风,造成了一种强烈的"夸饰"或"巴洛克风格",使诗变得耐读耐磨,具有多元指涉,像装饰着几千幅马赛克画的大穹顶教堂那样值得细看细想,有时会让人沉迷于细节而不能自拔,忘记了"归途",不知诗的"宗旨"为何。今天看来,或许诗中的内容无足重轻,但诗作为一个整体所传达的才华和那种"无中生有"的"热闹"才是最令人留恋的。就跟我们对于小时候一些热闹盛大的场面和氛围记得很清楚,但是忘了具体是为何事而起一样。

如果说《京津高速公路上的陈述与转述》是姜涛流动型的"中距景物"的代表作,那么1996年年底的《秋天日记》则是静态环顾型的"中距景观"代表作。这三首诗构成了姜涛"夸饰写作"的反讽代表,如果加上反讽尚不明显的《厢白营》,则构成了他修辞最繁复的四首诗。《秋天日记》这首组诗他从来没有出示过全稿,只是发表了其中九章。诗中的文学青年仍在与词语搏斗,与清华园秋天的生活、场景和疾病周旋,那里有身体像护照一样被递往海关的女同学、有被火车的震动打扰了经期的苹果,而更多的是辛苦熬夜、通宵达旦为寻找奇喻苦苦难眠的文青苦逼生涯。可惜盘缠羞涩,租过的院落或许已经被别人占了:

他辞退了鹦鹉,哄走了黄鹂
又将巴那斯派的夜莺
当作一笔外快寄回了老家
腾出的空间里还有谁会整夜抄写、踱步
或者将一段英文艰苦朗诵为一片鸟鸣

并且，对隔壁的白雪公主① 说："女士
你的身体是否是我查阅一个隐喻必需的索引"
正如量雨器的肚子伸向异乡
激情的阅读必须为深秋的脂肪所照亮
……

这里"量雨器"是个十分新鲜的比喻。在诗里对于海子式的意象"小麦"之类进行了调侃：

下一次你我的话题
还可以扯得更远些，譬如
如何在一只包袱里最终
抖落出一架钢琴
如何在小麦的丑闻中触及燕麦
午餐之后，你还是抽空想想
该如何搭救那只被上帝更正的蝴蝶

在一节诗里曲折地折射了现实，"长街渐渐松懈了挽歌的韵脚"，这是在回应"傍晚穿过广场"吗？

那昔日的站牌下
依旧站立着来京多日的青年鲁班
神色张皇地嗅着十月年迈的汗腺
（在陌生的首都该怎样筹划人生的下一步？）
或许他会步行到布满人群的广场
如一个异乡音节

---

① 隔壁的白雪公主：这个词令我想起 1995 年 6 月王雨之的诗《七个小矮人和白雪公主的对话录》这首奇诗。姜涛当时可能也读过这首诗。

>一下子溶入北方官话的苍茫暮色中
>他抬头想在天上寻找些安慰
>却看到黄昏的祖国正顺着一根绳子缓缓地溜了下来

这里最后一句是对黄昏降国旗仪式的比喻性描写，但未免不是含义极为丰富的隐喻。来自德国浪漫主义诗歌的"异乡人"经过"中国化"后成了外省"青年鲁班"，到伟大首都来规矩新的人生，融入是不易的（如异乡音节落入北方官话，无人能解），"天空给我安慰"，可是在落下的绳索前，不能如愿。

1997年姜涛从清华中文系硕士毕业，《毕业歌》当写于毕业前后。这是一篇校园走动四顾型的"中距景观"诗，毕业之际的众生相，集体与个体交织，既具象又抽象。与《秋天日记》较多关注文青个体内心生活不同，《毕业歌》从内在走向了外在，从一己走向了众己，在毕业的感伤与感动中慢慢摸到通往外部人生的桥梁。作为两大著名大学之一，清华以又红又专闻名于世，其校友会以团结高效著称，跟隔壁蓝校一盘散沙、各自为战的清流名士派头完全不同。在主人公笔下，答辩充满了喜剧色彩：

>"发言时间仅限二十分钟"，答辩主席清清嗓子
>宣布开始，你的独白便如一支分叉的树干
>伸展、盘曲、逐渐推出了结论：
>书生甲闻鸡起舞，为治愈梅毒而投笔从戎；
>书生乙披星戴月赶奔延安
>在中途却偶感一场小布尔乔亚的风寒。
>历史需要噱头，正如革命需要流线型发式
>旁听的女同窗粉颈低垂，若有所思
>她邻座的稻草人却早已呵欠连天
>文献综述时你又一次提及那只布谷鸟
>"多亏它的照应，这么多年
>才能既风花雪月又守身如玉，还要感谢

> 啤酒、月亮和半轮耳廓的电话亭"
> 当众人轻拍掌心以示首肯
> 唯有那只鼓吹过新思潮的笔
> 还在衣襟上汹涌向前、欲罢不能

在戏仿的致谢词里出现了不相干的物,麻雀、燕子变身成了布谷,数年后将成为"鸟经"之鸟。在诗中,体检、前女友近况、同学聚餐、长途电话、实习这些毕业季常见的场景,分别戏谑地出现在文字中。如果用传统的写法——比如,青春期文学——大抵离不了感伤抒情和前程豪情,类似于表态。可是,在姜涛笔下,都获得了一种热闹讽刺的颜色,充满戏剧性。在第5节中,戏仿了福音书中登山宝训中的语式:

> 那些能够上晚自习的人是有福的
> 在星球凉爽的窗口下准备下一周的力学考试
> "给你一个支点,能否将一条企鹅版的彩虹撑起"
> 而花前月下,那些合理的抚摸
> 已使一株椿树满面羞惭
> "你捏疼了我的乳!"几个小女生在树下
> 纷纷斥责着情郎张生或燕子李三
> "每当夜晚来临的时候……"
> 一场球赛正难分胜负,一段评书正讲播到关键
> 那些能坐在一架收音机前的人是有福的
> 为之捧腹、为之悔过
> 为之闭月羞花、为之一语双关
> 日影西斜,登高远眺
> 多少天线上粘着的耳朵被股票讯息吹凉
> 一片身着西装裤的大陆正意马心猿
> 你看!有福的还有那游泳池中资深的泳者
> ……

在第9节，戏仿式地出现了以前的亡灵和复活主题：

> 沿着淹死过诗人的校河散步
> 河水如一条皮带被看不见的抽水机一次次抽紧
> 你侧过身，让头发蓬乱，手上粘着墨水的死者先行
> "夕阳西下，落日熔金"
> 但丁也说："白昼到了尽头
> 大地上的牲口止息了一天的劳碌"
> 缺少的仍是一个阐释者
> 将这河水当作一篇废话转告给他人
> 当然，听与不听
> 是另一只耳朵和更多梧桐树叶的事
> 当它们渴望着星斗、名声和晚年
> 渴望在暴雨来临之际
> 一洗前愁，将来生的版本更换

最终，在第10节引语主人公毕了业，"我在雍和宫的腋下，毛茸茸的编辑部里/ 办公、喝茶、请打电话来叙叙旧情""我用玻璃、日历和不干胶布置好办公桌"，开始接触形形色色的同事，"生活会像脱臼的肩膀被重新接好，而后舒展自如"。

  就题材和主题来说，《毕业歌》写的都是千万人写过的，但是与众不同的是它的写法。我试想过，在当时，如果由有些名气的诗人来写《毕业歌》，他们会怎么写？恐怕很难像姜涛这样，写出一种热闹的想象力、一种戏仿与自我解嘲的生活态度。就语言来说，一般诗人将语言当透明的工具，力求精准有用，而不是富于弹性地枝蔓开去，无限延伸。在《偏移》群体中，热衷于在方寸之内做千步跳荡的，还有胡续冬和王雨之——只是前者侧重于词的衔接，后者侧重于谋篇布局。他们的诗用词语赋予了日常生活一种"热闹"、一种由奇观的联想带来的"烟火气"。坏处是语言分权过多，喧宾夺主，主旨迷失于修辞之中。对于阅读者来说，

或许应该调整传统的实用心态，而关注词语本身的"复调"，即词语历史痕迹本身唤出的曲径旁响，旁逸斜出，就好比欣赏巴洛克画作，耽溺于其繁复的纹路细节就足够，而不必直奔向统一的主旨。一旦将这些热烈喧嚷的细枝末节去掉，删繁就简，那么，这种热闹繁华闹哄哄的生气就没有了，就又回到了寂寞平实的日常生活。或许这也正是巴洛克写作的意义。正是这一点构成了《偏移》诸人此一阶段诗歌的特质，使其诗歌超越了上一辈的写作。具体到姜涛的诗，窃以为，其修辞虽然十分繁复，在自然度和幽默感上却超过欧阳江河（后者常有词语之间的"强扭"），在想象的丰富性和语言的弹跳性上超过了有"禁欲主义"色彩的孙文波。当然，由于这一代经历的事件不如前一代丰富曲折，在正趋成熟的市场经济中也无意于从对抗中获得诗意，因此，在题材的重大上显得不如上一代，而容易陷入消费时代日常生活的"庸常场景"之中，缺乏重大题材带来的紧张感和刺激感，而只具有智力和伦理上的冲击感。

  姜涛这种巴洛克式的修辞，在当时引来了一些批评，被认为是庄子《骈拇》中所说的"骈拇枝指""附赘悬疣"，诸多修辞虽出乎自然的联想，对于文本来说，却是冗余，是造作出来的奢侈品。其实，问题不在于修辞繁复与否，而在于修辞是否准确、生动、具有衍生能力，服务于通篇主旨。倘若通篇主旨本身不明（或主旨过分暧昧），或者修辞摆脱了主旨，自我繁衍，喧宾夺主，那么，修辞就拒绝了其角色和功能，而自成一套，把作者拉向了歧途，造成文本内部的拉扯撕裂。在当时，姜涛的反讽、讥刺的语调和语气，也招来一些批评，认为这有违真挚纯粹的诗歌传统。姜涛是个虚心的人（也就是说不固执，易妥协），在写作上逐渐调整，但并非回到早期阶段的抒情性，而是在容纳了反讽的基础上回到现实性。他削砍了修辞的繁枝茂叶，诗行忽显空疏清朗，但反讽的态度不仅修辞化，而且成了一种人生态度。这就发展到了我所认为的他诗歌写作的第三阶段。

  1998年1月，我忘了是姜涛还是冷霜通过个人关系在《北京文学》上组了一辑"学院六人诗选"，选了周瓒、我、姜涛、冷霜、穆青、胡续冬六人的诗，姜涛在其后写了一篇《偏移：一种实践的诗学》的小文章。

姜涛承认《偏移》诗群对年长一辈诗人"当代传统"的继承（"偏移"即偏离与超越），指出《偏移》诗群的自我批评意识：他们"从一开始便主动回避了那些言不及义的本体论探讨，而将目光聚焦于写作内部复杂微妙的构成性肌理的缓慢回放之中，通过将诸种可疑的诗歌本质论述悬置，从而腾出探讨具体写作实践的大片空场。……在某种意义上，真正具有凝聚力的不是什么同一的诗歌观念，而恰恰是一种态度：对写作技艺的忠诚和热忱"。在粗略总结了各个人的写作实践后，他说，"这种种变化说明了任何一种写作策略都没有被绝对化，他们的写作始终是阶段性的，每一时期的写作都力图刷新以往诗艺内存，构成对既定写作成规的接续和'偏移'"①。这里他没有把《偏移》的实践说成一种教条，没有"说死"，而是保留了进一步发展的可能性。从其后六人的诗歌发展来看，各人都有较大的变化。姜涛本人在上一年（1997）的《毕业歌》修辞学达到顶峰后，随着脱离学校进入"社会"——其实也是一个半学院的文化单位《中国文化报》编辑部——写作的素材、方式和态度也在悄悄地发生变化。

1997年毕业后，姜涛在《中国文化报》工作了两年，随后考到了北大中文系读博士。这两年是姜涛短暂的接触"社会"（还是个"半社会"，通过文字编访来接触"外部社会"）的日子，他的诗开始处理"生活"。这首先就是"机关报"的生活（《机关报》《访谈录》《编辑部的早春》），其次是业余的个人生活，比如"装修"（《装修与现实》《童话公寓》）和文娱生活及同学会之类（《歌剧见闻》《小的罗曼思》《与班主任的合作》），还有出差的旅途生活（《沪杭道上》）等等。有的诗比较写实，太贴近现实（近距景物），留余的空间不够，其惯用的修辞腾挪起来有些施展不开（可谓"只能离地两尺之高"），虽时有如花妙笔，但亦常见笨拙的窘态与想象之不必要。当然，里面有一些句子仍旧保持了往日的调侃和锐利："早听说一根老练的舌头可以由三岔口/ 伸向金水桥，舔尽体制/ 胯下浓密的树荫/ 可是……"《访谈录》写两个女记者（"小女生"）的采访过程，这本是"近距景物"，但作者仍旧用"中距景物"中的想象空间来展开想象，

---

① 姜涛，《偏移：一种实践的诗学》，《北京文学》1998年第1期，第102页。

而且展开的是密集的想象，这带来两个后果。一个是想象过多导致岔题，话题不断地岔开去，不如《机关报》直接；一个是用过多的修辞描绘一个简单的事实，弯弯绕却事倍功半，功夫花得不值得。当然，《访谈录》仍旧是写状态而不是写事件，而写状态总是能塞进更多的东西（包括想象和经验），写事件则要求更多的精确性和直接性。从普通读者的角度来说，与其写状态不如写事件，尤其细节动作，更能给他们留下深刻印象，达到作者的目的。在世纪之交有一场民间派和知识分子派的争论，涉及写法上的直接与间接。极端地看，单有直接性（如一些口语派），诗歌会沦为"信息"的简单传达，"言之无文，行之不远"，诗都算不上。而单有间接性，用繁复的修辞和词语却不能及物，不能切入现实，会变成"屠龙术"一类的东西，徒有"诗"的外貌而已。一言以蔽之，诗首先是语言艺术，而不是简单的信息传达。诗还是"以少胜多的语言艺术"，要以化学式、乘方式的语言折叠反应，来取代物理式、代数式的语言工具反应。这也是诗以各种修辞方法区别于其他文体的本质所在。

可能是认识到了高度修辞在"近距景观"描写上的笨拙，姜涛开始对写作手法做调整，逐渐克服以间接繁复修辞来对付直接题材的"事倍功半"，而改用轻快简省的快笔来描绘事相。写于1999年的《三姊妹》是这种转变的征兆。诗中"偏爱小说"的"三姐妹"，可说对称于海子的"四姐妹"，以及"姐姐，今夜我不关心人类，我只想你"里的"姐姐"。她们还偏爱格言，即使跟诗歌有关，也只会"佯装成散文的脸"。时代已由80年代的诗歌时代进入了世纪末的小说时代，诗歌女青年已经变成了女小说家棉棉和卫慧，物质和性成为女文青的"癖好"。"那些美好的女性"没有重新"走进了厨房或一段不必深究的文学史"，她们在国内书商和国外男读者的眼光里辗转，通过文字的脱衣舞获得了异乡的高尚生活。她们在"七十年代出生，八十年代当选校际之花／岁月忽忽，出落成美人已到了九十年代"，众所周知，90年代作为小说时代已经市场经济，而权力、金钱和时尚总是可以互为市场进行兑换。"从倒挂枝头的会议室到退休部长／荫凉的臂弯，三姊妹口衔钓钩／藏身有术，仿佛机关舌尖上／一个轻轻卷起的袖珍支部"。同龄的毛头小文青自然不在她们眼中，"而被三姊妹所排斥的人，正以鲨鱼的速度/ 绝望地扑向了自己深海中的办公桌"，小伙子，好好工作慢慢爬吧，妹妹在未来等你。

三、作为生活态度的反讽

作为一种修辞方法，反讽（irony）在 90 年代以来获得了热捧。反讽就是"说反话"，即老子所谓"正言若反"，或反话正说，字面意思跟真实意思恰好相反。反讽又分为词句反讽（verbal irony）、戏剧反讽（dramatic irony）和哲学反讽或苏格拉底反讽（Socratic irony）。就诗人而言，一般是经由词句反讽而达到戏剧反讽或生活情境反讽，长期的反讽写作常常导致反讽的生活态度。反讽常常跟"自嘲"类似，因此与意在攻击他人的"讽刺"或"嘲笑"不同。在后现代主义哲学家罗蒂那里，由于传统的本体论、认识论难以成立，当代哲学就变成了一种反讽的哲学，当代生活就是一种反讽的生活，这指的是我们一边生活，一边知道这生活是无意义的，可是我们还得好好地生活。这就类似于孔子的"知其不可而为之"。认认真真地说废话，勤勤恳恳地做豆腐渣工程，兢兢业业地成为"废材"，一边这样地生活，一边自我解嘲，跟自己和环境达成和解，当然最好也能有一点点改变。可以说，"反讽"是自我的分裂，只是程度较轻，它是一种"双音"，有两个我在对诘。这跟"单音"的、纯粹抒情诗的要么完全赞美现实、要么完全反抗现实的写作是不同的。它虽然"认命"，但还是有所"不服"，这使它始终分裂为两个"声音"，构成"张力"。反讽型的诗之所以值得回味，值得分析，微妙就在这里。从写作技法上说，"反讽"的"双音"是以同一个声音、同一个词语出现的，因此更加高超，就好像同一个歌手既唱男声又唱女声、同一个角色既换丑脸又换净脸一样，具有丰富性。"反讽"，本质上就是用"双重视野"来"观照"自己的生活，意识到其限度但仍旧生活。

2000 年前后，互联网在国内火起，文青们在网上发贴跟贴成为时尚。当时一些网站如"诗生活""新青年"一片火热，很多诗歌青年穿上各类各款马甲混身其中,诗歌呈现一片狂欢的气氛。那几年,老文青们也逐渐抛弃了"笔耕",而改成了在电脑上敲字。与他人的互动也适当地修正了诗歌的写法和趣味,《偏移》诗群在内部发生无序"偏移",外部的时尚也在发生"偏移",比如,诗坛偶像已由奥登繁复修辞的一代转向了拉金割除幻象的一代,直面灰色的现实,不做超现实的联想,对诗歌语言做减法不做加法。最终《偏移》在2001年出了第十期后,无疾而终。主要人员或在网络上找到了更好的发表渠道和成名捷径,或走向了沉默,各自的写作风格也因时而变,一些人发展了更适合网络即时反馈的波普风格。面对网络读者(而非《偏移》同仁),诗的语言不能再拗口曲折,平添难度,而须流畅可乐,逗人发笑。场景要戏剧化,性格要夸张化,思想要亚文化化,如此才可抓人眼球。与此同时作为一名大龄青年导师,人生中遇上了恋爱婚姻家庭问题,因此,到什么山头唱什么歌,遇什么事情写什么诗,一系列新题材进入了诗人的笔端。由于修辞的功底始终在,姜涛这一时期的诗仍旧保持了高水准。

在讨论诗歌时,我们应该把诗人本人、诗中主人公(面具、角色)、读者心目中的主人公分开来。这类似于佛教所说"法身、化身、报身"。诗人遭受过一些经验,但是他并不"现身说法",而是以"角色"(面具)来说话,以做区隔,真假参半,亦真亦假,保持一定的距离以制造想象空间。

《情人节》写光棍的情人节心思,《梦中婚礼》写准光棍的婚姻恐惧症,梦中唯一没有出场的只有黑洞似的新娘,其余大舅哥及其外国朋友、岳父岳母全都出场了。两首都有喜剧色彩,语言上既保持了方寸间的想象空间,又达到了准确制导,添油加醋都恰到好处,不像《访谈录》那样作料过多而实材较少。由于年龄的原因,这阶段对女性的关注颇多。除了《三姊妹》外,对新时代女性的描述尚有《灭火》等。《家庭计划》,对家庭男女地位、金钱、价值观的讨论。《生活秀》《另一个一生》主人公反思了自己的人生,讨论另外的可能。《伤逝》在新时代背景下重写了鲁迅同名小说,只是解构了小说中的真挚和社会原因,与旧时代不同的是,新时代女士能够找到工作独立生活,因此不存在"娜拉出走之后怎么办"

的问题，说到底谁也不依赖谁，经济上、感情上女士都能自有一套，因此，伤逝的原因并非经济而是外遇的疑心，最终分手导致的也并非伤逝，而是"暗自庆幸"，虽然还在履行短信表白仪式。这种心情是复杂的，体现了人性的复杂。鲁迅时代的人也不一定能明白。诗中，诗人戏仿了鲁迅和圣经的语式：

但深夜既广大，前景又无边
还有纠缠的汗液的曲线
蒸腾着反抗
男的看这是好的，也就认了
女的解释了原因

另一首《送别之诗》写了与《伤逝》相似的离别场景，只是更为现实化。当时社会上关于高校物质女被豪车接走的传言颇多，这首诗大概是讽刺和描绘这种现象。至于婚姻状态的诗，大抵可用《我的巴格达》来窥一豹。这首诗引起过一些讨论，有人把它当作姜涛这一时期的"代表作"。写诗时期正值美伊战争，美国轰炸巴格达。而在诗中主人公家里，另一场战争正在进行。这是大致的意义，其复杂性即体现在这两场战争的交织与互喻上。主要的争议在于诗中所说"我的巴格达"到底是指什么。是指电视新闻（轰炸巴格达）、女主人（恋人）、家居（房子）、小区，还是一种心情（类似轰炸巴格达的心情状态）？最后一节似乎透出了端倪："我的巴格达，就坐落在京郊/ 有两个晚上，我让电视/ 彻夜开着，好让卧室的尽头/ 更像是一个人的街垒"。有两个巴格达，一个在中东伊拉克，一个在京郊（五环北）。一个在打热仗遭受轰炸，一个似乎在打冷战（让你一个人打去好了，我不跟你玩儿了），总之都在战争状态。年长些的读者知道，婚姻中常会有这样的情况。这首诗好就好在，将个人生活跟一个宏大主题联结在一起，使两场战争发生平等对比和直接关联（电视里正播着巴格达轰炸），从而为小题材赋予了一个重大的背景，事件就凸显了出来。这就跟单纯孤立地写个人事件区别了开来，进入了有进深、有背景的宏大历史写作。这跟欧阳江河、西川写广场、巨兽是同样的道理，"总体"会自动地为小事件赋予意义，或为它提供阴影以显示深度。① 好的诗人都擅长利用背景。

在网络狂欢中，姜涛也写过几首"网络诗"，模仿网上教师答疑、交流的声音。这个教师已经完全放下了教师的架子，像拉金那样"从自己的生活写开去"，不仅平等于读者，简直还要低等于读者了，令读者产生"同谋犯"的窃喜感。姜涛新阶段诗歌的反讽态度在这样的诗里初步奠立。《诗生活》写"我""几乎在所有能找到的东西上写诗"，只是不知这些"蠢话和废话"最后都飞到哪儿去了。"只有野蛮女友敢于提问/ 抱怨我想诗的时候多想她的时候少/ 我只能从吃剩的鱼头上，暂时转移笔触/ 讲解不幸的七种含义/ 摸着她身上的锁骨和假山，聊胜于无"。《网上答疑》以网上诗歌教师给诗歌爱好者答疑的方式来进行，绘声绘色，惟妙惟肖，令人莞尔。诗中语言最好的地方在于其分寸感——体现了作者的修养——有幽默，有玩笑，但力道恰好，都做得不过分。"学在陌生人中/ 深一脚浅一脚地社交，直到现在学文学"，"在主义的胸怀里所有旧问题都是新的"、"你们不能认识我，但老师知道你们的心"。

在 2008 年应张桃洲之邀而写的一篇自我贬抑过甚的"检讨"里，姜涛谈到了自己这个阶段的阶段："学会了自我收缩，把握分寸，玩弄手段，半是伪装半是辛酸地把个人生活的失败，写成自嘲的诗篇。"他并提出："自己真实的心态，不是依恋远山，而是想发明远山，是想重构一种写作的方法。"② 那么，他是否能发明一个远山出来呢？③

---

① 关于历史进深可参我的文章《用典与新诗的历史纵深问题》，收入《小回答》（北京大学出版社，2014 年），第 200—216 页。姜涛这首诗的"用典"可以说是当时正发生的美伊战争。
② 姜涛：《辩护之外》，收入《巴枯宁的手》，第 34 页。
③ "远山"这个观念，由 2001 年的"远景"演化出来，姜涛在《现场与远景》一文中说："可能的出路，是试着继续为自己发明出一个适度的远景，从那里出发，思考现场中的作为。"收入《巴枯宁的手》，第 144 页。

四、其实,"洞"里的仙人很思凡

在晚近的诗集《洞中一日》(2017)里,姜涛把最近十几年的诗分为两个小辑,"好消息"(2007—2011)和"郊区作风"(2011—2017),我放在这里一并谈论。

2003年在北大任教后,姜涛在社会舞台上扮演了"学者"角色,但"诗人"这一"不安分"的"本色"似乎与学者"角色"(超我)处于磨合期。因为"学者"角色要求更多的妥协。2007年《一个做了讲师的下午》对"讲师"做了一番调侃:"我的变形要从鳞翅目开始,也不轻松",从"自由"的诗人脱胎换骨,变成一个符合课程大纲要求的人民讲师,是一个艰难的蜕变过程。"讲台像悬崖自动地落下",写字的白板是可以拉下来的,但像是在走钢丝,学生也不是那么好管的(北大学生可自由哟),对未名湖作了调侃("在那一泡像被尿出的但并不因此/ 而著名的湖上,也浮了更广大的坟")。这里"坟"是指司徒雷登的吗?在数年之后,面对奔波一天取回的一堆药丸,诗人似乎对"职业"和"志业"的合二为一有了领悟:"原来,终生志业只属于/ 劳动密集型",年轻时弃理从诗,纯粹出于热爱,像韦伯那样将之奉为"志业"(而非职业),还能附带着享受"业余诗人"(拉金)的快感和幸福指数,却不料"志业"变成了"职业",操劳过度得了"职业病",猛然发现遵循着跟程序员、农民工一样的"职业伦理",不过是现代职业教育流水线上合规合矩的一个螺丝钉罢了。"想清楚这一点/ 今夏,计划沿渤海慢跑/ 那里开发区无人,适合独自吐纳"(《病后联想》)。估计这也就是病后的一个"佛系计划",不会执着于执行,而只会落实于冥想。

在早期的《平原之歌》中,主人公"从山岗上望下去 一望无际的是平原/ 是隐在暗中的面庞","平原是劳碌 是一个人的少年和中年/ 他犯下的过失",从山岗上望下去,一览众山小,仿佛从仙界俯瞰红尘,但不幸自己就住在平原里。用王国维的话说就是,"偶开天眼觑红尘,可怜身是眼中人"。

中年生活就在山下的超级大城展开。随着北京最近三十年急遽的都市化,尤其二十年来房地产的超速扩张和坐大,权力、资产、知识组合变动不居,作为知识阶层中的一员,诗人作为一个想象力过度发达的(不安分)群体,普遍发生了类似于美国20世纪六七十年代被国家机器扩容纳入大学体制的进程,纷纷进入了高等院校和研究院所,成为文教职业大军中的一员,承担国族诗教传统再产生的任务,其想象力的枝叶可以随意蔓延,但必须在合规的框架内。实际上,诗人早已不是80年代的文化明星,外被商业大潮内被社科大潮挤在了干涸的沙堆上,成了一波被遗忘的贝壳,是无害而可作装饰品的一个文化产业。对于这种社会和文化处境,诗人们发展的语言策略之一就是反讽,但最后又能怎么样呢? 它变成了一种语言仪式,相当于诗人桑克常用的一个词:"嘟囔"①。

"做了讲师"的诗人一直苦闷于自己的"经验"不足,因此努力突破自我,捕捉"社会经验",哪怕新闻报道、道听途说也好。这表明中国诗人颇有"原罪"感。因为听多了他人的批评(学院里社会经验不够),而又觉得确有"为现实而写诗"的冲动和义务,因此,从大概《三姊妹》中的女文青开始,姜涛开始写社会现象,夹叙夹议夹想象,发展到后来就成了他所说的"杂事诗"。——这个词跟席亚兵的社会诗有点像。

"好消息"一辑中,姜涛把视角伸向了城市里的光影交错角落。在20世纪初,北京有几个地方色彩斑斓,像三里屯、亮马河、雅宝路一带。《教育诗》是一篇描写夜色中街边妓女的诗,形式带美感,比喻也宜人——穿着鹿纹的少女。不过,坐在车中的主人公除了隔着车窗用眼光问候了一下,并没有更多的举动,只是作为一个过路者谈了一点观感。妓女作为题材,在当代诗歌中不乏人写,如肖开愚、余旸、凌越,各有特色。(凌越《尘世之歌》里以第一人称"我"写过一个妓女凌晨回宿舍的心情)相比之下,姜涛这一首多用比喻,写得隐晦文雅,在冲击性上不如其他人亮眼。诗题"教育诗",看来有针对学生讲课之嫌,亦可能跟诗中描写的少女年龄偏幼("那些花苞和枝丫"),暗示着教育的失败或失效。

至于《包养之诗》,可能经从媒体相关的报道推衍而得,跟蒋浩由报道而写重庆官僚落入奸商女色陷阱相似(《烈女操》)。这个二奶可以说具

---

① 姜涛,《嘟囔的仪式——读桑克近作》,收入《巴枯宁的手》,第75—80页。

有典型性,她并未在社会上露面,对"蒙冤入狱"的六十岁恩公还抱有一番同情("让我泪水涟涟")。对于被包养的现实,女子父母也心照不宣地接受。我们身边不乏这样的现象,但写起来容易用力过猛,或者流于道德说教。姜涛却写得不温不火,不予点评,用语言透出微妙的讽刺式哀感,即使色情也写得隐晦,不着边际:

> 大家都是苦出身,他白手起家
> 不喜欢抚摩,只沉溺于实干
> ——而夜晚总是短暂

两个"苦出身"相识于"歌厅",女孩还是"自强"的,可能只是家境不好才出此下策,因此,在获取二十万元的报酬后,还是"考取了本地走读的师范学院",走上了独立的"本色"人生路。姜涛讲故事讲得很有分寸感,虽然绘声绘色却又不动声色。相比之下,我觉得蒋浩就显得"用力过猛,操之过急"了。

《夜会》写了一个处长深夜里开车去机场接"心上人"(情人?),业已疲惫不堪的他不知接下来如何干:"但高速路的尽头/ 就停着她的箱子:巨大的// 带着铁链的、像刚从地狱里拖出的/ 那致命的体力活儿/ 又该怎样无拘无束地开始呢?"

《重逢》写的是晚上偶看电视,看到两个友人成了成功人士,在电视上讲述起"我"也熟悉的作为校友共有的学生时代,可是,我成了一个"废柴","坐在一眼/ 焦黑的井里,连晚饭/ 还没吃上一口,还有大笔的/ 房租要缴,根本不想等待一个时机/ 悄悄爬出来"。"我的眼里,也当真/ 布满黏稠的泥浆/ 因为在井底,我抽烟、喝茶、打字/ 甚至挖出过一具吉他的遗骸/ 但从没想起过他们/ 一次也没有"。在一切都急速变化的当代,同人不同命,看来,坐在井底的"我"是不会参加"同学会"的了,正如如今许多的"同学会"没办法办起来或维持下去一样。同样,与流亡天涯者对比命运升降的《晚间述怀》,以主人公"骆驼祥子"般的文抄公命运自嘲作结。这可算是对二十年间中国巨大社会变迁的一个微观反映。

作为一名杰出的青年学者,姜涛开始参与国际学术会议,相关的诗也出现了。2009—2010 年,姜涛在日本访学,据所见闻与所思索,写了一批与日本与关的诗,这些都可算入"杂事诗"。就题材来说,跟个人感悟有关,就形式来看,仍旧浸入了姜涛特具的方寸想象力。

> 男主人说得不错:"道家肚子里
> 始终有一个打盹的儒家"
> 他翻译的杜甫就是一个儒家
> 他的翻译即使有错
> 也是这里最好的
> 那些密集的注释里
> 能见到这家人闪动的炉火
>
> (《幸亏》)

> 不远处,夕阳正收拢于百货公司的尖端
> 一派跳楼的好风光!
> 毗邻醉汉卧倒的小公园
>
> 就是内脏张开的先锋剧院。
> 今天,几个耄耋老者在舞台上
> 轮番跌倒,以表现内心挣扎
>
> (《池袋》)

最近的一辑"郊外作风"贴近于日常生活。在一个访谈录中,姜涛说到,一些意象如"青山"写时并"没有想去搅拌历史,其实只是即目所见"。他说:"我生活的区域在北京西北部,春秋两季,只要天气稍好,抬头就能看见远处的一抹山。我如今住得更高了,住在 21 层,北京城的最北边,窗外又无任何建筑遮拦,大晴天,一眼可以看进昌平县,不仅能看到环抱北京的远山,甚至能看见山间一段闪耀的公路。久而久之,在一两首短诗构成的私生活戏剧中，这些山反而像窗外的听众了。"① 这个小区"不远处"是"金隅花园"（《夜行的事物》）。它在"五环以外，有点像溃乱的欧洲/ 黑魃魃的一片片/ 都是古堡、小镇、要塞"（《夜行的事物》），那时那片区域尚未成熟，小区名称也多用"堡""镇"之类，由此推测，《我的巴格达》中"我的巴格达"很可能就是指诗人所住小区这一片。

　　在这片京北逐渐发展起来的居民区（姑且称之为特色中产层），日子"熬着也是盼着/ 周末得空：上山吸氧，采摘熟烂瓜果/ 深夜不睡：写写打油诗维权/ 即使不能如愿，北边窗户下/ 那些开往包头的火车还是甜蜜的// 甚至空了所有车厢，一整夜地/ 蹂躏着铁轨——惹得枕边人/ 也惆怅，忙不迭在被窝里/ 为秀气的身子，插一朵红花。"在特色中产层生活中，《家庭套装》是一代套一代的，《草地上》的幼儿是命运又一番轮回的产物，毗邻的"城里"购物城各店又在经过轮番淘汰和新生（《预兆》）。

　　《洞中一日》是《装修与现实》之后又一首写装修的诗，不过这次是实写了一次装修，而不是作为"元诗"的"装修"②。主人公将高楼房间视为"山洞"，对于毛坯房来说确实形象，即使精装修也同样贴切。从高楼层的洞穴里望出去，城市（尘世）尽在脚下，可享受从天上（或山岗上）俯瞰芸芸众生的仙人感觉，还可以想象其间有"蜘蛛侠"从此处的北京高楼伸着毛手毛脚、轻手轻脚弹跳到昌平拯救地球呢！可是，跟"洞中方一日，世上已千年"不同了，现在是"世上未革命，洞中已大变"，装修进行中，烦恼止不住，天要下雨，人还不归，尘世的手机信号时刻干扰着大脑和裤兜，产生来电的幻听。可见"仙洞"与"尘世"如今角色已颠倒模糊，"天上"和"人间"已联动成一片，"天生一个仙人洞，无限风光在险峰"，视野极其开阔，景色带有美洲风情，但从尘世来看，仙人也真心在缠！这可视为对传统"仙人诗"（游仙诗）的一个解构。

　　作为学者在社会中，必须学会跟社会玩，相互照应。于是产生了会

---

① 姜涛：《窗外的群山反倒像是观众——2012年春接受木朵访谈》，收入《洞中一日》，广西人民出版社，2017年，第240页。

② 姜涛较早注意到在陈东东诗中出现的"装修"这个词的时代含义，参见《一首诗又究竟在哪——"全装修"时代的"元诗"意识》，收入《巴枯宁的手》，第42—61页。

议诗、旅游诗和应酬诗。其中,《在酿造车间——参观镇江恒顺香醋厂》大概是会议后参观香醋厂所作。笔者偶尔也参加过这类活动(如参观过泸州老窖山洞),知道这类带有命题性质的诗其实难写,而姜涛居然也能写得诙谐幽默,限制之中显身手,将所见所闻、当地典故与现场写真熔于一炉,令我佩服。它不像欧阳江河的《玻璃工厂》那样抽象超越,而是接地气,趋于奥登晚期琐细中显幽默的风格。"紧接着,谷物被要求翻身/集体脱去硬壳,黑暗中/ 彼此揉摸、碾压/ 亿万种斗争,在分子链上/ 滴出了汗与甜// 这情形,比得上一首/ 花枝乱颤的白话诗","照明设备已撤走/ 现场终于裸露出它的纵深/ 剩下两三蜡人,共度时艰/ 只是造像技艺求真过度/ 一线的明星脸/ 也有了三线气质的骨肉匀停","看主人殷勤,推销自家产品/ 有妙方:一张张免冠照// 贴在了香醋瓶子上。/ 日光之下,十诗人的照片/ 仿佛十个出来放风的魔鬼/(瓶子的漂流已千年)/ 里面刮过风、淋过雨// 他们鬓角发白,衣着入时/ 看来,已纷纷过上了好生活/ 难得这音容笑貌,定格于三月/ 仅剩的上半身,勉强排成一行/ "倘若再过一个千年// 天空再次打开如瓶塞" / 面对那个水淋淋的读者/ 该如何讲述现时代/ 一行人站在外面,表情愁苦/ 设想了这一刻"。《茅山二章》也类似。"画框里,你像新郎一样秀气/ 你像薛蟠一样懵懂","年轻的馆长微胖、有视野/ 总是一路小跑着/ 几年下来,他跑出了一大片馆舍/ 扩大中的编制/ 或许已接近一个排"。使平常的生活(包括旅游、会议、聚会)产生热闹与"诗意"(不是那种类似"朗诵腔"的"诗意"),产生后现代装置艺术、"波普"艺术的让平凡生活本身闪现诗的本义,或许就是姜涛晚近写这些"杂事诗",写他认为与生活、与小区、社区有"亲和感"的"轻诗"的立意。① 这跟高度现代主义的抽离日常生活、将精英与凡众对立,拔

---

① 轻诗之轻 "或许与一种社区生活的经验相关,在社区之中,诗人和读者分享实有性的亲密,不盲目追求抽象的匿名性,因而也能不悖常识,轻松且正面地交谈。我常年生活在北京五环外,风沙扑面、遍地狼藉,早有了'扎根'的打算,在封闭居室和城郊现实之间,也刚好有一片自营的经验区域"(《洞中一日》后记,该书第 243 页)。在早几年的诗集《好消息》(台湾秀威,2013 年)的"跋"里,姜涛也表示厌倦大陆"对抗/ 疏离"性的写作(诗人之为"天才""旁观讥诮者"),而更喜欢台湾"在私人园地里独立怒放又能愉悦社区的传统"。

高"无限的一小撮",藐视普遍读者的态度是不同的。实际上,近十年的作品是写日常生活,写事件与见闻,只不过跟传统的写法相比,作者更多想象的跳跃和补充,读者细看也基本都能明白所指,这是在"所指"方面。独特之处在于加入了讽刺、反讽、幽默元素,使庸常的生活既得以忍受又心有不甘,不乏苦中作乐、闷中见趣的热闹和喜感,这是《偏移》高度修辞留下来的利息。在语言上,更加流畅自然,即使有"但"字,也如排比句一般顺流推舟,如暗礁一般潜伏,不会让人觉得突兀。即使用了叙述的笔调,也仍旧带有早期的抒情性,这可视为一种自然的演变。

五、"奥伏赫变"的辩证法

1998年,姜涛写过一首诗名为"奥伏赫变",即德国辩证法三段论里面的"扬弃"(aufheben)。他写的是过去学校操场上"那些美好的女性"如何被扬弃到了"厨房"和"一段不必深究的文学史",这里不妨借来说说他自己诗歌的辩证发展。简单地说,可以方便地将姜涛二十余年的写作史套到"正—反—合"的辩证法套子里,让人易于记住他的运行轨迹。起步阶段是站在高天,俯瞰人世,关心人类;第二阶段是天使下凡,变成肉身,遭遇现实,与人间发生摩擦,发生怀疑,产生反讽;第三阶段是搬到高楼高层,虽居仙人洞,却操凡人心,终于和光同尘,手执悖论笔,与人为乐,与社区共情。

还在2008年时,在《辩护之外》这篇自我谦抑的写作"检讨"中,姜涛将自己的写作分为三个时期。到了现在,又多了十余年,我觉得可以粗略划为四阶段。(1)"最初写诗的几年,周遭80年代的余风还在,因而像所有人一样狂热,满足于小圈子内对诗歌力量的原始崇拜。"[①] 我将这一时期称为"抒情诗时期"。其特征是意象和意识深受海子影响,具宗教感,有很强的抒情性,语言行云流水,自然顺畅。代表作是风格开

---

① 姜涛:《辩护之外》,收入《巴枯宁的手》,第33页。

始发生转变时的《厢白营》。我还喜欢《平原之歌》《黎明之歌》《一个孩子》《黄色基督》。(2)"其后的几年,开始意识到自己的天性,原本与狂热、单纯的气息不合,于是开始尝试摆脱,正好90年代诗歌的风尚开始建立,吻合于我对智力、想象力的双份贪婪,于是气喘吁吁地、粗枝大叶地写了一些体积庞大的诗,也挥霍了被积压的语言能量。"① 我将这第二个时期称为"偏移时期"。其特点是修辞密度强化,句式仍旧保持流畅但是词语内卷,从抒情转入叙述、议论和抒情的综合,力图将现实、经验和想象都压缩在文本中,导致一种修辞的复杂性。代表作为《京津高速公路上的陈述与转述》《秋天日记》《毕业歌》。在总体的主旨不明中有很多原生性和未济可再济的隐喻,此为姜涛最有创造力的一个阶段。(3)第三个时期我称为"面具时期",就是《鸟经》前后,大概在2000—2006年。其特点是删繁就简,精确性加强,反讽由修辞手段上升为生活态度,针对社会现象和生活困境发言,可以《三姊妹》《伤逝》《鸟经》《我的巴格达》为代表。(4)晚近十年的作品,大致构成第四阶段,可称为"杂事诗"阶段,目前尚在进行中。这一阶段的特征,是以想象的跳跃来叙述经验,以抒情的笔法来从事描绘,以平易的反讽来观察生活,从一己之我走向社区和社会,而前几个阶段的抒情性、语言的分寸感、修辞的跳跃和压缩,都得以保留,经验、想象和现实达到了一种新的平衡。我认为其中《包养之诗》《我们共同的美好生活》《洞中一日》《在酿造车间》堪称代表。以上所谓"代表作"只是我个人的感觉,但相信熟悉姜涛诗的读者多少也会跟我有同感。

如果要找到姜涛与众不同的、一以贯之的诗歌特点,我认为就在于他善于在经验的方寸之间腾挪翻转,打开一个想象的空间,使经验比它表面看上去要有趣、热闹、丰富、曲折得多,这正是"诗歌"与"想象"挂钩,而"想象"给经验带来出其不意的礼物,并且改变、增进我们的日常生活的地方,类似于想象在经验中的"内卷化"或单元密植。因此,本文才会命名为"在经验的方寸之间腾挪想象力"。这和那些只提供"惊奇

---

① 姜涛:《辩护之外》,收入《巴枯宁的手》,第33页。

经验"信息的直白口语诗是不同的。整体来说,姜涛的诗歌技法和语言都很有分寸感,拿捏得当,为善无近名,为恶无近刑,用笔如庖丁解牛,在词语的空隙处无滞无碍,流转自如。

在《辩护之外》一文里,姜涛谈到了《偏移》时期的诸多局限,比如句式的扭捏与不清晰、拘谨与不从容、价值的取消与自我的不明、貌似的贴切与现实生活不关联,而且,"反对俗套的写作,也无可奈何地变成了俗套,挑战当代文化的诗歌,到头来却恰恰体现了当代文化的局限"[①]。从今天来看,他所说的这些局限固然有遗憾,但是应该看到,高度修辞仍然是奠定了其写作特色的核心秘密,正是它使他区别于诸多未经训练或训练不够的诗人。想象力是艺术也是诗歌的本质,是当年布莱克在面对科学主义、理性主义时竭力要保住的东西,是东西方诗歌传统一直要保住的东西(在"赋比兴"中,"比""兴"都跟想象力相关),可以说,没有想象力就没有诗歌。至于在诗歌中想象力和经验、和现实达成怎样的比例,是另一回事。修辞正是想象力的集中体现。

最后还要说一下语言。姜涛来自天津,学习海子的诗,使他的"诗"更接近于"歌",即使是在叙述时也是如此。若加上幽默和反讽的语调,以及运用"雅语"(如《毕业歌》中以"乳"代"奶")达到特殊效果,有时就会带上天津相声的特点。如果说高度修辞期的诗好比马三立的专题相声,那么晚近的杂事诗就好比郭德纲的拉杂相声。就用语风格来说,姜涛可以说自成一格。

去年新诗一百年,诗人和评论家谈论了很多,有的说为什么百年了人们仍旧习惯叫"新诗",是因为"新诗"要做到内容和形式都新。其实,在我看来,这是混淆了两个概念。新诗诞生于新文化运动,正是陈独秀、胡适、鲁迅等人呼唤"新人"的时候,"新诗"要用"白话"来表达"新声",塑造"新人",替代"旧人"及表达旧价值的"古文"(文言文)。这是两个任务正好混在一起了,即弘扬"新思想"(内容),跟用"白话文"(形式)来写作。而从现代史来看,并不乏用文言文来表达新思想、用白

[①] 姜涛:《辩护之外》,收入《巴枯宁的手》,第34—35、36页。

话文表达旧价值的,可见"新思想"和"白话文"是两回事。比如,何其芳《预言》很多诗是陈腐的,而聂绀弩旧体诗词却表达了新思想。从今天反观,"新诗"的本质只是"白话诗",它要提供、发掘、发现和发明的正是"白话"的味道,也就是"母语"或"口语"的味道。在新诗历史上,郭沫若、汪静之、戴望舒都提供了"白话"的味道,尤其戴望舒,这是文言文不可能有的一种味道。"白话"其实就是口语。由于中国每个人出生时都有母语(方言),因此,白话诗首先是"母语诗"或"方言诗",只是出于交流的需要,才逐渐变成北方话基础上的"国语"或"普通话"写作,但是方言(尤其南方方言)的灵活生猛贴切,仍旧是"普通话"的一个活的来源。姜涛作为天津的北方人,自然以"普通话"写诗,接近于当代的书面语,但他亦意识到各个词语、语言的不同,因此,能在诗中灵活地切换语言频道,达到需要的语言效果。

　　至于姜涛在近年来一直耿耿于怀的"价值观",我相信他没有办法解决,因为这是一个时代的、全球的哲学问题。旧的宗教、礼教文化显然已经不起理性和存在论的反省和体知,我们只能接受一种世俗化的人文主义、人道主义的新价值,并为之努力。在这个过程中,对于任何造神造圣贤造英雄、神化、神话运动,尤其诗人容易陷入的"想象""虚构",保持一种清醒的理性态度,甚至"反讽"态度仍旧是必要的。反讽不是一种外在的革命,而是一种内心的革命,一种消极的"佛系化",跟狂热保持了适当的距离,在维护和保留传统习俗和秩序的同时又有所不满,意味着它还希望有微小的进步。它接近于孔子的"敬而远之",同时"知其不可而为之",它是一种寓高明于中庸的实践理性。在这个意义上,孔子跟罗蒂是相通的。诗人作为有"双重视野"者——既能看到现实世界,又能看到想象世界——只能在接受现实世界的基础上,以想象世界来关照和提升现实世界。

　　每个诗人所能提供的趣味都是有限的,能贡献的也都是有限的,有时,一个诗人的优点正好是其缺点,但只要有特点,为诗歌贡献了一些独到的东西,就值得引起我们的注意和探讨,看有什么是值得我们学习的。在二十年前的诗坛争论中,社会学的"揭批"和政治学的"比烂"丝毫无助于诗歌的进展，经过那番教训，人们认识到，就诗歌而言，在评价一个诗人时，应该将他放到时代的诗歌坐标中去，看他在哪方面有独到之处和贡献。在我看来，姜涛的诗歌虽然也有这样那样的局限，但是确实他在修辞、语言、想象力与经验的协调上有独到之处，值得将来的写诗者借鉴和观摩，如此方能发明自我，创造自我，而不至于陷入简单的信息写作或空转的修辞练习，从而提高自己的写作起点。

2020 年 1 月

栖隐幽灵的"灵视"
——论宋琳的诗和诗学

黄家光

一、"六朝或晚唐的拓片"?

让我们从朱朱《自许的漫游》最后悬而未决的困惑出发,开始我们对宋琳的讨论:

> 在传统与现实如此巨大的语境落差里,我们并无可能了无痕迹地化成古人,并且,将自我视为六朝或晚唐的拓片,含有将诗歌外化为一种风度排演的危险,会导致写作过于便利地将私人生活意义化,而这种意义化的运动限定在了程式化的古典秋千架上,事实上,纵然不立危墙之下,意识形态仍然如一面看不见的墙将我们圈入其间,即使在大理的逍遥氛围和社区生活里也同样会存在着福柯式的微观政治,我们的空间其实就是策兰言及的"无地"。①

---

① 朱朱:《自许的漫游》,江苏文艺出版社微信公众号,2017年4月14日。张闳在《丽娃河畔的纳喀索斯——宋琳诗歌的抒情品质及其焦虑[《江汉大学学报(人文科学版)》2008年第6期]最后表达了类似的"焦虑",即宋琳诗歌中的"水墨"中国与现实中国的错位,是"一个深刻的浪漫主义黄昏图景"。

这可说是具有化古倾向的诗人之共同的困境，化古与古化几在一线之间。此种逍遥即拯救的思路，是否太过"轻浮"，成了文人自我欺骗的"幻觉"，有意无意间遮蔽了现实世界中隐蔽的权力和危险？

按照朱朱的看法，宋琳经历了"从他受囚期间那种'我不入地狱，谁入地狱'的英雄主义，到他想要成为'小写的人'和'内在的人'，从哈姆雷特式的复仇者到世界的漫游者，从拯救到逍遥"的转变。这一说法，也得到了宋琳自己侧面的认可，他认为中国诗人身份认同经历了"从'未被认可的立法者'（雪莱）、'化名微服的王子'（波德莱尔）到'语词造成的人'（史蒂文斯）的变迁"①。这一过程既可视为诗人自我认识的变化（纯诗的发展和诗歌语言的实验），也可视为诗人面对八九十年代之交，社会政治变迁的"自保之举"。诗人的"法"无法阻止政治车辇，同样也无法阻止"非诗"的经济坦克，于是诗人们或远避异国，或下海为商，或被体制化，等等。如何继续做一个诗人？诗人们需要转变自我定位，当外向之路被阻断时，向内转似乎是必然的，不论这个"内在的人"是日常的欲望主体，还是超凡的语言主体。② 具体而言，80年代文化想象中作为"立法者"（某种意义上是外在于社会的）的诗人形象③在90年代已无法维持：一方面，诗人们不仅在现实层面，而且在象征层面也被彻底卷入历史大潮之中，很难想象外在于社会的诗人形象，诗人们或以知识分子式的姿态主动"介入"现实，或被体制化，或者是浸入日常生活，总之，不再是现实之上的超越主体了；另一方面，诗人似乎不再相信诗歌具有真正直接的社会效力，这一点在相信语言本体论的诗人身上尤甚，诗似乎只留下"语言狂欢"的意义。④ 在这一语境中来理解宋琳诗歌的向内转，似乎

---

① 宋琳：《俄尔甫斯回头》，北京大学出版社，2014年，第1页。
② 有趣的是，20世纪末大专院校的扩招，不仅扩大了学生的数量，也扩大了教师的队伍，在这样的背景下，诸多远避异国的诗人，后来又回到国内任职，如多多、张枣等，宋琳回国之后，也曾在高校任教；另一批下海经商的诗人，后来都成了文化商人（我们会想到和宋琳同为"城市诗派"的张小波），这似乎是政治-经济双重变奏中诗人何为的一个文化隐喻。
③ 朦胧诗人以超越的姿态为社会、历史立法，第三代诗人多以纯诗的"语言"为艺术世界立法。
④ 语言狂欢更像是"纯诗"理念的世俗化，而非超越。纯诗的形而上学追求和语言狂欢对语言愉悦的追求，貌合神离。

更富有意味。在晚近的诗作中，面对政治—经济的双重变奏，宋琳"内在的人"呈现出"栖隐"①之姿，其时事之维与隐逸之维在现实感与语言愉悦之间保持张力与平衡。

二、隐逸与漂泊之间

隐逸在中国有一个漫长的传统，它不仅是指隐退到某个边远之地，如大理，更是"隐于诗"。此处之诗，更应该理解为经过诗的方式重构的传统文化，在某种意义上这也是对世界的修复。② 就宋琳而言，这方面的努力，尤为表现在《读〈水经注〉》《雪夜访戴》《观李嵩〈骷髅幻戏图〉》《栖隐篇》《脉水歌——重读〈水经注〉》③等一批与古代文本对话的诗作中。但在宋琳那里隐逸似乎并不就是逍遥：

> 闲居理气的隐逸生活与四处游走的漂泊是两种状态，如果属于个人的选择就不存在矛盾，但从古至今，诗人过上这两种生活往往都由于不得已。"无道则隐"多少透露出了个中消息。④

---

① 我之所以选择"栖隐"而不是"隐逸"。理由有二，首先，宋琳曾作《栖隐篇》，内中透露栖隐之逻辑与困境，意涵比一般理解的隐逸更丰厚。其次，"栖"为动词，我想强调"隐"中行动的一面，而不仅是稳定的状态，这里的行动既表现为漫游，也表现为"介入"。在最新的诗集《宋琳诗选》（太白文艺出版社，2019年）中，最后一辑被命名为"隐逸诗与时事诗（2015—2018）"，笔者以为这可以概括宋琳去国之后诗歌的主体风格。

② 近代以来，整个历史的变迁不仅是器物和制度层面的，也是整个世界图景的变迁。传统上具有意义的完整世界图景，在不断"进化"和"革命"中，日趋破碎和去价值化，因而日益走向虚无主义，物质主义和犬儒主义就是虚无主义的典型表现。

③ 这方面更为值得期待的是其尚在创作中的长诗《〈山海经〉传》，下文引述的《迎神曲》即其序诗。本文中所引诗歌出自《告诉云彩——宋琳诗选》（秀威资讯科技股份有限公司，2015年）、《脉水歌》（香港中文大学出版社，2015年）、《雪夜访戴——宋琳诗选》（作家出版社，2015年）、《口信》（江苏文艺出版社，2016年）、《宋琳诗选》（太白文艺出版社，2019年），以下只标注诗题。

④ 宋琳、王博：《宋琳访谈：诗人是语言财富的守护者》，中国诗歌网，2015年7月15日。http://www.zgshige.com/c/2015-07-15/546515.shtml。

在宋琳看来，诗人之漂泊或隐逸或多或少是迫不得已的，所谓"无道则隐"，可视为对上文所言之时代变迁的体认，就事实而言，往往隐逸内含着时事作为其缘起与动机。但更重要的是，宋琳虽然经历了从漂泊到隐逸的历程，但这并未使得"漂泊"完全从其生活中隐退。如《脉水歌——重读〈水经注〉》所示，归国之后，他并未彻底"隐逸"，而是依旧客游在故国大地上和历史中，"骑驴，饮风，偃蹇而进/ 易水而弱水，塞北又江南"。漂泊和隐逸似乎是一体两面、相互界定的，故名之曰"栖隐"。在整个现代化进程（政治和经济的双重变奏）中，古之中国多已无存，不管在现实景观上，还是在文脉上。对此，去国十数年复又归国的宋琳深有体触：

> 一个人因为失去名字
> 发现自己原本是另一个人
> 他躺着，躺在那远去的、烟囱喷出的
> 声音上面，冻得倦成一团
> ……
> 不管在何处
> 我仅是一浪人而已
> 恍惚之城，但愿现在能够说
> 我回来了。往昔的恋情隐入
> 星光的枝叶，我需要更多的黑暗
> 好让双眼适应变化。
>
> （《外滩之吻》）

当1998年重回上海之时（虽然那时候他还未选择回国久居），我非故我，城非旧城，这巨大的断裂之感，恐不亚于诗人从乡下初入上海时的感触，本来带有浪漫气息的漫游有了一丝漂泊的悲凉。初入上海使宋琳走向了略带乡愁的"城市诗"，此番他则走向了化古的"栖隐"。为了应付世界"断裂"带来的眩晕，他需要一种"黑暗"，即埋在记忆深处或古籍暗处的图景,"梦游"故国,是对逝去的文化中国版图的重勘,也是重建。世纪末的隐忧,似乎在新世纪得到了消解,在《栖隐篇》中,"漂泊"和"隐逸"两种生存形态似乎呈现为一种进展,"终其一生不入城市"的炼丹士没入"隐逸风景"后,宋琳如是回忆曾经的漂泊之痛:

一如遥远磨着行人日增的寂寞
一次次,失败的珠串无声地崩裂
偃月窥看他内热的脏腑
却不把他的疯狂递送

如斯"寂寞",仿佛一代诗人的"精神历练"(比如诗人张枣尝试过自杀)。而这样一种"寂寞",却似乎随着一个时代的终结而消散了,诗人似乎可以"定居""辰极"了:

一个激烈的时代过去了
仗剑的少年游依稀远在辰极
比参须更长的眉毛垂下
绕着那炉子,向灶里添柴

按照朱朱的理解,这表明已经"隐逸"大理的诗人,"透着得道成仙的气息。……处在栖隐地,俨然处在漫游世界之后的极点……大理变成了一座古建筑谱系里的'台',变成了天人交接之处,他以被酒精和罂粟致幻过的目光、呼唤着各路神仙来此一游。"[①] 可以说,"诗人"已经"没有流浪的必要"(《接近:两只土拨鼠》),即流浪(漂泊)某种程度上已经被"栖隐"(隐逸)所超越和克服,但却可能带来前述古典主义诗学的困境。虽然朱朱首肯此番从"大历史"退回到诗意的"日常生活",并试图调和"诗与生活的古老敌意"的努力,但如何抵抗一种诗意的堕落,即

---

① 朱朱:《自许的漫游》。

"将自我视为六朝或晚唐的拓片,含有将诗歌外化为一种风度排演的危险,会导致写作过于便利地将私人生活意义化,而这种意义化的运动限定在了程式化的古典秋千架上"①。这正是本文试图通过对宋琳诗及诗学的分析所解决的问题。

在《栖隐篇》中,"栖隐"之境的隐逸气质是否意指了一个"永恒"的审美状态,那个"比参须更长的眉毛垂下/绕着那炉子,向灶里添柴"的诗人,是否已经自闭于狭小的语言小木屋中,自绝于现实,只像笛卡尔般"沉思"?《雪夜访戴》一诗提示我们,就算已经"隐逸"之人,漫游的念头仍然像"夜里突降的雪",随时将他诱入一场也许是徒劳的漫游,"我并没有什么好消息带来给你// 算了吧,我这就掉棹返回了"。《栖隐篇》的状态更是一种暂居,而《脉水人》中面对"扭曲的时代","我只想做一个脉水人",在"漫长的行旅中",试图用诗对禹贡山水"在精心绘制的地图上规划",才是经久的事业。隐逸和漂泊更戏剧化的对立,在他的新诗集《宋琳诗选》最后一辑"隐逸诗与时事诗(2015—2018)"的命名中被呈现出来,开头两首《寻隐者不遇》和《蓝花楹之蓝》分别为隐逸诗和时事诗,这一安排显然是刻意为之。在前者中,与其所改写的原型不同,马帮、煮盐人等劳动者被置于"风景"中,而且在诗的最后隐藏着绝对的、偶然的暴力,撕裂着隐逸的静谧:

> 一株制造闪电的楸树投下足够的阴凉
> 瓜瓢搁在水槽边,斧头的柄
> 翘起在一堆木柴上方,坚硬,油亮
> 没人知道它曾经飞翔在哪片林中

我们似乎可以设想,这样一个"隐者"(是否暗指了顾城?)所拥有的斧头在某一刻将再次飞翔,这似乎是对隐逸自身危机的意识。而在《蓝花楹之蓝》(这是一首关于上访的诗)又对直接命名事件的时事诗保

---

① 朱朱:《自许的漫游》。

持警惕:

> 诗歌幻想像新闻,追踪每天的生活
> 可新闻总是健忘如一位老妇

在当代诗歌中,漂泊或流浪,特别是漂泊常常具有特定社会文化意涵,它意味着某种行动或实践,伦理实践(包括政治实践)则是其典范形式。那么我们似乎可以说,时事诗和隐逸诗构成了两个极点,"脉水人"的工作,可以在两个极点之间得到安置。隐逸和漂泊(流浪)在"隐逸诗和时事诗"的命名中被并置,并且我们看到它们并非互不相通,所以笔者希望用"栖隐"同时汇合两义。但这依旧没有解决朱朱的疑问,正如有学者在讨论"历史个人化"时指出的:"历史的风景化使得跳脱出来的个人最终居于语言之中。语言之中固然安全,却也存在实体化的危险"[①]。宋琳新的漫游似乎仍然是地图上的漫游,诗人漫游于其中的现实,似乎仅仅是"语言的现实",如何确认它不会退化为"六朝或晚唐的拓片"?不仅如此,宋琳认为"诗艺最终有赖于虚构"[②],而论及虚构论诗学立场时,他又明确把它与纯诗想象和语言幽闭症联系起来,并批评了这一立场,宋琳是否陷入了一种矛盾之中而不自知?

这事涉宋琳对诗歌(虚构)与现实(历史)、词与物的理解。宋琳认为诗人的任务,就历史而言,是"修复历史记忆""复命",就现实而言,"对现实的意识,主要是现实的忧患、焦虑或具有深度的抵抗"[③],此两者,即"对历史的考古学问知与当代生活的诗性把握",是诗歌的"不二法门"[④]。不论是对历史的意识还是"对现实的意识",背后都是语言与

---

① 娄燕京:《"九十年代诗歌"论——以"个人化"和"语言"为中心》,华东师范大学博士论文,2019年,第61页。
② 宋琳:《俄尔甫斯回头》,第23页。
③ 同上书,第11页。
④ 同上书,第23页。

世界、词与物的关系问题。① 将两者结合起来的努力，即宋琳所谓的"灵视"。要理解这一概念，需要了解宋琳更广泛的对诗歌写作和诗歌理论的立场。② 他区分了两种写诗的态度，一种是"不事王侯，高尚其事"的"隐逸派"，一种是"史诗互证""随时敏捷"的"见证派"。与之相应的，是诗歌无用论和诗歌有用论，虚构论诗学和有为论诗学。宋琳多次表达了对隐逸派的亲近，甚至称自己的诗为"隐逸诗"，但他也指出沿着虚构论运思，在不及物的路上将走入"语言幽闭症"的死胡同，诗歌语言与日常语言的关系彻底被斩断，最后将导向"纯诗"幻想。③ 反之，他认为有为而作的儒家诗观一定程度上并未过时，虽然以功利性取代诗性则是危险的。如何平衡，要求我们重新理解"见证"。见证不能在传统现实主义反映论那里找到可靠的根基，而要另寻路径。宋琳重新界定了见证④：

---

① "历史意识"是 90 年代诗学的一个重要概念，其理论上的探究，可见余旸《历史意识的可能性及其限度——"90 年代诗歌"现象再讨论》，《文艺研究》2016 年第 11 期；张伟栋《当代诗的政治性中的历史维度》，《中国语言文学研究》2017 年（秋）。综合来看，"历史意识"包括笔者在此谈论的"对现实的意识"和"对历史的意识"，我们应该将宋琳的相关反思置于 90 年代以来的诗歌语境中来反思。
② 宋琳有明确的诗歌理论抱负，尤其是在《俄尔甫斯回头》开头几篇文章中，这一意识特别明确，相关讨论相互勾连，构成了一幅较完整的诗学图景。笔者在第三节中，就试图以"灵视"为核心，重构宋琳的诗学图景。
③ 宋琳区分元诗和纯诗，他认为元诗作为诗歌形而上学可视为纯诗的延伸，但毕竟不同，纯诗是一种理论预设，在实践中是不可能的，元诗则指向对诗歌本性的追问。（《俄尔甫斯回头》，第 276 页。）
④ 谈到"诗的见证"，自然让人想起米沃什，在"见证"中，他们共享着一些观点，比如对现实的有距离的观察，以此区别于新闻或社会学观察，这为"时间和美"保留了空间；对社会主义经验的省思；对传统自觉地承续等。但也有一些差异，米沃什对由科学革命带来世界图景转变的关注，似乎并没有吸引中国诗人，宋琳如此，《诗的见证》的译者、诗人黄灿然的后记中亦如此。宋琳借用"灵视"所表达的"完整性"追求，是超越于现实一步之上的洞照，"灵视是具有超验性的一种神学观照"（宋琳语）。而米沃什意在"以一种**等级制的意识**来评价现实"，背后也许是对"唯一的文明"的信仰，它似乎也指向某种"时代精神"，时代精神在黑格尔的经典用法中，具有一个进步结构，这也隐约体现在米沃什对"希望"的谈论中。（米沃什：《诗的见证》，黄灿然译，广西师范大学出版社，2011 年，第 141、144、137 页，粗体为笔者所加）。

> 诗歌拥有某种见证功能……诗人感知世界的方式来源于世界赋予他心灵的无穷奥妙,诗人恢复感知世界的完整性的努力,校正了我们对世界的日益破碎的感官印象和沉沦于日常性中的混乱的经验组织。见证是对现实的灵视……见证是一种诗歌的目睹,这意味着诗歌在本源上是对现实的隐微之物的深切洞察。①

这里提示见证或灵视的两个特征:完整性和诗性的深切洞察。但对这样一种见证,以上的界定尤显过于诗化,宋琳在不同地方以不同方式展开"见证"或"灵视"概念②:"历史天使"(本雅明)和"词—意—物"三元结构,正对应上文"见证"的两个特征。

三、"历史天使"的"灵视"

宋琳借用本雅明的"历史天使"来阐释"灵视"。这两个词在他以中国古代神话意象创作的《迎神曲》中现身:

> 是的,不值得信赖的是人的历史,
> 因为不再能**灵视**的人总是将目光从极处收回,
> 转向无何有之乡。……
> 或许在**历史天使**往回看的眼睛里,
> 废墟的美才是难以忍受的恐怖之始。③

"历史天使"这一说法出现在《历史哲学论纲》第九节:"他的脸朝着

---

① 宋琳:《俄尔甫斯回头》,第8页。
② 张桃洲在《聆听的眼——论宋琳诗歌中的看与听》中,亦注意到宋琳诗歌中"漫游"与"看"之间的关系。见张桃洲《语言与存在——探寻形式之旅》,社会科学文献出版社,2013年。
③ 宋琳:《迎神曲》,《青春》2019年第8期。粗体为笔者所加。

过去。在我们认为是一连串事件的地方，他看到了一场单一的灾难"①，灵视即看到历史与现实之整体意义的视力。这里的关键是理解"一连串事件"和"一场单一的灾难"的差异。"事件"的特征是断裂、突发、偶然、相互没有内在关联，因失去逻各斯，过去丧失了内在意义。那么如何理解灾难？首先，这场灾难是一个整体，而不是断裂的、碎片的。其次，它源自一场风暴，"这场风暴就是我们所称的进步"，"历史天使"试图通过唤醒死者，"把破碎的世界修补完整"②。在一系列以第一人称书写的化古诗中，如何修复世界一直是宋琳心之所系：

> 我有五色笔，因而辞章华美，
> 我有术，不得已做了参军。
> 无人知道我的神机妙算里
> 藏有多少秘密的绝望。
> 瞧，闯祸的人来了，那冒失鬼，
> 那最不可测度的灾星，
> 毁了我的梦幻版图，帮助我
> 完成了一生中最伟大的错误。

（《术士郭璞》）

诗人招魂郭璞，令其发言，言说者处在离历史半寸之上的地方，以第一人称夫子自道，旁观而无改自己一生（完整）的命运，即使是"灾星"和"错误"，亦秉笔直书，因为重要的是能看到意义完整的历史。但又因为这是"第一人称"的，所以并不是"普遍历史"，但却是追求完整性的一次努力，是对个人化历史的一种微妙偏离。此处的"个人"已带有一种限定的客观性，具有历史性的内容。

---

① 本雅明：《启迪：本雅明文选》（修订译本），汉娜·阿伦特译，张旭东、王斑译，生活·读书·新知三联书店，2008年，第270页。宋琳引文与中译本略有差异："他回头看过去，在我们看来是一连串事件的地方，他看到的只是一整场灾难"（《俄尔甫斯回头》，第12页）。
② 本雅明：《启迪》，第270页。

我们可以说，这在一场风暴或进步，即政治与经济的双重变奏中，政治的利维坦借机隐身，但亦不时露出獠牙宣示主权；而市场经济裹挟而来的力量，也深刻改变了中国的外观和"世界观"。两者合力，使得原本出现裂缝的世界图景破裂。本来作为一个整体性观念，政治应当能够提供一个完整图景，但政治意识形态已很少被真诚信仰。市场经济则辅以去价值化的方式，助力瓦解 80 年代以来的"启蒙共识"，完整的世界图景崩解。沿此思路，我们就能理解宋琳对待传统的"不断地朝向词根挖掘"之态度。当代新儒家所做的，在文化逻辑上与此相似，即通过对史和经典的再诠释，重建"道德的形而上学"。[①] 对他来说，"过去并未消逝，而是沉淀在历史记忆之中，文学与其说是发展运动，不如说是回复的运动。通过对文化层积的挖掘和词语的考古，修复历史记忆很可能成为当代文学的使命"[②]：

神人杂糅的世代何其遥远！毕竟有过。
……
除非我们全部的心念
足够坚定，那时离去的神和我们的祖先
——那些亲切的鬼，都将归来。
那时，征兆将流行，你们，
我们准备好迎接的，将由诸事得应验。

(《迎神曲》)

站在当下的历史回视，即是对当下与历史关系的重建。历史如果不能与当下建立内在联系，并在记忆中被把握，我们将丧失历史，但"当下界定了他书写历史的现实环境"。[③] 通过本雅明式的"历史天使"的"灵

[①] 新儒家也多表现出自觉的"中西双修"特质，如牟宗三等，只有极少数原教旨主义的新儒家信奉者在主观上排斥西方的思想资源和物质成就。

[②] 宋琳：《俄尔甫斯回头》，第251页。

[③] 本雅明：《启迪》，第274页。

视",宋琳力图重建历史与当下的内在联系,重新获得完整性,为书写传统和历史确立诗学上的合法性,"通古今而观之"。这也是宋琳近年来有意识重写经典的诗学依据。这样一种写作,之所以区别于哲学和历史的写作,在于"将历史涵盖到抒情的时刻里"(扎加耶夫斯基语)。但这一活动如何可能,即物如何能够被词召唤出来?又如何以"抒情"安置之?不仅是安置,甚至能够揭示"至微"?

宋琳借宇文所安关于意指的三项结构将词与物的关系改造为"词—意—物"三元结构,"意"指"譬喻学空间"。按照宋琳的理解,患有"语言幽闭症"的虚构论者将由诗歌语言建构起来的"文学空间"视为一个更高的虚构世界(词),将之与现实世界(物)对立起来。于此,虚构世界不及物而自足。这一词与物的二元对立模式,自有其语言学根据。拼音文字作为一种表音文字,按照索绪尔的看法,其中能指与所指是符号与意义的关系,文字的意义来自符号之间的差异,而不是词语与对象的关系。而汉字作为表意文字,通过象形、会意等构字法,体现出一种"字的思维","字是对物的原初命名"[1],因而与物有一种更直接的关联。但这种直接性并不意味着,命名是一步完成且静止不变的。这种变化的可能性有赖于词与物间的"譬喻学空间",以供词与物相互激荡。这个空间不断拓展、修改自身,不断逼近和再命名可见世界和不可见世界,又保持必要的公共性和可理解性。"意"因此在词与物之间不断往返,在迁流变化的"境"中,保持"词"的生命力,并且建立"词"和"物"之间动态的联系:一方面,"词凭借着对物的命名将物带入存在"[2],或者说"诗歌在召唤事物"[3];另一方面,"一首诗总是先被看到,然后才被写出。事物带出词语"[4]。但这一过程,并不因为在理论上的可能性而具有直接的简单性,毕竟"写作即修行"[5],"写作既是语言的狂欢,又是一种苦行"[6],而要

---

[1] 宋琳:《俄尔甫斯回头》,第295页。
[2] 同上书,第62页。
[3] 同上书,第277页。
[4] 同上书,第231页。
[5] 同上书,第31页。
[6] 同上书,第232页。

将历史经验、现实经验"毕陈于诗，推见至隐"并非易事。一种直接的记录，不过是将诗歌降格为现实或历史的注脚。稍有不慎，就会将"譬喻学空间"压缩、单薄到可取消的地步。要实现灵视，"穿越恶统治的黑暗地带抵达善统治的光明地带"[①]，实现"对遮蔽于纷乱现实中的真相的揭秘"，一个诗人必须"忠诚于感受和忠诚于技艺"[②]。于"譬喻学空间"中，诗人通过个体的"感受"，抒情得以确立，经由"技艺"的淬炼，抒情得以表达。具体的个人通过"感受"和"技艺"，在以"譬喻学空间"为中介的三元结构中完成写诗活动。诗人对经验的"主观之运用"（王国维语），不再把语言（词）和世界（物）割裂开来，语言在"譬喻学空间"中操作世界，词语把世界带入存在，而物是意的界限；世界在边界上保持对词的独立性和冷漠，而词又具有公共性，可被不同人征用而维护自身的独立性，呈现出异己性。

物可以是可见的，也可以是不可见的。在《广陵散》中，宋琳的物是事，事是不可见的，我们只能见时空中之物理事物，事是我们运思所见：

是的，我给吕巽写了绝交书，
死后仍将继续绝交，
如果他终生没有一次悔悟的话；
至于山涛，我与他对道的理解有所不同。

这些事皆于史有征，但并非皆为正史。当这些事与"我"之词遭际于"譬喻学空间"，词并不能任意妄为，因为事是公共的，但词不是无力的，而可以"强征"，虽然强征有界限，越界的征用是无效的。与山涛绝交的是嵇康，而不是阮籍，不仅是"常识问题"，更显示文化事件的公共性，私人的越界征用，不能直接有效。事物的异己性和譬喻学空间的公共性为个人化历史提供了限定，也为主体提供了内容。"譬喻学空

---

① 宋琳：《俄尔甫斯回头》，第 7 页。
② 同上书，第 10 页。

间"的可操作性,既使得对物的凝视具有一段反思的距离,也使得整体理解成为可能:

> 诗中的"我"并非现实中的真实受难者肖像,而是高于自我的另一个。他被孤独无助的人们所注视,他或是本雅明的历史天使,或是传说中的得道神仙,或是终极者,你可以用想象去延伸和补充,只要不是出于谵妄就行。①

至于能否洞照"真实",则仰赖于感受与技艺。

四、"自我幽灵化"

诗人于"栖隐"中,通过"灵视"力图修复"世界",并没有蜕化为"六朝晚唐的拓片"或陷入"语言幽闭症"。在"栖隐"中,"隐逸"的一面已如上所述(确切地说,是避免隐逸导致"语言幽闭症"而引出的对"灵视"的讨论)。如果我们聚焦宋琳的"漂泊"一面,亦有别见,即"栖隐"者是谁?我们对宋琳这一概念的解读虽不无根据,但亦略显冒险。在他,漂泊与流亡、流浪等有时可互换。对他而言,不论是中国的屈原,还是西方的奥德修斯,都表明"漂泊"是诗人形象的一种原型。他拒绝把流亡之类的概念与政治直接挂钩,认为应该从"乡愁"角度来理解,或用他更喜欢的概念"客愁"。区别在于,"乡愁是有方向的,客愁则未必有,正如漂泊总有结束的时候,流亡则渺无尽期,因为流亡感是更为内在的无皈依感,是精神上的无家可归"②,但流亡的要义"不能被身体和精神无可皈依之描述所穷尽"③,更是与一定文化传统断裂的结果。因而我们似乎

---

① 宋琳:《宋琳诗选》序言,第11—12页。
② 宋琳:《俄尔甫斯回头》,第94页。
③ 同上书,第283页。

可以认定,这不可穷尽者,起码有一部分指一种对文化传统、母语的探寻、重述,这样一种漫游,是"文化意义上的无归宿感"[①]。并且他进一步认为,"并非流亡导致无归宿感,而是无归宿感导致流亡"[②]。正如前文言及政治与经济的双重变奏,使得世界失去了"意义",对于(很大一部分)更年轻一辈的人而言,故国已经沦为故纸堆,或沦为单纯的景观(如古装剧或古风歌曲),而不是一个可供安身立命的世界图景。就此而言,对他们来说,旧世界已死,这是一幅虚无主义的世界图景。不是所有人都能独自承受虚无,事实上大部分人都不能。世界之死导致了流亡,而写诗就是为了修复世界,这个世界就是文化故国。也正是由此,宋琳把流亡和本土化作为一体两面的存在。如张枣所言:"传统从来就不会流传到某人手上。如何进入传统,是对每个人的考验。"[③] 在宋琳看来,只有当精神"还乡"具有一种"归根复命"的天职时,断裂的传统才可能接续。在此意义上,诗人是一个招魂者,或者"卜者":"你,异乡人,为我们占卜!"(《用诗占卜》)诗人不断漫游,从此地到彼地,"诗人在大地上漫游属于一种灵魂现象"[④]。

我们看到,在宋琳的诗歌和诗学中,客愁、异乡是相对于文化传统的断裂与修复的,这与地理意义的国内与国外并无直接和必然的联系。虽然去国离乡会加重故国之思,但另一方面也使诗人与作为历史记忆载体的语言具有了更内在的生死相依的联系。在这种漫游中,诗人成了异乡人,用诗占卜,用诗招魂,招传统文化之魂。宋琳的漂泊处在生地与死地、可见世界与不可见世界之间,"异乡、无何有之乡与死乡相互重叠在一起,形成一个灰色地带,写作从未像处于灰色地带那样呈现出意义不明……这种内心失重就属于所谓的流亡状态了"[⑤]。这种状态,可谓之"游魂",即诗人不仅招魂,而且自身就是游魂,"此一观念的变化体现在

---

① 宋琳:《俄尔甫斯回头》,第72页。
② 同上书,第73页。
③ 同上书,第45页。
④ 同上书,第66页。
⑤ 同上书,第286页。

新诗评论

诗中的自我幽灵化"[①]:

> 过去即未来。……
> 悬而未决从日子那边向我们临近了,星空与恐惧临近了。我们在一个停顿与下一个停顿之间,如被光芒扔在遗忘之河上的浮标。远离,克制,活着就是与死亡对饮。
>
> (《临近》)[②]

外面的世界与你无关,窗格上晃动脸庞
如一群鬼魅,嬉笑于城市

(《一种声音》)[③]

晚餐前将有更多的失踪者
活着,但加入幽灵的行列

(《天花板之歌——给剑平、嘉文》)[④]

我期待过,爱过,也死过,
如今我形同游荡的鬼魂,
却感到需要去做的事情是多么渺小。

(《断片与骊歌》)[⑤]

我们这些深谙咒语的幽灵
似乎在前进,其实在徘徊
刚走出襁褓,就尝尽了失败

(《当黑暗铺天盖地》)[⑥]

---

① 宋琳:《俄尔甫斯回头》,第286页。
② 过去与未来"等同",一死生,意味着幽灵生存空间的生成。
③ 幽灵与"你"相互陌生。
④ 亲密者幽灵化。
⑤ 自我逐渐幽灵化。
⑥ 自我幽灵化。

> 活着，继续与世界抗争，回答着自己，
> 在玻璃和梦幻一体的城池，
> 在这幽灵如云朵出没的房间。
>
> （《缓慢》）①

这是一个逐步幽灵化的过程，此中，我们看到作为异乡人的诗人，"加入幽灵的行列"，"深谙咒语"，相信"过去即未来"。这样一种幽灵，既是过去的残存，"期待过，爱过，也死过"，又是当下具有物质性力量的实存，"活着，继续与世界抗争，回答着自己"，虽然"感到需要去做的事情是多么渺小"。诗人不仅是一个招魂者，在漂泊中，不断穿梭于过去与当下之间，在与过去时代的幽灵对话中，"与你相随的多为幽灵和自己的游魂"②，并且自身不断"自我幽灵化"，成为一个真正的游魂或幽灵。通过"栖隐"中的漂泊，诗人与传统文化之幽灵的对话，开始"自我幽灵化"，建构了一个具有虚构之力的"幽灵主体"，这个幽灵主体通过制造差异，实现对现实的介入。近年来诗人写作的《〈山海经〉传》系列，即试图通过建构人神杂糅的世界来修复世界图景，在其中重置主体③。

但困难也在此，幽灵化的诗人形象，即是诗人自主的认同，似乎也是现实无奈感的内化。从80年代末开始，诗人和诗歌的边缘化已不可逆转④，几乎所有诗人都隐入了人群。在外滩上看着"人群，灰色的/ 人群"（《外滩之吻》）的诗人们，似乎也集体隐入了人群，穿行于生地与死地的

---

① 与"无意义"的世界抗争，修复世界。
② 宋琳、王博：《宋琳访谈：诗人是语言财富的守护者》。
③ "出于对'个人化'内在的局限的洞察，个别自觉的诗人早已绕过'诗学与历史'的对峙，意图改善被'宠坏了'（败坏了）的个人与世界的关系，不再将后者看作抽象的'庞然大物'，而是考虑在怎样的问题脉络上、怎样的现实处境中，引入一种善意的价值维度，重构具有内在结构和针对性的'个人'。"姜涛：《个人化历史想象力：在当代精神史的构造中》，《新诗评论》，2016年总第20辑，第45页。
④ 虽然诗人很少在真实世界中占据过中心位置，但起码在很长一段时间里，诗人在象征层面上占据过重要位置。但在市场经济大潮和政治变局中，诗人们甚至放弃了在象征层面具有重要位置的自我想象。

幽灵只要崴一下脚,就是灰色人群之一。诗人成为职业,不论是卖书为生(市场经济)或进入体制成为作协诗人(政治化),都意味着成为"灰色的人群",这是宋琳所抵制的。那么似乎只能将诗人之志业厕身于其他职业,如史蒂文斯。但史蒂文斯可以满足于"田纳西的坛子",做一个"语词造成的人",而宋琳则渴望"介入",这中间的差距,使得他那失去肉身的"幽灵"不像是一种解题思路,而更像是诗人在社会或公共生活中"隐身"的症候。而在修复故国之时,在历史意识的两个维度(历史与现实)中,依赖讽喻性的时事诗(往往依赖于一种内置的人道主义观念)是否也简化了政治而失去有效性?而新的"变风变雅"之作,能否保证隐逸诗和时事诗不至失衡?这依旧是悬而未决的问题。

　　本文是国家社科基金一般项目"当代法国哲学的审美维度研究"(17BZX015)的阶段性成果

多多诗歌的语言神学特征

冯 强

多多诗歌语言和声音的内部常常表现出一种激烈的对抗性,然而,其中的神学音调始终高亢于其他层面的声音,不论后者是出自革命还是自然。在革命的毁灭美学遭受明显的挫折之后,多多并未或仍不能告别革命的歇斯底里,而是继续以现代主义的语言形式暗渡革命意识形态,直至在新世纪以海德格尔式的"无"来解决人的自由和自然的必然性之间难以厘清的关联。他将这一神学落实于现代主义的语言和形式层面,从早期的革命认同到21世纪以来"无"的认同,语言和形式层面的反讽特征始终如一。

一、对抗与和解:一个隐藏的问题

张闳指出,多多诗歌从一开始就表现出激烈的对抗性,"以一种怪诞乖张的修辞,向外部世界坚硬的革命话语发起冲击,猛烈敲击着精神囚笼坚固的墙壁。这种对抗性的声音,成为一个时代的精神解放的先兆",而1989年后的异域生活,"伴随着'自由'而来的是脱离了母语家园的无根的漂泊感。他只能是自己成为自己的倾听者。诗人与外部权力之间的对抗,已变成孤独的自我的内在对抗,话语的内部格斗"[1]。在至迟写于

---

[1] 张闳《多多诗歌中的母语情怀和对抗性》,参见2011年4月28日北京师范大学"中国文学海外传播"学术研讨会论文手册。

2007年的《多多诗艺中的理想对称》中①,王东东指出多多由"后革命"诗人向自然诗人变化:"历史,尤其是革命历史也被纳入了自然时间中接受自然事物的打量。革命(revolution)回到了它的另一个含义,天体运动,和循环,这些正是自然时间的本义","由此,他完成了个人诗艺进化过程中的理想对称,无法解决的生存性悖论和悖论性生存的紧张,差不多完满地转化到了语言紧张性和紧张的语言里"。从"革命"语境到"后革命"的转换,意味着某种"告别",张闳和王东东共同的观察是转向语言,不同的是张闳以"对抗性"贯穿多多诗歌的始终,王东东则观察到多多以自然疗愈历史创伤的和解努力,"只有在这里,在自然的循环时间里,革命时间也就是直线时间的伤口才得以愈合。革命诗学是否定性的诗学,是进行到一半的辩证法,但毕竟还属于容留着希望的二元论;自然诗学当然是肯定性的诗学,然而自然的肯定又那么令人绝望,因为自然的肯定也是否定,十足悲观,对人和历史"。

这种对抗与和解性质让我倾向于在浪漫派的反讽概念下讨论多多的诗歌。帕斯认为,自浪漫主义以来,西方现代诗歌"反对自身的传统"(tradition against itself)——传统通过反对自身获得延续——使其与基督教传统和大革命传统紧密联系在一起,他为浪漫主义以来至先锋派的现代诗歌规定了一个同时保留宗教和革命因素的矛盾而含混的内核:现代诗歌的历史在宗教和革命的双重诱惑中摇摆,浪漫主义之后西方诗歌的基本要素是"没有上帝的基督教和基督教式的异教"。帕斯将类比(analogy)和通感视为某种"元规则",视为浪漫主义至超现实主义以来现代诗歌一以贯之的真正宗教,与之对应,现代诗歌继承浪漫主义的另一事业是反讽(irony),反讽是类比的相似和一致断裂的时刻,是类比中发作的不连贯性②。反讽是对抗,而类比是和解。浪漫反讽的特点是对

---

① 王东东:《多多诗艺中的理想对称》,收入北京大学中国新诗研究所编《新诗评论》2008年第1辑,北京大学出版社,2008年,第150页。

② Octavio Paz, Children of the Mire, trans. Rachel Phillips, Harvard University Press, 1991, p.1, p.37, p.50, p.74. 中译本参见奥克塔维奥·帕斯:《泥淖之子:现代诗歌从浪漫主义到先锋派(扩充版)》,陈东飚译,广西人民出版社,2018年。

抗和否定自身，但这种对抗是创造性的对抗（以发生论的摹仿代替古典摹仿论），其核心原则是变化和新异，在这个意义上，对抗是类比、和解，生成就是实在，反讽反过来具有优先于类比的地位，它不只是一种诗歌技艺（改变语言），也是一种根本的人类力量之渴望（改变世界）。而"要成为浪漫派，就要成为最深意义上的革命者；也就是要反抗存在反抗固有的不朽和永恒"①。多多诗歌一开始就不乏宗教－形而上学维度（这一点与近年于坚等诗人强调的"日常生活的神性"不同），他的诗歌中有很强的浪漫主义救世情结，而中国文化革命的"革命浪漫主义"情结②与之有相应的一面，这些都让宗教和革命在他诗歌中承担起关键功能，至于他在技艺上深受浪漫主义以来现代诗歌传统的影响，更是毋庸置言的。

荷兰莱顿大学汉学家柯雷把多多诗歌分为1972—1982年和1983—1994年两个阶段，"中国性和政治性"是第一阶段的显著特征之一，而到了第二阶段，多多诗歌中虽然具有一些80年代实验诗歌共享的特征比如"再人性化"（rehumanization），但在意象和语言的使用上更加风格化，他开始远离政治、公共和集体而朝向个人、私密和独己，对某种个性化诗歌形式的寻求开始占有绝对上风。而且，与70年代和80年代早期的实验诗歌不同，多多诗歌的自然意象并不主要担当安慰性的、田园诗般的甚至解放性的积极角色，它"给人的印象是一种原始力量：无情、让人生畏并且暴力，在它面前普通人无能为力"，他还发现多多的诗歌中"很少出现东方和西方，南方则从未出现。他的诗中经常出现冬天，有时是春天和秋天，但极少出现夏天"。柯雷以"刚烈"（intensity）或"强力意象"（Powerful Image）来形容第二阶段多多诗歌的反讽对抗特征。

---

① 维塞尔：《马克思与浪漫派的反讽——论马克思主义神话诗学的本源》，陈开华译，华东师范大学出版社，2008年，第56页。
② 毛泽东的思想被莱谢克·柯拉柯夫斯基称为"农民马克思主义"。参莱谢克·柯拉柯夫斯基《马克思主义的主要流派》第三卷第十三章，唐少杰、顾维艰、宁向东译，黑龙江大学出版社，2015年。

这种带有暴力色彩的语言形式感与他带有神秘色彩的语言本体观相关。比如《没有》(1991)一诗同时强调了诗人面对语言时的力量和无力：它通过语言来传达语言的否定性和拒绝性，这里语言开始铲除现实："没有语言""没有郁金香""没有光""没有喊声""没有黎明"，"没有"反复出现五次，前一句被言说的事物在下一行被迅速抹除，这样，对《没有》的阅读必然伴随着对它的摧毁，语言对现实的清除可以说是柯雷对多多诗歌的一个基本观察，是柯雷将多多诗歌去中国化和去政治化的依据之一："多多后来的作品中形式的重要性逐渐凸显。即是说较之早期作品，跨句连接、诗节划分、重复和节奏这些形式特征得到更多强调。语言和呈现离现实越来越远。相较于前期，词取代了物：语言既是起因也是效果。适应于这些变化，后来的诗歌更加是声音的和听觉的，对思想的关注减少了，它们更多围绕着声音来展开。听觉质素比之前的诗歌更为清晰。"对形式尤其是对听觉想象力的侧重使柯雷意识到多多诗歌的去人性化的游移，通过专门解读多多以北方为主题的《北方的土地》《北方的声音》和《北方的海》等诗后，柯雷发现这些诗背后藏匿着一个把人性特征和非人特征纠缠在一起的非人之人（a non-human human）。当多多站在有死个体这一边时，他具备充分的人性——就像《春之舞》(1985)和《阿姆斯特丹的河流》(1989)——而一旦他踏到养育了个体而最终必定将个体抛却的自然一边时，他的声音又是非人性的，[①] 这就是王东东所说的，"自然的肯定又那么令人绝望"。

二、"不可能的告别"：语言和形式的意识形态表征

美国康涅狄格学院东亚系华裔学者、诗人麦芒（黄亦兵）否认以"革命"作为多多诗歌节点，他反对柯雷的观点，即"文革"结束会使多

[①] Maghiel van Crevel, *Language Shattered: Contemporary Chinese Poetry and Duoduo*, Leiden, The Netherlands: Research School CNWS, 1996. p.120, p.70, p.196, p.174, pp.204—205.

多诗歌减少其政治性或者历史性而增加普世性或非中国性,而以"不可能的告别"来界定多多诗歌与"文化大革命"之间对抗式的隐秘关联[①]:"一方面,多多早期诗歌可以被视为现代主义和浪漫主义融合之后的产儿,这些来路不同的资源都意味着对一般意义上的革命尤其是'文化大革命'意识形态的批判和颠覆;另一方面,多多诗歌某种程度上也沾染了他表面上所要批判和颠覆的意识形态之色彩"。"文革"的双重遗产导致了多多诗歌中革命和浪漫主义—现代主义精神分裂,在"毛主席像太阳"(《浏阳河》)和"太阳像诗人一样"(波德莱尔《诗人》)之间,多多遇到一个兰波"必须成为先知"和"必须绝对地现代"的困境:"使先知诗人'绝对地现代'"的独异性使他看到这样的异象(现代主义),即"十九世纪欧洲地平线上大写历史的展开,伴随着一系列的革命和反革命,最终导致二十世纪的俄国革命和中国革命"(革命)。致命的是,多多也面临曾经困扰鲁迅的狂人的那种模糊和苦恼,即一个现代主体诞生于历史之外或历史之上,但是生成此视角的绝对启迪时刻却同时伴随着这样的认识:就像狂人意识到自己也参与了吃人的历史,新的现代主体意识到自身对前现代历史命定的嵌入性。由此,麦芒认为多多诗歌中个体身份和主体性的建构是不可能的,因为它们同时遭受着诗人的自我解构,他将其称为珀涅罗珀的网:白天织就而夜晚拆解。这样一个建构和解构的双重过程中同样孕育了某种新的、复杂的主体性。麦芒将多多诗歌中历史的毁灭视为其传达个人主体性(去真理化的消极主体性)的象征:"革命可能结束,主体性的动力却仍在继续,它仍在自身的惯性中沿着一条消极的路线向前推进。在其中起作用的自然不是乐观的启蒙理性,而是一种几乎不加掩饰的非理性或一种承革命而来的疯狂",这不仅构成了对革命的历史批判,也成了革

[①] Mai Mang (Yibing Huang), *Contemporary Chinese Literature: From the Cultural Revolution to the Future*, New York: Palgrave Macmillan, 2007, pp. 19—61. 这种"不可能的告别"在《父亲》(2011)与《我读着》(1991)的比较中仍能看到:"父亲,你已脱离的近处/ 我仍戴着马的面具/ 在河边饮血……"

命的持久象征。麦芒认为这样的旅程是注定无尽的、无望的——"他们没有在主安排的时间内生活/ 他们是误生的人，在误解人生的地点停留/ 他们所经历的——仅仅是出生的悲剧（《教诲——颓废的纪念》，1976)"——从"文革"继承来的乌托邦驱力从反面强化了主体的精神分裂、非理性和疯狂，"过去和历史成为无意识中不可祛魔的部分，它总是从压抑中回归，并以语言和形式的创新进一步显露出来"。语言和形式成为意识形态的表征，暴露了主体性内部的斗争和撕裂，即多多用以祛"文革"之魔魇的方法是进一步强化它的极端和疯狂："面对悬在颈上的枷锁/ 他们唯一的疯狂行为/ 就是拉紧它们"。多多通过这种歇斯底里的方式获得必要的心理距离——格里高利·李在为多多《宣言》撰写的导言中也注意到"在他热情、激昂但小心控制的声音底下，是几乎无法抑制的歇斯底里"——似乎不如此回看历史就不能在与历史的角力中占据上风。

麦芒认为，在"毛主席像太阳"和"太阳像诗人一样"之间不是想象中的那样难以兼容，只要我们仍然走不出现代性的魔咒，关于革命的咒语同波德莱尔的咒语一样，作为现代性和现代主义的诱惑，就会继续存在，就像《被俘的野蛮的心永远向着太阳》："明天，还有明天/ 我们没有明天的经验/ 明天，我们交换的礼物同样野蛮/ 敏感的心从不拿明天作交换/ 被俘的野蛮的心永远向着太阳/ 向着最野蛮的脸——"过去和起源已经牢牢抓住了明天和未来，是历史让乌托邦存活了下去，不管以乌托邦还是反乌托邦的方式呈现，"它有一张最野蛮的脸，只有疯狂和野蛮的心灵才能与之对视，并站到同一层次上与之对决。这种精神分裂的对峙暗示了'文化大革命'和现代中国诗歌所要付出的代价，前者以革命的方式，后者以现代主义的方式，但二者最终共享了一种方式即20世纪中国的现代性实验"。多多诗歌的语言和形式无意识间成为意识形态的表征，他试图以语言和形式来反讽中国语境下永无尽头的革命，也从反面强化了语言和形式的极端性。

三、自然与自由之间的语言神学

"浪漫主义试图表明,自然的必然性和人的自由之间不存在矛盾,因为他们认为,自然本身是一种与人的意志相似的有生命的精神或世界意志"[1]。浪漫主义诗人第一次将历史和精神的优先权赋予诗歌而非宗教启示和哲学理性。但实际上,位于现代性核心的人的自由和自然的必然性(历史与自然)之间的矛盾并未得到完全解决。斯蒂芬·怀特认为问题出在人的反讽一边,"现代性疾病的主要来源"就是"不受限制的主观性"[2],吕迪格尔·萨弗朗斯基认为"浪漫主义释放了想象力那毁灭性的和自我毁灭的潜能"[3],这是巴尊意义上"最后的浪漫主义者",持有一种不想继续负载任何东西前进的"废除主义"(abolitionism)。这是"浪漫主义最初观点的终极激化","建立在浪漫主义前提上,合理地导致摧毁与过去连接的任何制度的内容",这一推翻一切旧制度的"解放的空白的能量"所能抵达的就是"毁灭美学"[4],它最终将"对天国的批判"转变为"恐怖主义神学"[5]。不同于以"武器的批判"改变世界,多多在汉语中完成了马拉美等人在语言领域的废除主义,这一点,如麦芒的分析,其实不亚于社会领域中的废除主义,几乎可以视为其在语言形式领域的镜像。当然,这种废除尚可以大自然为最后担保,除了《没有》中语言对现实的清除,还有《北方的声音》(1985)"一切语言/ 都将被无言的声音粉碎!"其中隐藏了某种神圣疯狂带来的空洞的理想状态(柯雷就是借用"粉碎的

---

[1] 米歇尔·艾伦·吉莱斯皮:《现代性的神学起源》,张卜天译,湖南科学技术出版社,2012年,第362页。

[2] 斯蒂芬·怀特:《政治理论与后现代主义》,孙曙光译,辽宁教育出版社,2004年,第33页。

[3] 吕迪格尔·萨弗朗斯基:《恶——或者自由的戏剧》,卫茂平译,云南人民出版社,2001年,第200页。

[4] 雅克·巴尊:《古典的,浪漫的,现代的》,侯蓓译,何念校,江苏教育出版社,2005年,第132页

[5] Octavio Paz, *Children of the Mire*, trans. Rachel Phillips, Harvard University Press, 1991, pp. 108—109.

语言"作为他讨论多多的专著的名称)。诗人似乎以另一种方式重临了曾经引发现代性的唯名论革命,但这一革命非但是"关于人、神、自然这三个领域中哪一个具有优先性"的问题[①],语言学转向之后语言自身的重要性也凸显出来,即多多意识到语言不能解决本体问题,但诗人所能凭借的,似乎只有语言,语言不再仅仅是助人理解的实用符号,它关乎人的存在本身。多多早期的诗歌里,我们经常能看到历史和自然的双重创伤记忆,前者关于人,后者关于自然,它有时表露出对人的自由(譬如"文革")和自然的必然性(譬如必死性)的双重恐惧,那么对高于人与自然的神的渴望也就呼之欲出,当然与神密切相关的,是语言尤其是语言所指引的无法言说的神圣。这种语言—形式带有歇斯底里的特征,因为它是在一个神死(包括信仰和比喻意义上)之后继续寻神的仪式,不断推翻自身的语言—形式悄悄取代了神的位置成为诗人神龛中供奉的隐秘神灵。

以《一个故事中有他全部的过去》(1983)为例,"一个故事中有他全部的过去"如同咒语反复出现五次,使这个关于人的救赎的终极故事具备了神话般的光辉:"死亡,已成为一次多余的心跳""他的体内已全部都是死亡的荣耀""死亡,已碎成一堆纯粹的玻璃""死亡只是一粒沙子""所以一千年也扭过脸来——看",这一故事战胜了死亡,承诺了不朽,六次出现的"太阳"——尤其是"更近的太阳坐到他的膝上"——烘托出"他"对抗自然时间、超出自然时间的超验自由状态。进入新世纪,"除了神话,全是虚构"(《大蛇的消逝》,2009)、"这童话与神话间的对峙"(《读伟大诗篇》,2011)道出了神话不同于虚构的本体论维度,这一维度在晚期海德格尔的诗思笼罩之下[②]。《白沙门》(2005)、《我在沉默者面前

---

① 唯名论认为"所有真实存在的事物都是个体的或特殊的,共相只是一些虚构。词语并不指向实际存在的普遍的东西,而只是对人的理解有用的符号"。参见米歇尔·艾伦·吉莱斯皮:《现代性的神学起源》,张卜天译,湖南科学技术出版社,2012年,第22、24页。
② 就我的阅读范围,较早将多多同海德格尔联系起来的是批评家余旸。参见《"技艺"的当代政治性维度——有关诗人多多批评的批评》,收入萧开愚、臧棣、张曙光主编:《中国诗歌评论:细察诗歌的层次与坡度》,上海文艺出版社,2012年,第45页。

喝水》和《从空阔处吹来的风》(2011)中的"无人"——一个含义丰富的语词，既可以理解为"没有人在某个地方"，也可以理解为被称为"无人"的某个人或神，甚至漂泊中的奥德修斯为躲避困厄所使用的名字——比起《一个故事中有他全部的过去》那个已经死去的超人，更多指向当下和未来。

再以《词语风景，不为观看》(2012)为例，自然、人、神、语言四个维度中"神"具有相当的位置，除了"一片叶子""一口纯洁的空气""全景"以及"天黑以后的事物"的指涉，第三节还以否定性的"不"为特征的"你"呼应了"不为观看"，全诗末尾"隔壁的婴儿马上又要哭了……"又一次深化了"你"的神学特征。而其中的"自然""勉强成为世界"(其中"大地"也高于"乱星")，"人"则以"他们/已经在用铜铸你"和"自由无琐事"分为两类，"语言"显然地指向神圣之沉默("语言中最富有的部分")。与《一个故事中有他全部的过去》相比，两首相隔三十年的诗，其神学特征未有根本改观。

因为"神话，从不更新/时间"(《通往博尔赫斯书店》，2008)，"我们没有明天的经验"(《被俘的野蛮的心永远向着太阳》，1982)，所以不清楚是不是《一个故事中有他全部的过去》中那个肉身虽死、精神不朽的"旧神"——一个以粉碎为特征的狄奥尼索斯神——在《词语风景，不为观看》中以缺席的方式再临("你不可能不在场")，但多多始终没有把凭借意志消除实然以达成主观应然的反讽辩证法——他也并未追随"毁灭美学"进行毁灭性的、"武器的批判"式的根本反讽——发展到帕斯所说的主要在语言层面运作、悬置自身判断的"元反讽"[①]，最高价值的判断在他那里从未阙如，他以更被动的方式摸索语言背后的沉默所可能指引的某种最高价值。他的诗歌有一个将已经抽象化的"反讽"再次内在化到"无"的神学轨迹，"无"是语言层面最激进的"反讽"，带有更强烈的神学特征："否定、无、虚无向反讽的辩证秘密显示了自身，浪漫诗歌

[①] Octavio Paz, *Children of the Mire*, trans. Rachel Phillips, Harvard University Press, 1991, pp.112.

的魔幻言辞召唤终极之物"①。《北方的声音》中承担"无言的声音"从而粉碎"一切语言"的大自然的崇高位置被语言所指引的"无"夺回，自然的必然性——更别说自然创伤下的历史创伤——被无声地吸纳。这样一个轨迹，我们也可以尝试以海德格尔化来描述多多新世纪以来的诗歌变化②，即在毁灭美学的解决方案遭受明显的挫折之后，期待以海德格尔式的"无"或尚未到来之"神"来解决人的自由和自然的必然性之间难以厘清的关联。如果说浪漫派"我是我"的反讽曾经翻转出多多诗歌中历史和自然的超验力，那么仍旧贯穿海德格尔"存在是存在"的内在性原则依然在对抗着实然的经验世界③，至于它与从基督教神学的特性偶然发展起来的欧美基本政治原则构成怎样的关联，以及它能在权贵资本主义语境中承担怎样的责任，又是另外需要讨论的话题。

---

① 维塞尔:《马克思与浪漫派的反讽——论马克思主义神话诗学的本源》，陈开华译，华东师范大学出版社，2008年，第73页。
② 乔治·斯坦纳曾阐明海德格尔和马克思主义者之间的相互征用和影响。参见斯坦纳:《海德格尔（修订版）》，李河、刘继译，浙江大学出版社，2012年，第214页。
③ 多多诗歌中的神圣更多同语言背后引发的沉默相连，与之相对，于坚认为汉语的诗意和神性是先验的，并直接将汉语与本体问题相关联来进行"对唯名论的形而上学拯救"："这个国家还有多少'直接就是''a就是a'的东西？拒绝隐喻，就是要在语言上回到'直接就是'那种汉语的原始神性。我决不是什么世俗的诗人，我是要在语言上回到神性，而不是许多诗人的'观念神性'。"参见于坚:《还乡的可能性》，商务印书馆，2013年，第247页。

唐捐诗中的圣状、父亲绝爽与大他者的瓦解

杨小滨

拉康(Jacques Lacan)在他晚年的研讨班23《圣状》(*Le sinthome*,1975—1976)里提出了"圣状"的概念。据拉康解释,sinthome 一词是古代法语symptôme(征状)一词的拼写法。不过,"圣状"还包含了其他的各种含义,如(法语中)与之同音的"圣人"(saint homme)、"合成人"(synth-homme)、"圣托马斯"(Saint Thomas)等。在拉康那里,"圣状"也是"爽意"(jouis-sens)的一例,是在语言中坚持的快感,但又并不产生通常的"意义",反倒可以看作丧失所指的能指。拉康在研讨班23《圣状》中主要研讨的是"圣状"的概念如何能够用来界定乔伊斯(James Joyce)的写作。在拉康看来,乔伊斯当然是文字幻术的大师,他的小说《为芬尼根守灵》充斥着各类变化多端的、谜一般的语词:掐头去尾的、变形的、双关的、意义暧昧的……(拉康由此断言乔伊斯的这部作品一定不可能译成汉语)。拉康把乔伊斯这种令人无法卒读的文学作品看成他年少时失去父亲关怀的结果,是对父亲那个空缺的偿还。由于面对"父之名"的空位,乔伊斯不得不在语言艺术中以个人化的主体快感强占了符号域的位置,从而避免了精神变异的后果。如果说父亲的符号是语言形式的代表,乔伊斯一生与语言的搏斗便是在展示语言对内容的强行侵入,或者说是语言自身的纯粹快感——一种无意义的快感,也可以说,是符号域难以彻底遮蔽的真实域将意义拒斥在外。这便是乔伊斯的"圣状",在语言符号的范畴内同时包含了空幻的想象和鬼魅般的心灵深渊。

父亲,在唐捐的写作中也具有非同一般的影响。如果说在乔伊斯那

里，父亲的缺失来自某种父爱的匮乏，唐捐的父亲则是以病弱的形态抽离了作为"父之名"的符号权威。对于父亲的病，唐捐在他的散文里有详尽的记载。一方面，是对父亲病况的深刻记忆："难眠的父亲翻来覆去，时而长咳不止，时而弓身吐痰，竹制的床壁梁顶也都摇颤起来，俨然与心肺同病。"① 另一方面，还有与病症相关的身体败损景象："我的脑海里始终浮着一张X光片，上面有两张残破的废叶，仿佛有几只透明的小虫在其中蠕动，那些小虫年纪与我相当，二十年来有恒地啮啃父亲的生命。"② 可以说，唐捐对父亲的理解始终集中在有关病症与不洁的范围内，而"我"则与染病的肺里的小虫产生了隐喻的联系。父亲和"我"的关联也始终是某种传染的关联，比如这首《遗传》：

把头颅装进父亲的帽子
有葛藤攀上脑神经
父亲的灵魂就像一种霉菌
长满我阴湿的六根③

在这个段落里，父亲的具体形象是阙如的。也可以说，父亲以一种空缺的、名分的存在产生了符号的作用。帽子是父亲的，帽子代表了实体缺失的一个空位，但一个具有统摄性功能的空位，是"我"试图占据或填补的空缺。因此，灵魂是父亲的，而头颅却是自己的。但这个肉身空缺的父亲却带来了一切身体的乱象和病态，可以说精妙地体现了淫秽大他者（the obscene big Other）所赋予的剩余绝爽（surplus jouissance）。这种病态有如植物性的蔓延占据了"我"的头脑——脑神经的形状迫近了葛藤的枝蔓，也令人联想起家族谱系图的纠结形状。

---

① 唐捐：《大规模的沉默》，联合文学（台北），1999年，第107页。
② 同上书，第76页。
③ 唐捐：《暗中》，高市文化（高雄），1999年，第138页。

有关父亲的病症，对唐捐影响颇深的鲁迅在《父亲的病》一文里对父亲及其病症的描写似乎可与唐捐对父亲及其病症的书写相参照，因为两者对父亲的态度都蕴含了十分复杂的爱恨交织。当然，我们也很难忽略二者的根本差异。鲁迅的（弗洛伊德式）弑父情结明显表露于他有关父亲临终前的叙述："我有时竟至于电光一闪似的想道：'还是快一点喘完了罢……'立刻觉得这思想就不该，就是犯了罪"[①]；而唐捐的（拉康式）主体则是从父之名的病态中寻找一种超量的认同。如果说鲁迅的弑父情结象征了他对传统中国的现代主义式决绝（一种通过挑战而进入符号域的努力），那么唐捐的绝爽主体也许可以说是体现了对个人和社会文化传统的一次后现代式附身与祛除。

这个剩余绝爽也就是拉康所称的"父亲绝爽"（père-jouissance），它意味着大他者所执行的功能并非是纯粹的道德和正义，而反倒是过度、淫秽的小它物。父亲灵魂的"霉菌"成为"我阴湿的六根"——"我"与大他者的认同成为主体与"父亲绝爽"的认同。父亲之于唐捐与父亲之于乔伊斯有什么可比之处？乔伊斯试图用语言的绝爽来填补父亲的空缺，或者说，来认同这个父之名背后的小它物空缺；而唐捐在诗作中所得以认同的直接就是这个父亲所代表的绝爽，或者说，那个代表了失去的阳具符号的绝爽。在《有人被家门吐出》一文里，唐捐记叙了年少时偷看到父亲与另外女人裸照合影的经历："……然后是一张相片。点燃颓萎的烛，就近一照，一男一女两具泛黄的裸体从晦暗的背景中浮露出来，女子确定陌生，那挂着淫晦笑容的男子，仔细端详，不正是年轻的尚未蓄起络腮胡的父亲。"[②] 从这段文字里的两处误用，我们可以看出父亲裸照事件对于唐捐的震撼。首先，唐捐用"两具……裸体"来描写照片上的人体，很明显是经由"具"这个指示尸体的量词来表达照片对他产生的厌恶感。同时，唐捐也不愿将父亲的形象彻底抹黑，因而用了"淫晦笑容"来描绘父亲的表情，这里的"淫晦"一词显然是为了避免"淫秽"一词而生

[①] 鲁迅：《鲁迅全集》，人民文学出版社，1993年，第188页。

[②] 唐捐：《大规模的沉默》，联合文学（台北），1999年，第110页。

造的（按照语义又显然不可能是"隐晦"或"阴晦"）。可以说，唐捐在诗中所表达的神经症主体正是由于父亲形象的特殊意味，如齐泽克（Slavoj Žižek）所言：

> 神经症总是牵涉到一种与父亲之间的不安与创伤性关联：在神经症里，父亲绝爽朝向父之名的"扬弃"是失败的，父亲形象依旧标记为绝爽的创伤性污渍，某种将这样不悦的绝爽带给神经症的创伤情景是父亲要么"褪下裤子时被擒"（即，在一次过度而淫秽的快感行为里），要么"被羞辱"（这两种情形里，父亲都不在"符号性委任的层面上"）。①

也就是说，在这里，父亲形象不再升华为大他者，反而是未被符号秩序整合的真实域残余，即小它物，带有"绝爽的创伤性污渍"。由此我们可以探询为什么唐捐的诗具有某种嗜秽（scatophilia）的倾向，比如在与那篇文章同题的《有人被家门吐出》一诗里：

> 有人被家门吐出，浓稠
> 冷涩，如一口痰。
> ……
> 家门生锈，如便秘的
> 肛门，无法排泄一腔愤懑②

从某种意义上说，对家门的思考和对父亲绝爽的思考是紧密相连的。"家门"一词本来就和"家风"有关，而"家"的象征也与父亲的角色不可分割。但作为符号秩序的家让位给了来自真实域的创伤小它物对符号秩序

---

① Slavoj Žižek, "Four Discourses, Four Subjects", in Slavoj Žižek ed., *Cogito and the Unconsicous* (Durham: Duke University Press, 1998), p.98.

② 唐捐：《暗中》，高市文化（高雄），1999年，第237—238页。

的污染。作为小它物的父亲之痰（残留于符号域的真实域污渍）与作为符号他者的父之名之间的裂隙，正是唐捐的诗试图曝露的。家门的形象多次出现在唐捐的诗里，和污秽化的男子性器（而不是崇高化的阳具符号）接合在一起：

> 来日大难　魂飞魄散　家门如疮疤
> 被一双粗鲁的手揭穿　挤出虚构的幸福
> 挤出你和你的生殖器　神主牌位　存款单
> 你像黏腻的脓　滑向阴沟与街坊　来日大难
> 人心惶惶　你把精液财产　喂给电子妻
> 拿着操行成绩单　驶向霓虹灯闪烁的西方①

在唐捐的这首《游仙》里，抒情主体面临的是一个"来日大难　魂飞魄散"的创伤性景象，"家门"被"疮疤""粗鲁""生殖器""黏腻的脓""阴沟""精液"等不洁的符码所网罗。这里特别出现了"生殖器"的意象，它是和"虚构的幸福""神主牌位""存款单"一起被"挤出"的——如果说"存款单"代表了世俗物质生活，"虚构的幸福"意指了家庭生活，"神主牌位"则似乎暗示了逝去父亲的象征位置，这个牌位本来应当是大他者的标志，却被置于一个病态混乱的场景里，成为自我解构的符号。在唐捐对父亲的表达里，我们不止一次窥见那种圣像或美景变异为虫豸的超现实噩梦场景：

> 我的父亲是一棵树
> 树上结满了咳嗽
> 每一颗咳嗽都有红红的果皮
> 硬硬的果核，瘦瘦的果肉
> 我想要摘一颗来吃

---

① 唐捐：《无血的大戮》，宝瓶（台北），2002年，第35页。

> 但我摘到了蚂蚁窝
>
> 蚂蚁从毛细孔走入体内
>
> 在我的左胸重新筑巢[①]

(《荫》)

树干和枝叶的意象再度出现，原本挺立的大树却结出了病态的果实，"咳嗽""蚂蚁窝"暴露出大树的伟岸象征结构里的异质物。病症（"咳嗽"）和被侵蚀的身体（被蚂蚁筑巢的"左胸"，让蚂蚁穿过的"毛细孔"）成为唐捐所书写的创伤化身体，而这种创伤性和父亲绝爽的病态意味是融合在一起的。也可以说，这一段诗从另一个角度表达了对父亲的爱恨交加，抒情主体对大树及其果实（"咳嗽"）的向往（"我想要摘一颗来吃"），尔后遭遇到的却是"蚂蚁窝"，而正是窝中的蚂蚁爬进了"我"的体内筑巢——也就是从父亲的大树遗传到了"我"的身体。但"蚂蚁"是个十分特别的隐喻，它具有肮脏、卑琐、黑暗的特性，但没有痛楚感，相反却暗示了某种痒感，可以说包含了复杂而多重的感性意味。因此，无论如何，"蚂蚁"或"蚂蚁窝"代表了父亲所遗留下来的绝爽内核（果实），那么唐捐的诗可以说是将这种不可能的、创伤性的父亲绝爽组构成语言的游戏，并且通过对这种意义化的绝爽体验——即"圣状"——的主动认同规避了真实域的吞噬。

在唐捐诗里，庄严的大他者符号总是落在污浊的境遇。即使是与父亲形象无关的段落，我们也可以读到唐捐对秽物的兴趣同有关宏大的观念不可分割，比如在这首《生活与伦理与便当》里：

> "我们应当效法伟、伟大的……"蛋黄
>
> 蛋黄轻抚着白米饭
>
> 窗外秋千，随想象力摇摆

[①] 唐捐：《暗中》，高市文化（高雄），1999 年，第 203—204 页。

> 梦与现实,坐在跷跷板的两端
> 伟大？我揣测,伟大是怎样怎样
> 怎样奇妙的生理现象而尿意正充实着
> 膀胱。厕所在前门左转
> 三步处,崇高是海拔三千的阿里山
> [……]
> 　　　　　"我们应当
> 效法……,我们应当"不爽
> 不爽也涨满我小小的膀胱。①

在这里,"效法"的"法"或许暗示了"伟大"符号的律法特性,但"伟大"本身却只能以口吃的方式表达出来——"伟、伟大的……",显示出"伟大"本身在某种程度的口误之下,丧失了其无限能力。这首诗里的"不爽",当然也可以读作"绝爽",它不仅来自"尿意正充实着/膀胱",更来自对"伟大是怎样怎样/怎样奇妙的生理现象"的诘问。因此,更重要的是,唐捐在此翻出了"伟大"的另一面,出示了应"效法"的"伟大"所无法掩盖的局部驱力:被"膀胱"和"尿意"覆盖的性感带如何不可遏止地以"涨满"的姿态呈现出绝爽的意味:它既是快感的所在,又是快感的不可能②。相比于陈黎、焦桐、夏宇、杨炼、江文瑜、陈克华、颜艾琳等其他中国台湾诗人而言,唐捐更拓展了对病态、秽物等身体书写边缘地带的探索,而这种探索,又是与父亲绝爽的多重意味紧密联系在一起的。

---

① 唐捐:《暗中》,高市文化(高雄),1999年,第118—119页。
② 这里,对排尿系统的表达令人想起弗洛伊德在阐述局部驱力时涉及的对普罗米修斯神话的重新解读:在《火的获取与控制》一文里,弗洛伊德认为这个表面上的英雄传奇实际上是一个有关尿道驱力的故事,有关人类控制火的故事,经由压抑撒尿浇火的冲动而成为传奇。弗洛伊德认为男性生殖器官同时具有"清空膀胱"和"满足生殖原欲"的双重功能,但这两种功能却不能同时执行:因此,"两者的对立"意味着"用自己的水浇灭了自己的火"(Freud, "The Acquisition and Control of Fire", in *The Standard Edition of the Complete Psychological Works of Sigmund Freud*, Vol. 22, pp. 192—193)。

换器官指南
——蒋浩《佛蒙特札记》细读

胡 亮

一

在谈到本文的当然主角——诗人蒋浩——以前，先要提及大名鼎鼎的卢斯（Henry Robinson Luce）。卢斯是传教士、新闻人和出版商，曾创办《时代周刊》（1923）、《财富》（1930）和《生活》（1936），其一生也，既登上了名之巅，又登上了利之巅，故而曾被列入美国最有影响力的七个人。卢斯与中国亦有渊源：他出生于山东蓬莱（一说烟台）。可能正是顾及此种渊源，几年以前，卢斯基金会开始邀请一些汉语诗人，入驻美国佛蒙特工作室（Vermont Studio Center）：为期四周，开展创作、翻译和交流项目。

佛蒙特工作室位于佛蒙特州约翰逊镇，这个森林小镇有山有水，水则基训河，山则阿巴拉契亚山脉。山上有一所学院；谷中有一家中餐馆，一家咖啡厅，一家理发室，一家超市，两座教堂（"神职人员正闲得蛋疼"①），一家图书馆，还有一间瑜伽房。工作室的主体建筑，曾是一家红色的木结构油坊，后来才被改造为一个滨水的艺术空间。从工作室

---

① 蒋浩：《熊、刺猬或豪猪之死（给王寅）》，收入《佛蒙特札记》，非正式出版，第25页。下引蒋浩之诗，凡未注明，均见此书。

特设的冥想室，及上文提及的瑜伽房，就可以看出，此处颇有嬉皮士运动（The Hippie Movement）遗风。昔日的油坊东家，今日的工作室主人，蒋浩猜，很有可能就是一个晚期嬉皮士。这似乎也在证明，榨油，画画，也可以是艺术的左右手。这是闲话不提；却说佛蒙特工作室，能同时接纳五十多位艺术家，十多位诗人或作家，已经成为美国——也许是全世界——极为著名的艺术家驻留中心。

佛蒙特工作室及卢斯基金会，早在2016年，就向蒋浩发出了邀请。主办方还为他安排了合作方，华裔译者江诚欣小姐（Chengxin Jiang）。由于这位小姐的时间不巧，蒋浩不得不推迟到次年才入驻。2017年9月3日，蒋浩飞抵纽瓦克，转机飞抵伯灵顿，4日入驻佛蒙特工作室，10月8日从拉瓜迪亚飞回中国。完成工作室的相关工作以后，飞回中国以前，蒋浩还曾逗留于一个小镇，一座大城，小镇是新迦南（New Cannan），大城是纽约（New York，其实应该译为新约克）。从这些大小地名——以及佛蒙特所在的新英格兰（New England）——的偷懒的命名，可以看出，美国不但直接抄袭了英国，还通过《圣经》间接抄袭了叙利亚－巴勒斯坦（Syria-palestine）。偷懒与仍旧，当然比创新更加一帆风顺。就其名，几乎全是偷懒与仍旧；究其实，美国——还有美国诗——从来都在孜孜创新。那么，我们的"蒋浩"呢？从中国到美国，从海口到佛蒙特，从海滨到群山环抱，从汉语到英语，从字到字母，从美国想象到中国记忆，从美国记忆到中国现实，经此一圈循环，他会在异国他乡变成一个"新蒋浩"（New JiangHao）吗？要回答——哪怕是不及格的回答——这个问题，都需要我们静下心来细读他的新作《佛蒙特札记》，共包括十五首长短诗：最早的一首题目用英文，《Anchorage[①]》，成稿于2017年9月4日；最晚的一首题目带古风，《丁酉秋，过纽约》，成稿于2018年1月18日。

---

① 意为"抛锚"（吾友胡志国教授音义双关地译为"安客"），伯灵顿机场附近的旅馆。

二

蒋浩的作品历来字字为营,步步为营,武装到牙齿,其修辞[①]的密度远大于意义的浓度。修辞主动,语义被动,后者似乎只是前者的副产品。修辞解除了语义的五花大绑,语义来源于并最终服务于修辞。也许对于蒋浩来说,与其"言不尽意",不如"意不尽言",与其"意在言外",不如"言在意外"。"永远不要去追问一首诗的意义,因为它本身并不靠有无意义而存在。"[②]他的念兹在兹,不是语义,而是字的生死劫,词的梦游,与乎修辞的绿野仙踪。如果说,语义是西瓜,修辞是芝麻,蒋浩偏生丢了西瓜捡芝麻。诗人,多么任性地,只是一个修辞主体而已。到蒋浩完成长诗《游仙诗》,此种倾向,已经趋于极致,让很多读者茫然不知所措。这种诗艺上的穷讲究(穷尽讲究),赋予其诗以一种稀有的价值观,不妨称之为形式主义价值观:买椟还珠而已,刻舟求剑而已,缘木求鱼[③]而已,大海捞针而已,猴子捞月亮而已。如果往细了说,蒋浩的修辞要术,不是有一套,至少有两套:一个是能指游戏,一个是奇喻魔术。曾被他反复动用的这两样看家本领,是否与"海南的雨",一起登上了去美国的航班并且"在纽约稍作徘徊"呢?

先来说能指游戏。关于这对著名的术语,"能指"与"所指",笔者也不欲在此引来索绪尔(Ferdinand de Saussure)或巴特(Roland Barthes)的相关解释,而是想要自作主张地如是说明:字词之三维,音,形,义,能指关乎前面两维,所指关乎后面一维。蒋浩的做法,似乎也简单,就是通过能指的滑动,带动所指的滑动,通过两者的滑动形成了一种听觉和视觉的贯珠,然后才是气咻咻赶上来的语义的贯珠。批评家对阿什贝利(John Ashbery)的图解,一个海难场景,"液态的能指海

[①] 蒋浩有诗集《修辞》(上海三联书店,2005年)。
[②] 蒋浩:《方言》,收入《似是而非》,江苏凤凰文艺出版社,2019年,第218页。下引蒋浩之文,凡未注明,均见此文。
[③] 蒋浩有诗集《缘木求鱼》(海南出版社,2010年)。

洋——随机性，固态的漂浮物——意义"①，该是多么地贴合于蒋浩的此类作品。先来读《Anchorage》："黑出租车黑司机黑手举着白纸：／本地拼写的拉面状拉风口音，／消解了横平竖直的汉语性。"从"黑出租车"，到"黑司机"，到"黑手"，是能指和所指的正向滑动。从"黑"，到"白"，是所指的反向滑动。从"拉面"，到"拉风"，既是能指的有序滑动，也是所指的无序滑动，中途就翻越了至少一座克莱山或曼斯菲尔德山。再来读《Maverick Studios②》："公共性比个人性更人性的玩笑是：／干这行全凭热心和苦心，／腿长并不让诗艺见涨。"这些诗句再次让我们领教，如何通过能指游戏，在字与字之间，在词与词之间，形成喜出望外的若干细小沟壑（或褶皱）。此种能指游戏，恰是汉字游戏。蒋浩降落在美式英语中间，遍地字母，"消解了横平竖直的汉语性"；但是他又通过能指游戏，消解了此种消解，并在美式英语中间挽回了一点儿"汉语性"。或许还可以这样来表述，此种能指游戏，本来就是蒋浩的惯用伎俩。来读他的旧作《寻根协会（回赠臧棣同题）》："但我爬得快极了，／山头我过去的风头未及白头，／而前面只剩下下面。"③蒋浩干吗这样做？也许，他只是为了反对钱锺书反对过的"把常然作为当然和必然"④？

再来说奇喻魔术。毫无疑问，奇喻与能指，这次都被蒋浩塞进了行囊。奇喻就是在八竿子打不着的两样事物之间，强行发明一种惊艳到惊险的相似度。因而，奇喻是开头最荒唐——收尾最美满——的拉郎配。在很大程度上，可以说，奇喻具有创世记特征，乃是高级想象力的奇妙结晶。笔者早已发现，奇喻既是蒋浩的旧作——也是其新作《佛蒙特札记》——的独门暗器。来读《Anchorage》："揉皱的夜色如手纸"，"裹紧毛毯胜于钻进保温杯"。从"毛毯"到"保温杯"，尚有理路可寻；从"揉皱的夜色"到"手纸"，已是脑洞大开。再来读《Maverick Studios》："字

---

① 马永波：《向阿什贝利致敬》，收入《约翰·阿什贝利诗选》，河北教育出版社，2003年，第7页。据说马文部分观点，来自外国学者，却似乎忘记了注明出处。
② 可勉强译为"学前牛犊写作坊"，或"初生牛犊写作坊"，隶属于佛蒙特工作室。
③ 蒋浩：《缘木求鱼》，前揭，第5页。
④ 钱锺书：《中国诗与中国画》，收入《七缀集》，上海古籍出版社，1994年，第2页。

母O的小圆脸像画了烟熏妆"。从"O"到"烟熏妆",本体与喻体之间,跨度实在太大,或已超过了跨海大桥。跨海太容易,如果与跨文化相比。《Anchorage》和《Maverick Studios》,乃是《佛蒙特札记》的前头两首,此后十三首,蒋浩逐渐弃用能指游戏,却将奇喻魔术贯穿始终。比如,他把住在山下而不到山上散步,比作"在书中睡觉而不知文字已远游";把溪声、虫鸣、鸟叫和露滴间的落叶,比作"句读";把乌鸦的突然的叫声,比作"一座跨度很长的弓形桥";把血迹,比作"一枚回形针别在公路中间的两根黄线上";把落日的余晖,比作"长颈瓶"。这种种奇喻,不但沟通了"有形"与"有形",还沟通了"有形"与"无形",甚至沟通了"听觉形象"和"视觉形象"——也就是说,奇喻与通感,殊途而同归。蒋浩所制造的修辞美景,尤其是奇喻美景,说实话,一下子就让人想到邓恩(John Donne)。邓恩的圆规奇喻,跳蚤奇喻,以及花色繁多的各种发明,让他成为玄学诗的鼻祖,现代派的远祖,以及英语世界的奇喻大师。笔者乐于承认,蒋浩不逊于邓恩,堪称汉语世界的奇喻大师。这样的结论甚至还包含这样的潜台词:奇喻比能指更加炫目,魔术比游戏更加扣人心弦和沁人心脾。

三

乘坐飞机和修辞的惯性,蒋浩抵达了佛蒙特工作室。字闯进了字母,字母打量着字,字与字母之间将会发生什么?这是一次跨文化的旅行:跨得过,就是故事,跨不过,就是事故。蒋浩由一个"修辞主体",静悄悄地,转变为一个"文化主体"。不管诗人愿意与否,在佛蒙特,他都只能"孤身"代表汉语和汉文化。王寅及其夫人还要再过半个月,才能赶来会合。会合了又怎样?他们仨,仍是"孤身"。蒋浩一边寻求"个体身份认同",一边不自觉地寻求"集体身份认同"。由此展开的写作,注定绕不开两种文化的磕磕绊绊。这是新诗的新材料,也是蒋浩的新课题(有点像个烫手山芋)。笔者已经看到,《佛蒙特札记》,呈现了两种文化——

字与字母——的阻隔、试探、误读和转译。为了让本文更好玩，笔者把这四种情况，分别称为碰壁记、破冰记、变形记和还魂记。

且容笔者分头来细说，其一，碰壁记。来读《午餐闲谈片段》："No problem! No idea! / 她不大懂东方人的什么都不想/ 才是想，没问题才有问题。""我"来自中国，"她"与"他"都来自美国。午餐是多语种的午餐，闲谈是入驻诗人、作家与艺术家之间的闲谈。"No problem"，意为"没问题"，"No idea"，意为"不知道"。字母进入了字的耳朵，听者有心，很快做出了东方式的反应：一种反方向的反应，一种一百八十度的大转弯。这就是字母在字中——或者说字在字母中——的碰壁记。

其二，破冰记。"他"就是那位丹佛艺术家，长着注水梵高脸，正困惑于泥塑维尼熊的干湿度。他曾在中国展出过装置作品，故而对蒋浩颇有兴趣，向后者询问在写作中的趣味性操作。蒋浩自陈了两种相反的尝试："有包浆的半拉子"，"胸有成竹之前的竹子"。潼南—海南[1] 诗人蒋浩，以及这位丹佛艺术家，似乎都已经做好了准备。他们要相向而行，要翻山越岭：一座山岭耸立在字与字母之间，一座山岭耸立在诗学与艺术学之间。那结果并非难以想象，这位丹佛艺术家未必听懂，未必听不懂："诗很怪，这河里的石头因水变而变。"这脱口而出的"变"，恰是无论何时，无论何地，诗与艺术所共有的"不变"。这就是字母在字中——或者说字在字母中——的破冰记。

其三，变形记。来读《九月二十六日登曼斯菲尔德山（For Thomas Moran）》："突然，你盯着后视镜中一闪而过的飞瀑，/ 喊起来：'范宽！'"这首诗中的"你"就是 Thomas Moran（汉文名穆润涛），东亚文学博士，佛蒙特米德尔伯里学院（亦即明德学院）资深汉学家。穆润涛曾译过蒋浩，收入葛浩文（Howard Goldblatt）所编《推开窗：当代中国诗歌》

---

[1] 蒋浩现在的居住地乃是海南，他的生长地却是潼南。潼南乃巴蜀之界，现辖于重庆。蒋浩的自潼南至海南，有点像苏东坡的自眉州至儋州。故而《自然史》曾这样写道："而喇叭只是风的一个入口，/ 响在蜀州像是要熄在儋州。"参读蒋浩：《游仙诗·自然史》，华东师范大学出版社，2016年，第198页。

(*Push Open the Window*)。他觉得蒋浩的诗,很难懂,却很有意思。蒋浩入驻佛蒙特工作室以后,穆润涛曾两次看望前者,并一起登上了曼斯菲尔德山。从"飞瀑",到"范宽",跨度也算不小。穆润涛为何喊起来,为何会像这样喊起来?一则,穆润涛的汉学修养显然包含关于范宽的若干信息;二则,范宽画过若干溪山图;三则,穆润涛在曼斯菲尔德山看到了飞瀑;四则,飞瀑进入后视镜如同进入卷轴;五则,蒋浩与范宽均来自中国;六则,穆润涛试图较为应景地展现其汉学敏感。毫无疑问,在穆润涛这里,范宽很有可能已经被高度符号化和脸谱化:一位喜欢飞瀑的中国古代画家。也许在穆润涛看来,北宋三大家,范宽、董源、李成,就没什么区别。蒋浩对穆润涛,既有热肠,也有冷眼。就在这首诗里面,在飞瀑出现以前,他就曾叙及穆润涛的"虚构中国学",以及后者如何将汉文坟典"西化为东方美"。也就是说,很有可能,穆润涛的"中国"只是"中国想象","范宽"也只是"范宽想象";那么他的"蒋浩",当然也就是"蒋浩想象"。从编译出《神州集》的庞德(Ezra Pound),我们早已知道,"想象"和"误读"甚至会通向柳暗花明般的"创造性背叛"——庞德就曾这样,对李白和作为诗人的刘彻(亦即汉武帝)动过手脚。这就是字在字母中的变形记。

其四,还魂记。来读《隔壁(For Chengxin Jiang)》:"汉字和字母在河面上下颉颃,/像灰褐色的北美鹭迎迓着银白色的南海鸥。"这首诗中的"你"就是Chengxin Jiang(江诚欣),生于新加坡,长于中国香港,就读于美国大学,译过季羡林的《牛棚杂忆》,现为芝加哥大学社会学博士。按照佛蒙特工作室的安排,她的任务,就是要把蒋浩转译为英语。笔者对这样的转译感到灰心,孰料江诚欣的会心,居然沟通了蒋浩的七窍心。江诚欣译出的蒋浩,近二十首,既包括旧作中的名篇,比如《海的形状》,又包括新作中的佳篇,比如《即兴》和《克莱山日出》。"南海鸥"对"北美鹭",原文对译文,那是相当的满意。如果说《九月二十六日登曼斯菲尔德山(For Thomas Moran)》揭示了美国和中国在山水文化上的异貌,那么《隔壁(For Chenxin Jiang)》就呈现了英语与汉语在修辞境界上的同心。"谢谢你,你美妙的译文发明了原作,/流水又打印出源头，／群山装订了她，／被这面墙再次固定在你我之间。"这就是字在字母中的还魂记。

两种文化和语言之间，看起来，除了险隘，也有通衢？也许，蒋浩并不这么认为。即便有了江诚欣的"美妙的译文"，他对他在英语中的远游和壮游也并不乐观。来读《十月七日深夜在拉瓜迪亚机场等早班机去华盛顿转机到北京回海南即兴》[①]："我的母语像我正在等待的飞机，／典我到这里，又要押我回去。""典押"拆为"典"和"押"，分头叙述去美国与回中国，允称文字学和叙述学的两全其美。想来蒋浩早已知道，他的读者不在美国，美国读者不需要他的诗。拉瓜迪亚—华盛顿—北京—海南：归去来兮，归去来兮，这才是蒋浩的线路（或者说路线）。

四

那么，有没有一种"语言"，可以畅通于任何"语境"？不是笔者急于明言，而是蒋浩早有暗示——这种苦功通神的语言就是大自然。山水，草木，鸟兽，诸如此类的"单词"，可以畅通于任何文化、语种和人种。《佛蒙特札记》，毫无疑问，已经毫不犹豫地启用了这些单词。从某种意义上讲，这既是蒋浩对旧作——比如《自然史》——的接力，也是他对盛行于美国的自然文学（Nature Writing）——比如《沙乡年鉴》——的较劲。鉴于本文下节还将重点论及《佛蒙特札记》中的大自然之诗，在这里，笔者只欲考察蒋浩的这样两个关注点：一个是天人相融，一个是天人交战，[②] 前者以嬉皮士（Hippie）的生活为例，后者以豪猪、松鼠和负鼠的死亡为例。

美国的嬉皮士，以及垮掉派（The Beat Generation），都很信奉禅宗和生态主义思想。他们尊重人性，也尊重生态；追求自由，也追求自由

[①] 这个诗题颇得宋人诗题的叙事学趣味。
[②] 在中国文化语境中，"天"可以解释为"大自然"。

的前提。他们曾逗留于佛蒙特所在的新英格兰山林，身体力行一种陶渊明所谓"纵浪大化中，不喜亦不惧"式的荒野生活。《九月二十六日登曼斯菲尔德山（For Thomas Moran）》第九至十五行，以及《从克莱山通往古尔德山九月的秘密小径》第十节，都有描绘这些"长发摩托"的简朴生活："露着白屁股"，"吸着大麻"，"饮着溪水"，"抟土造屋"，"磨石为镜"，"坐在这些树下、石头上、溪水边、/草地里修禅"。大麻一度未被美国政府列为违禁品，故而，也曾被嬉皮士错误地选择作为一种所谓的自由之途。这是闲话不提；我们更应该看到，正如蒋浩之所描述，嬉皮士尽可能减少了对大自然的伤害。此种简朴生活，"天人相融"，当然就是自然文学的一个重要母题。

除了嬉皮士的生活，当然还会谈到豪猪、松鼠和负鼠的死亡。《熊、刺猬或豪猪之死（给王寅）》有叙及豪猪的死亡；《从克莱山通往古尔德山九月的秘密小径》第二十五节也有叙及豪猪的死亡，第二十八节还有叙及松鼠和负鼠的死亡。这些死亡，都是汽车所致。《熊、刺猬或豪猪之死（给王寅）》乃是一首叙事诗，就像一首破案诗，死者身份的确定可谓一波三折："你夫人指了指那边，告诉我，/山路上死了只小熊"，"看到她身上那些硬长且直的褐色针式毛发时，/你和我都认为她是刺猬"，"我在工作室查了资料，/确认了死者就是豪猪"。这只被撞死的动物，只有一个所指，却无辜得到了三个彼此猜疑的能指。所有动物对于人类来说都是他者（the other），叫啥名字，似乎并不重要。这就从反面得到了证明：这个世界，毕竟还是一个人类中心主义（anthropocentrism）的世界。诗人却非要较真不可，他再三查证，终于将死者锁定为豪猪。他还再次前往现场，将路边的蓝色木质警示牌，"NO PASSING"①，挪用做这只豪猪的墓碑和墓志铭。这些细节非常值得玩味：也许，诗人不过是为了表达一份只有眼屎般大小的歉意？"人"对"天"的歉意，或者说，"文明世界"对"非文明世界"的歉意？人文主义与科学主义的冲突，由来已久，科学主义与生态主义的冲突，日益严重。"汽车"不容反对，"割草机"也不

---

① 意为"禁止通行"。

容反对，诗人的这种歉意也不过是无用的无力。动物、植物和环境受难，"天人交战"，定然也是自然文学的一个重要母题。

五

前文已谫论"人"与"天"的关系，现在来深究"我"与"物"的关系。按照中国古人的观念——"我"以外，皆为"物"。倘要"游物"，勿如"登山"：先是移步换景，继而随物赋形。蒋浩爱登山，好作"登山诗"（都是"恋物诗"）。若以其不同时期所写登山诗为例，即可讨论他在诗艺和交游上的"日日新"。这个角度，甚是迷人，却也只好按下不表。还是接着来读《佛蒙特札记》，其中包含四首登山诗：《克莱山日出》《黎明前在克莱山上直到日出》《九月二十六日登曼斯菲尔德山（For Thomas Moran）》和《从克莱山通往古尔德山九月的秘密小径》。这三座山，都位于佛蒙特州境内。克莱山和古尔德山是两座连在一起的山峰，紧靠约翰逊镇北面，曼斯菲尔德山是绿山最高峰，距离约翰逊镇尚有数里。这四首登山诗，都正中笔者下怀。尤其是第二首和第四首，前者包含十五节，后者包含三十节，每节都是一首四行诗，每首四行诗都相对自治，而又在某个秘道上如此暧昧地手挽着手。故而这两首登山诗，可以视为小组诗，也可以视为小长诗。

现在必须面对这个问题："我"与"物"的关系，到底该怎样来条分缕析？也许，可以这样来打个比方。有两列穿云破雾的动车，一列叫"我号"，一列叫"物号"。"我号"拖着三个车厢，一个叫"唯我"，一个叫"非我"，一个叫"忘我"。"物号"拖着三个车厢，一个叫"观物"，一个叫"即物"，一个叫"唯物"[①]。这两列动车随时变换着车厢的编号和排序，有时同向行驶，有时相向行驶，有时交错而过，有时彼此相撞，有时甚至还重叠为一列动车（"我"即是"物"，"物"即是"我"）。两者的离合

---

① 蒋浩有诗集《唯物》（秀威公司，2013年）。

纠缠，任何可能都是小概率，故而就有——借用黄仁宇先生的书名——"关系千万重"。

明乎此，我们就可以重返《佛蒙特札记》。先来读《从克莱山通往古尔德山九月的秘密小径》第七节："这里的枫树也会像岛上的橡胶树那样，/自己在胸口挖个口，夜里会流出很多汁。/一个甜，一个粘，都不是我喜欢的。/我喜欢松树流出的汁液。凝结后，擦拭过我父亲二胡上那两根褴褛不堪的马尾。"——这是"唯我"与"观物"的组合体，"我"要使唤"物"，"我"的主体性颇为居高。类似的佳例，还有此诗第一节。再来读第二十九节："并不需要终日苦读。/我肯定错过了一些书，但更多的是我读错了书。/比如，我翻开基训河，读到的倒影和磨光的书脊都是克莱山；/而爬上克莱山，扔下的湖笔和裁开的线装却是基训河。"——这是"非我"与"即物"的组合体，"物"要拷问"我"，"我"的主体性开始走低。类似的佳例，还有《黎明前在克莱山上直到日出》第七节。再来读《从克莱山通往古尔德山九月的秘密小径》第四节："倾斜草坡的凹陷处有一个指甲大的小小湖泊，/像你光滑袒腹上那个迷人的脐眼。/茵草如海，但我只要这一勺。/我抱住她，咬住她，在这草坡上一起滚。"——这是"忘我"，"我"混入了"物"，"我"的主体性想要等于"物"的主体性。类似的佳例，还有《黎明前在克莱山上直到日出》第十四节。再来读《黎明前在克莱山上直到日出》第二节："傍晚时最先变黑的石头，/总是在黎明里又最先亮起来。/从他身上的皱褶凹陷处涌出的露水，/开始反射这熹微的光。"——这是"唯物"，"物"呕出了"我"，"物"的主体性似已取代"我"的主体性。类似的佳例，还有此诗第三节。这两首登山诗体现出来的上述可能性，都有反复性：也就是说，从"唯我"，到"唯物"，并非一条直线，而存有若干条回环的冤枉路。

蒋浩长期以来——非独《佛蒙特札记》——所追求的杂语狂欢，不支持笔者简单地挑明其在"通古"和"化古"方面的小心思，但是上文所叙"唯物"恰是古典诗——尤其是禅诗——极为常用的收尾卒章之法。以王维《辋川集》为例：《临湖亭》归结于"四面芙蓉开"，《欹湖》归结于"青山卷白云"，《北垞》归结于"明灭青林端"，《竹里馆》归结于"明月来相照",《辛夷坞》归结于"纷纷开且落",《漆园》归结于"婆娑数株树"。此种"唯物",反而呈现了某种超人力量的"在场"。《佛蒙特札记》正是如此,"用传统来贪恋远景"①,屡屡归结于万物:除了豪猪、松鼠和负鼠,还有草与草地、松树、新月、石头、露水、雾、蘑菇、云、松果、椴树、野苹果、蛛网、星光、山脉、山谷、森林、槭树、枫树、湖泊、胡桃枝、溪流、落叶、落日、乌鸦、笔松、海棠树、菊花、云杉、明黄与暗绿。这恰是苏轼《前赤壁赋》所谓"无尽藏":"自其不变者而观之,则物与我皆无尽也。"《辋川集》也罢,《佛蒙特札记》也罢,反而获具了某种几乎不可测量的超验性。

关于《黎明前在克莱山上直到日出》,以及《从克莱山通往古尔德山九月的秘密小径》,笔者还有话可说:这两件作品的若干节,已经归于零修辞和零文化,或者说已经放逐了修辞主体和文化主体。来读前者第十节:"野苹果从枝头落下来,/并不需要任何鼓励和惩罚。/我从树上摘一个吃,/又从地上捡一个吃。"——淡到无味,素到无色,透明到无底,失语到喃喃自语,糊涂到分不清主宾,简单到懒得有意义,"追求深刻不如沉默于神秘"。这不再是戎装蒋浩,而是赤身裸体的蒋浩;或者说这不再是蒋浩的出场,而是大自然的虚位以待。

六

《佛蒙特札记》曾有写到两位美国诗人:因时间上的巧合,写到了阿什贝利;因空间上的重合,写到了弗罗斯特(Robert Frost)。2017年9月3日,阿什贝利告别人世之时,也正是蒋浩抵达美国之日。阿什贝利生前主要住在纽约;至于弗罗斯特,原籍新英格兰,生于旧金山,后来迁居新英格兰,晚年恰好定居佛蒙特。在弗罗斯特生前,州议院就宣布他为桂冠诗人,并命名一座山为弗罗斯特山。当蒋浩入驻佛蒙特工作室,

---

① 蒋浩:《今天,我为什么写诗?(应诗人萧开愚命题作)》,收入《似是而非》,第171页。

这位诗人已经去世半个多世纪。弗罗斯特和阿什贝利，后者是城市诗人，沉醉于"精确到不得不晦涩"，前者是乡村诗人，着迷于"朴素到令人上当"，两位诗人堪称美国诗的两极。

蒋浩后来以《丁酉秋，过纽约》第六节，向杰出的阿什贝利致敬："想去墓前献束花。我迷路了，/路还不够把我领到一朵花前。"又以《九月二十六日访明德学院罗伯特·弗罗斯特旧居（给亦来）》，向也许更加杰出的弗罗斯特致敬："隔着玻璃看那幽暗的室内，/像贴着皮肤去听他身体里沉睡的器官。"其《从克莱山通往古尔德山九月的秘密小径》第十九节及第二十三节，所叙种种细节，比如清除水面的落叶，比如劈柴和码柴，也会让我们马上就联想到弗罗斯特的《牧场》及《柴堆》。

上文援引的两首献诗如同谶语，在佛蒙特，蒋浩果然把自己从阿什贝利写成了弗罗斯特。这只是打个比方而已，也可以说，他把自己从黄庭坚写成了王维。王维，黄庭坚，弗罗斯特，阿什贝利，各有一套器官。而蒋浩，或有几套器官。黄庭坚是王维的反对派，阿什贝利是弗罗斯特的反对派，蒋浩则是自己及所有诗人的反对派。蒋浩或许暂时无法比肩于四位前贤，但是他比他们更加执拗地问个不休：诗为何物？非诗为何物？笔者从《佛蒙特札记》已经看到——正如诗人的夫子自道——"我决定开始要用几套器官来写诗"[①]。他用修辞调戏了语义，用文化欺负了修辞，又纵容大自然杜绝了语义、修辞和文化。后一首诗挑衅了前一首诗，下一刻钟反对着上一刻钟，哪怕到最后，"我没有多的我在这清早/换下我。"昔我与今我，佳境与绝境，元诗与负诗，七十二变，十八般兵器，"共生一个世界"。这就是《佛蒙特札记》——乃至整个儿蒋浩——的复调世界。

2020 年 6 月 9 日

---

① 《今天，我为什么写诗？（应诗人萧开愚命题作）》，前揭，第 171 页。

诗歌·劳动·吊带裙
——读邬霞诗作

苏 晗

一

2017年的秋冬之交，在一门诗歌课程上，我们讨论起近些年被概括为"工人诗歌"的作品。其中，我尤其注意到邬霞的《吊带裙》[①]，诗作不长，兹录如下：

吊带裙

包装车间灯火通明
我手握电熨斗
集聚我所有的手温

我要先把吊带熨平
挂在你肩上不会勒疼你
然后从腰身开始熨起
多么可爱的腰身

---

① 邬霞：《吊带裙》，收入《吊带裙》，太白文艺出版社，2019年。文中邬霞诗作均选自本书，不另注。

可以安放一只白净的手
林荫道上
轻抚一种安静的爱情
最后把裙裾展开
我要把每个褶皱的宽度熨得都相等
让你在湖边　或者草坪上
等待风吹
你也可以奔跑　但
一定要让裙裾飘起来　带着弧度
像花儿一样

而我要下班了
我要洗一洗汗湿的厂服
我已把它折叠好　包装好[①]
吊带裙　它将被运出车间
走向某个市场　某个时尚的店面
在某个下午或者晚上
等待唯一的你

陌生的姑娘
我爱你

第一次读，我即为其中轻柔、私密的语调所吸引：不同于"典型"的"工人诗歌"诉诸阶级身份的吁求，《吊带裙》不急不迫，显得温淡可亲。诗歌纪录电影《我的诗篇》也反复渲染着类似的印象：白天，邬霞和父母、子女生活在狭小但温馨的出租屋里；夜晚，她独自在车间熨衣、打包，

[①]《吊带裙》被邬霞收入个人诗集《吊带裙》时有个别修改，此句与本辑中顾爱玲的文章《翻译打工诗歌：谁之声音，如何被听？》中所引诗句略有差别。——编者注

画外音徐徐念出她的诗句。彼时，由诗人秦晓宇、财经作家吴晓波、导演吴飞跃合力推动的《我的诗篇》衍生出一系列出版、评奖、诗会活动，正有条不紊地展开。这一"综合计划"在互联网上引起巨大反响，也举办过数场学术沙龙，使长期以来自居边缘的当代诗坛，显出些热闹的迹象。在系列的宣传活动中，邬霞对美好生活的向往，与对"吊带裙""诗意"的追求糅合起来。面对镜头羞怯的神情，"还有她穿吊带裙时那种与工装截然相隔的美"①，成为"工人诗歌"标志性的形象之一。

《吊带裙》写于 2007 年，据邬霞说，是她第一首诗——从 1998 年开始，她写作了大量小说、散文，对诗歌却不怎么信任，"心想：那么短的文字有什么意义？"②读者面对这样一首"天真之诗"，还原出一个在辛苦工作之余，依然爱美、爱生活的女工形象，并不十分困难。另一方面，我却始终不满足，感到"天真"背后仍潜藏着许多有意识或无意识的思想构造。譬如，从孤独的劳动到对"陌生的姑娘"的亲密告白，是如何运思的？诗中大量出现、早已被主流诗坛弃绝的"爱情""花儿""我爱你"一类的词汇，在何种语境下被诗人及其读者再次召回？这份看似简单的诗歌文本，竟让我想起自 20 世纪 80 年代以来社会文化领域的诸多命题——它们诞生于新旧之交的历史现场，如今，依然被一代代知识者反复追忆、描摹着。

面对邬霞的诗，必须先关闭被以往的诗歌教育规训成熟的脾胃——这大概也是阅读所有"天真之诗"的前提。互联网时代，"何为诗歌"的质询往往发展为对诗歌及诗人不留情面的斥责。封闭式的细读固然可以锚定一些优秀的文本，却难以进一步扩宽我们的诗歌视野。我试想，如果不将"文学"理解为如资格考试般的准入系统，而将其视为植物般的、从社会结构中生长出来的有机生命，或许反而能在诗歌的带领下，寻获一片新的土地。

---

① 辛北北：《邬霞："吊带裙"是标签，也是美好生活的隐喻》，《黄金时代月刊》，2016 年第 12 期，第 43 页。
② 邬霞：《后记》，见《吊带裙》，太白文艺出版社，2019 年，第 143 页。

二

1980年，深圳正式成立经济特区，开始大量吸纳外地人口。到1995年，劳动人口从不到3万人，竟猛增到245万人——这也是深圳人口增长最快的时期。邬霞的父母1989年即从四川内江来深，属于最早一批打工者。7年后，她跟随妈妈出来工作，爸爸在家照顾妹妹，直到2000年一家人都搬了过来。在工厂当童工，必须使用假名才找得到工作，在劳累、孤独的处境中，邬霞常通过阅读言情小说纾解现实的压力，慢慢地，自己也动起笔来：从1998到2000年，已攒下七部长篇小说。独自趴在宿舍写作，成为工厂生活中难得的自由时刻，"使身心的投入变得真实"。(《安静下来的时光》)

《吊带裙》取材于邬霞当时在制衣厂工作的经历。年轻女孩子喜爱吊带裙，却因工厂苛刻的着装要求，很少有机会穿上。纪录片灵敏地捕捉到这个细节：邬霞打开衣柜，向镜头展示她在小店、地摊搜罗的亮闪闪的连衣裙们，"到晚上加班之后，那个时候凌晨两三点的时候……我就穿着裙子……穿过走廊，跑到洗手间里面去……洗手间那里比较黑，那里有一扇窗户，就把那个窗户当镜子，穿着裙子在那里转一转。"①

在邬霞看来，诗中"陌生的姑娘"也是想象中更好的自己：衣着时兴，家庭富足，有浪漫的爱情，也有阳光明媚的草坪和林荫大道。在90年代，邬霞的阅读、写作体验并非孤例。直到今天，看言情小说、电视剧，都是女工们主要的业余活动之一。② 它们很大程度上形塑了邬霞小说及诗歌中的情感取向。邬霞将她对自己的祝福，传递给了"唯一的你"——那个面目模糊的消费者——竟使冰冷的现代工厂带上朦胧、梦幻的色彩。邬霞的诗充满大量想象性的生活细节，这在同类的"工人诗歌"中是少见的。譬如，她写到工厂里自己的饭盆常常不翼而飞，妈妈便在盆沿上装上铁环，成了"戴耳环的饭盆"(《戴耳环的饭盆》)。再比如，

---

① 电影《我的诗篇》，秦晓宇、吴飞跃导演，53分10秒—53分58秒。
② 参见吕途：《中国新工人：文化与命运》，法律出版社，2014年，第6页。

写到工人下班，拥挤着穿过车间之间的封闭式天桥，"只是像火车经过隧道/ 轰隆隆就开过去了"（《工厂的天桥》）。这些刹那闪现的、"微小的幸福"，安慰诗人的同时，也使读者感到些微的伤感与苦涩。

工厂是一个"没有名字的世界"："所有商品从交换价值来讲都可以用多少钱来说明，也就是失去自己名字的过程。"① 如齐美尔（George Simmel）所说："计算的准确性给现实生活带来了货币经济……把质的价值换算成量的价值，以此来满足众多人的需要。"② 令我好奇的是，邬霞笔下这些梦幻的情景是如何嵌入工厂经验，而不显得突兀的呢？进一步说，两种相对立的生活，在劳动者身上发生了怎样的化合，被自然地捏合起来？在解释这些问题之前，可能先要考虑这种"对立"缘何产生，即，邬霞所发现的审美空间是在劳动过程中所形成，却以如此独立、隔绝的姿态被并入当代工厂的环境，本身就是双重的悖论。我们不得不将目光转向 80 年代以来社会结构的变动，以及社会文化中"劳动"含义的变化。

三

经典的马克思主义将劳动定义为人的本质。社会主义时期，"劳动"的价值被无限高扬起来，"自由自觉的活动"赋予个体建设国家的主人翁意识；劳动过程，也是个体价值无限趋向于国家价值的过程。譬如，在梁小斌的《节奏感》中，工厂生活被刻画为豪迈的圆舞曲："我干的是粗活，开着汽锤/ 一只悠闲的腿在摆动/ 而那响亮的汽锤声一直富有弹性和力度/ 连我的师傅也很羡慕"。这种大跨步的节奏，甚至召唤着"我的滞缓行进的祖国"一同前行。③ 这首诗仍保留着共和国前三十年的感受模

---

① 吕途：《中国新工人：文化与命运》，法律出版社，2014 年，第 37 页。
② 齐美尔：《大城市与精神生活》，收入《桥与门——齐美尔随笔集》，涯鸿、宇声等译，上海三联书店，1991 年，第 262 页。
③ 梁小斌：《节奏感》，收入《我的诗篇：当代工人诗典》，秦晓宇选编，作家出版社，2015 年。除邬霞作品外，本文所涉及诗歌文本均收入此选本，不另注。

式。然而，在诗人写作的 1979 年，国家主义的劳动美学正逐渐丧失其意识形态的凭借。在同时期的另一些诗中，梁小斌也表达了变迁关头的不安与惶惑："我得被抛弃，/还是被擦洗后重新拧到原来的地方。"(《一颗螺丝钉的故事》)"螺丝钉"显然来自前三十年的经典意象，诗人虽仍然怀有对"原来的地方"的期待，但前景似乎是晦暗不明的。

于我们，此种昂扬的"社会主义情绪"自然已十分陌生了。个体审美往往孕育于特定的语言环境：它培养我们的感受方式；它的颠簸变动，也一再更改我们的口味，提示某些看似自信而高蹈的文学标准，或许不过是"旧我"情随事迁的投射。当"现代化"生产实践逐步展开，革命政治随之退场，以岗位制、专业化为核心的"工作"取代"劳动"，成为生产力新的组织形式，随之退场的，还有那些沾满油污的抒情词汇。一些"朦胧诗人"早期的表达，已显示个人的感兴正逐步代替集体劳动的共振。请看舒婷的《流水线》(节选)：

在时间的流水线里
夜晚和夜晚紧紧相挨
我们从工厂的流水线撤下
又以流水线的队伍回家来
在我们头顶
星星的流水线拉过天穹
在我们身旁
小树在流水线上发呆

这首诗与其说以"劳动"为灵感来源，不如说是流水线旁一次小型的神思漂游："我"的目光越过了"工厂的流水线"，抵达更深层的"时间的流水线"——前者只是作为后者的前奏，被迅速组合进星星、小树等元素构成的象征世界里面。也就是说，舒婷所寻求的"共同的节拍"，反而带领着诗人离开劳动的"烟尘和单调"，成为自由游荡的个体。

新时期之初，个体从国家主义脱离是一种普遍征候。"国家现代化"

虽然同样设想了一种"共同奋斗"的模式，试图将"专业的人"收拢于改革政治之中，但随着新的经济体制的确立，"专业的人"也逐渐演变为"岗位的人""市场的人"。相比于"劳动"，"岗位"更强调个体的职业属性，而抹除了集体劳动的共同感。这里，可以再读几首诗，以便进一步理解邬霞生活的处境。

王小龙《老厂的雾》呈现了1990年代国企下岗工人遭遇的冲击。经济体制改革取消了依靠集体主义建立抒情机制的可能性，"雾"将个体——不仅仅是诗人，也是改革浪潮中的每一个人——与迅速转型的时代隔离开。主任、厂长、总裁，与"我"所在的工人群体清晰地隔断为两个阶层。称谓的变化突出了工人个体努力寻找自我位置的茫然无措。在诗歌末尾，老厂的消失被归并到一个更具概括性的时间结构里面："这个没有雾气只有热浪的夏天/ 一张张面孔在扭曲和蒸发"。大雾将"我"与时代彻底隔绝开来——诗歌中出现的工人主体不再具有国家的整体感觉，而只拥有本岗位上一个模糊的视角，工人身份也被细化为煅炼工或焊接工——被切分为流水线上孤立的动作。

新世纪以后，这种孤立、隔绝的心绪在社会各阶层中泛滥开来，然而，在社会文化中，由"岗位制"所导致的心理氛围却被作为当代人必然的生存宿命接受下来。环顾四周而写作是必要的，它能为我们定位自我提供必要的警醒。从社会结构上看，邬霞所处的、在90年代以后出现的"新工人"群体与之前国企体制内的"老工人"有着本质的差异。按吕途的说法，新工人是由改革开放带来的工业化和城市化所催生出来的，是中国把自己改造为"世界工厂"的产物。① 他们的平均年龄只有28.6岁，与新经济体制一样年轻。② 不同于老厂工人的"被抛弃"，新工人的"迷失"是多方面的，也更加内在于1990年代以后社会结构的变化。试看这些诗句：

---

① 吕途：《中国新工人：迷失与崛起》，法律出版社，2012年，第3—4页。
② 据《中国农民工调研报告》，国务院研究室2006年4月发布；到2010年，这一数据更是降到了23岁，据"全总关于新生代农民工问题的研究报告"，来源于中国新闻网。转引自《中国新工人：迷失与崛起》。

> 我向你们谈到这些人，谈到我们
> 一只只在生活的泥沼中挣扎的蚂蚁
> 一滴滴在打工路上走动的血
> 被城管追赶或者机台绞灭的血
> 沿途撒下失眠，疾病，下岗，自杀
> 一个个爆炸的词汇
>
> （许立志《我谈到血》）

不同于前几代诗人仍抱有国家共同体的想象，工人诗歌具有一种"内向爆破"的气质：由非人化劳动带来的愤怒最终回返到一种决绝、带着狠劲的工作状态；当个体降低为无名的、可随时替换的"劳动力商品"，所谓"劳动意义"也就此消散。

四

以上几个断片只能大略勾勒出四十年来诗歌意识的变化，邬霞的经验还应放置在更为微观的层面加以定位。邬霞进入深圳是在 1996 年前后，这一时期，深圳产业转型迅速展开，工厂开始自行招工，需要大量技术型、管理型的工人。同乡之间彼此帮扶，带来更多的工作机会。邬霞提到，她身边许多农民工朋友，通过自学外语，成为外资企业的翻译、负责人。也就是说，相比于之后（尤其是 2010 年之后），彼时的深圳依然能提供相对多元的生活模式。这也是支撑邬霞留居深圳，希望融入它不可或缺的原因。尤其当自己迷上写作，开始陆续有作品发表，"后来发现这个城市很美，文学气氛浓厚，渐渐地已经离不开她了"[①]。重新打量邬霞的"自爱"，我不禁疑惑：当国家、社会无法给予劳动者稳定的价值系

---

① 辛北北：《邬霞："吊带裙"是标签，也是美好生活的隐喻》，《黄金时代月刊》，2016 年第 12 期。对打工者而言，地方经济的发展会直接影响到个人的生存状态。2000 年或 2010 年之后进入深圳的年轻人，定居的可能性则更小。

统,劳动者如何看待自己?在这个过程中,诗歌,乃至整体的文学、文化可能发挥怎样的作用?

由此,我注意到诗歌起笔处的"手温"——它散发出的温情的光泽,力道十足,在熨平吊带裙的同时,牢牢支撑着整个抒情动作。在邬霞这里,个体应当追求幸福,这是劳动的起因与最终价值。这种幸福并非私利,而是可以普遍化的——至少可以在作为劳动者的"我"和消费者"你"之间共享。正因如此,劳动工具被充分人性化了,电熨斗与"手"互换,将机械变为某种古老、传统的劳作器具。邬霞将祝福寄托在"吊带裙"上,也在无形中抵达并抚慰了诗人自己,成为"自爱"——它直接关涉劳动者如何看待自己、如何理解劳动等关键问题。在邬霞这里,它承载了劳动者对劳动本身的爱惜,推己及人地发展为"爱他",进而将彼岸的美好世界鲜活地倒映在现实的湖面上。

"劳动"的重新发现,总是包含文化平权的内涵。这让我联想到在 20 世纪 20 年代的新文化领袖也曾怀抱相似的理解。蔡元培有意将"劳动"放大到更广泛的平民范围:"我所说的劳工,不但是金工、木工等等,凡用自己的劳力作成有益他人的事业,不管他用的是体力、是脑力,都是劳工。"并由此提出"劳工神圣"的口号。[①]陈独秀、李大钊、周作人等,无不是以"人"的发现、"平民"的发现为基础,去定义"劳动"的社会价值。田汉便认为诗人不过是"劳心""劳力"的双重劳动者,"诗人除开有诗魂之外只是一个很真挚、很热情的人。做诗人的第一步只在做人,而做人的第一步我便要说只在劳动。"[②]平民主义分享了一个大的观念前提,即,每个人的经验、情感都值得尊重;人与人联结在一个整体的世界中,并非彼此孤立的岛屿。这一路向,最终诉诸社会肌理的改造,衍生出各具效力的政治方案,但其起点始终保存着,因其朴素而难以移易。

邬霞叹息着,"吊带裙"的向往终究无法变现为行动,继而将目光再

[①] 蔡元培:《劳工神圣》,收入《蔡元培全集》第三卷,中华书局,1984 年,第 464 页。
[②] 田汉:《诗人与劳动问题》,《少年中国》第一卷第九期,1920 年,第 96 页。

次转向劳动本身。读罢全诗,我始终难忘的是"汗湿的厂服"蕴含的完满的劳动感觉——通过"手温",它显得无比熨帖、丰满。《吊带裙》淡化了消费社会的背景,还原出超越阶层的亲密关系。这种"前现代"的状态,核心是一种全然朴素的劳动观:工作不仅仅是由全球化市场把控的批量生产,更重要的,"我"作为社会环线上的一员,通过劳动服务他人,与变动的人群紧密地联系起来。

再次回到2017年秋天的课堂讨论。它之所以给我留下如此深刻的印象,也和一些具体事件有关。同年11月18日,北京大兴区西红门镇"聚福缘公寓"发生火灾,造成19人死亡,8人受伤,租户多为外来务工人员。事件发生后,北京市政府出于安全考虑,拆除了大量私建公寓并清退住户,年轻白领和大学生租住的城区隔断房也遭波及,一时间租房价格大涨。在课堂上,大家流露出对未来生活深深的忧虑。有位同学谈到,自己来北京读研,原是为了摆脱重复、低端的工作状态,却发现牢固的社会规则根本没有提供可供腾挪的空间,因此,许立志的诗反倒令她格外亲切。这让我思考,我们——同时代者,是通过什么关联起来的?当环境与制度愈来愈精细琐碎,情感、经验也随同社会结构迅速萎缩,文学似乎仍具有这样的潜能,带领我们认识并理解另一种生活——邬霞的《吊带裙》正向我们发出类似的召唤。

五

当然,"吊带裙"微小而短暂的幸福无改于孤立、逼仄的现实,邬霞只能通过反复的写作,一遍遍提醒自己"意义"的在场。正如想象是当代社会中的多余物,邬霞的"自爱"也是工作过程中的多余物,这是她没有意识到的,也恰恰在这里,"手温"——或者说"文学"构成了对现实的超越和反讽。

"反讽"概念来源于浪漫主义时代,首先意味着主体与现实的互不相称,主体通过批判寻求超越,其中介便是绝对的"美"——正如施莱格尔的表述,"一种永恒的超验材料"①。对于80年代以后的"主流诗坛",超越性主体首先由朦胧诗人确立,所凭借的,便是作为绝对艺术观念的个人。正如围绕"吊带裙"所形成的审美空间之于工厂所具有的超克意义,相当长一段时间内,这种绝对的艺术观念也成为当代诗人克服政治性挫败的凭借。此后,诗歌对社会的疏离、反抗,渐成为推动诗潮前进的内在动力,"个人"也被赋形为某种"语言生命体"。张枣提示,朦胧诗与第三代诗歌并非截然不同的两代人,而都承续着自白话运动以来新诗对"现代性"的追求。现代主义的"写者姿态"——将写变为对写本身的反思——构成现代诗歌自律性的前提。

20世纪90年代之后,也是当代"诗人"职业观的形成时期:一是从语言上,确立诗歌语言之于日常语言的特殊性;二是诗人的社会身份,以独立、旁观的视角保持"少数人"的审视姿态。进入新世纪,当诗人们被社会市场重新安置,"边缘"本身反而成为一个颇有些无奈的位置,成为诗人新的"工位"——而在以现代主义为核心的诗歌观念中,原本根植于社会结构的"劳动"(或"手艺")意识,其起源却被轻易地抹去了。这造成某种封闭的言说方式:语言如商品般持续增殖,却始终冲不开暗喻之门,进入变动不居的生活世界。这个意义上,当代文化对现代主义的追求仍受困于延续百年的"现代性"逻辑。游浪于国境内外的张枣,率先在全球化的文化政治中体味到这种两难处境:生成于当代中国、试图把握整体语义现实的"汉语性",与要求语言自律的"现代性"有着不可调和的矛盾。诗人一旦选择前者以克服身份危机,就必须放弃在能指内部处理现实这一现代性伦理,也就失去了"语言"所提供的警觉、独立的空间。②

在张枣看来,对人之处境的"当代觉悟"必须通过现代主义的先锋姿态完成。然而,随着社会经济体制的加固,大家往往身兼学院教师、出

---

① 参见本雅明:《德国浪漫派的艺术批评概念》,王炳钧、杨劲译,北京师范大学出版社,2014年。
② 张枣:《朝向语言风景的危险旅行——中国当代诗歌的元诗结构和写者姿态》,收入《张枣随笔选》,人民文学出版社,2011年。

版人、艺术家等多重身份，凭借"语言"的手艺，被并入市场、媒体等更具话语权的文化场域，这种超越性姿态反而与现代主义诗学的"先锋性"构成隐在的悖论。原先作为批判性意识的"边缘"，可能成为一个最"自由"，也最安全的位置。诗人与时代的关系应当重新打量：一种"艺术独立性"是否必然以"克服现实"为前提？"边缘"到底是当代诗歌为保持其独立性自觉选择的结果，还是在专业分工的背景下，不得不承受的后果？如果变动的语词只是进一步加剧了现实的破碎与波普化，而无法真正触痛那些沉疴的感觉观念，那么，诗歌的位置终究是令人怀疑的。

六

近二十年来，"底层文学""地震诗""工人诗歌"……一系列实践与讨论都显示出当代诗歌对于公共性伦理的关注。可惜的是，在呼吁、组织多种异质性力量加入的同时，观念间的壁垒却常常阻碍了交流的深化——这也暴露出我们是多么缺乏耐心！正如冷霜观察到的，对"打工诗歌"的美学评价常常建立于"生存""现实""经验"与"艺术""美学""技巧"相对立的二元构造。其致命处在于，当它们被置于话语的两极，其实进一步痼化了那些陈旧的、排他性的认识装置，阻碍了对美学经验及其结构性因素更为细致的考察。[①]譬如，在相关讨论和宣传中，《吊带裙》中的"诗意"和作为工人的"生活"常常是彼此割裂的。通过"写诗"克服"现实"，这无疑是传媒时代最具感染力的诗歌神话——同样，"诗歌"也可以被置换为"旅行""文艺""情怀"，乃至"消费"。它忽略了，对任一严肃的写诗者，"美"始终是具体经验的叠合，它包含了家庭、劳动、社会、人际各种芜杂的要素，它命令脆弱的个体联合并行动起来，从任何琐细之处改造自己的生活。

我们能否设想一种新的"劳动"？它期待的，并非某个阶层、某个

---

① 冷霜：《"打工诗歌"的美学争议》，《艺术评论》，2015年第9期，第20—24页。

群体境况的改善,而是创造一种彼此开放的结构,打破当下社会机械化的运转模式,使我们身上人性的部分,能安于"工作"而不是相反。在这里,90年代以来渐成规矩的"想象力""可能性"标准,或许将被再次激活:它不仅局限于语言内部,同时诉诸语言的媒介功能,使之交错编织在变动的整体世界之中,如此,才可能建设起全新的诗歌伦理。1997年,《学术思想评论》第一辑组织了一次诗歌笔谈,孙歌在书评中倡导跨学科、多领域的"论坛的形成"。她说道:"在现代分工日益精细、知识与理性日益暴露其局限性的今天,知识分子究竟该如何为自己、为自己的知识、为自己的工作定位?"她期待见到"知识分子跨越专业藩篱而进行深层合作的动人图景"[1]。这种忧虑并不局限于知识阶层,而是对当下原子型社会进行的整体反思。在这个层面,尝试去理解"主流诗歌"之外更为驳杂多样的写作,尤其是其背后微小但绝不可被抹杀的个体经验,或许恰恰是知识界"工作伦理"的应有之义。

---

[1] 孙歌:《论坛的形成》,《读书》1997年第12期,第124—131页。

钟鸣访谈录

　　钟鸣是"第三代诗歌"的代表诗人，也是当代诗歌运动重要的参与者、见证人和观察家。他的诗歌观念和写作实践在诗界走出一种迥异且超前的步态，他的随笔作品在文气和语体上更加卓尔不群。早在1998年，他的三卷本长篇回忆随笔《旁观者》就开创了一种航母式的大观气象和文体实验，当属诗坛罕见。最难能可贵的是，深居简出的钟鸣对当代诗歌始终保持着洞若观火、釜底抽薪的判断能力。我们在此全文刊发钟鸣完成于2019年夏季的最新访谈，或可读成一份关于当代诗蓬勃、壮阔、鞭辟入里的诊断报告。

诗的批评语境及伦理

受访者：钟鸣
访谈者：张媛媛，付邦
时间：2019年7月14日14：00—18：00
地点：四川成都点石斋

张媛媛：钟老师您好，我打算写一篇关于您的论文，这次来访准备了几个问题想要请教您。几年前我的师兄师姐们曾经来拜访过您，由当时的访谈内容梳理而成《蜀山夜雨》及《"旁观者"之后》我也反复读过。因为那次访谈主要是关于"四川五君"的，所以您谈论其他诗人谈得比较多。而我这次主要想了解您个人创作方面的情况。

钟鸣：没问题，你对我基本已很了解，也写过文章[①]，虽不长，但我觉得角度不错。随意聊聊吧，想问什么都可以。

张媛媛：我想问您的第一个问题是：作为当代文学史的一种叙述方法，将诗人以流派、代际甚或地域加以划分，是行之有效的。但这种方法注定将湮没某些复杂性与独特性，甚至固化了对某些诗人的看法与印象。请问您如何看待自己在文学史叙述脉络之中的定位？比如说，把您归为"第三代诗人"或者是"四川五君"。您怎么看待这件事情？

钟鸣：这个问题很关键也复杂。记得，敬文东先生有过这方面的话题，涉及逻辑性的问题，也涉及语言，终归是语言。都知道，现代汉

---

① 指《历史的伦理与诗的开端——简论钟鸣》一文，刊于《上海文化》，2019年第3期。

语受社会技术进步和西学影响,早已是个混合体,对比翻译而言,有许多概念,名实不符,也就是说,同用一个词语,但现实层面却相差十万八千里,因为境遇不同,比如,新批评家瑞恰慈(Ivor Armstrong Richards)说过:"优美的诗篇几乎是一个民主国家",虽说是隐喻性定义,但这里的"民主",就术语本身纳入汉语理解,或就语言行为理解,怕三言两语便很难厘清。再看上下文,瑞恰慈的意思是"在那里,国家利益的实现不以牺牲公民个性为代价",这是作为泰西人文自由精神看待诗艺很重要的一个标准,如果拿这来衡量汉语的现代诗实践,可想而知,不知会显露多少"独断者",这也是隐喻性定义。就现象看,自胡适倡白话诗以来,不知有多少人事纠缠在这个问题上面,运用社会学的眼光审视文学语言,是很后来的事,我很早就注意到了这个问题,在大学期间(1977—1982),除中文课,我更喜欢逻辑学和行为主义心理学,后者是我自己涉足的,这些恐怕都会涉及你的话题。

简单说,我觉得那种用"流派"——谁都明白,现实中,流派有时和社会学意义的"帮派""团伙""兄弟伙""江湖"是一个意思,这恐怕是汉语的一大特色——或像过去,用意识形态的"地下""民间""知识分子"一类概念来渲染、诠释个体诗家,附会到风格甚至行为、身份,名实不符,这是现实经验类型化的结果,说"面具化"也行。所谓"名正言顺"(这也涉语境),常常是通过歪曲来理解,显然和现代实践哲学的大趋势不合,某种角度看是大众反叛时代的遗风。我们已经历了滥用文化、阵线、革命、大众、文艺、运动、激进、保守、文言、白话的阶段,不该再痴迷于那种行政意味的口号化叙述,既不合语言逻辑,也不符现实感知。这里的"现实感知",包括了批评者和被批评者。通过以赛亚·伯林(Isaiah Berlin)对苏联"白银时代"诗人们语境的叙述,我们知道这点非常重要。某种程度看,"现实感知"决定了诗人在同一时代不同的价值。接触过诗人的人,就知道,在今天的全球化语境中,怕没有任何诗人(包括党员诗人、作协诗人)会笨到承认自己隶属任何消极势力。诗似乎像种公约总让自己三分光明七分孩子气,而非陷阱,但就语境看,当"光明"和"孩子气"被曲解来粉饰现实就很可怕了。正像《耳语者：斯大林时代苏联的私人生活》的作者所言："斯大林制度的真正力量和持久遗产，既不在于国家结构，也不在于领袖崇拜，而在于，潜入我们内心的斯大林主义"①。正是这些主义，改变了诗和语言的属性，不在于我们谈或不谈，而在生存不可避免。鲁迅时代，先生就曾历"左右翼"之痛，而谴责过"取彼"和"人血馒头"一类，而我们这代，久处革命意识形态化的社会，人格分裂的特征主要表现在语言和行为的冲突。以言行事，只在极少诗人那里有所反省、约束，或不完美运用，通过语言以达身心的善，而日趋本能，玩世不恭，使用手段，兴己灭他，依附制度却如此普遍。孔子在乱邦不入的时代，就已叙及"小人也为文"。当然，此"小人"语义和今日有别，尤其在西学背景下，文学更难免"模仿行动"追求权力的框架，而外表却给大众写诗即圣的印象，而只有具备综合教育素质的人才会很复杂地根据现实预设此问题。西方的"原型批评"就注意到了，并意识到文学（在我们特别是诗歌）"有意义的内容是意愿和现实的冲突"，在不可避免的冲突下，"理想我"和"真实我"浮现出来，弗莱（Northrop Frye）的《批评的解剖》恰好涉及。我注意到，敬文东先生最近关于"新诗理性化"（韦伯所谓计算能力之一种）已导向一种"冷血"叙述，就属此范畴。但有一点需要明白，是人出了问题，不是修辞出了问题，更不是诗出了问题。尽管，敬先生这一重要叙述，尚未在社会学的"模仿行动"和心理学之"自卑"和"再保证"的语境中细致展开，或给予实践理性的参照，但，在目前语境下，我看，已是诗学批评最敏锐也走得最远的。已不是防患于未然的问题，而是非人性社会发展灾难性的结果，倘若现在还不意识到这点，那等待我们的就是一个前所未有的"反乌托邦社会"，而我们却正危险地经历这阶段，清净和尚似的抒情诗是没有的。所以，但凡"一言蔽之"的诗学叙述，或所有的"预设理论"，批评者最该保持警觉。今天的政治文学语境，除了旧恶——"阳奉阴违""强盗逻辑"一类，还有个非常明显的特征，就是"指鹿为马"，

---

① 奥兰多·费吉斯（Orlando Figes）：《耳语者：斯大林时代苏联的私人生活》，毛俊杰译，广西师范大学出版社，2014年。

混淆,而且,越来越明显,覆盖社科领域。诗人自当抵抗,张枣先生的"樱桃逻辑",我的许多诗篇,不同题材,不同角度,都有萦绕,几乎可以说,从一开始直到今天,所谓个人的"风格"试验,从1982年习诗以来就从未停歇过。再直白点,这也正是我过去和花言巧语的"调适者"们的冲突所在。诗本身就是诗人的履历,现在诗人彼此通过真正的阅读理解他者已是凤毛麟角。

也正因为如此,我才注意到西方文学批评中所谓的"语境"。记得,赵毅衡曾编过一册"新批评"文集,出得很早,印象较深的是布鲁克斯(Cleanth Brooks)那篇《反讽——一种结构原则》,如果说反讽和语境的关系,是由语境歪曲诗的陈述决定的,那语境——或语言所涉条件,就近似现实。所以,有的批评家,把反讽视为现代诗的基本技法不无道理,因为诗的意义,只有在反讽关系中才产生,和题材无关,和流派旗号更无关。在语境批评看来,诗意只有在极特殊的语境关系中获取,比如,我论述的张枣的"樱桃逻辑",或新批评所谓的"意象结构",即一例。或许每个诗人都有这样的经验、境遇,要分辨其价值,得由另外的通道。所以,我一直认为,诗的有效性在个体特殊经验的表达,就像新批评说的,意义必须从特殊性产生,并不经由空洞化的"第三代"或"五君"产生。

空洞化表面看是就词语应用而言,在修辞范围,诗人们紧紧咬住这点,吝啬而自得其乐,但佐以其他,就会明白,别说诗之整体,每个词其实都牵涉语境问题,不解其核,即不知其所以然。比如,就说说"君子",许多人不知,君子之说其实是儒家学说的核心,孔子就曾区别"君子儒"和"小人儒",余英时有很精辟的论述。即便翻翻《论语》,至少可知,在伦理学范畴,民有竞胜之心,而忍让、成人之美,一定是美德,故言"君子无所争";倘若现实中使阴暗手段,夺人之好,或巧言令色,利用意识形态谗诋他者,此绝非善举。"文质彬彬,然后君子",这是很有名的一句,"文质"恰好就接近西学的"言行",或"以文行事"。而在认知哲学概念内,孔子有"知人为仁",把它扩展至现代社会的认知系统。但就我所接触过的诗人,多为"自恋狂",于现实,于别人,都一无所知，这就要看我们从哪个角度去理解，心理的，社会的（尤其从50—70年代过来），诗学的。克里斯托弗·拉什（Christopher Lasch）的《自恋主义文化》写得很精彩，至少，我们了解"自恋主义"常常少理性，活在当下，对未来毫无兴趣。这在我们的"及时行乐"与活命哲学中，特别有市场，而且，喜欢念衰老经，因为他们过去的营养靠虚妄的崇拜，包括莫名其妙的"受难意识"。"地下诗"就曾作为病态意识粉饰过许多自恋狂，批评很少挖掘这块。这两者，在汉语语境，常常置身意识形态的框架，而这些却是时间必然的流逝物。看看我们所谓的诗界，有多少无病呻吟地在那唱衰老经，津津有味，就明白了，许多伪理性混淆其间。

所以，我特别主张，写诗，读诗，评诗，还是要回到个体的陈述和语境关系上来。现代意识也不太容纳空洞化，经验都可以细化，不管运用什么分析工具，修辞手段，都要回到个别来，非旗号。"一统天下"是过去陈旧的政治运动模式，西方的"语境批评"，从瑞恰慈等人开始就已处现代性边缘。哲学上也由黑格尔（Georg Wilhelm Friedrich Hegel）体系孳乳现象学、分析哲学、实用哲学、经验哲学，或非任何形态的哲学，但大趋势是更习惯用更具体的东西来谈现代文化，包括各种跨界，况教育上，学科分类也日趋厉害，光语言学就可以分化无数支系。所以，现在如果再用填鸭子的方式来进行批评就很麻烦，不幸的是，诗歌批评大多难逃旧窠。

这就更要求我们，在谈论一个概念时，就一定要先把这概念弄清楚，因为你要用它贯穿你的文章。弄清楚命题，陈述条件；这个词，西方人怎么说，英语怎么写，汉语转换过来——毕竟我们是用汉语——又是什么概念？如果不把彼此间的逻辑性关系弄清楚，就乱用一气，那么在专业的眼中，就会全篇皆废。我觉得，批评不应该按代际划分。我们想一想，一个精力很旺盛的人，他可能活到80岁，还在"哗哗哗"地写，你说他是"第三代"还是"第四代"？落到个体，分辨本身就有问题，是以年龄分、以经验分，还是以他的阶级成分来分？现在不大时兴阶级了，西方20世纪经历六七十年代的"全球反叛"后，文化身份渐渐取代了阶级，我们也正经历这阶段，但和泰西语境完全两码子事，这正是现实政治最爱混淆的所在。在我看来，在诗歌中是有表现的，狭隘的民族主义和技术崇拜即特征之一，预设诗歌的门槛通道和行政管理的非正当性，同时纳入我们的视野，绝非偶然。观察此范畴，警觉文艺和技术社会的勾连，就我所见，尚未有任何著述的重要性超过敬文东的《牲人盈天下》，视它为为中国式的"威权社会"的到来奏响的一曲哀歌，绝不为过。每天由我们身边大量涌现的事实，就不难看出威权社会或都市主义的特征，只是许多人失去了敏感度。身份特征，由阶级意识改头换面，纷呈不已，包括外省意识（外省作为概念，在法国、俄国古典文学都十分重要），我在写张枣的诗评时就涉及过，旧著《旁观者》涉及更多，似乎在梳理俄罗斯外省文学时做过延伸。

张枣进入上海的时候——在诗歌意识的层面，比如其杰作《大地之歌》，我个人认为是1949年后触及上海深层结构最杰出的诗篇，我不是说上海诗人更隔膜，我说的是他和沪地诗人认知不同，语境不同。所以，我用了"外来者"的概念，说"陌生人"也行。一个沪地的观光客或文化旅行者和一个本土的驻扎者是不同的，显然，生存压力对后者的影响很大。在金融城市，大上海，富裕的长江三角洲，人们的脑子每天都会往贸易、流动、消费钻，文化、展览、诗歌这些勾连雅人和穷人的小衬托，或帮补，正是新型"无产者"靠边站的注脚，或说得残酷了些。别说现在，即使鲁迅那时躲在小楼成一统，他还是要"一求生存，二求温饱，三求发展"，这是他的名言。因为每个人要吃饭，要交往，第二天爬起来，你尚琢磨诗意时，兜里没钱交电费了，诗就得搁下，否则，现实中，你就会遭遇诗歌也会遭遇的反讽。在沪上或周围活命的不是有许多"第三代"吗，我偶然在微信里，还能看到他们的信息，显然，都被边缘化了，不知他们自己了解这点没有。多数人是靠意识切断或内在的增强剂——用"理想我"臆造了现实关系。现代诗歌批评不能助长这些虚妄，习惯成自然，批评就是治疗，有时，精英的虚假意识往往比独裁者更具说服力，也有违常识。

这些年，涉足考古、史学较多，考古也有类似的问题。比如，发现了三星堆，就一直用"三星堆"来讨论整个四川的古代文化，问题颇多。

因为"三星堆"是考古发掘临时用的术语，发现了三个土堆，农民称三星堆，想想看，"三星堆"中间是"星"字，非"土"，专家便附会人在土堆上观星，所以叫"三星堆"——这个说法捉襟见肘，很可笑，其实还是没贯通。就字面讲，三星指岁星，由三颗星组成，岁星是古人纪历的一种历法。过去没钟表，靠日月阴阳天地计时，天圆地方。圆标识有刻度，像钟表，指针是什么，先为岁星，根据星移斗转，来辨方向定时辰，后出现闰的问题，大概岁星不准，便又据北斗纪历。农耕文明，春夏秋冬四季称之"两分两至"，时间非常重要，春播秋收，时间不能延误，否则就没收成。搞考古与古史的人若不懂，便容易用现代人的意思去附会夏商周的人，所以，古史陈述一塌糊涂。诗学更糟，那时，一提出"第三代"这个东西我就生疑，包括柏桦、张枣，他们虽也用过这个概念，但也是限定着用，很少用，甚至不用。只有那些嗜好"标签""坐标"的书商、诗家、批评者，靠活动维系社会关系的操持者，才说"第三代"怎么生活、写作，知识分子咋个回事，民间写作又如何如何。什么叫民间？什么叫知识分子？西方"知识分子"的概念和我们大相径庭，按照西方的标准，我们有知识分子吗？或者只有士大夫。"士"在现代意识的境况中恐怕也不能滥用，幸好，余英时先生梳理过。总之，"四川五君""第三代""口语诗""50后""90后"一类概念，是懒人懒法，非科学，就批评常识而言亦如此。写诗和诗人的年龄是有自然生理的关联，一代人也存在某些共性，但在批评着眼的十分具体的语义分析中，关系实际并不大。这大致是我的看法。

张媛媛：对，像我们这一代写作者就被称为"90后"诗人。

钟鸣：这种"术语化的方式"早就该在健全的批评叙述中得到遏制。文艺美学的"反环境"很早就曾被奥尔特加·伊·加塞特（José Ortega y Gasset）在《艺术的去人性化》中指出过，因为哲学和批评已发现，对于无限新奇的艺术家，当然也包括诗人，"美学享受来自于对人性化因素的征服；因此，必须时时拿奄奄一息的战败者示众，昭示自己的胜利"。这在我们语境中所谓的"精英诗人"身上，表现尤为明显，包括某些伪装的

"政治诗",但误读也耸人听闻。对这些,不无年轻的批评家,渐渐具备了内在的抵御能力,进入更客观的细读批评,就我所阅读,敬文东、姜涛、冷霜,或还有不少,都在此列,为当代诗坛正提供或稽考更有说服力的语境,植入差异性,令人宽慰。涵养不够的,我看可以休矣,古人就说过,俗人不可为史。

张媛媛:是的,这个现象很奇怪。其实我们这一代写作者之间差异很大,但被讨论起来都是:你们"90后诗人"如何如何……

钟鸣:恰恰你们这代就要开始把这些(口号化的概念)去掉。即使要用——迫于已形成——但要加以限定,在什么情况下用这些概念,最好不用。其实西方早就进入个人语境来看这些东西。新批评导致了怎样的意识呢——每个人你只能从你个人的角度去阅读,被阅读者也是个体,经验人人不同,我不能说我的阅读就是所有人的,我只能说我钟鸣读是这种方式,被读者也有自己的一套,不可能没有误差。我就常听到,有诗人说批评与他无关,仿佛别人说的是天书,但那绝非事实,诗人靠自恋摒绝自己的真实语境,几乎是家常便饭,应该让读者来判断——既然你想成为公共人物。不过我们这里谈的,关联批评的步骤,首先还是要把你的核心概念说清楚,界定清楚,针对具体内容,"直接批评"就是不用绕弯子,或过多的预设理论。有段时间,我特别爱用"直接诗"指称某类型诗,说得不好听点,北方几乎是"直接诗",现在很清楚了,但凡不具"反讽"性质的诗篇,都不在现代诗范畴。我们说一棵树在夏天歌唱,吾心若磐石,有风入篱笆,鸡变凤凰,凤凰变灰,大可不必分行,《小知录》《酉阳杂俎》里很多,而且,还更精彩。

张媛媛:我的毕业论文题目暂时拟定为《诗歌伦理与感官的延伸——钟鸣诗歌论》,其中"诗歌伦理"是我文章中一个重要关键词。但是目前"诗歌伦理"似乎并不是一个可以明确定义的概念,已有的谈论诗歌伦理的文章大多聚焦于底层写作、打工诗歌、女性诗歌等话题,又或者以"诗歌伦理"来申明艺术的合法性与正当性。在您的创作中,有许多关涉伦理层面的问题，但和目前被讨论到的"诗歌伦理"却截然不同，并非简单以诗歌语言重复伦理命题，也不仅是反思历史、正视现实、重视责任的一种意识形态，而是呈现出一种美学的因素。请问，您如何看待"诗歌伦理"？您认为当代诗人需要秉承一种怎样的诗歌伦理？在您看来诗歌伦理的关键问题是什么？

钟鸣： 题目蛮有"麦克卢汉意味"，这个作家对我影响很大。就主题设计而言，到底是伦理在诗中的延伸，还是伦理借助感官在诗中的延伸，要明辨，我倒是建议标题不要用"感官"为好，因为"伦理"属公共意识范畴，古典伦理学的核心是"善"，现代伦理学是"正当"，有本很好的参考书是查尔斯·拉莫尔（Charles Larmore）的《现代性的教训》，作者主要涉及的恰好就是现代性所涉"伦理范畴"。当这些意识进入诗歌，最终是通过词语的所指能指来实现的，语言作为综合表述，承载人之感受，自当五官毕具，我们习惯说吃，不会说用嘴吃，因为那是不言自明的前提。但张枣在诗中不用"吃"而用"舔"，便突出了舌头味蕾，而且，带了浓郁的伦理意味，因为在南方情色用语中，"舔"多少都带有"下流"和"咻"的意味，那么，作者究竟想用来暗示什么，这就要求上下文语境，我只是举个例。而且，似乎敬先生也正关注此话题，东方表意文字较西方的音素文字更为感官化。用麦克卢汉（Marshall McLuhan）的话说，即"被语言高度定义"，这太重要了，因为会很深地涉及东西方文明的差异，甚至冲突——今天我们所有面临的冲突——绝对说来都是出于这点。由这看，你的主旨设计，肯定没问题。

将"伦理"一词应用于批评，我比较早。有篇美术评论（指《何多苓绘画风格与伦理的形成》一文），是写何多苓的，在90年代，应该是我第二次用"伦理"，诗歌运用更早，那就是你很熟悉的《中国杂技：硬椅子》(1987年)。当时德国的一个翻译者苏珊·格塞（Susanne Göβe），也注意到这个词，后来，还写过很长的论文。她翻译诗作是为"荷尔德林基金会"的邀访做的文本准备。记得，她还专门写过封信，列出难点，其中，就有"伦理学的蝴蝶的切点"这句，我回复做过解释，可惜，这些信函都没有了。你作论文，"伦理"不是不可以采用，但一用，显然，就得大费周章。首先，如果要从这个角度出发，恐怕就要先在西学那边，把亚里士多德的相关叙述弄清楚，西方伦理的语义一定是从他延伸而来的，可能偏社会和自然关系的范畴。当然，经过黑格尔，现代伦理又是另一码事了，古典的、现代的都该略知一二。摩尔（George Edward Moore）的《伦理学》以为"伦理学"的关注对象是人类关于"善"的系统知识，简言可谓"关于道德行为"的学说，大致如此，这样的话，又牵涉到"正当""价值""因果""恶""道德""快乐""幸福""义务""利己和利他"诸多观念，置身现代性，怕又牵涉到诸如"好坏""存在""合理""自由""进化""个体与社会""公与私""专制与民主""理性化"，甚或"意识形态和乌托邦"两种思维模式。转换到汉语境，我没做过专门的研究，随性读来，但觉得在经典的儒道知识系统中，"伦"和"理"是有的，更不消说自然形成的"善恶"，所谓"皆知善之为善，斯不善矣"，但肯定和西方的叙述不一样。你得先把这点弄清楚，如果非要从这方面立题不可的话，就得搞明白，汉语里面伦理是什么？"伦"和"理"，汉语或可拆分，西语的ethics能不能拆分？那么你也可就两者发挥，然后再转入我们基于什么来阐述"用伦理之眼看诗"，这样或才能立得住，这个功夫是必需的。尤其这个语境是现代性和公民社会必须参照的，那我们也就非思考不可。从具体的作品看，我的诗文是关联了的：近现代中国社会，"进化"和"解放"的意识形态，几乎决定了现实的所有层面，那么扼制的力量呢？这很重要。写文章首先是前提，你看，敬老师最近还一直在强调逻辑性的问题，有多少人明白呢？什么是逻辑，不只是上下文关系，主要还是现实语言行为构成的语境判断。就科学而言，诗歌都是"伪陈述"，有什么指涉，也是通过一套复杂的隐喻性定义来完成的，你必须要讲得通。虽然很难，但毕竟是写正规论文，不是口头上说一说。

过去，我写文章就有个习惯，首先，我会把一些可能涉及的要点、数据、线索、词语关系列出。外来语就要弄清，英语是什么？汉语里面能不能找到典籍和它对应的，过去学人如何解，尤其民国学人都精通中西文化，有时候他们在谈别的话题时，就牵涉到伦理，借助他们的桥梁再打通你要做的课题，这样就比较容易一些。"伦理"问题，我想余英时肯定涉及过，还有傅斯年、梁漱溟，可能都涉及过。"伦理"一词用白话文来说，就是一种道德价值判断，过去统统囊括在"革命"意识形态中，一个时代所有的立法都在里面。当然，它也是变化的，比如，同性恋在20世纪六七十年代绝不可能是正当的，想都别想，而现在却可以被相当一部分人接受。伦理概念，应该有很精确的定义，百科全书翻翻即知。尤其是在伦理置身于特定社会阶段与法律系统的时候，任何人都有很特殊的反应和表现，诗人也是如此。过去，我曾十分惊讶，许多诗人，自大昏庸到以为诗人可以超越一切伦理道德，把语言之表现或想象力和社会行为混为一谈，把合理的利己主义和认识论混为一谈，结果，恰恰正是从他们身上，我们看到一个时代最典型的行为干犯人伦的特征，有违常识，自然也包括他们运用的语言、题材，甚至谎言，这里就不细陈了。既然，伦理所涉甚广，同时限制于直觉和理性，那它和法律本身一样覆盖所有的民俗。那么，诗歌里面你就要再去分类，哪些你觉得是比较重要的东西，肯定从毛泽东时代到我们这一代，有许多隶属伦理范畴的人事、语言、表达，具有回溯或分析的价值。比如，"性"就肯定是一个很重要的话题，它就涉及伦理道德。那么张真、翟永明怎么表现，舒婷又怎么表现，舒婷含蓄，张真和小翟或更直接露骨，学自白派普拉斯（Sylvia Plath）的写法。杨炼更是直接，就像写《红楼梦》手淫似的，别的人又怎么写……这都是变化，问题就在这里，批评有时最重要的还不是陈述本身，而在解决认知问题，平衡感情，这里就存在逻辑性和訾议：你通过分行诗想告诉我什么？再比如说，"小册子"，你去查查看法国大革命里的"小册子"，它在法语里有特殊含义，是一种非正式传播的东西，任何时期的革命都有所依赖。"地下刊物"（民刊）某种程度上就是小册子的一个变种，围绕它，也可生出一幕一幕的大戏。

关于伦理的内容太多了，你不可能巨细无遗地加以叙述，因为伦理批评实际上牵涉时代所有方面，弗莱的《批评的解剖》有章就是谈"伦理批评"的，就批评而言，它很难成为简单的或单层面上的活动，显然，这是因为诗本身也是如此，尤其电讯时代，说它牵涉时代所有方面，就包括了男女生活、婚姻、法律、公私、身份，等等。这点，置身网络时代的人都能理解，"三维人"大概不会去理解"二维人"，单向度的人看复杂的人以为是神经病，但我这里说的是现实，到底 1949 年以后或者"民主墙"以后，中国现在是不是现代化的国家，这个问题的反馈、回答，其实也就会涉及伦理观念的变异。张枣曾经发问，没有现代化的国家会有现代诗吗？意思是，假设国家不是现代化的——天天依赖权力关系生活，哪来的现代意识，哪来的诗意？这个发问很好，因问到了根本，诗歌最终是读作者表达的意识，无论修辞如何，明畅还是隐晦、多义，都有其出发点，诗人自己昏聩胡言乱语就没法了。除此，只要他通过叙述孳乳价值判断，大众的私生活，男女关系，国家与社会，专制与民主，城市与个人，自然与人，垃圾和生产，甚至动物保护都会植入伦理因素，最后都会纳入"你想告诉我什么"的公式。反过来，写批评，写论文，最重要的，也是你要反问自己——我写的这个东西到底想告诉别人什么？如果是伦理诉求，那题目就很有意思了，通过文学折射一个社会的道德变迁，精神诉求和心理素质，没有哪种文体比诗歌更有力，也更多涵盖，无怪乎汉学家顾彬（Wolfgang Kubin）先生一直认为，中国当代文学中，唯有诗歌和世界保持了平行水准，小说则属二流三流。但我认为这种说法的条件并不充分，这是你该注意的。以后没准还可以再专题研究，从 70 年代末一直到现在，通过诗来观察人伦变迁，西方很拿手，伦理涉及社会学的地方比我们想象的要深，即便油腔滑调后面也隐藏着道德判断，所以，误读也很多。修辞解决不了一个诗人的行为或内心是否是个混蛋，否则，我们就很难理解谎言和人格分裂的问题，固然，花言巧语，你也可以视他什么也没说。我看，多数时候是后者。

张媛媛：其实，我就是想要通过研究您的诗歌来考虑这样一个问题：我们通过诗歌能够表达的一个边界在哪里，或者是究竟诗歌能够表达什么？就像您刚才所说的，伦理是一个特别大的概念，但是我觉得在您的诗歌中，他表现的其实是一个比较具体的，是可以让我去进行深入探讨的一个切入点。

钟鸣：这当然可以。泛泛而言，诗表达本身没有边界，就题材、风格来说，诗歌能带入的领域很多。批评若有神话、心理、原型、历史，那诗歌也能，甚至还有更多的混合。你可以是"山海经诗人""政治诗人""乡村诗人""都市诗人""虚构诗人""老干体诗人"，但任何类型，只要不在真空中而在地面，都会涉及道德、价值、伦理的边界。甚至说，如果伦理暂设计为中性的领域，任何诗人，包括左右翼、御用的，甚至心理阴暗的"双面料"都会触及某种边界，说得不好听一点，包括"告密者"也是为了自己认可的"价值"或"伦理"而采取行动的，否则，那些人为什么会如此执迷不悟？所以，伦理的边界，因人的选择而异。只要我们还在社会框架内讨论边界，伦理就像空气将所有人包围，没有人能拧了自己的头发说离开了地球的。所以，见人一根筋似地谈"虚构"，我就想笑，其实，生活中，他可能每一步都比别人更实际，更精于计算。"后毛泽东时代"的文学特征，钱理群先生似乎窥破一点，精明。诗人尤甚，这里我无法展开，《旁观者》浅涉讨。

言行一致——或西人所谓"以文行事"，不光在汉语传统中被作为积极的力量看待，现代主义，基于普世价值和公民社会，更是如此。谎言和糊涂绝不可能塑造人文主义视野下的卓绝诗人，通过模仿而达制造是可以的，伪现代主义的"人造"问题甚嚣尘上。

至于《中国杂技：硬椅子》，到现在为止，包括老外，也并非完整解读。当然，西方学人总体更敏锐。当时这首诗在先后在香港《大拇指》、台湾《创世纪》、《今天》海外版刊发后，美国的汉学家文棣（Wendy Larson）在一篇文章中分析张真和我——谈的是新诗里出现的新东西：情色。或因为《中国杂技：硬椅子》描述有女子表演、柔软胸部之类，他觉得切中了"性爱"（色情情调）的话题。但，德国的学者苏珊·格塞一看，觉得有问题。德国人更精确，她觉得这首诗不能那样解读，就写了那篇论文（《记忆诗学——钟鸣的〈中国杂技：硬椅子〉》），当时还是很有分量的，有德文、英文本，收录在欧洲当年出版的什么学会的集子中，我不太关心这些。译者到北京参加编导胡宽的诗剧，出路费让我去见她，我也婉拒了。想来，有点对不住她，但，我确实对影响一类很冷淡，百废待兴之际，自我认识、改变比什么都要紧。

她认为这首诗的叙述主要关联的是权力，显然，这是对的。或更准确地说，根本指涉是"权力"，而更进一层，则是日常生活权力的变异，因为里面涉及一个我们语境最熟悉的话题，那就是"私"，不光是狭义的"隐私"，应该是哲学或社会学意义的"个人"，与"群体"对立的个体，无论哪种制度的国家，社会与个人相互定义也亟待界定的某种关系，既然属于社会伦理学的范畴，也就涉及用之于一切个人的法律。社会学入诗，是我很早就觉醒意识到的一种特别的方法（1981—1984年间），和我在大学读涂尔干（Emile Durkheim）、略知存在主义，及后来浅涉"知识社会学"有关。当然，当时的理解还很肤浅，也曾坦荡荡叙之诗歌圈内，有人眼睛发亮耳朵是竖起的，也精明蹈袭而去，以为别人看不出来，我会讲这个颇有些滑稽的故事，因为从结果看，是我害了他，也可说是自害。有的人就是不明白，写作方法绝非货摊上的杂货，谁都用之则灵，因它根植于绵延不断的个性，而文学个性，则又隐迹于历史环境，个人命运，混合天性浮于现实，这个语境浑然一体，看似简单，却深不可测。就像阿伦特（Hannah Arendt）叙述布洛赫（Hermann Broch）时说的：其"生命线路和创造力，他的工作场域，实际上并不是一个圆；相反，它更像一个三角形，其每一边都能被准确地标识出来；文学——知识——行动"（《黑暗时代的人们》）。或即旧说中的"体用"。显然，风格本身具有的混合特征也正是我们不断涉及的语境特征，猪八戒使不了金箍棒，鲁迅也绝非林语堂。探讨模仿行为，我看在我们的语境中可能比"影响的焦虑"更重要，诗或也可分为混淆的"圆形"和多边的"三角形"。技术也无非是现实交互作用的催化剂，毕竟社会学的基础首先是现实感，这就要求持有者必须真实地进入伦理范畴。语言叙述之高低，就内在体验看，也取决于可由现实互证的意识和姿态，应该说，语言行为与社会学的方法，是互证性的，否则先验、客观或真理就无从谈起。如此看，很接近伯林（Isaiah Berlin）的"目标冲突的不可避免性"[伯林《苏联的心灵》斯特罗布·塔尔博特（Strobe Talbott）的导言]，诗歌掠食者最搞不明白的正是这点。一个满脑子想着在威权社会如何赚得满盆满钵的人，怎会对政治社会与人性的冲突有清醒的认识？所以，当他们每每自以为聪明地使用社会学方法时，就会露馅，毕竟"御用"诗人和自由主义的现实感截然不同，调适威权主义求当下富贵者和政治遗民的现实感迥异，就像纳粹呼吁"人民"的时候，犹太人就会遭难。社会学当然不是修辞学。就我们的语境而言，现实清晰地告诉了我们，极"左"时期，革命和国家主义定义的个人，没什么地位，不光是私有财产，更重要的是个体内心的精神世界，经狭隘的阶级意识形态定义后，"私"就不存在了，成了艰难磨砺的牺牲品，"牺牲"就是祭献，最好的祭品就是牛羊。我们经历了那样的时期，而且，作为"斯大林主义"的遗产，迄今，"私"的问题恢复到正常的框架内没有也还需要拭目以待。

最近，也没谁要求我，我便写起布罗茨基（Joseph Brodsky，上海译文出版社正出的《布罗茨基诗歌全集》）和诺曼·马内阿（Norman Manea，新星出版社的"马内阿作品集"）的书评来。我认为这两人，尤其是布罗茨基，对我们和之后都很重要，他身处"后斯大林时代"，时间上与我们最近；"布罗茨基案件"，当时在国际上闹得沸沸扬扬，就因为他选择了体制外的个人写作而被批斗，被定义为"寄生虫诗人"，跟我们曾经的"斗私批修""香花毒草"和消灭"个人主义"一样。在被驱除出国后，他再没返回俄罗斯，但他也并未投机加入海外的"地下"。他青年时期就立下过规矩："绝不贬低自己与国家政体和社会制度发生冲突，因为支撑它们的是简单粗暴的意识形态"[《布罗茨基诗歌全集》第1卷，列夫·洛谢夫（Lev Loseff）序言《佩尔修斯之盾》]。这绝不能理解为"不抵抗"，而是说面对"意识形态化的群体"，明智的个人就更不该再重复愚昧的群体，即便掌握了一时的正义以毒攻毒——汉语爱说的"以其人之道还治其人之身"，也是某种意义的复制。我想，这是特定语境下对"群体"与"个体"，"公"与"私"最卓绝的诠释。

他那篇著名的散文《我们称之为"流亡"的状态，或曰浮起的橡实》，就很冷静地分析过流亡的本质，有些流亡其实是"政治风向的玩物"。我们的语境中，"广场""地下""流亡"也一度不分青红皂白泛滥过，由风向决定了冲突、纷争，也塑造了"含混身份"。记得，顾彬也谈过类似的问题，最后，"流亡"的结果，是在这边捞钱，在那边拿绿卡，捞名利。

过去，有许多传统意义的"抵抗"，是以信息不对称为基础的，诗是什么呢？在布罗茨基，诗是"社会所具有的唯一的道德保险形式"，瞧，又涉及了伦理！显然，就个人行为看（行为可以检验，谎言也会不攻自破），投机、调适、观风向，都不在里面，最可贵的品质是自始至终表里如一。抵抗极权主义最好的武器，不是喊几句民主自由的口号，而是"丢掉虚荣心"，这个界面，布罗茨基勾勒得极清晰。枯燥的专制下，什么是诗意性呢，由语言构成的神话吗，独裁者偶尔也会写诗？在常人那里，新批评提醒我们，不能一窝蜂地去冒片面和晦涩的风险，过去，在我们的批评语境中，晦涩遮蔽了许多东西。我赞同弗莱（另译费莱）的说法："一首诗的最明显的文学语境就是其作者的全部创作"（《批评之路》）。当然包括了作者的生存之道，和现实的内在反应，自然而然也就构成了某种反讽关系，也可以说是一种"否定关系"。这点，观察一个诗人的社会行为，足以折射其语言指涉，一点也不神秘。后来，读钱穆的《中国近三百年学术史》，发现清人也有类似的意思，不求有利于天下，但求无害。我最看好的诗家，也多具有反省的精神，悲剧失败的精神，而且是内在的，不是修辞迷惑，我称这些诗人是"祈祷性诗人"。不可避免地犯过错误，满怀悔恨、原罪，才说得上祈祷。对比"精英的审判姿势"很好区别。既然那么酷嗜"社会学"可就别忘了，个体是社会学的最小单位，"脱水神话"根本就不存在，许多人未见过古物暴露于时空脱水的惨状，我是见过的，那是另一种"变形记"。

　　由这些来看，我的《中国杂技：硬椅子》无疑是"反神话"的，而且，非常明确，最重要的是，它描述了权力语境的线性发展，自上而下，古今通变。因为"朝廷"氛围很内在地给出的压力，民俗社会也就呈现出非个性化来，似乎还没人注意到"私"在各层面的意义，前面已谈过"三角形"的比喻。诗中涉及的"权力"固然是个大话题，但我更关注一个现象，即中国现代社会出现了什么问题，诗歌也会出现，此又见"生存不可避免"。所以，诗在这里并非特殊的范畴，它就像我们屁股底下的一把椅子那么普通。诗中使用"伦理"一词，是为了撩拨语境，着眼广义的"权势"表演，包括国家和民俗，也涉及个体自由。

德国人那篇文章的定义很准,但有一个层面,尚未深入,即"私"的问题,它包括了个人身份、隐私、财产,甚至个人对国家的干预,固然,也牵扯到责任。在市民社会这些都神圣不可侵犯,且界线分明,不过,在具体语境中,则也往往会因对事与言的认识不同而歧义横生。皇帝和人民,群众和个人,社会和家庭,公与私,福利和责任,包括正当和幸福,都不具民主社会意义的伦理逻辑性。皇帝或统治者,因被定义为道德的最高化身,所以,一举一动,都得道貌岸然,活得也不轻松,诗里就描述过明代的皇帝,取材于黄仁宇的《万历十五年》。皇帝怕椅子,因为他也要听课(经筵),屁股端坐不准靠椅背,万人之上,呆板难熬,也不自由,要说幸福,一定是仪式化的,需要做出礼法以外的解释。

"私"的问题涉及颇广,诗又是跳跃浓缩的,所以,运载作者的意识,表现出来的伦理性也一定会呈现出虚实变化的关系,尤其是"大我"和"小我"的关系,集体主义和个人主义的关系。我的《畜界,人界》,就标明过"人文主义",人文主义首在个人价值,这些都不是伦理本身。诗以多元的方式构成吸引力,包括了想象力和隐喻定义,而不是法学文件。所以,解读诗句,可以就形式内容展开,也可以就心理学、社会学展开。即便表现出伦理道德判断,也会很复杂。所以,批评者应该像侦探一样去了解实情,剥离各种可能。有什么不可能呢,一个人男盗女娼,但也不妨写"君子"诗,就像董其昌,古籍记载他鱼肉乡里,人很坏,但写字绘画却漂亮。小人也可以为文,论语中"小人"的概念与现在不一样,但是小人和君子肯定是有区别的。小人惟利,君子惟德。

上面谈的是历史、政治、社会学的角度,如果,从文学内部来看伦理的延伸,会触及更多内容,比如纯语义学、美学、文艺功能,及认识论意义上的正当性,多元意识。批评者通过这些,可以讨论诗人表现的意思哪些是对的,哪些是错的——相对主义不可能消灭对错,也有精确和模糊,最后都要由你来判断,不光是陈述出来,分析线索,还要告诉别人你的看法是什么。原来我最早写翟永明的时候,曾挪用过"自白""保密写作"一类来区别她和舒婷及许多女诗人。她可以袒露地写性,揶揄大男子主义,是保密写作的反面。后来,我意识到,其实,这也是相对而言，问题还是在语境。舒婷作诗是传统的格局，外部比喻性的，和自己私生活没关系，读其诗，除了橡树，读者不知是否她戴眼镜，个子多高，丰不丰满，对男人怎么看……但翟永明的诗，啥都有，酒吧亏损也有、男欢女爱也有，什么乱七八糟都看得到，这应该说是伦理语境的变化。但是，并不是说因为她敢写（社会就发生了变化），然后你就得出社会开明的结论，这不一定。所以，你谈伦理的时候，其实是通过诗看到了伦理间接性的表述。当然，关键在你通过这篇文章想告诉别人什么？

　　就技术细节而言，一定要把汉语的——毕竟是我们的母语——和西方的伦理这个概念弄清楚，查百科全书也可知一二。很多经典伦理学著述都涉及诗歌，毕竟是西方人文主义很重要的部分。你在谈伦理的时候，有个出发点是要考虑的，即顾彬认为当代诗紧随国际潮流，保持一定的水准，或有一定的道理，我看可借为坐标，就是说，既然中国诗歌这么国际化，那就肯定会在许多方面表现出大家认可的人文精神，这不就牵涉到了伦理学。因为顾彬是德国人，可以超然看问题，或宏观而论，并非全合我们的语境。西方把现代性、现代化、现时代分成三个层面。而中国有很多人是把现时代看成现代化，生出各种幻觉，很多诗人都在灌输这种集体无意识的错觉，当然，这要把国家主义诗人区别出来。我认为，中国从20世纪70年代末"民主墙"开始发生了重大变化，诗歌也是从那时开始，渐渐融入了官僚景观社会。法国社会学家居伊·德波（Guy Debord）提出了"景观社会"，当然我们的"景观社会"和他描述的还不一样。可能你也注意到，我反复在谈"精英诗歌"的问题，因为符号性社会的结果之一最后就是精英宰治，媒介变化导致冲突的面也变了。过去，人们敏感于符号，给予分类，现在分类不重要了，重要的是制作符号的人在谁的管制之下发生效用。这是精英社会特有的"语境"，美国社会批评家克里斯托弗·拉什分析的是六七十年代美国的社会语境，他认为精英就是各行各业的"符号分析师"。绘画是抽象的，立体主义的；诗歌高度抽象，崇拜技术手段，也爱故弄玄虚，不看自家语境，单相思似的在那强调技术性写作，以为可以制定"诗学原则"，美学原则，恍惚要超度大众。诗学超度和寺庙超度、市场超度一样,是最典型的精英意识。生活中也最爱标榜超道德,无所谓大恶、小恶,所以,也就很容易和极权主义或威权社会融为一体,麻痹大众。加塞特最有名的一本书叫《大众的反叛》。大众反叛就是群众革命,从二战到20世纪六七十年代,是人类社会大众反叛的高潮期。后来,社会发生变化,生活水准提高,媒介也在变化,全球化既冲突,也融合。而大众和社会的冲突,转为非直接性,精英开始登场,扮演专业的牧羊人,大到国家政治,小到地摊玉件,"专家"说对才对,诗人也演变为"专家",文艺更具欺骗性。所以,对诗歌界凡是玩概念的人要特别小心。我觉得"分类"是最危险的。诗歌本就是个人写照,是内心世界的很隐秘的东西,又不是工业产品,怎能按年龄分呢?难道60岁就不能写诗,非年轻时写,中年和老年人才写小说,或索性去读《红楼梦》。这都是精英虚假意识捏造的条条框框。就像我自己,写作只是精神性体验现世的一种,我看,和收藏把玩器物,或古史研究一样,都可能皓首穷经,所以,也从未浪费一分钟去经营关系。最近旧作编辑成册也叫《把杆练习》,因为觉得自己现在才完成了各种训练、准备,可以为诗了。绑在"第三代"上又有何用?

张媛媛: 我的论文《历史伦理与诗的开端》曾试图谈论过您的诗学的开端,但我感觉最终完成的结果并不理想。我觉得开端问题也许和您所受到的诗歌/文学启蒙相关,读完《旁观者》后,我发现您的知识来源十分丰富,几近驳杂,甚至是远离主流的,比如密茨凯维支(Adam Mickiewicz)、庞德(Ezra Pound)、麦克卢汉、吴宓,等等,都是您比较早了解的。您能谈谈对您的创作产生影响的诗人或者书籍吗?《影响的焦虑》中提到,一部诗的历史就是诗人中的强者为了廓清自己的想象空间而相互"误读"对方的诗的历史,您在接受前人的影响时是否发生某种误读或偏移?

钟鸣: 是的,我们这代耽误很多,导致了胡乱读书,驳杂应该说是个特征。这代人很多是靠见识写作,受先驱诗人影响,肯定有的。所有中国诗人,要了解外国诗歌,要么直接阅读,要么读译本。我们这代英语不像你们现在普遍的好,我是学中文的,柏桦是学英语的,张枣是多语种,不是所有人都能直接阅读。当然我们在大学也学英语,但也只是一般性的阅读。甚至大学时我还翻译了些东西,偶尔玩玩可以。我认为,凡是通过翻译来阅读,就会发生误读。我甚至觉得顾彬,虽能翻译汉语诗却并不解语境。翻译能解决词语表层,或语法关系,但仅仅是表层。据博尔赫斯(Jorge Luis Borges)的说法,诗的语言有好几层:第一,字面义,一般的翻译家解决的是这个;另外,是一种隐喻性定义,理解比较难,在顾先生难的,在我们却很轻松。顾彬自己就说过,理解张枣非常难,我看是语境问题。第三层即诗的整体寓意,这点最难把握。所以,一般而言,所有的翻译阅读似乎都是误读。即便汉语,我读张枣和你读张枣、他读张枣都不会一样。就像《中国杂技:硬椅子》,你们读以及美国人和德国人读的都不一样。所以,我认为这种阅读,只有远近之别。我曾经谈过陈东飚的翻译,他翻译史蒂文斯(Wallace Stevens)很棒。我偶然注意到,史蒂文斯的译诗,只要动词选择另一个意思,整个句子上下文的关系就全变了,所以翻译也很难。当然,有时误读也会有所获,大体氛围还是有的,这和翻译就没关系了。对我个人影响比较大的是艾略特(Thomas Stearns Eliot),似乎每年都要重读《荒原》。念大学时,没人知道艾略特,我便开始读他的作品了。史蒂文斯也是我很喜欢的,还据英文整理过一个笔记本,被一个取彼者借去再未归还。但,喜欢一个人的诗,风格上也不一定就会受其影响,影响要分技术形式的模仿,或意识氛围的建立。布鲁姆(Harold Bloom)最有趣的一本书是他最后写的《影响的剖析》,已出版过。那本书比《影响的焦虑》还要好,是真正批评家的陈诉,内心经历、事件和学术成长,像成长小说,我特别喜欢这类风格。他叙述的许多问题都很有意义,也很内行。我们原来开玩笑,说这个采那个的气,其实,也就是说谁影响了谁,布鲁姆称之"影响的焦虑"十分精到。比如说张枣,他最喜欢、最吹捧的是柏桦,这是明显的。他的论文《朝向语言风景的危险旅行》前面大量谈的都是柏桦,但是你看他的写作思路(这点大家都很敏锐),真正受柏桦的影响并不大,更多是叹其才华,因为张枣太聪明了,柏桦的风格是一种很怪癖的语言组合,用他自己的诗形容，"突出，尖锐"，张枣称之"立即成诗"。因柏桦早期写作，我有所了解，也曾欣赏其个性，写作很疯狂，随便抓住身边的事物即可成诗，端住自己的脸便说"像蚂蚁"，但这对于另外一种性格，则未必合适。张枣最后戏称自己是胖子，源头则非柏桦，每个人只能是他自己。张枣的性格更灵动、中和，而语言靠速度和钻牛角尖到达白热化，并不适合他，他寻了另外的路径。我在写关于张枣最后的诗评时，才发现，其实他过去曾受《中国杂技：硬椅子》的影响蛮大。他有一首诗《椅子坐进冬天》说明这点，内行一读即知，那是在《中国杂技：硬椅子》发表后。美国学者那篇文章，也是经他翻译刊发《今天》的，他肯定想弄清里面的名堂，而理解一首诗最好的办法就是模仿其意象去写一首，但不是简单的模仿，而是通过借鉴，想试验、梳理出不同于自己以前的叙述方式，寻求新的微妙之处，记得张枣最爱用"微妙"这个词。我那句"椅子绷紧的中国丝绸，滑雪似地使他滑向冬天"在张枣的诗中有过变异。还有几首他也特别在意，《小虫，甜食》《与阮籍对刺》，众所周知的当然还是《鹿，雪》，他印象最深，有封信专门谈过，《旁观者》里有。许多年后，还经他之手让人翻译在顾彬的汉学杂志《东方和西方》上。《鹿，雪》里面有好几个意象他都化用过，不止一次。这属正常的学习、影响，不是那种机械的模仿，或剽窃词意，他有能力把这些意象延伸扩展进他自己的意象结构。启发、延伸，这是一种很复杂的经验，既内在又隐秘，一般的批评很难涉足，或只有极敏锐的人才可能察觉，或许碰巧又和几人同时接触过，还须兼备客观鉴定的能力，像福尔摩斯似的。但我们知道，这很难，几乎不可能，尽管意义重大。但语言意象结构都有规律可循，也并非不可知。当然，张枣写诗，更多是受国外诗人影响，包括荷尔德林（Friedrich Hlderlin）、里尔克（Rainer Maria Rilke）、茨维塔耶娃（Marina Ivanovna Tsvetaeva）、史蒂文斯，甚至曼德尔施塔姆（Osip Mandelstam），或还有我们不知道的，每个诗人都有自己的秘密"弹药库"。个人经验告诉大家，每种风格都有许多坐标，在作品中会显现。张枣有语言天赋，或者说，他把人生的经验都投注到写诗和语言的训练上，至少略知俄语（精通未必），除英语外，最好的还是德语，顾彬先生赞扬过他这点，自然不虚。他生活其间，作为德语传统的诗学和生活直接的体验者，他完成了语言至关重要的转换，把英语之外的诗艺传统导入汉语现代诗，这是他的目标之一，他做到了。仅德语和汉语就足以贯通许多艰深的东西，要了解这些，或才有可能写出张枣受德国诗人影响的文章。做过文章的人便知，这特别难。比如，我在写《当代英雄》叙及他诗中的"樱桃逻辑"时，就疑张枣诗篇中的一些意念是从里尔克的《杜伊诺哀歌》化用的，但我不懂德语，只好对照里尔克《杜伊诺哀歌》的各种译本，抽丝剥茧，理出影响的关键，主要是作者的意图。这方面，诗人自有优势，因为都很精通，所以才对他的化用比较了解，靠直觉也能判断三分。弗莱在分析文学经验时谈过（见《批评之路》），不存在什么个人的象征主义，诗的结构，是诗人间交流的努力，或相互影响的结果，所以许多意象结构存在相似性的问题，其实，是同一性造成的。千篇一律造成相似性，而政治语境，则成就同一性，如果真有什么诗歌的这代那代，也是依据共同语境而言的。为什么曼德尔施塔姆、布罗茨基对我们这代影响很大，不是一般的大，就在于相似的语境，或直接说生存条件。所以，我觉得搞批评一定要具备侦探的能力，首先不能被对方迷住，要像猎人一样，几头野兽在里面借了语言晃来晃去，你不能被他们的美丽或错误迷住，一定要保持距离、警觉。因为有些人爱撒谎，言行不一，还喜欢用玄乎其玄的玩意迷惑别人。批评家就是要不吃那一套，要冷静。曹梦琰那本《四川五君》意义重大，她首次把五人这个"局部"，从一个时代剥离出来分别加以描述，但背景或语境交代不够，可以理解，因为有的语境不是现在的教育和政治体制能承载的，再者，涉及的一些事件、材料，作者不十分清楚其过程，这也不能怪她。所以，我写了《危险的批评》，不是针对研究者，研究者何罪之有，恰恰针对的反倒是诗人的迷惑性，包括谎言、取彼。这些如何又不是伦理！就我们的语境，我看，诗歌、批评若不能祛魅，就很难接近现代性。诗人的迷惑伎俩，不完全属于修辞，而概属意识和手段，我是从我们社会具体的语境来看待的。诗歌既然有隐喻定义，那就有隐喻互戕。观察意识形态的隐喻，当然是很重要的一个角度，困难重重，你对我作品中不断变化的有关"伦理""私"

的叙述感兴趣（究竟哪些诗是最直接的案例，我会提供一些看法和说明，没有谁比诗人自己更了解自己的作品），恰好也概属相似语境。好在而又可悲的是，这语境迄今变化不大，甚至更糟。

张媛媛：您在几年前的访谈中提到中国当代批评的两个误区：一是不能直接进入诗歌解读，二是批评者不了解诗人的生活环境、历史背景。您能再和我们详细讲讲"语境批评"的含义吗？

钟鸣：要谈"语境批评"，便非得先了解这个词的本义，英语的context，是上下文的意思，即文之前后关联，既谓文，便大小可至修辞格的字句段落，修辞所涉各语言单位。最早是新批评的瑞恰慈在语义学研究中提出的。他认为应建立新的修辞学来代替孤立的修辞学，这孤立相对而言是指那种"从词到词"的研究，很容易堕入观念化、口号化，比如前面谈到的"第三代""知识分子写作"、时髦的"打工诗"，包括各种标新立异、哗众取宠的玩意。"无根之说"和"孤立修辞"，在我们的语境，有时会是一回事。但汉学家柯雷对"打工诗"特别感兴趣，我看跟这边一样，误入歧途。所以，20世纪我虽是最早把民间刊本送他的人——现在莱顿大学建了电子平台——但从未把自己的诗作送他，我对翻译没兴趣，而且，明知他读不懂我复杂的语境，何苦呢。所以到成都来，我请他吃乡下的土豆腐，送他《次生林》和《外国诗选》最后的原本，也未送他诗集，在我看来，一首语言诗失去连带的语境，就什么也不是。我极同意瑞恰慈的观点，应该把context的意义扩展到词与相关时期一切事情的关联，这才摄入所谓的语言行为、语言社会、语言意识形态的范畴。谁都知道，社会是特定时期政治组织构造的产物，也影响到语言的变迁，就像我们在现实中每天感受的话语，经历的各种杜撰和谎言，难怪，context也孳乳contexture（组织、构造），就词语本身看，瑞恰慈对"上下文"的扩展，显然是有依据的，说穿了，也就是词语关联环境，包括不同角度的阅读。比如，就拿鲁迅先生文章中出现的"取彼"，我们或可在"采气"（近似影响的焦虑）、"巧取豪夺""剽窃词意"等意义上使用，或局部意义与鲁迅同，或纯粹隐喻借用，而要真正了解这个词的全部内涵，就得研究鲁迅的时代环境，人事纠葛，比如顾颉刚一类，当然，也包括政治语境……即便今天，也依然如故，比如，张枣他为什么要反复使用"间谍"这个词？他为什么要设计和茨维塔耶娃那场对话？为什么他要从里尔克化解出来"樱桃逻辑"的意象结构来组织自己的叙述？这些都是语境的一部分，表面阅读是无法回答的，也不可能用神秘主义来遮挡。必须细读，不只是根据文章，根据诗句，还得依赖交流、书信，人与事，言与人，所以，中国历史的书写也分"言"与"事"。

张媛媛：对，我觉得我们理解那个年代的事情好像就隔着点。

钟鸣：有这样的问题，但也并非不可能。毕竟言与事，是可以脱离语境，超越时空而传播于世，否则，我们为什么还要研究《史记》《尚书》《竹书纪年》呢。当然，有直接的接触为最好。所以说，也不是不可能，除了材料、文本、传闻，还要看你的综合分析与判断，传闻是很危险的，因为意识形态无时无刻地在利用它。每个人通过语言表达的意识形态和现实感都会显露。诗歌界真的很复杂，百废待兴，或许正因为如此，语境批评才有某种可能，非进入细读不可。如果，不和一个人亲自接触、聊天，不经历他某部分生活，尤其是涉及语言的内心精神世界，我不知语境批评有无可能？就像写"四川五君"，这里的"君"怎么解释？孔夫子在《论语》里面写君子，"其言也讱"，君子每说一句话，都会觉得非常艰难，这里指的当然是语言表达和内心审慎，也涉及知行。如果不是为了骗人，很难。我写过不少批评文章，有体验，只要你真实一分，就可能让被批评者尴尬一分，要么红脸，要么内心纠结，因为我们的民族性格被宠坏了，都只喜欢吹捧，想得到社会的再保证，稍一真实，立马就不适应起来。逃避现实，糊弄玄之又玄的玩意，我看，和政治的愚民术并无两样。一个诗人热衷于虚假命题，那他的诗我是持怀疑态度的，这些都将突显"伦理"问题——现实、媒介、认知，构成"责任"的三角形。人人都在写曼德尔施塔姆，但，曼德尔施塔姆至少不撒谎，想想斯大林时代的现实，已远远不是伦理的问题了，而是反常识。当代诗存在大量有违常识的玩意，如果我们足够勇敢和真实，是可以明白究竟是什么事物萦绕不去制约着我们，什么是现实，或现实感。社会的现实问题是手机拼命换代的问题吗？是 5G 的问题吗？高科技有用技术造福人类的一面，但也有反过来制约人类的一面，跟全球化的问题一样。这就是为什么我特别欣赏麦克卢汉的地方，他有一个观念很重要，我在诗文里不断叙及过的"反环境"。比如，全球化是枚双刃剑，通过媒介改变距离把所有的东西拉拢，今天如果英国女皇在公园里对警察说了一句什么，马上就会传遍全球。但同时，重新分化、部落化也在开始，日常生活中，微信不断分裂人群的旧关系就是活证，人人都在经历，包括学术领域。比如，民国时期，甲骨学有个经典理论，是董作宾先生提出的，即每条卜辞中，在"贞"字前面，有个字一直弄不清楚，后来董作宾认为是贞人的名字，即占卜者，大家都觉得这个解释不错，于是就发展为"贞人说"，作为卜辞断代很重要的依据。但，随着甲骨学的普及，更多材料问世，这个论据越发可疑了，因我发现，中原、太湖流域、蜀地，都有大量甲骨卜辞出土，对比来看，会发现同一"贞人"无论是同代或异代，都不大可能在三个地方出现，而且，根据古舆图，我又发现，"贞"字前面一词，多为地名，遂觉悟"贞人说"站不住脚，而且，过去日本学者岛邦男、中国香港饶宗颐先生，都发现了这个问题。饶较保守，没全部否定，一旦成为事实，大量吃甲骨学这碗饭的人，怕连修改都来不及了。从这里可以看出，新媒介介入和反过来介入新媒介，都可能造成传统内容的断裂，自然也就导致人们习惯或依赖的文化形式、精力、学问、知识、经济、身份全方位的改变。

张媛媛：感觉历史和写诗一样，都特别需要想象力，您做历史研究对写诗有什么影响吗？

钟鸣：当然有。甲骨学中陈梦家、饶宗颐先生都可谓诗人，后者还写过《近东开辟史诗》，旨趣颇高，遗憾的是饶先生非沃尔科特（Derek Walcot）。融合旧学和诗很难，我也不是没有尝试过，比如《树巢》。但，毕竟现代性的阅读经验已深入人心，说不上进步或退步，可能都不是这些问题。诗和史在汉语境的汇合最有基础，而且也是传统，《诗经》最早在整体上体现出这样的意识,为六经之一,而六经皆史。诗歌在现实、语言运用、流传的广度上,恐怕在其他之上。《毛诗》:"亡国之音哀以思,其民困。故正得失,动天地,感鬼神,莫近于诗。"而现代社会,人的经验分化,比如敏感性,和自然的关系,按乔治·斯坦纳(George Steiner)的说法,"真理、现实和行为的诸多重大领域开始退出语言描述的疆界",历史也只表现为事件和偶然进入我们大脑反馈的意识,只在少数人那里,作为文化认知的一种方式,若用汤因比(Arnold Joseph Toynbee)的话说,即"消除距离"。对我而言,或是意外。你在释读《垓下诵史》时,其实就触及了这个话题,诗本身成不成功并不重要。应该说,我还有不少诗,也是有意识地强调历史叙述的,包括《中国杂技,硬椅子》《珂丁诺夫》,场域转换不同。我自己比较喜欢的是刊发在《今天》的《夏天的契诃夫通考》和另一首取题《诗经》的《云谁之思》,较以前有很大的不同,韵律、用典、形式、密度,更接近传统。历史进入诗歌,可以是题材的,也可以是意识的,东西方古典文学,诗歌炼句含史,含地理、天文,稀松平常,不足为怪。我反倒奇怪的是,西方为何有史诗,而汉语则无,许多人讨论过,不得其解,而把长度视为史诗的唯一标准,这不是文学版的人口红利吗!语言媒介本身就是一种限制,或连这也不是,而就是配合经验感知的表达样式不同。考古学也认为,古文明的文字、城址、青铜三件套,并不能放之四海而皆准。

  我看,文学和传统、现实联结的多样化一直被破坏着,要历经好几代,或更长时间,才可能复原,或永远也难恢复。诗人作为文化的担纲者,自然有这责任,我只是这代人的冰山一角,不足挂齿。历史有不同的记忆,现实行为的对抗,汉语境的文祸迫害,我在《夏天的契诃夫通考》中,就埋了苏东坡遭文祸的伏笔。经历过的现实,比如胡风集团,"万言书"和出卖他的舒芜,对于今天都是叙述,牵连过不少人。20世纪90年代,我策划出版了一本书(指《心香泪酒祭吴宓》),没想到会引来轩然大波,事后看,几乎是一次"小文革"。作者是张紫葛老先生(现已故),在我念过的大学里,他和吴宓关系很好,吴宓晚年就在西南师范大学。当时围绕这本书争论得很凶,发行量也大,现在新版也出了,作者已经去世。我因为在报社做副刊编辑,认识他后,便刊发过他写民国时期一些人物的文章,并把他写的关于宋美龄的书推荐给台湾《联合报》连载。接着便知他和吴宓那段往事,我鼓励他写,他眼睛快不行了,摸着纸板写,然后,再由他夫人整理。开始他有所顾虑,我说你不写,吴宓在重庆晚年这段往事就再也不为人所知。那时候,钱锺书的《围城》刚刚拍成电视剧,陆键东的《陈寅恪的最后20年》也刚刚出,我判断这个时候出,时机正好,果不其然,但却遭遇不少攻击。据他爱人讲,他说如果我不鼓励他写,他会多活些年,但他选择了历史记忆。那场轩然大波,几乎让当时尚在的大学者、大名人全都介入了,包括钱锺书、杨绛、王元化、季羡林,自然也有刚提及的"胡风集团"的残兵剩将……包括那个不断洗刷罪名的舒芜。书写得很真实,涉及许多人事,因全靠记忆,眼睛也瞎,可能有些地方记不准,有出入,真实性没问题。一部分人捍卫他,一部分人攻击他。因为出版人让我写了个短序,里面叙及钱锺书轶事,杨绛看了气坏了,然后把邵燕祥和牛汉叫到医院,那时候钱先生已经住在医院。她说你们要写文章,批判钟、张二人。他们觉得老太太态度好像不对头,就写了封信给流沙河。流沙河叫夫人来把那个信的原件给我看,意思是说我们在学鲁迅的时代喜欢批判,现在好像并不适合。《围城》里面有很多东西,复杂的语境外人不一定全知。他为什么爱嘲笑这些老知识分子,于吴宓一类不恭?因为当时在联大的时候,他刚回国,西南联大的教授个个都留过洋,国学也厉害,全是大学者。钱锺书刚留学回来,校方觉得他尚欠火候,吴宓倒是极力推荐,但他觉得吴宓没帮忙。钱锺书年轻气盛、狂傲,向以俏皮挖苦闻名。这是许多人读《围城》没读出来的,除了其他内容语义,也隐伏了传统知识分子和威权社会知识分子的鸿沟,这都是文学之外的文学语境,可复杂了。所以,你们现在不管研究谁,除了读书、思考,恐要多长见识,还有就是,准备材料一定要充分。有时,最重要的是见识,文学批评也好,创作也好,包括史学研究,都得看见识。最好第一个"吃螃蟹",走别人没走过的路。比如古史,我现在就掌握的材料大致明白,整个夏商研究大错特错。现在挖安阳殷墟挖了一百年,还没挖出完整的商来,更不用说夏朝，为什么？因为那段历史并没发生在那里，在长江流域。王国维、罗振玉也看出，安阳殷墟就从甲骨文卜辞看，也只是商王朝晚期的东西。所以董作宾到台湾以后也有所醒悟，认为就凭现在挖出的这点东西，要建构完整的商史非常困难。

付邦：所以，良渚遗址5000年以前，在长江地区已经出现，其活跃时代不晚于或同等于所谓的夏王朝。相较于中原那边的文明，前者的文明程度并不会落后，且也有非常完整的系统。良渚文化的现世及年代的确定已经开始推翻所谓的中原中心论，如此一来，甚至夏文化究竟是否就在北方，可能也需要打一个问号。

钟鸣：这几个文化板块，那些年我跑得很多，包括红山、良渚文化遗址。中国整个古史研究，犯的是常识性错误。你学地理就知道，良渚那边的专家老认为他们是最早的一块，因为碳十四测定似乎可以证明。但他们却没想过，考古有一个常识性的东西，所有坑口都是偶然发掘，中国这么大，偶然挖几个坑，就能建构发展序列了吗？不可能的，同时，他们忘了另一个常识，在东亚这块版图上，族群一定是由高往低沿河而居的。所以，台湾卑南文化、良渚文化许多器型，一定得到上游三星堆文化来寻原型，而不是相反。

付邦：还有人说印第安人是中国人的后裔。美国的印第安人都是迁移过去的中国人的后裔。

钟鸣：也对也不对。因为旧大陆牵涉美洲的时候，还没有"中国"这个说法。记得北京王大有先生很早就在做这方面的研究，有个说法稍欠妥，文字训诂音近通用，但直接把英语的"印第安"解作"殷第安"还需要更多条件，但他大部分研究很有价值，包括古符号文字的稽考。列维－斯特劳斯（Claude Levi-Strauss）也看出，美洲艺术在构型上和亚洲的确有着渊源关系，但是他不了解何以如此。或许最早的迁徙是从未断开的白令海峡过去的，但究竟怎么回事，要深入研究，占有更多材料，包括出现在美国岩画中的卜辞。现在我们连夏代的一件器物也没发现，不觉得奇怪吗？首先就该想到，那段历史是否发生在你以为的那里。当我从蜀地所出古河渠图发现夏商京畿所在时，心里就明白了。新材料新学问，但并非每个人都有这条件。历史和诗歌一样，不能仅凭想象力和语言的说明力量，还必须依赖其他许多条件。媛媛，你还有什么问题？

张媛媛： 有一个关于方言的问题。您之前说过，就是好多南方诗人都喜欢用方言写诗，但是您自己更倾向用普通话。但是您的诗里面或者是随笔里面，方言词汇的出现率也挺高的。

钟鸣： 是这样的，我发现自己写诗时要念出声来，默念或念出声感觉一样，但用普通话念着写诗，和用四川话就不一样了，这跟用电脑直接写诗和在纸上打草稿相似，感觉和结果也不一样。写诗是件很微妙的事情，瞬间受情绪、语言、工具的影响都很大，我想，诗人大同小异，只有各人的习惯，没有什么模式。用普通话写和用方言写，或杂以方言，之所以不同，本质看多数时候不在于词语的意义，比如说"光线"用普通话和四川话所指一样，而更在于韵势、节奏、语速。某种角度看，方言更具民主性。方言不是简单用"地方语言"就能概况的，还是要回到"语境"。就像四川人的口头禅最爱说的"龟儿子"，多数时候夹杂于"嗔怪""埋怨"甚至"溺爱"的语气，加重所叙事情的曲折复杂性。我父亲和我谈话，涉及看法不同又明知小的正确，他就会夹杂"龟儿子"，不是骂人，和北方说"龟孙"不大一样。成都最早为"龟城"，《搜神记》中记有这个故事。龟形状是背隆腹平，象征天和地，所以在古代被视为吉祥物，乞神祀祖的卜辞大多就刻在龟壳上。金文符号中，龟也是最常用的，比如"龟"的图符和"子"字结合，过去即释读为"祈子孙"。"龟儿子"和它有没有关联呢。举这个例子，并非说现代诗运用方言以达丰富，必须用龟儿子这类词语。反正，我从未用过。我的意思是，就语言学而言，方言和普通话，是一个很平等的角色，都必须在语境中看待其社会性和个别运用，和我们前面谈"语境"时涉及的问题一样多。只是我发现就个人写作而言，运用口语普通话写诗，和用方言念着写诗，可以生成更丰富的词色、韵律、节奏感，舒缓普通话意识形态的神经。我想，南方诗人，最懂其中的奥妙。但谁也没有傻到全用方言写诗，除了文体特殊的需要，如果沪地诗人用上海方言写诗，彝族诗人用彝语写诗，除了上海人、彝族，可就没人读得懂，或可配上快译通。那不很搞笑吗！我之所以扯到彝族，是因为，近些年研究古史和他们接触较多，而且看出，地缘政治的边缘化，导致了彝族复杂的文化心态，要么被同化，要么越过汉语语境而求其他通道。比如彝族诗人就有试图通过英语写作免遭同化之悲，跟美洲印第安少数裔的境况类同。最后，数量、技术、市场、货币使稀有方言和族裔一样，成为圈养的"观赏物"。但问题是，如果意识未解决，彝族诗人即便用最拗口的丹麦语写，也未必能解决哈姆雷特面临的问题。我看过彝族诗人用英语写的诗，显然，就意识而言，仍在大的汉语语境中兜圈圈。这反倒证明，普通话和方言的冲突、协调，本质上是我们一直在谈的语境关系。贯穿地缘历史的上下文，《毛诗》即分言"邦国""乡人"，那时的体量，还无非是千乘之国，中国有万国。现在，看看，大一统使之成为超级亿国，其负荷、冲突，电子时代媒介新的统合力道，导致生活方式、思维习惯不断更迭，语言的拆析和整合性，也不可避免同时成为现代化最大的动力和抗阻。语境问题还从未像今天这样困扰我们。有意思的是，那么古老的《毛诗》所言"乱世之音怨以怒，其政乖；亡国之音哀以思，其民困"，在今天读来，也并不陌生，因为，它叙述的恰好就是语境效应。

张媛媛：我记得您在《旁观者》中写到"这是由身体的呼吸方式决定的。但同时，必须看到，它也为浮动在文化断层上的意识所决定。"刚刚您提到的这些就是"文化断层上的意识"吗？

钟鸣：文化断层和身体呼吸方式的关系，在我们谈了那么多后，在"语境"的叙述关系中应该联结得起来。

付邦：这个时代方言的消退，对诗歌的写作也是会有一定的影响。

钟鸣：其实，普通话最早也是方言。所以，某种角度看，方言的消退，也就是母语整体消退，至少是前兆。比如，我已谈到，古彝语和古汉语是同源关系，民国时，就有人关注到纳西语，其实纳西语只是古彝语再度分化的一支，最古老的还是彝语。为什么呢？第一，它保留的数量，词汇达到5万之多，而且文字形状和古文（尤其大篆前的）颇多雷同，只是颠倒方向，左右有别，但更重要的是，古音他们保留了下来。现在甲骨文三千多字，只有一千多能确认，而且我认为这里面还有不少仍不知本意，大家都是错上加错，以讹为讹，古彝语有不少是可以校正这点的。方言一定要整体看，也就是风俗系统，包括语言服饰饮食习惯，社群结构，人际关系。你看成都人和重庆人不一样，通过群体口语、习性，就能别出码头文化和小市民文化。方言要从整体看，不光是书面口语运用多寡的问题，那种"口语诗"的说法，是不科学的。就像我们说修辞，不光指词句，更重要在语境上下文，以及连带的社会意识。我很早以来，一直就在谈这个话题，诗文都有表现，也就是北方语系和南方语系的差异，甚至二者是完全冲突的。青年时代我在北方待过很多年。就诗歌看，从一开始，我读北岛等"北朦胧"的东西，便觉得没劲，我叙之他们的行文模式，或风格模型是"格言警句"，朗朗上口，字词后面表达的那些意识好像是随便从哪本书里信手拈来的，涉及的"伦理"，"卑鄙是卑鄙者的通行证"一类，就是典型的诗歌取代了哲学和法律，却模棱两可地走了骑墙路，坏人可以用，好人也可以，实际上是一个泛泛而谈的东西，就像谁念"道可道，非常道"，在现代结构的社会，只能视为语义表演，很像语言学中的同义反复，最后，本质上好像是什么也没说。关于南北文化差异，你可读读梁启超的文章，他是最早叙及中国地缘政治文化的，应该了解。我经常开玩笑说北方较我们稍年轻些诗人的作品，是典型的"直接派"，诗写得很直接，基本谈不上反讽或隐喻定义——现在隐喻的有效性，还必须以现实感为坐标，即综合语境，不是纯修辞——当然和北岛他们那一代人又要不同，但整体看，和南方还是不一样。什么都谈不上就是"大套"，语言干巴巴的，然后就一些大道理直愣愣地就扑面而来，思想顺理成章，那是普通人的思维方式，不是诗人的，如今，借媒介方便，读诗真像在读"红头文件"，令人生厌。我认为一个诗人，失去了自我反馈，索性就别写了，技术解决不了根本的问题，人文主义申诉了几百年，甲午一战就被改变了，何况诗歌。内行一看就知有别南方气韵。南方诗家被北方语系磨平的也有，你要选择那样的语境，莫法。就像人一说"项目"就别说"公正"。就像我说海子，往北寻文明根基，犯了水绕之讖。如果他懂点考古学，就不会死了，我曾用"仿古崇高"形容他们（《旁观者》）。这股气味一直不散，令人纳闷。

付邦：就像梁启超说的"北俊南靡"。

钟鸣：也可以这么说。北方好经世，南方好颓靡。但这些也不能简单作今天的语境解，更重要的是了解变化，方言其实是一种变化的南北气质。过去古人讲域别形殊，意思是不同的地方，你的形状或累赘都不一样，这就是方言本质的问题。方言固然有妙趣，但要慎用，这不光是新不新鲜的问题，说穿了大家只要是用汉字写，就没多大的差别，秦始皇车同轨书同文以后语言文字就消失了差异性。所以，六国文字不同时期遗留的文物，释读便很难，可谓古史最难，光靠《说文解字》是不行的。

张媛媛：刚才您谈到的影响的问题中，有一个问题我之前原本想写一篇文章，但还没有完成。我注意到您的诗与随笔中，提到了许多俄罗斯文学。汉译俄苏文学似乎对您和您的同时代人都影响深远。但我也发现，您引用的许多曼德尔施塔姆的诗是来自于英译本。您读到俄罗斯文学的途径都有哪些？汉译或者英译俄罗斯文学对您是否产生过什么影响？

钟鸣：曼德尔施塔姆进入我们这一代，是有原因的。第一，曼德尔施塔姆他的命运奇特，这个事大家都知道，而且根据他夫人后来写的回忆录，他本人并不是想象的那么强壮，但是他就敢去把KGB手里炫耀的黑名单撕掉，惹下大祸，还敢写讽刺斯大林的诗，为此而丢命。而且曼德尔施塔姆的诗歌非常奇特，还不要说从俄语，就从英语和汉语的翻译，都能看出，他是最典型的语境诗人。他用呼吸和脊椎联结残酷的时代，而我们的诗人，则用修辞术，自当在未来看不过是威权冷酷机器上的螺丝钉。较早受曼德尔施塔姆影响的是柏桦，很多人不知柏桦风格源头之一就是曼德尔施塔姆。因为当时他有一册从北大复印的曼德尔施塔姆英文诗集，作为压箱底的模仿材料，好像是默温（W. S. Merwin）的译本。后来柏桦用烂了，送给了我。我试着翻译了大概十来首吧，是想体验一下曼氏的语感，浪费了时间，不及过去读俄国古典小说的影响。当然，所有的人都明白，我们对苏俄文学的敏感，还因为一个传统，那就是中国和苏联政治上最为持久的恩怨关系。所以当时我写《旁观者》刚完成时，曾把序言给某学者看，他说我受俄国的影响太大，是有这样的问题。但我的观点是，恰好正是这代人，必须通过什么方式，把那种影响还原给苏俄文学。同时，也别忘了，我们谈的苏俄文学和苏维埃文学是两码事，这个一定要分清楚。过去受苏联影响，源于政治关系，那时代几乎每个家庭都有一个学俄语的，因为苏联是唯一的盟友嘛，搞得和今天一样，这不是中国的宿命又是什么。专家全部是苏联的，留学苏联也最厉害。我们读的书大量也是译自苏联，但古典文学有很好的东西，我最喜欢的是陀思妥耶夫斯基（Fyodor Dostoyevsky）、契诃夫（Anton Chekhov），这些都不难看出。比如通过《夏天的契诃夫通考》，叙及语境，解读张枣、契诃夫还有我们和父辈之间的关系。我经常写到"胖子"，张枣也很受用，写了胖子。最近我还直接写了首名为《胖子》的诗，而最早是在《旁观者》里，既源自契诃夫，也源自我们的现实。更不消说普希金（Alexander Pushkin）、莱蒙托夫（Mikhail Lermontov）了，40—60年代出生的中国诗人，怕没有不熟悉的。"文化大革命"时候，每个人的笔记本上抄的都是普希金和莱蒙托夫，背诵过不少，现在都忘了。那时候只有这一种书，一种语境。中国文学很单调，《家》《春》《秋》《子夜》，就是这些玩意，然后就是郭沫若、臧克家、田间、闻一多、徐志摩、戴望舒，后来才读到些其他流派的诗。最具现代韵味的是卞之琳，只有几首可以，写到办合作社就崩溃了。所以大家都从外国诗汲取营养，毕竟更丰富，或只是为了刺激写作。我们的生活哪有诗意性呢，没有的，除了闹闹吵吵的汽车轰鸣，日常生活的油盐酱米柴，哪有什么诗意性的玩意，还要靠音乐、咖啡，靠辅助阅读才能调整情绪。现代分裂性的生活和人格，不会有希腊时代、乐府时代、杜甫时代、李清照时代，甚至卞之琳、冯至时代的诗意性了。西方在浪漫主义之后，就清醒意识到科学经验导致了以"伪陈述"为手段的诗歌之死亡,除非诗改进、调适科学语境。而在我们,不是诗和科学经验的冲突,而是诗被实用主义亵渎为适配社会语境的模仿行为,所以越写越冷,越无趣,也越趋世故、虚伪。所以我写东西,会尽可能强调叙前人未叙,不讲章法。别人模仿鲁迅、朱自清时,我跑去写怪头怪脑的动物、寓言,而不是另一篇《荷塘月色》。那时博尔赫斯还没翻译过来,我读到台湾版的,于是写起《畜界,人界》来,当然,也受卡夫卡(Franz Kafka)的影响。我曾戏称卡夫卡是"穷人的救星"——不是经济的穷,而是汉语的"平庸语境",一沾了卡夫卡,感觉立马像未被发觉的平民大师,和卡夫卡一样,能抵御权力和琐屑,正因为如此,卡夫卡在中国拯救了一批平庸的垂死者,就像曼德尔施塔姆拯救了胆小鬼,里尔克、华莱士·史蒂文斯拯救了一帮语言恶棍,布罗茨基拯救的是那些没思想组织能力的"分散者",而拉金(Philip Larkin)则拯救了"口吃派"。谁都没想到,卡夫卡最终的寓意,其实是个人的殊死搏斗,从来就不可能有任何希望,除非放弃自我、个性,复归于父系权力,或国家权力。难怪乔治·巴塔耶(Georges Bataille)注意到,东欧共产党的报刊就曾讨论过,要不要焚毁卡夫卡的书籍,而最富戏剧性的则是卡夫卡自己要求友人烧毁他一切的文字。所以巴塔耶说:"共产主义原则上就是完善的否定,就是卡夫卡的意思的反面"。[①]汉语不可能产生卡夫卡,却蛮多模仿者,在党和作协提供的舒适环境中,慢条斯理地咀嚼着卡夫卡的地洞和耗子民族。只要你稍留意观察,视线里就会出现许多这样的"地洞"。这是我们社会最高级别的动物寓言。

付邦:您当时为什么会想到去写动物随笔?

钟鸣:接着"卡夫卡的话题",就是因为没有希望的"个性"。写作讲独创,叙前人未叙,这是文学的基本。当然新也是相对而言的,比如《聊斋志异》又何尝不是动物随笔。但在研究上,一定要注意,在社会心理学看来,写作也是一种模仿行为,我们的语境,尤其能感受这点。比

[①] 乔治·巴塔耶:《文学与恶》,董澄波译,北京燕山出版社,2006年,第137页。

如翻译了洛尔卡（Federico García Lorca），就会出现一批"洛尔卡式的"，翻译了普拉斯，于是，便出现一批"自白派式的"，翻译了布罗茨基的《献给约翰·邓恩的大哀歌》，便出现一批"离合诗"，或"拆解诗"。我有个歪理论，不是正规的，凡是翻译很好的，诗都写得不好，不是他们没能力，而是他们很容易就用翻译出来的那种样式来形成自己的风格，难免拾人牙慧，但问题实际上却很大，凡是风格走在技巧前面的人都会如此，就像我们看俄国演员演《樱桃园》和北京话剧团演是完全不一样的。不是文学样式定义的问题，而是社会学的定义。当然，这也不必太认真，更别误解我的意思。

付邦：对，我们这一代人提出的一个要求，就是写作的汉语性的问题。翻译现在太盛行了，好多人写作都是这种翻译腔。

钟鸣：我现在有意识地掺和古汉语，本来也天天在读这些东西，也不是说偏要弄这些风格，实际很自然，根据我的研究和这几年的这些习惯，我觉得汉语还是有一种不同的东西，所以有时写得很工整，就像古典诗一样，故意约束一下自己。其实是修辞融合的问题，取决于意识。很多年轻人阅历较浅，不像我们这代，很小就给抛到社会上去了，阅历都很丰富。我服兵役时才16岁，到文工团跳舞，别看我现在的鬼样子，原来还是舞蹈队的，跳硬邦邦的革命舞。但那时还有另外一种东西，就是社会经历、阅历。这更能说明，诗表面看是语言问题，实际上，是经验的问题。

张媛媛：敬老师之前写了一篇关于张枣的文章（《味与诗——兼论张枣》），文中详尽地论述了"味与诗"的关联，他认为汉语是一种拥有舔舐能力的语言，而诗乃有味之物，当汉语世界追逐现代性而"失味"之时，张枣固守汉语的舔舐能力，使新诗"重新味化"。我想到您认为张枣具有一种"樱桃逻辑"，樱桃所具有的甜美滋味是否契合了张枣心目中汉语的甜呢？我觉得您的创作中也融入了味觉的探索，但与张枣"味化"诗歌的方式全然不同：可能张枣的创作是一种"赋味"，而您的诗歌则更倾向于"调味"。我感觉您的诗歌中感官的描写十分丰富,而且这些感官并不是单一的、单薄的,而是在语言中反复延伸变形呈现出来的。您在创作中是否考虑到了味觉、嗅觉之类的感官?感官的描写在您的诗歌中是更偏向于经验的描写还是象征隐喻层面上的呢?因为觉得您诗歌里面的东西所包含的滋味是比较复杂的那种。不是说给这个东西、给语言一种味道,是像这种语言的味道有很多层次的或者不同方向上的味觉上的一种刺激。我还没想好怎么表述,但是我有这样一种感觉。

钟鸣:文东是我所见当代最敏锐也最具自我观察能力的批评者,很难得。你说的文章网上好像刊出过片段,读过。因读过他几乎所有著述,还写过篇阅读记,应该说很了解他的叙述。关于"味与诗",我想,涉及作为表意文字的汉语特征和传统,更重要的是现代诗怎样才能写出"有温度"的作品。汉语很早就有叙述"文质"之别,甚至分"质家""文家",延伸至今天,怕就要涉及伦理了,参照系数显然是西方的人文主义精神和普世价值。我想,现代诗的理性化已导致认知的冷漠,甚至冷酷,可能是他文章的主旨之一,因未读全文,关于张枣如何选择,"盖阙如"。其实,这恰好也就是你现在触及的话题。

我叙述的张枣的"樱桃逻辑",不是一种品质,而是由里尔克和白银时代诗人那里衍化而来的一种隐喻性定义,极其复杂,既涉及革命和牺牲,也涉及对获取真理、幸福付出几多代价的人道主义的认知和相反的强盗逻辑。但张枣着眼的是更大的语境。至于我和张枣诗歌的风格,是不适合做比较的,而且,我认为每个诗人的命运注定了一切,全然不同,没有可比性,更不能通过一两个形容性的描述来作对比。尽管,在我公布过的我们的通信中,张枣说过,就诗而言,他是海洋,我是内陆。书信是家常叙述,说着玩儿可以,但严格意义的批评不能从简。中国文化传统上讲五行,天地四方,都很精确,用来叙述人文,需要经过一些转换,不能直接说你是水我是火,包括天命,这个概念很重要。天命就是我们的一种综合性感受,或认知,但其复杂性远远超过了泰西人文主义那套命运系统。这点必须考虑到。在研究中涉及两个作者,或作某种说明,我认为是彼此间事与言的关系,而不是比喻关系。张枣不能说明钟鸣、柏桦，我们任何一个也无法说明张枣，即便我们的技巧低劣也证明不了张枣的诗艺高明，但彼此有言与事的交集。

张媛媛：您前几天在公众号发表《胖子》那首诗时，里面提到有一个没有完成的摄影的项目：拍日常生活中的胖子。其实我感觉好像很多诗人都特别喜欢摄影，在您的诗与随笔中，也读到了许多关于摄影的内容。您对于摄影与诗歌之间的关系有怎样的见解？您觉得摄影对您来说对写诗有影响吗？

钟鸣：没有直接影响。诗和摄影，媒介不同，相似性也只在感受方面，一首好诗和一张摄影佳作，带给我们的感受、联想相近。摄影更原始，就自然框架而言，所提供的隐喻关系或还更丰富。诗歌的文化定义程度很高，摄影相对低些，所以，需要介入的程度更高。或正因为如此，我盯住了摄影和诗的互补性。我的随笔《涂鸦手记》就是摄影和文字合璧的尝试。我仍把这看作一种训练。摄影上，我原来制定了许多计划，"胖子"是其中之一，可惜没完成。那首《胖子》诗和摄影初衷有别，或在隐喻定义方面有接近处。

张媛媛：我记得您的有一首是叫《胖僧》，里面写道：胖子是福气，虚胖却是罪过。

钟鸣：这些都只能视为"隐喻性定义"，非特指。因为当时大家看我在写关于"胖子"的《旁观者》(150万言)，有不少诗歌胖子便很警觉。我怕这引起狭隘的误读、附会，文人很擅长这个。其实读一读契诃夫的《瘦子和胖子》就知道了，我们需要的都是艺术的抽象和反讽幽默，意不在脂肪意义的"胖子"。所以我就不无幽默地讲，千万别误会，我们说的胖子或虚胖，可以是世博会，也可以是贪天之功，但都不涉及人自然的骨骼大，北方人骨骼普遍大。壁虎是不会埋怨恐龙的，因为壁虎不懂得进化论。你看我们现在的意识，常让人惊叹不已："战狼学者"，然后"英格里希"的祖先在"英县"，那么，我们凉山州的"美姑"不也就成了"美利坚"的祖籍，这全是胖子行为。人好大言，却不解决实际问题。想想看，畸形发展成何体统？岂止是胖子。很可怕的。

付邦：好像在我们这一代的写作者中，很少有人去关注这些，去思考写点什么。

钟鸣：这就是现实，大家没法逃避。

张媛媛：谢谢您。有些准备了还没问的问题，您都已经给出解答了。

昌耀逝世二十周年纪念专题

昌耀书信二十封
(1979—1998)

编选说明

  诗人昌耀被誉为"中国新诗运动中的一位大诗人"(骆一禾语),这种评价越来越多地得到诗歌界的认可。昌耀的诗文总集、各类选本、评传、年谱、图典和研究专著等相继问世,为昌耀诗歌作品和创作活动的深入研究创造了条件,也打开了新的局面。从2019年开始,昌耀的作品有机会入选"部编本"高中语文新教材,得以进入广大中学课堂,与更多更年轻的读者相遇。随着对昌耀及其作品的关注程度日益加深,读者渴望读到更多关于诗人的原始材料,这方面的搜寻和钩沉力度也随之加大,以期更精确地还原诗人昌耀的历史形象和文学生涯。

  2020年适逢昌耀逝世二十周年,我们搜集整理了一组昌耀书信凡二十通,组成一个纪念专题。在诗人自编的《昌耀诗文总集》的"附录"部分,读者已经接触到了一批昌耀致友人的书信,时间自1985年始,至其临终卧病期间。昌耀格外看重这批书信,将它们收入"总集",视之为另类作品,至少为他的"命运之诗"提供一份若隐若现的参照。近年来,国内一些文学刊物相继整理刊载了一些散佚在民间的昌耀书信,尽管数量有限,但在文献意义上不无裨益。我们这次搜集到的这批书信,清理出诗人更细密的文学交往线索,时间跨度也拉大了,将起点上推至1979年。信中呈现了"摘帽"之后重返诗歌现场的昌耀在编务、创作、投稿、结集、交际、游历和个人心迹等方面的诸多细节,大致勾勒出新时期以来,这位"口吃者"(敬文东语)积极开拓的交往空间和主动坦露的生存境状。字句间写满进取和挣扎、坚执与无奈,乏力感、失败感和荒谬感如影随形。读者可将以上陆续走进公众视野的昌耀书信视作一个整体,是一位"理想主义者的心灵笔记"(昌耀语),尽管它们只是目前被发现的一小部分,仍需多方大力搜寻和发掘,但似乎已经凸显出不凡的价值:它们将与昌耀那些经得起时间考验的诗歌作品一道建立起内在对话,形成阐释学合力,迎来昌耀研究的新气象。

　　本次刊出的昌耀书信有三个来源:①昌耀致刘湛秋10封、致阿红1封、致雷霆1封、致王燕生1封、致许以祺2封,以上计10封书信,由民间收藏家樊杰先生提供,书信原件藏于他创办的"当代中国诗歌文献馆"(北京)。②昌耀致周碧华2封,由诗人、批评家程一身发现并提供。值得一提的是,由程一身先生任执行主编的《桃花源诗刊》(常德市文联主办)2020年第1期展出了昌耀书信部分手稿图片,其中包括本辑收入的昌耀致周碧华2封、致刘湛秋4封和致王燕生1封。③昌耀致冰夫3封,选自《冰夫文集·文友书信卷》(上海三联书店,2012年,第275—279页)。冰夫先生身居澳洲且年事已高,承蒙旅澳诗人庄伟杰先生接洽,幸获冰夫先生慨然应允在此转载。最后,我们一并向各位书信收藏者和提供者由衷致谢。

张光昕

昌耀书信二十封(1979—1998)

一

1979年8月24日,昌耀致刘湛秋1封

刘湛秋同志:

您好！八月十五日来信及译稿收悉。谢谢您们二位对本刊的关怀与支持。

译稿六首,我们选用了三首,即:《还是五月的夜晚》,《无题("低声细语……")》,《无题:("我来了,向你致意……")》。业经审定,将在本刊"十月号"发表。现已发稿。

余下的三首,现奉还。

您的译笔甚好,到底是诗家的译作。叶赛宁的作品,望寄来。

本来想请您再写几句有关费特作品的介绍的,时间已不允许,就取消了。日后,若寄来叶赛宁的作品时,您可以附上三、五百来字的作者评介,使一般读者可有一粗略了解。

我回到编辑部才半年。五七年因一首小诗被"索隐派"曲解,无中生有,坑了我半生。总算改正了。有心奋发一番,但脑子太迟钝了。今后,望诸位多多指教。

白渔已调来编辑部诗歌组工作,可联系。您的信和译稿他均读了。

上次王燕生同志来此谈到了您的打算。结果,我误作韩作荣同志了,直到昨天接到您的信之前,我还以为是韩作荣同志。顺便还请您问一下韩作荣同志,我的那首诗据说已备用,是否能尽早一点？不然,将会被时间淘汰了。

敬礼

昌耀

24/8

二
1979年10月25日，昌耀致刘湛秋1封

湛秋同志：

　　您好！

　　您寄给我的诗刊并短信均收到。谢谢！

　　九月十五日我曾收《大山的囚徒》修订稿寄韩作荣同志，未知收到否？诚然，这篇东西远不够完美，但它毕竟花去了我的不少心血。从某种意义上说，那是我生命的一部分。我是关心它的。我希望他能公开发表。我希望它能遇到知音。因此，我寄热望于你们，同时我也愿尽自己的能力去做修改。我盼望着你们的意见。

　　我给您寄去的这本书，已跟随我十六、七年了。是我的一位女友在六二年送给我的。我不懂俄语（仅仅认识几个单词而已），放在这里也是无用。想到您平时也翻译一些俄国诗人的作品，这册选集对您或许还有点用处吧，就给您寄去了。

　　叶赛宁的诗，我已送审。昨天我又问了一下，确实选五首。未入选的那三首待批下来后再寄还给您。我的意见是在今年十二月号发（"十一月号"的稿子已发排了，"十二月号"的一期算是最近的）。估计没有问题。"译者附言"我放在了前面，改作"译者前言"。

　　费特的诗发在了"十月号"，大约三四天就可出书了，我收到先给您寄去。

　　请向您爱人茹香雪同志致意。

握手！

昌耀
79.25/10

三
1979年12月25日，昌耀致刘湛秋1封

湛秋同志：

  您好！茹香雪同志好！

  谢谢您的热情的关怀和诚挚的规勉！

  雷雨已经过去，总算平静了。她早已回来。我们不需要劳烦您代买什么东西了。日后如有什么劳驾的地方，我当不会客气的。

  本刊"十二月号"尚未出书，但广告已见于省级（本月二十五日）。待书一出厂，我当奉寄。

  我的那首长稿能于发表，这是诗刊社同志们的功劳，否则，是难能和读者见面的。您也给过我不少启发，尤其是在那一处关键的地方，您给我推开了一扇门窗，我十分高兴。以后，仍望多多批评。就此机会请代我向朋友们问候。

  柯岩同志的发言全文我又读了一遍，说出了我们的心里话。我附去的信，您是否亲自交给她了？

  望今后多联系。

新年好！

昌耀
79. 25/12

作荣同志托办的事我已及时办妥，寄去的信是否收到了？

四
1981年5月20日，昌耀致刘湛秋1封

湛秋：

《九叶集》昨日收到。真难为你做好事了。——谢谢！

但你把地址搞错了：你将"八号楼"写作了"八号"，而且"202室"也没写上。幸亏未投给八号门牌，否则又要丢失了。也许是邮件"挂号"了的关系才得保全。

我的住址是："西宁 交通巷 八号楼202室"，一字不可缺。

我热烈欢迎你来青海观光！六月七月都可说是最佳季节。即使你单位为避逃暑热而一来青海也是值得的。至于名胜，向为人所乐道者不过是青海湖，塔尔寺之类，其实何止于此！

请勿多虑，早日动身好了。

棉衣可不带，但厚实一点的毛衣不可不备（省文联有精致的皮大衣可供借用，若深入牧区的话）。

还有谁来呢？贵刊的几位领导同志可有兴趣？……可早做通知。

我是无缘去北京的，但愿能在西宁见到诸君。

再提一下鄙作《划呀》：能否听听燕祥同志的意见？至今尚未得到确讯。

握手

昌耀

5.20

五
1981年7月21日，昌耀致刘湛秋1封

湛秋兄：

  又是许久未通信了。健康情况如何？常常惦念！

  连着编了三期稿子，过几天待"九月号"一发至工厂我就可以有约两个月的时间供我较为自由地支配了，然后再为明年的期刊编选诗稿。在这期间，我准备写一点东西，读一点书，也抚慰一下自己的身心。你也许感到吃惊：何至于"抚慰"？是有点严重，既是体力，也是精力方面的亏损。近来我常想：若能隐居乡野该多好，若能像宗鄂似的会画几笔……可惜我已不是那个年纪。

  你替我买的《雪莱诗选》早已收到。我原想在你那里存一点书款，请你替我代购一些书。后来，我考虑到你身体不好，不便打搅。上海，北京均有邮购部，也许更方便些。我们文联资料室的一个同事也答应替我补购几本书，所以，就不请你再为这些琐事操心了。不过，你已替我预定的《可兰经》我仍旧是要买的。我虽不是穆斯林，可是，对此书的需求远比教徒还急切。此书是否有望？

  《静静的顿河》第一部如能买到，也劳驾代购一册，不然，我就请资料室的同事替我代办。（我怕买重复了）

  夹寄现金一元（《雪莱》书款）。

握手！

              昌耀

              21/7

六
1981 年 12 月 28 日，昌耀致刘湛秋 1 封

湛秋：

  你好！

  信及转来的王晓晴同志的两首诗已收到若干天了，虽未及时复信，但我几乎每日都惦记着的。"三月号"的诗稿昨天才编讫，晓晴同志的诗《结合》，《你是一片雪白的帆》等二首在其中编发。请通知他好了。这样属于我编的三期（一二三月号）算是已全部发稿了。

  拜读了阿红评介你的文章，为你的成就而高兴，望兄更上一层楼！

  听燕祥同志说，柯岩同志病了。也许病不甚严重？我很想去信问候，但又怕打扰了她（离开诗刊社后，我仅给她写过一封致谢信），如有机会，请能代我转达一下我对她的祝愿，望她早日康复！

  《诗刊》十二月号载有我的一首短诗，我曾请你代收一下这份稿酬，作为书款，方便么？是否允许代收？

  另外，请代问一下：我没有收到十二月号的《诗刊》。邮亭亦无出售。我想保存一份简报（《节奏……》）而不可得。望能寄我两份好么？（该是排作一个单页的正反两面，非得有两份不成。）   祝

新年好！

                     昌耀

                     12.28

通讯处：

  西宁《青海湖》编辑部

七
1985年4月29日，昌耀致阿红1封

阿红同志：您好！

　　大札于几日前拜读。您出了一个难题，我是难于胜任的，但我不能不遵命，——我把您的指令作为作业去完成。真难，我已尽我最大的气力写毕，现在请老师批改。

　　《巨灵》不一定是我"最得意的"，但我却还是看重的，创作时的印象还留在脑海，颇为清晰，故选它为题。此诗发表在贵省《诗潮》第一期，我就不抄寄了，但请更正发表稿中的一个字（系误排），正确的句子应是"我们从殷墟的龟甲察看一次古老的日食"（见十七页 倒数第九行），"殷墟"误作"废墟"了。再解释一下：截至目前为止，世界上已发现的以文字记载的最古老的日食发生日期仅见于中国的殷商龟甲。我未做注释，因为我觉得仅作为一个意象去体会就够了，不必限于上述意义。

　　谨向贵刊诸位诗友问候！

　　多赐教为盼！

握手！

昌耀
1985.4.29

八
1985年6月5日，昌耀致刘湛秋1封

湛秋兄：

　　序文是最近才拜读的。很感动：为您的见识，公允，不平之鸣。恕我不再多称誉什么了。此生我总要将这篇序文载入我诗集卷首的。我正计划将他们砍下来的作品（多属我所欣赏者）未曾入选的某些作品及部分近作另行汇编一集。（可有50首左右，其中《大山的囚徒》一首较长）。

　　序文是谷风最近送到我家来的，他说此序文在社长处受阻。听后令人大不悦。我叹道："既然总编已认可了，又何必再送社长审批呢？"他说，诗集原是送社长审批的，故序文亦须送社长审批。我问及批阅意见，他说，社长无任何签署，仅曰："有这个（作序）必要吗？"而将文稿送还了。另据说，社长读了序之后仍在念念于《边关：24部灯》何以尚未改作《古城：24部灯》，我的心凉了半截，怕又是夜长梦多了！我的书稿仍在总编室，何时发稿不得而知。是可乐亦或可忧？且听天由命好了。

　　这里，我提一下谷风的叮嘱：说事情已到此一步，不要把事情弄僵了，且先争取把书稿发出去。还有序的事也嘱我不要多说什么了。他的用心是很善意的，但我总不能不向您作个交代。我为此事深感遗憾。请谅察！

　　序文原稿仍留我处，我将作为拟编中的那个集子的序言，而且，我还想写一篇较长的后记发发感慨。

　　我意：序文可否在某家报刊上先行发表？（副题及文尾的一句话可删掉了。）而这并不妨碍我收作序言。您打算先如何安排？《黄河诗报》已邀我为"特约记者"。转去的诗稿尚未得到消息，日后我直接与他们联系好了。——谢谢！

　　贵刊去年四月留用我的一组《青藏高原的形体》（四首）是否继续留用呢，还是丢失了？您是否得便替我问问一下？平心而论，我个人对这四首诗自视甚高的，总希望在贵刊发表。不然，我就另作他处好了。但

望给我一个确讯。

　　贵刊近几期出版显著推迟了，第五期至今未见到，按照往年，此地每月十九日前后即可读到当月的《诗刊》，而于今是六月五日了，尚未见到五月份的《诗刊》。

　　为您真诚的友谊感动！

　　多联系！

握手！

昌耀
1985.6.5

通信处：

　　青海　西宁　交通巷　八号楼202室

九
1988年12月19日，昌耀致刘湛秋1封

湛秋兄：

　　夏天去府上拜访曾蒙赐饭，赐教深感荣幸！返青海后我先后两次寄信给兄，并挂号寄赠载有兄做《序》的拙著"增补本"，均不知收到否？不久前又听说兄已赴泰国访问，想必今已归来？常惦记。

　　今夏兄曾许我由贵社代销拙著伍佰册，书已于九月底如数发货，想必已收到？我不好以此烦兄，但盼得便时为我关照邮购组一声或许有助推销？谢谢！

　　漓江拟出的那一辑诗丛不致有变故吧？可有消息？近来眼皮总在跳，但愿无恙！

　　一年多来我几乎没有投稿，可我一直记着你让我给《诗刊》寄一组诗作的话。新岁已近在眉睫，我不由攒了一把劲（不然不好交代），整理出五题二百五十行诗稿（其中一首较长），可以说这是我一年多来仅有的"辉煌成果"，我愿得到兄的指教，如认可，愿以此回报兄的盛情约请。诗稿尚待眷正，兄是否有兴趣审读？不然我仍寄给晓刚？我已经有两年多未向贵刊投稿了，不知来稿是否仍旧专人分片包干。候示。

　　《序》的稿酬估计尚未汇奉，据说该书责编在京改稿未归，届时我当促办！

　　承贵刊看中让我担任"珍酒杯"评委，谨谢！但我尚不知评委有何事情可为效劳，我谨听候随时吩咐！祝
新年好！

昌耀
1988.12.19

十
1990年9月20日，昌耀致雷霆1封

雷霆兄：

　　9月3日信悉。谢谢你在百忙中拨冗复信。拙作《春秋》是我目前自认为好，近作中的佼佼者了，尤其是《哈拉库图》一首，更属我几十年生活的结晶，我不知别人读了感受如何，但我自己觉得溶入期间的心血（就一生追求而言，并非特指创作）有如鸡血石中所见，丝丝血痕萦绕盘错还十分新鲜，固然可以把玩，却也不无惊警之意。另一首《头戴便帽……》自然更贴近当前现实，我企图写出个人对理想的一贯向往。或也流露出一丝幽默！但也不无自嘲。——我这样表白自己的作品，你会不觉得是自我炫示而反感吧？我意仅在：近期我不能写出更为称善的诗作了，我希望得到《诗刊》同人的理解。希望与《诗刊》读者沟通。

　　《中国诗酒》我仅读过一期，印刷非常精美，诗文亦具特色，整本刊物从形式到内容都极显华贵，但其昂贵的定价（人民币5元）不免为一般读者望而却步，不敢问津，是否影响到刊物的普及？我想，这本刊物不仅应该在酒厂，酒家，酒徒之间占一席之地，亦应有可能在诗坛，文坛发挥影响，可否适度增发一些高质量的事论，诗评或美学论文？也可涉及到中外美术，中外音乐等艺术门类，发表一些有关作品鉴赏，艺术家评传之类的图文并茂的文章？这样的内文增设与诗的旨意并无抵牾，因为诗亦可做诗学解，可泛指"一切阐述文艺理论的著作"。一本刊物的价格若略偏高，但内容富足，印刷精美，读者还是愿意为之缩衣节食的，最重要的是内容的富足及其对读者的吸引程度。

　　至于拙作，我谨听候安排好了。不胜荣幸。

　　精选集拟在近期筛选，但我不知开本大小或篇幅多寡（几个印张），或者还有其他的事项的要求？书名或就叫《某某诗作精选集》？

　　望示。

如握！

昌耀

1990.9.20

骑车环游青海湖绝对没有很大困难，我对此满怀信心，但目前已是秋季，衣着必然增加负担，今年或许不便成行了。我的远征目标是北京，上海，浙江……

　　谢谢你的夸奖！

昌耀
又及

十一
1991年6月1日，昌耀致冰夫1封

冰夫兄：

　　从桂林到上海，难得的相聚，又是多么难忘而有意义的日子。你是一位非常坦诚的热心肠友人，我早已视为知己。谢谢你给了我这样的幸运。

　　我于30日18点多抵达西宁，一路尽善尽美，至于家中，除孩子们一时喜甚，余亦在我意中，可不赘述。

　　为诸位拍摄的照片早在上海就已洗印出，先将你的那部分全数寄上，其他人的只有在几天之后再扩印分赠。焕颐兄也只好如此。好在他对留影无甚兴趣。不然将怪罪我了。不知焕兄对抒雁兄的教学有无实习？后者可能会更重要一些。先就写这些吧，报个平安。

　　请代向夫人、令媛致候！

　　如握！

昌耀
1991.6.1

十二
1991年6月30日，昌耀致冰夫1封

冰夫兄：

6月18日信悉。仁兄实在是我不可多得的友人，信守诺言，"未吐半字"。焕老兄满腹狐疑（请焕兄原谅用词未当）向你探听口风，也因你"未置可否"而不得要领。谢谢。你受托转告我的话自然已为我心领神会。不久前我写给焕兄的信里也告知如实收到，并称"冰夫兄称你神通广大，其实我以为你不过略施小技而已。"请他原谅并多包涵。对此，我的说法也与兄同：未置可否。

老实讲，文坛素来新闻多，如"艳遇"云云，如"佳话"云云，居然还称"空穴来风"，那么又何况有所谓的"第一手材料"？常常是"说风就是雨"，恐怕将贻害无辜者。我们还是不再谈的好。

我当然是非常苦闷的，并非始于今日，但发展至今日所感尤烈。我不知哪儿是归宿。如果说，我过去一直取听天由命、逆来顺受的态度未免愚蠢，则今天已开窍一点儿，竟然意识到可以"逃亡"了。

我在寻找灵魂的家园。

兄又能给予我一些什么线索或提出忠告？

广州陈绍伟兄处还尚未去信，稿子是他所约，你可否先与他联系一下并代我致候？我现在缺乏创造的激情。百无聊赖的滋味是颇苦的。

因此当庶务忙完，我现在也找点碑帖来读，这或许是鲁迅先生"无聊才读书"的又一解？

近得北京一民间机构中国新诗讲习所主办的诗丛刊《中外诗星》（第一辑·中国文学出版社出版），卷首第一题即拙作一组（由他们选自三种刊物，事先并未征询作者），其中《僧人》对你要写的文章或有用？

如握。

昌耀
91.6.30

十三
1991年8月2日，昌耀致冰夫1封

冰夫兄：

　　估计你已从京城返沪，有何见闻？

　　近从一张旅游小报读到对"影星"刘晓庆的报道，文章正题前面排有这样一行黑底白字：以八十万元的代价恢复了自由身，她禁不住欢呼："我自由了！终于获得自由了！"刘晓庆的欢呼很可信。因为我也一直在设想欢呼，但我的"自由"也许只能靠逃离或藏匿获得。

　　我想起了老一代作家在上海生活时住过的所谓"亭子间"，我不曾得识这种亭子间，也不知还保留有这种亭子间否？但我亦"心向往之"，况且我在最近一期《文摘报》上还读到这样一则令人鼓舞的消息："洗碗工"——一种新型职业在上海兴起。据说"这些洗碗工大都是临时性的，主要在晚上饮食高峰期来餐馆帮忙洗碗，时间多半在4个小时左右，主人大都为洗碗工提供一顿晚餐，外加8元左右人民币。"我心向往之。朋友，你能帮我找这样一个位置吗？我实有意"混迹"社会。

　　焕兄所称"很活跃很开放"的那位朋友，恐怕并不如其所称的"活跃"、"开放"吧，我不知他的话有何根据，故持保留态度。不过，即便是活跃、开放，也不意味着自我约束的解体；对于一个自尊自重的人，那种活跃开放也只是放达而已吧。我甚器重她，同时也作为受她敬重的人。我更乐于作如是想。你"佯装"是极得体的，——慎重、负责而得体。谢谢。

　　《名作欣赏》第三期登载了叶橹《慈航解读》万字长文（并附发了拙作《慈航》全部诗行），为我着实呼喊了一番。友人打电话告诉此事方得知。我为叶橹的仗义执言的品格深深感奋。当然，他对我诗作期之甚高。

　　桂林诗会之后《华夏诗报》是否又出过一期？前不久雷霆在信中问我，说在该报一张照片中见有一戴便帽者像我，可我至今不曾见到这一期报纸。我至今也没有给陈绍伟写信去，或被见怪了？兄若有联系请先代为我通一声气。但他也有可能把约写稿子事"忘了"，如不通一声气，

一旦稿子写出而无处刊用岂不冤枉！

发表在《中外诗星》的拙作计五首，我将前四首复印了一份，随信寄给你（后一首仅九行，略去而未复印）。至于你叫我写的《探索中的甘苦》，我只好以发表在《青海湖》上的一组诗文塞责了，估计有你用得着的材料。肖的那篇文章发表前未让我看过，其中不免有失实或附会之处，我曾为他指出过，我无心重述了，可不必征引。

你的散文集《匆匆飘去的云》我已读了大半，感到你学识很广博，文章在谋篇布局都极讲究，文笔自然也浸透了诗人的气质。我还觉得你极善于叙事，一点不性急，有条不紊，慢慢道来，且必做到雅俗共赏。我以为你是极具条件写小说的一位诗人。我为陈绍伟君拟要的那篇文章有一高手撰写深感荣幸。谨致谢。

你知道慧子女士吗？我曾在6月24日回复她的来信，但不知收到否，有便请带问一声。去年在黎焕颐兄处我们曾一同聚会，——不是慧子，我说的是与你、宫玺、几个老外邂逅一室，谈希克梅特。回到西宁后我写过一首较长的诗《头戴便帽从城市到城市的旅行》，记述了这次会见，我不知上海报纸对此可有感兴趣的？不然，我就试投《作家》，再谈。

昌耀

1991.8.2

十四
1992年4月2日，昌耀致刘湛秋1封

湛秋兄：　　近好！

　　近收到诗刊社寄来的一本台版大陆诗选集《最爱》，发现收有拙作二首，才忆起你曾约我寄去"情诗"那一档子事来。但我没想到是在台湾出版，否则，我就用繁体字誊抄稿件了。因为我发现原稿中的茧字被误排作了莹，而其实应作繭。大概"萤壳儿"也不坏，是吧？

　　谢谢！

　　90年夏我与晓渡从杭州返回北方曾绕道北京，那天中午在诗刊社得与你晤面。本拟去府上拜访，但由于辗转相托才购得的预定火车卧铺票提前到手，是以日程安排都打乱了，（我仅得从容地去骆一禾岳父家做了一次客）。临行的那天我去莫文征的出版社谈话不足二十分钟，随即赶往中央美术学院看望原落难在青海省文联的画家朋友朱乃正。而后，我徒步走到王府井大街南口正拟搭车去府上，一看表到了下午两点多钟，知道要留下永远的遗憾了，因为我必须在那一刻就得赶回劲松区我寄住的一家小旅店办理结账手续并应去住在附近的晓渡家告别，是他们夫妇为我尽了"地主之谊"。直到那时我也才记起谢冕教授曾与我有约，说好当天上午由晓渡陪同去他家里小坐，当然是不容再去的了。那次北京之行实过匆忙，没能来得及拜访的朋友很多，而尤以未能去到虎坊路看望你及燕祥兄无可补救，因为在那样的时候难免让你或邵兄推导出与我本意不相符的结论，那么我终究是无可补救的了。借此机会谨为略一申述。今年若有机会我将去京拜访你和诸友人。

　　一年多来兄的情况如何？常惦记。

　　请向夫人及孩子问候。

如握！

昌耀
1992.4.2

十五
1992年5月7日，昌耀致周碧华

碧华兄：

　　4月23日惠函敬悉。你对诗的倾心令我感动。你叙说自己写诗缘于"一次挫折"真诚可信。三年间发表作品三百件又是怎样的爆发力、创造力？非我所能。所以更可称道的还应是你本人了。为你的进取精神高兴。

　　我也非常感谢你对我的推重。

　　你谈到影响。但我以为"影响"非人为制造所能奏效，尽管我不否认有这种"制造"。我个人于艺术首在尽心、尽性而已，——首在让个人称心、称意。我想，你也不乏这种耐性或耐力的吧？

　　你是桃源人吗？我是三阳乡人，原住王家坪，后搬到一处名叫胡家湾的小村子，我父亲遂将村子改作"金城湾"。我母亲大约1952年去世，葬于村西一处水田边。1950年我在桃源县立中学（荷花溶）读书时报考了解放军38军114师文工队，于当年6月随军赴辽东。1953年在朝鲜战争中负伤。1955年从河北省荣军中学以肄业生报名参加青海开拓。1957年在青海省文联因诗作遭不测，而后是二十二年的厄运。你今任教的桃源师范或就是省立四师？1949年至1950年，我家住宅就在边街，离四师附小仅有一箭之遥。再早一些是住在后街。临湖南解放前我家则在常德育婴街（大西门里原白云中学对门），我在该市隽新小学毕业。

　　如果桃源（或常德）有容我一间安身的住地并有一谋生的差事，我确有归意。谨望赐教。

　　拙著仅有数年前出版的一册，可在近几日给你寄去。目前正筹划编一个人四十年诗选。

　　如握！

昌耀
1992.5.7

十六
1993年7月23日，昌耀致周碧华

碧华先生：

　　近好！

　　《时报》函敬悉。为故乡创办这样一张气度博大的报纸深感高兴，借此机会谨致贺忱，祝贵报兴旺发达，跻身中国名报之林有日！

　　正打算给415700邮政编码的桃源师范去一封信，不曾想您正从常德日报社给我发来了信，也是如愿以偿吧。谢谢！

　　借此机会，我也为您的投身新闻界祝贺！

　　此次我给您寄去了一份为拙著出版而写的短文，内情一看便知不再赘述。拙著出版屡受挫折除有"出版难"的原因，个人有欠果决贻误了时机也不无关系，个中况味正见上文。现在我尝试自己搞。不知您有无借助传媒之方便，帮忙将此文作一传播？我谨望故乡的朋友及您分布海内的诗友给予支持，我会感到莫大荣幸！

　　常德是我诞生、求学之地，亦是我祖居处。我们老屋占地约数亩已毁于抗战烽火，记得解放前我家通信处常写作"常德大西门内育婴街白云中学对门萧成兴裁缝店院内"。萧租借了我家部分地产。我已有四十三年没在常德落脚了，十二、三年前在桃源住了三、四天，来回都在长途汽车上无缘下车。贵报址在滨湖中路，可我怎么也记不起哪里有湖泊，是在高深廊那边？我只记得有滨江而建的街道，如大河街、小河街（麻阳街）。往事如烟，记忆都似模糊了。我不知还有机会去常德否，但我确知自己已有三年多没跨出过青海省境，非不愿也，实无计也。

　　望赐教。

　　如握！

昌耀
93.7.23

十七
1993年10月22日，昌耀致王燕生1封

燕生兄：

　　近好！

　　大札及夹寄的50元现钞已收到，承蒙垂顾极感亲切。世间多势利眼，人情亦重锦上添花而不屑于"雪中送炭"。拙著其实出版亦可，不出版亦可。其所以不安份而求"一逞"，乃在于心气难平。另一层意思，则是报谢少数对拙著特有偏爱的朋友。成就与否也在此"一逞"了，而后乐得心灰意懒，我倒真的要有所"修炼"了。

　　我已有三年多没出青海。记得最近的一次是出席在桂林召开的"全国诗歌座谈会"。北京也无缘再去。只好在念中记挂着诸位朋友。

　　拙著征订进度缓慢，目前尚不足三百本。估计省委宣传部会给予此书出版以协助，我争取年内发排书稿。写到这里我忽发奇想：《诗刊》可否以"有偿服务"方式代我发出二、三十字的"征订启事"？兄若以为无此可能，也就不必开口去问了。

　　来款50元既已收到，那么还是让我告诉您所订"编号本"的序号吧，您不会以为太象"生意人"似的作态？五本序号是0248、0249、0250、0251、0252号。

　　非常感谢！代向湘夫人致问！

　　望幸赐教。

如握！

昌耀

1993．10.22

十八
1994 年 2 月 24 日，昌耀致刘湛秋 1 封

湛秋兄：

  记得在去年曾给你去过一封信的，不曾见复。12 月 21 日的贺年卡前不久收到，是在某某手里压了几十天，叫人很不痛快。谢谢你寄来的贺卡，看来你的心境尚好，而我自己这两三年都不寄什么贺卡了，以后也不打算再恢复这档子事，————我并无恶意，只是向你证明日月于我无多大新鲜感了。

  我现在是一个独身者，寄居在摄影家协会办公室的一角约近两年。我真愿意走出去流浪，北京大约不乏这样的流浪汉，流浪女，我也插足其间如何？我郑重拜托你，看看是否可能有我容足之地？我听候你的回答。

  拙著仍落实在省内出版，但手稿尚在一副总编辑处，签字后即可发厂，而见书必拖到夏天了（这是最好的估计）。你说，你将另寄款买我的书，你或许真寄出了书款了？我至今没有收到这份书款，也不打算这样做。待书出版后我会赠送一本求教。因之，你不必寄钱。但我欢迎你所接触的朋友订购拙著。

  你在虎坊路的通信处未记详。此信不知能收到否。望告。

  如握！

昌耀
94.2.24

十九
1998年1月14日，昌耀致许以祺1封

以祺先生：

　　您好！

　　大札敬悉。同时读到了您高雅，富有内涵的摄影作品多幅，甚感荣幸。拙作已写出，我没有把握，曾按所示电话号码拨打长途，想征求您的意见，均未打通。于是与燕祥先生通话，他嘱我先给您寄去就是了。我一向惧于"命题作文"，故写的艰难，适用与否，请于便中有以教我。（诗稿附后）

　　您拟于月底赴台度春节，假如方便，——而且是去台北的话，我想请您帮我捎回我存在《中央日报》社内的一点稿酬。拙稿发表于去年二月十七日该报《中副》报栏。由该栏主笔梅新（鱼川）发稿。如不便则请作罢，不必费心了。谢谢。

　　谨祝

新春快乐

昌耀
敬上
1998.1.14

通讯地址：青海省文联
邮政编码：810008

二十
1998年3月23日,昌耀致许以祺1封

校样已附在信内,请注意。

以祺先生:

　　您好!

　　函件于今日收到。版权认可证书我已签毕,随信呈奉,请查收。

　　拙稿打印件此次甚规范,唯有一个错字需更正,即,误将竣字打印成了峻字。我的原意是竣工、完成之谓,故应作"竣"。顺便再提一句,将来出书时,内文的校对是非常重要的事,否则一字之差,全句将不可解。——谢谢!

　　藏族女诗人梅卓的诗作可于本月27日寄出,请稍待。

　　谨为您投入相当精力的《天葬台集诗》的出版预致祝贺!

如握!

昌耀
98.3.23

通讯处:
　　810008
　　西宁市　青海省作家协会

本辑作者/译者简介

柯夏智（Lucas Klein） 现为亚利桑那州立大学东亚系副教授，耶鲁大学文学博士，译作《西川诗集》荣获2013年Lucien Stryk亚洲诗歌翻译奖，正在翻译多多和欧阳江河的诗歌。

江承志 博士，武汉大学外国语言文学学院副教授。

朱文静 硕士，现任职于广州三七互娱科技有限公司。

凌静怡（Andrea Lingenfelter） 美国加州大学伯克利分校文学博士，现任教于美国加州旧金山大学，译作《翟永明诗集》荣获2012年北加州图书奖。

赵　凡 华东师范大学现代文学专业博士研究生。

顾爱玲（Eleanor Goodman） 现为哈佛大学费正清中心研究员，译作《王小妮诗选》《臧棣诗选》和《铁月亮：中国打工诗人选》，荣获2015年Lucien Stryk亚洲诗歌翻译奖。

费正华（Jennifer Feeley） 耶鲁大学中国文学研究博士，专治现当代中国诗歌，曾任教于艾奥瓦大学东亚系，英译《西西诗集》荣获2017年Lucien Stryk亚洲诗歌翻译奖。

原蓉洁 华东师范大学外语学院讲师。

李　琬 1991年生于湖北武汉，北京大学中文系现代文学硕士。写作诗歌、散文、评论，兼事翻译。作品散见于《上海文学》《诗刊》《飞地》《散文》等。

砂　丁 原名刘祎家，青年诗人。现于北京大学中文系攻读文学博士学位。出版有诗集《超越的事情：砂丁诗选2011—2018》。

范　雪 1984年生于陕西汉中，先后在北京大学和新加坡国立大学求学，文学博士，现就职于浙江大学城市学院，著有诗集《择偶的黄昏》《走马灯》，论文集《谁能照顾人》等。

本辑作者/译者简介

张桃洲 1971年生于湖北天门，2000年12月在南京大学获文学博士学位，现为首都师范大学文学院教授、博士生导师。主要从事中国现当代诗歌研究与评论、中国现代文学及思想文化研究。在《中国社会科学》《文学评论》等刊物发表学术论文90余篇，出版《现代汉语的诗性空间——新诗话语研究》《语词的探险：中国新诗的文本与现实》等论著。

王东东 1983年3月生于河南杞县，现为山东大学（威海）文化传播学院副研究员。曾获北京大学未名诗歌奖、汉江·安康诗歌奖、DJS诗集奖、"诗东西"青年批评奖、后天批评奖、徐玉诺诗歌奖、周梦蝶诗奖、《扬子江评论》奖。出版有诗集《空椅子》《云》《忧郁共和国》《世纪》。《1940年代的诗歌与民主》获2014年北京大学优秀博士学位论文奖、第四届思源人文社科奖文学类首奖。与张桃洲教授合作主编《隐匿的汉语之光·中国当代诗人研究集》。

一　行 本名王凌云，1979年生于江西湖口。现居昆明，任云南大学哲学系副教授。已出版哲学著作《来自共属的经验》(2017)、诗集《黑眸转动》(2017)和诗学著作《论诗教》(2010)、《词的伦理》(2007)，译著有汉娜·阿伦特《黑暗时代的人们》(2006)等，在各种期刊发表哲学、诗学论文和诗歌若干。

周伟驰 1969年生于湖南常德县，1982年随军迁至广东郁南县，先后在中山大学、北京大学学习西方哲学和基督教哲学，北大哲学博士。现在中国社科院世界宗教研究所工作。出版有诗集《周伟驰诗选》《避雷针让闪电从身上经过》《蜃景》（合集），评论集《小回答》《旅人的良夜》，并译有米沃什、沃伦、梅利尔等人的诗集。学术著作有《奥古斯丁的基督教思想》《太平天国与启示录》等。

黄家光 1991年10月生，浙江遂昌人。温州大学人文学院讲师，上海大学中国当代诗歌研究中心特聘研究员。

冯　强 文学博士，现为青岛大学文学与新闻传播学院副教授。

杨小滨 诗人，艺术家，评论家。耶鲁大学博士，现任"中研院"研究员，政治大学教授，《两岸诗》总编辑。著有诗集《穿越阳光地带》《为女太阳干杯》《杨小滨诗X3》《到海巢去》《洗澡课》等，论著《否定的美学》《感性的形式》《欲望与绝爽》《新电影三大导演：你想了解的侯孝贤、杨德昌、蔡明亮（但又没敢问拉康的）》等。近年在两岸和北美举办"后废墟主义"等艺术展，并出版观念艺术与抽象诗集《踪迹与涂抹：后摄影主义》。

胡　亮　生于1975年，诗人，学者，随笔作家。著编有《阐释之雪》《永生的诗人》《出梅入夏》《琉璃脆》《虚掩》《窥豹录》及《无果》（即出）。获颁袁可嘉诗歌奖、四川文学奖、建安文学奖。读过中等师范学校，现居四川遂宁。

苏　晗　1994年生于湖北松滋，现攻读北京大学中文系博士学位，兼事批评。

钟　鸣　诗人，随笔作家。1953年12月生于四川成都，1982年毕业于西南师范大学中文系，1978年正式写现代诗，早期诗作刊发于《星星》、香港《星岛日报》、《今天》（海外版）、台湾《创世纪》等。1991年短诗《凤兮》获台湾《联合报》第14届新诗奖。1991年随笔集《城堡的寓言》出版，1995年随笔集《畜界，人界》出版。1998年3卷本随笔《旁观者》出版。2003年出版诗集《中国杂技：硬椅子》，2011年出版随笔《涂鸦手记》，2015年出版诗集《垓下诵史》（台版）。2016年获"东荡子"诗歌奖评论奖。

张媛媛　蒙古族，中央民族大学文学院2020级中国现当代文学专业博士生。

付　邦　1995年1月生于甘肃兰州，现为中央民族大学历史文化学院中国古代史专业2020级博士研究生，朱贝骨诗社成员。曾获第七届首都高校原创诗歌大赛一等奖，作品偶见于《诗刊》《星星》《飞天》《散文诗》等。

昌　耀　原名王昌耀，生于1936年，祖籍湖南桃源。1954年开始发表作品。1955年调青海省文联。1957年被划成右派，其后一直颠沛流离于青海垦区。1979年改正后任中国作家协会青海分会专业作家，直至2000年去世。生前出版有《昌耀抒情诗集》《命运之书》《一个挑战的旅行者步行在上帝的沙盘》《昌耀的诗》等，身后有《昌耀诗文总集》行世。

编后记

  本期（总第二十四辑）《新诗评论》汇集了近年新诗研究界既丰厚又多元的优质成果。新世纪以来，随着中国诗歌逐渐受到国际诗坛的关注，中西诗歌之间的交流日趋频繁，不同文化背景间的诗歌写作者迫切需要展开积极的互通和对话，对汉语诗歌的外译和海外传播自然成为诗界热议的话题。本期的"现代汉诗英译"专题汇集了美国汉学家柯夏智、费正华、凌静怡和顾爱玲在该领域的专业性讨论，这四位海外资深汉诗译者以严肃而不失个性的态度，展现了中国诗歌在翻译认知和实践上的前沿探索。这四篇论文是 2017 年在中国香港岭南大学举办的"汉诗与翻译·移动的门柱"工作坊的成果，由美国新泽西州新泽西学院英文系和世界语言与文化系副教授、中文部主任米家路先生组织、编校并积极推荐给本刊，形成了本期《新诗评论》一个颇具特色的专题。

  "我的阅读史"专题首次尝试以非学术的面孔来参与"诗教"话题的讨论。我们期待本雅明《打开我的藏书》那样的文体，邀请了四位成长于不同年代的诗人、学者开启记忆之旅，随着亲切、放松、沉浸式的笔调，他们回顾了在各自的学习时代里具有立法意义的阅读心史。其中李琬和砂丁是"90 后"诗人，范雪是"80 后"诗人，也是高校青年教师，张桃洲是出生于 70 年代的大学教授。在写作诗歌和学术论文之余，这种带有强烈个人体验的读书漫谈其实是极好的"自我分析纲要"，也是朝向文学理想的生活见证。每个人无法选择自己身处的环境，但那些胎记般的书籍却释放氧气，打开天窗，为他们带来一连串启蒙故事和精神成长，以及错综复杂的情感教育和理性反思，让阅读者有机会活在更高贵的灵魂中间。

  第二十三辑的"问题与事件"专题，我们刊发了一组有关敬文东两篇批评长文的笔谈，引发了诗界持续的争论和更深入的专业讨论。本辑我们延续了这个笔谈,推出两位青年学者王东东和一行的讨论文章。在这两篇论文中,他们将论辩沉淀下来,各自贡献出具有延伸性和涵括性的学术命题,将这场"新诗学案"推向了诗学理论建设的全新场域。王东东作为更年轻一辈的诗人和批评家,直接对敬文东的批评工作做出积极回应,提纲挈领地提出"同路人批评"的概念,他认为"同路人批评应该是互为同代人的批评,也就是让双方受益的批评。同路人批评比同(时)代人批评要求更高。"文章还将"同路人批评"作为"批判的武器",回置进新诗史各阶段的发生现场,进行历史价值和追问方式的检测和重估,为建立汉语新诗的"精神—语言坐标系"和接下去的"武器的批判"做好准备。一行的思考接引了罗兰·巴特"批评与真实"的话题,在他的论述中,进一步将其递进为"诗歌与真实"的问题。文中盘点了传统诗歌理论中的"诚"与"真"、"真"与"美"等大写的关系序列,以及"好诗标准""诗如其人"等命题,提出了"语言可信度"这一容易忽略却十分紧要的问题,这或可成为一块考验写作伦理的试金石。"真实"是当代诗的重要特质,诗因真实而可信,文章以此为镜鉴,检视了诸多当代诗作对"语言可信度"的隐秘追求和积极开拓。一行坦言,写作是一项"自我技术",需要"说真话的勇气",因而是一项精神修炼。诗人主体的真诚性和诗歌语言的真实性,将在人格修为的光辉中得到统一。

　　收入本期"诗人研究"专题的六篇文章旨在展示当代诗人个案研究的新锐视野和多棱界面,均呈现了敏锐的勘察力和精湛的阐释功夫,既有对范例诗人学诗(或诗学)路径的勾绘和评鉴,又有对新诗写作精神取向和语言机制中某类突出特征、症候的解读和剖析,还有以具体作品为导引来探索当代诗人在接受他者情境、社会身份等因素拷问时所引发的新问题和新认知。在《在经验的方寸里腾挪想象力》这篇长文中,周伟驰全景式、路标式地描述了姜涛诗歌写作发展流变至今的整个过程,准确定义和分析了诗人各阶段的创作特征和生成原理,并且对姜涛的各时期代表作品(包括新近作品)给予了专业性的读解和评价。黄家光的评论向宋琳诗学词典中的"栖隐"和"灵视"投去两道光线,进而化为两只门环,轻叩着诗人迂回幽深的诗歌花园。宋琳借此过人的品质和能力,实现了对传统诗学空间的最新延异，和对复杂现实空间的另类见证。冯强在反讽的概念下来讨论多多的诗歌，颇有洞见。经过建构和解构的双重过程，多多各阶段诗歌追求新的、复杂的主体性（并承受它的分裂），进而在诸多层面上凸显了语言神学的特征，"不断推翻的语言—形式悄悄取代了神的位置或为诗人神龛中供奉的隐秘神灵"。这种语言神学在诗人唐捐的作品里变异为一种"圣状"，在杨小滨的新锐解读下，拉康理论成为楔入唐捐诗歌的一片钥匙。通过对"父亲绝爽"（即从大他者跌落为小它物的过程）的辨认，我们也同时理解了唐捐诗歌的"嗜秽"倾向和语言游戏。在《换器官指南》中，胡亮宛如说书人，对当代诗人蒋浩最新诗集《佛蒙特札记》（自印）展开一次纵横捭阖、形神兼备的阅读。文中猜测，蒋浩力图发明一套通畅一切"语境"的语言，这让他不得不配备多套"器官"，做"自己及所有诗人的反对派"。苏晗的《诗歌·劳动·吊带裙》聚焦"工人诗歌"及相关的"劳动"话题，由诗人邬霞的"手温"说开去，让一条诗歌中的"吊带裙"成为放飞在历史与美学、主体性变迁与社会学现场之间的"风筝"，在追问理想自我的同时，也关注了大地之上"人的境况"。

钟鸣是"第三代诗歌"的代表诗人，也是当代诗歌运动重要的参与者、见证人和观察家。他的诗歌观念和实践在诗界走出一种迥异且超前的步态，他的随笔作品在文气和语体上更加卓尔不群。早在1998年，他的三卷本长篇回忆随笔《旁观者》就开创了一种航母式的大观气象和文体实验，当属诗坛罕见。最难能可贵的是，深居简出的钟鸣对当代诗歌始终保持着洞若观火、釜底抽薪的判断能力。2019年夏季，他在家中欣然接受了年轻学者张媛媛和付邦的访谈，围绕"诗的批评语境及伦理"这一轴心，贡献了一份关于当代诗蓬勃、壮阔、鞭辟入里的诊断报告。

2020年恰逢诗人昌耀逝世二十周年，我们特别开辟一个专题，刊发二十封经后人发掘整理的昌耀致友人书信，以表达对这位大诗人的纪念。从写信时间上看，上起1979年，下讫1998年，能够从一个较为独特的侧面，散点勾勒出昌耀在"复出"之后的文学交游情况和质朴真切的内心活动。我们可将目前整理出来和更多有待发现的昌耀书信，加之《昌耀诗文总集》"附录"部分的若干书信,视同一个整体,成为诗人"命运之书"的真诚注脚。

  本期《新诗评论》在编辑过程中赶上了新冠肺炎疫情暴发,抗疫生活给作者正常计划之下的写作和交稿都增添一定的困难。好在作者们都克服了困难,文章质量依旧保持着较高水准。疫情也让编辑部同仁有了"危机意识"和"时不我待"之感,因此我们经过商议,决定本期破一次例,不再遵循往期惯例严格控制篇幅,而是大胆收入多篇长文,文章篇目也有所增加,内容上会显得相当充实厚重,可能也需要读者拿出更多的耐心。但我们工作的目标将矢志不渝,那就是以严肃、务实、开放的态度为新诗的研究和评论事业持续注入真气和活力,容纳创新观念,树立尺度标准,保存文献资料,不断追逐更为崭新的地平线,同时也渴望各界同仁和读者一如既往的支持和鼓励。